四部要籍選刊·經部　蔣鵬翔　主編

# 阮刻毛詩注疏

（典藏版）

一

〔清〕阮元　校刻

浙江大學出版社

傳古樓據上海圖書館藏
清嘉慶刻本影印原書框
高一七九毫米寬一二七
毫米

# 出版説明

《附釋音毛詩注疏》二十卷，漢鄭玄注，唐陸德明音義、孔穎達疏，清阮元彙校，據上海圖書館藏清嘉慶二十年南昌府學刻本影印。

《毛詩》經、注、疏的合刊，始於宋紹熙辛亥兩浙東路茶鹽司刻本。

六經疏義自京、監、蜀本皆省正文及注，又篇章散亂，覽者病焉。本司舊刊《易》《書》《周禮》，正經注疏萃見一書，便於披繹，它經獨闕。紹熙辛亥仲冬，唐備員司庾遂取《毛詩》《禮記》疏義，如前三經編彙，精加讎正，用鋟諸木，庶廣前人之所未備。乃若《春秋》一經，顧力未暇，姑以貽同志云。壬子秋八月三山黄唐謹識。（據宋刻八行本《禮記正義》所附識語移録）

這個兩浙東路茶鹽司刻本的行款爲半葉八行，即《相臺書塾刊正九經三傳沿革例》所謂『越中舊本注疏』，故習稱『越刊八行本』。其宋刻原書已佚，所幸尚存日本舊時據八行本影鈔的殘本五册，清光緒時，楊守敬赴東瀛訪得此殘本，後携歸中國，今藏臺北故宫博物院，被定爲日本室町末期鈔配江户中期鈔本。根據李振聚《〈毛詩注疏〉版本研究》的考證，越刊八行本《毛詩注疏》的經注源出宋監本，疏文則源出單疏本，在合刊時又進行了一定的修改。作爲《毛詩》經注疏合刊的祖本，越刊八行本的原書雖已不可見，但魏了翁的《毛詩要義》即據八行本節鈔而成，武英殿本《毛詩注疏》也很可能在校勘過程中利用過八行本的衍生版本，〔一〕其他相關版本的文本同樣或多或少地受到八行本系統的影響，故此本正如鄭樵《通志·校讎略》所言『書有雖亡而不亡者』。

繼八行本後，《毛詩》又有兩種經注疏合刊本，一爲宋刻十行本，一爲金刻十三行本。後者僅存卷二殘葉三紙，王静安斷爲平水本，源自蜀本。

> 此殘葉行款並與之近，當亦平水刊本。岳倦翁舉注疏本有越本、有蜀本、有建本。越本八行，建本十行，蜀本世未有傳者。此十三行者，殆即蜀本。元人平蜀，遠在得江南之先，故平陽所刊書多蜀本。（王静安《舊刊本毛詩注疏殘葉跋》）〔二〕

合刊《毛詩》經注疏的八行本和十三行本均不附陸德明《經典釋文》相關內容。這兩個系統的印本存世絶少，知者亦希，真正廣爲流傳的是創始於南宋建刻的十行本系統，元以後的《毛詩》經注疏合刊本皆自十行本出，而嘉慶阮刻本則是這個龐大而繁榮的版本系統中的集大成者。

存世最早的《毛詩注疏》十行本是南宋建安劉叔剛一經堂刻本，現藏日本足利學校遺迹圖書館。據張麗娟推測，當刻於南宋中期光宗、寧宗間。〔三〕與八行本、十三行本相比，該本最顯著的特點是正文中增入了陸德明《釋文》的相關內容，但該本並非八行本經注疏加上《釋文》的簡單組合。從校勘的結果來看，宋刻十行本的經注部分是來自建刻附釋音本（很可能就是余仁仲刻本），而非八行本經注所據之監本，其疏文仍源自單疏本，但也有一定的增删修改。[四]

元代覆刻諸經注疏的宋刻十行本，《毛詩注疏》亦在其中（根據長澤規矩也《正德十行本注疏非宋本考》的研究，大約覆刻於元泰定年間）。元人覆刻的書版至明嘉靖年間尚保存於福州府學，且經歷了多次修版補版，今日可見的元刻十行本多爲元刻明修本，真正全書元刻元印的本子恐怕都已亡佚了。

李振聚爲歷代《毛詩注疏》繪製的版本脈絡圖最爲簡明。約而言之，元刻十行本至明代首先分化爲兩支：一爲永樂刻本二十卷（文本依據元刻十行本，行款則改爲半葉八行，行十八字），今藏重慶圖書館；一爲元刻明修本，因爲迭經修補，故其内部又大致可分爲元刻明初遞修本（修補於正德以前）、元刻明正德遞修本（刷印於正德十二年之後、嘉靖補修版之前）、元刻明嘉靖遞修本（補修版於嘉靖年間）三類。此後嘉靖遞修本依次衍生出閩本、北監本與毛氏汲古閣本。清乾隆武英殿以北監本爲底本重刻《毛詩注疏》，又形成新的支脈，《四庫全書薈要》本、《四庫全書》本、同治十年廣東書局刻本、光緒四年淮南書局刻本均自武英殿本出。

《毛詩注疏》的清嘉慶江西南昌府學刻本號稱據阮元所藏宋刻十行本重刻，但其底本實爲元刻明修本（具體來説，是元刻明正德遞修本[五]）。作爲阮刻《十三經注疏》之一，嘉慶本《毛詩注疏》

和其他各經一樣，具備叢書共有的長處：**一、所據底本在當時允稱最佳**。由於文獻收藏、傳播條件的改善，今天要利用宋刻單疏本、宋刻十行本已非難事，然而對於清嘉慶年間的中國學者來説，所能見到的最早的成系列的注疏合刊本就是元刻明修本。阮元定爲宋刻，固屬失察，但不能因此否定其在當時的版本學意義；**二、較忠實地保留了底本面目**。叢書付梓伊始即明確提出：『刻書者最患以臆見改古書。今重刻宋板，凡有明知宋板之誤字亦不使輕改，但加圈于誤字之旁，而別據校勘記擇其説附載於每卷之末，俾後之學者不疑于古籍之不可據，慎之至也。』嘉慶本《毛詩注疏》不僅盡量在文字上遵從底本，雖誤不改（當然這只是一個基本原則，中國古籍版刻史上並不存在絶對意義的忠於底本，故嘉慶本與其底本元刻明修本之間仍存在一定數量的異文），連版式行款也整齊地保留了下來（皆爲半葉十行，行十八字，小字雙行，行二十三字）；**三、體例設置極爲先進**。嘉慶本在翻刻底本的基礎上，於正文行間相應位置添加圓圈，表示此處有誤或存疑，然後在每卷末附以校勘記，不僅彙校衆本，還廣泛徵引前賢時彦如山井鼎、浦鏜、陳啓源、惠棟、戴震、段玉裁等人的有關校勘意見。這種兼顧存真與求善的體例是經書版本史上的首創，阮刻《十三經注疏》也因此代表著清人校刻經書的最高水平。

除叢書共有的長處外，嘉慶本《毛詩注疏》還具備一些個性化的特點。阮刻《十三經注疏》雖然以校勘記附諸正文卷末，但熟悉清代學術史的讀者都知道，其《十三經注疏校勘記》實先於《十三經注疏》而獨立成書。嘉慶四年，『阮元調任浙江巡撫，建詁經精舍。延客校《十三經注疏》事自是始』[六]校勘的具體分工在其所撰序文中介紹得很清楚：李鋭負責《周易》《穀梁傳》《孟子》，徐養原負責《尚書》《儀禮》，臧庸負責《周禮》《公羊傳》《爾雅》，洪震煊負責《禮記》，嚴杰負責《左傳》《孝經》，孫同元負責《論語》，顧廣圻負責《毛詩》。這些人皆爲嫻於經籍的才俊，但論校勘學之功夫，顧廣圻無疑是其中執牛耳者。通過彙校，主事者關於《毛詩注疏》文本性質的認識達到了新的高度：『知經有經之例，傳有傳之例，箋有箋之例，疏有疏之例，通乎諸例，而折衷於孟子「不以辭害志」，而後諸家之本可以知其分，亦可以知其一定不可易者矣。』[七]所以在後來翻刻《毛詩注疏》時，儘管受限於聞見（無法看到宋刻單疏本《毛詩正義》和宋刻十行本《毛詩注疏》），嘉慶本仍然改正了底本（元刻明修本）的不少錯誤，且所改往往與古本暗合。如《齊風·雞鳴》疏『魯師氏之母齊姜』，『姜』字宋十行本、元刻明修本皆作『善』，而單疏本、八行本、閩本、北監本、毛本作『姜』，嘉慶本不從底本而改作『姜』；又如《小雅·節南山》疏『使民多訟之心息』，『訟』，明初補刻本作『黄』，明正德修板本、明嘉靖修板本皆因之，單疏本、宋十行本皆作『訟』，閩本始校改作『訟』，嘉慶本不從底本而改作『訟』。[八]當然，嘉慶本中也不乏錯誤，李振聚《〈毛詩注疏〉版本研究》下編第五章第八節述之已詳，茲不贅引，但就整體而言，與其底本元刻明修本相比，嘉慶本無疑是一個整體上文本更完整更準確的版本，青出於藍，良非虚譽。

阮元《十三經注疏校勘記序》除介紹各經校勘者外，還往往强調覆校的程序，如《尚書》《毛詩》《周禮》《儀禮》《禮記》《公羊》《穀梁》《孝經》《爾雅》《孟子》各篇皆有『復定是非』或類似的表達（如『臣爲訂其是非』『臣復親酌定之』『臣爲辨其是非』），《周易》《左傳》《論語》也都指出是在其舊日校本的基礎上進行彙校的（《周易》云：臣元於《周易注疏》舊有校正各本；《左傳》云：錢塘監生嚴杰熟於經疏，因授以舊日手校本；《論語》云：臣元於《論語注疏》舊有校本，且有箋識，又屬仁和生員孫同元推而廣之）。有趣的是，『復定是非』本來並非泛指群經，而是專爲《毛詩注疏》校勘過程中發生的段、顧之争而設。

阮序『臣復定其是非』，按嚴云：『臣復定其是非』此語專爲段氏駁《詩經》而設，因以施於羣序云爾。按《校刊記》成，芸臺寄與段懋堂復校，段見顧所校《詩經》引用段說，未著其名，怒之，於顧所訂肆行駁斥，隨即寄粤付凌姓司刻事者開雕，而阮與顧皆不知也，故今《詩經》獨不成體，此事當時無人知者，後世無論矣。乙酉八月嚴厚民杰見告，蓋以後諸經乃嚴親齎至蘇，共段同校者也。（以上阮序『定其是非』句批記）〔九〕

段玉裁與顧廣圻的『四郊』『西郊』之争是學界的一大公案，雙方書信往復，愈辯愈勇，争論的焦點從文本考據一路升級到校勘思想，過程堪稱精彩絕倫。《毛詩注疏校勘記》中的内部辯駁比『四郊』『西郊』之争所涉更廣，其初校者爲顧廣圻，覆校者爲段玉裁，初校引用段説共一百三十八次，其中只有三次没有對段説表示讚成，然而覆校對初校的批駁却達二十八次，〔十〕且多用『舊校非』『殊誤』『甚誤』等激烈的措辭，從著述體例上説，這樣自相矛盾的校勘記顯然有失妥當，故前人目之『獨不成體』，但兩位同時代的一流學者如此不含蓄的正面交鋒堪稱『神仙打架』，縱觀歷代文獻學史也難得一見，其學術價值和歷史意義較嘉慶本《毛詩注疏》的正文猶有過之，這一點也是在讀本書時不可不特別留意的（《校勘記》的文選樓刻單行本與南昌府學刻附録本有較大的差異，關於此問題，李慧玲《阮刻〈毛詩注疏（附校勘記）〉研究》第三章第二節已有高論，故不贅述）。

二〇一三年，傳古樓影印阮刻《毛詩注疏》，這是《四部要籍選刊》正經注疏類刊行之始，也是兩百年來阮刻注疏的第一次非拼版影印。倏忽已過六年，乃有改版重印此書之機會，當年反復思量的不少問題（如其底本的具體時代），在各位師友同仁的努力鑽研下已有合理的解釋，但也存在一些疑竇尚有待於後續研究纔可能找到正確的答案（如其部分葉面版心所刻『古芸書屋』的來歷及其與南昌府學之關係，雖已有態羅宿、高橋智等人的論述，仍未足爲確解），學問之道，果無止境，然而讀書人的辛苦和歡樂，却都寄托於其中，今稽衆言，改撰新序，謬誤之處，請多指正。

二〇一九年六月十一日　蔣鵬翔撰於湖南大學嶽麓書院

# 注

〔一〕李振聚《〈毛詩注疏〉版本研究》第一九一頁，山東大學中國古典文獻學博士學位論文，二〇一八。

〔二〕謝維揚、房鑫亮主編《王國維全集》第八卷第五三五頁，浙江教育出版社，二〇〇九。

〔三〕張麗娟《宋代經書注疏刊刻研究》第三六一頁，北京大學出版社，二〇一三。

〔四〕參見李振聚《〈毛詩注疏〉版本研究》第一二二至一二六頁。

〔五〕參見李振聚《〈毛詩注疏〉版本研究》第二〇六至二〇七頁。

〔六〕李慶師《顧千里研究（增補本）》第五五頁，學生書局，二〇一三。按亦有據阮元《臧拜經別傳》『（嘉慶）五年，元巡撫浙江，新闢詁經精舍于西湖，復延拜經至精舍補訂《纂詁》，校勘《注疏》』語以爲彙校始於嘉慶五年者，今從李慶師説。

〔七〕阮元《揅經室集》第二五六頁，中華書局，一九九三。

〔八〕參見李振聚《〈毛詩注疏〉版本研究》第二〇九至二一〇頁。

〔九〕蕭穆《敬孚類藁》卷八，《續修四庫全書》第一五六一册，第四七頁。

〔十〕據李慧玲《阮刻〈毛詩注疏（附校勘記）〉研究》第一一四頁統計結果，華東師範大學中國古典文獻學博士學位論文，二〇〇八。

# 全書目録

## 第一册


四庫總目毛詩正義提要……一
毛詩正義序……九
詩譜序……一三
周南召南譜……二六
毛詩注疏校勘記序……三九
校勘記……四七

**卷一之一**

**國風**

**周南**

關雎……五一
校勘記……一〇三

**卷一之二**

葛覃……一一五
卷耳……一二七
樛木……一三五
螽斯……一三七
桃夭……一四一
校勘記……一四七

**卷一之三**

兔罝……一五五
芣苢……一五九
漢廣……一六二
汝墳……一六八
麟之趾……一七三

## 召南


鵲巢……一七八
采蘩……一八二
校勘記……一八九


**卷一之四**


草蟲……一九九
采蘋……二〇三
甘棠……二一三
行露……二一六
羔羊……二二三
殷其靁……二三〇
校勘記……二三五


**卷一之五**


摽有梅……二四三
小星……二四九
江有汜……二五四
野有死麕……二五七
何彼襛矣……二六二
騶虞……二六八
校勘記……二七三


**卷二之一**


邶鄘衛譜……二八一


## 邶風


柏舟……二八九
緑衣……二九五
燕燕……三〇二
日月……三〇六
終風……三〇九
擊鼓……三一三
校勘記……三二三

**卷二之二**

凱風……三三三
雄雉……三三七
匏有苦葉……三四一
谷風……三五一
式微……三六二
旄丘……三六四
校勘記……三七五

**卷二之三**

簡兮……三八九
泉水……三九八
北門……四〇五
北風……四〇九
静女……四一一
新臺……四一六
二子乘舟……四一九
校勘記……四二三

**卷三之一**

鄘風

柏舟……四二九
牆有茨……四三三
君子偕老……四三五
桑中……四四六
鶉之奔奔……四五〇
定之方中……四五二
校勘記……四六九

**卷三之二**

蝃蝀……四八一
相鼠……四八三
干旄……四八五

載馳……四九二
衛風
淇奧……四九九
考槃……五〇六
碩人……五〇九
校勘記……五一九
第二冊
卷三之三
氓……五二九
竹竿……五四一
芄蘭……五四三
河廣……五四八
伯兮……五五〇
有狐……五五六
木瓜……五五八
校勘記……五六三
卷四之一
王風
王城譜……五七五
黍離……五八〇
君子于役……五八六
君子陽陽……五八八
揚之水……五九一
中谷有蓷……五九四
兔爰……五九七
葛藟……六〇〇
采葛……六〇四
大車……六〇五
丘中有麻……六一一

校勘記……六一七

**卷四之二**

**鄭風**

鄭譜……六二七
緇衣……六三三
將仲子……六三八
叔于田……六四二
大叔于田……六四四
清人……六四九
校勘記……六五七

**卷四之三**

羔裘……六六三
遵大路……六六六
女曰雞鳴……六六七
有女同車……六七三
山有扶蘇……六七七
蘀兮……六八一
狡童……六八三
褰裳……六八五
校勘記……六九一

**卷四之四**

丰……六九九
東門之墠……七〇三
風雨……七〇七
子衿……七〇八
揚之水……七一二
出其東門……七一四
野有蔓草……七一九
溱洧……七二一
校勘記……七二五

**卷五之一**

**齊風**

齊譜……七三三
雞鳴……七三九
還……七四五
著……七四七
東方之日……七五三
東方未明……七五五
校勘記……七六一

**卷五之二**

南山……七六七
甫田……七七七
盧令……七八〇
敝笱……七八二
載驅……七八六
猗嗟……七九一
校勘記……八〇一

**卷五之三**

**魏風**

魏譜……八〇九
葛屨……八一一
汾沮洳……八一六
園有桃……八一九
陟岵……八二三
十畝之間……八二四
伐檀……八二六
碩鼠……八三一
校勘記……八三七

**卷六之一**

唐風

唐譜……八四五
蟋蟀……八四九
山有樞……八五五
揚之水……八五八
椒聊……八六三
校勘記……八六七

**卷六之二**

綢繆……八七三
杕杜……八七九
羔裘……八八二
鴇羽……八八四
無衣……八八八
有杕之杜……八九二
葛生……八九四
采苓……八九七
校勘記……九〇三

**卷六之三**

秦風

秦譜……九一一
車鄰……九一七
駟驖……九二一
小戎……九二七
校勘記……九三九

**卷六之四**

蒹葭……九四七
終南……九五二
黃鳥……九五六
晨風……九五九

無衣……九六一
渭陽……九六五
權輿……九六八
校勘記……九七一


卷七之一

陳風


陳譜……九七七
宛丘……九八一
東門之枌……九八四
衡門……九八八
東門之池……九九一
東門之楊……九九三
墓門……九九六
防有鵲巢……一〇〇〇
月出……一〇〇二
株林……一〇〇三
澤陂……一〇〇六
校勘記……一〇一三


第三册

卷七之二

檜風


檜譜……一〇二五
羔裘……一〇二八
素冠……一〇三四
隰有萇楚……一〇三九
匪風……一〇四一
校勘記……一〇四七

**卷七之三**

**曹風**

曹譜……一〇五一

蜉蝣……一〇五三

候人……一〇五七

鳲鳩……一〇六三

下泉……一〇六七

校勘記……一〇七三

**卷八之一**

**豳風**

豳譜……一〇八一

七月……一〇九三

校勘記……一一三一

**卷八之二**

鴟鴞……一一四五

東山……一一五五

校勘記……一一六九

**卷八之三**

破斧……一一七七

伐柯……一一八一

九罭……一一八六

狼跋……一一九一

校勘記……一一九九

**卷九之一**

**小雅**

鹿鳴之什

小大雅譜……一二〇五

校勘記……一二三三

**卷九之二**

鹿鳴……一二三七

四牡……一二四五
皇皇者華……一二五一
常棣……一二五八
校勘記……一二七一

**卷九之三**

伐木……一二八三
天保……一二九五
采薇……一三〇二
校勘記……一三一五

**卷九之四**

出車……一三二七
杕杜……一三三六
魚麗……一三四〇
南陔（闕）……一三四六
白華（闕）……一三四六
華黍（闕）……一三四六
校勘記……一三四九

**卷十之一**

**南有嘉魚之什**

南有嘉魚……一三五七
南山有臺……一三六二
由庚（闕）……一三六四
崇丘（闕）……一三六四
由儀（闕）……一三六五
蓼蕭……一三六六
湛露……一三七三
彤弓……一三七九
菁菁者莪……一三八六
校勘記……一三九一

**卷十之二**

六月……一四〇一
采芑……一四一六
校勘記……一四二七

**卷十之三**

車攻……一四三五
吉日……一四四八
校勘記……一四五五

**卷十一之一**

鴻鴈之什
鴻鴈……一四六三
庭燎……一四六九
沔水……一四七三
鶴鳴……一四七八
祈父……一四八一
白駒……一四八六
黄鳥……一四八九
校勘記……一四九三

**卷十一之二**

我行其野……一五〇一
斯干……一五〇四
無羊……一五二二
校勘記……一五二九

**卷十二之一**

節南山之什
節南山……一五三九
正月……一五五五
校勘記……一五七五

## 第四册

### 卷十二之二


十月之交……一五八七
雨無正……一六〇五
小旻……一六一六
校勘記……一六二七


### 卷十二之三


小宛……一六四一
小弁……一六四七
巧言……一六五九
何人斯……一六六七
巷伯……一六七七
校勘記……一六八七


### 卷十三之一

谷風之什


谷風……一七〇三
蓼莪……一七〇八
大東……一七一三
四月……一七二九
北山……一七三九
無將大車……一七四三
小明……一七四五
校勘記……一七五五


### 卷十三之二


鼓鍾……一七七一
楚茨……一七七七
信南山……一八〇二
校勘記……一八一五

**卷十四之一**

甫田之什

甫田……一八二七

大田……一八五一

校勘記……一八六三

**卷十四之二**

瞻彼洛矣……一八七三

裳裳者華……一八七九

桑扈……一八八四

鴛鴦……一八八八

頍弁……一八九二

車舝……一八九八

校勘記……一九〇五

**卷十四之三**

青蠅……一九一七

賓之初筵……一九一八

校勘記……一九四九

**卷十五之一**

魚藻之什

魚藻……一九五七

采菽……一九五九

角弓……一九七四

菀柳……一九八五

校勘記……一九九一

**卷十五之二**

都人士……一九九九

采綠……二〇〇九

黍苗……二〇一四

隰桑……二〇一九

白華……二〇二一

校勘記……二〇三五
**卷十五之三**
緜蠻……二〇四三
瓠葉……二〇四七
漸漸之石……二〇五三
苕之華……二〇六三
何草不黄……二〇六九
校勘記……二〇七五
**卷十六之一**
**大雅**
**文王之什**
文王……二〇八一
校勘記……二一〇九

## 第五册

**卷十六之二**
大明……二一一五
緜……二一三七
校勘記……二一六五
**卷十六之三**
棫樸……二一七九
旱麓……二一八九
思齊……二一九九
校勘記……二二一三
**卷十六之四**
皇矣……二二二三
校勘記……二二五五
**卷十六之五**
靈臺……二二六五

下武……二二七八
文王有聲……二二八三
校勘記……二二九五
卷十七之一
生民之什
生民……二三〇一
校勘記……二三四一
卷十七之二
行葦……二三五三
既醉……二三六八
鳧鷖……二三八一
校勘記……二三九七
卷十七之三
假樂……二四一一
公劉……二四一七
泂酌……二四三九
校勘記……二四四三
卷十七之四
卷阿……二四五五
民勞……二四七三
板……二四八二
校勘記……二四九九
卷十八之一
蕩之什
蕩……二五一五
抑……二五二九
校勘記……二五五三
卷十八之二
桑柔……二五六三
雲漢……二五八六

校勘記……二六〇九

**卷十八之三**

崧高……二六二七
烝民……二六四七
校勘記……二六六一

## 第六册

**卷十八之四**

韓奕……二六六七
江漢……二六九〇
校勘記……二七〇五

**卷十八之五**

常武……二七一五
瞻卬……二七二七
召旻……二七四〇

校勘記……二七五三

**卷十九之一**

**周頌**

**清廟之什**

周頌譜……二七六一
清廟……二七七五
維天之命……二七八一
維清……二七八六
烈文……二七九一
天作……二七九八
校勘記……二八〇三

**卷十九之二**

昊天有成命……二八一三
我將……二八一七
時邁……二八二一

執競……二八二九
思文……二八三三
## 臣工之什
臣工……二八三八
噫嘻……二八四六
校勘記……二八五五
## 卷十九之三
振鷺……二八六七
豐年……二八七一
有瞽……二八七三
潛……二八八〇
雝……二八八三
載見……二八八八
有客……二八九三
武……二八九七

## 閔予小子之什
閔予小子……二九〇〇
訪落……二九〇五
敬之……二九〇八
校勘記……二九一三
## 卷十九之四
小毖……二九二五
載芟……二九三〇
良耜……二九四一
絲衣……二九四七
酌……二九五三
桓……二九五八
賚……二九六二
般……二九六四
校勘記……二九七一

## 卷二十之一

### 魯頌

#### 駉之什


魯頌譜……二九八七
駉……二九九四
有駜……三〇〇六
泮水……三〇一一
校勘記……三〇二九


## 卷二十之二


閟宫……三〇四七
校勘記……三〇八一


## 卷二十之三

### 商頌


商頌譜……三〇九一
那……三〇九七
烈祖……三一〇七
玄鳥……三一一四
校勘記……三一二七


## 卷二十之四


長發……三一四三
殷武……三一五九
校勘記……三一七一

## 本册目録

四庫總目毛詩正義提要……一
毛詩正義序……九
詩譜序……一三
周南召南譜……二六
毛詩注疏校勘記序……三九
校勘記……四七
**卷一之一**
**國風**
**周南**
關雎……五一
校勘記……一〇三
**卷一之二**
葛覃……一一五
卷耳……一二七
樛木……一三五
螽斯……一三七
桃夭……一四一
校勘記……一四七
**卷一之三**
兔罝……一五五
芣莒……一五九
漢廣……一六二
汝墳……一六八
麟之趾……一七三
**召南**
鵲巢……一七八

采蘩……一八二
校勘記……一八九

**卷一之四**

草蟲……一九九
采蘋……二〇三
甘棠……二一三
行露……二一六
羔羊……二二三
殷其靁……二三〇
校勘記……二三五

**卷一之五**

摽有梅……一四三
小星……一四九
江有汜……一五四
野有死麕……一五七
何彼襛矣……二六二
騶虞……二六八
校勘記……二七三

**卷二之一**

**邶風**

邶鄘衛譜……二八一
柏舟……二八九
绿衣……二九五
燕燕……三〇二
日月……三〇六
終風……三〇九
擊鼓……三一三
校勘記……三二三

**卷二之二**

凱風……三三三

雄雉……三三七
匏有苦葉……三四一
谷風……三五一
式微……三六二
旄丘……三六四
校勘記……三七五
卷二之三
簡兮……三八九
泉水……三九八
北門……四〇五
北風……四〇九
静女……四一一
新臺……四一六
二子乘舟……四一九
校勘記……四二三
卷三之一
鄘風
柏舟……四二九
牆有茨……四三三
君子偕老……四三五
桑中……四四六
鶉之奔奔……四五〇
定之方中……四五二
校勘記……四六九
卷三之二
蝃蝀……四八一
相鼠……四八三
干旄……四八五
載馳……四九二
衛風

淇奥……四九九
考槃……五〇六
碩人……五〇九
校勘記……五一九

# 重栞宋本毛詩注疏附技勘記

嘉慶二十年江西南昌府學開雕

太子少保江西巡撫兼提督揚州阮元審定武寧縣貢生盧宣旬校

欽定四庫全書總目毛詩正義四十卷

漢毛亨傳鄭元箋唐孔穎達疏案漢書藝文志毛詩二十九卷毛詩故訓傳三十卷然但稱毛公不著其名後漢書儒林傳始云趙人毛長傳詩是爲毛詩其長字不從艸隋書經籍志載毛詩二十卷漢河閒太守毛萇傳鄭氏箋於是詩傳始稱毛萇然鄭元詩譜曰魯人大毛公爲訓詁傳於其家河閒獻王得而獻之以小毛公爲博士陸璣毛詩草木蟲魚疏亦云孔子刪詩授卜商商爲之序以授魯

人曾申申授魏人李克克授魯人孟仲子仲子授根牟子根牟子授趙人荀卿荀卿授魯國毛亨毛亨作訓詁傳以授趙國毛萇時人謂亨爲大毛公萇爲小毛公據是二書則作傳者乃毛亨非毛萇故孔氏正義亦云大毛公爲其傳由小毛公而題毛也隋志所云殊爲舛誤而流俗沿襲莫之能更朱彝尊經義考乃以毛詩二十九卷題毛亨撰注曰佚毛詩訓故傳三十卷題毛萇撰注曰存意主調停尤爲於古無據今參稽衆說定作傳者爲

毛亨以鄭氏後漢人陸氏三國吳人併傳授毛詩淵源有自所言必不誣也鄭氏發明毛義自命曰箋博物志曰毛公嘗爲北海郡守康成是此郡人故以爲敬推張華所言蓋以爲公府用記郡將用箋之意然康成生於漢末乃修敬於四百年前之太守殊無所取案說文曰箋表識書也鄭氏六藝論云注詩宗毛爲主毛義若隱略則更表明如有不同卽下己意使可識別案此論今佚此據正義所引然則康成特因毛傳而表識其傍如今人之簽記積而

成帙故謂之箋無容別曲說也自鄭箋既行齊魯韓三家遂廢（案此陸德明經典釋文之說）然箋與傳義亦時有異同魏王肅作毛詩注毛詩義駁毛詩奏事毛詩問難諸書以申毛難鄭歐陽修引其釋衞風擊鼓五章謂鄭不如王（見詩本義）王基又作毛詩駁以申鄭難王王應麟引其駁芣苢一條謂王不及鄭（見困學紀聞亦載經典釋文）晉孫毓作毛詩異同評復申王說陳統作難孫氏毛詩評又明鄭義（並見經典釋文）袒分左右垂數百年至唐貞觀十六年命孔穎達等因鄭箋

爲正義乃論歸一定無復歧塗毛傳二十九卷隋志附以鄭箋作二十卷疑爲康成所併穎達等以疏文繁重又析爲四十卷其書以劉焯毛詩義疏劉炫毛詩述義爲稾本故能融貫羣言包羅古義終唐之世人無異詞惟王讜唐語林記劉禹錫聽施士匄講毛詩所說維鵜在梁陟彼岵兮勿翦勿拜維北有斗四義稱毛未注然未嘗有所詆排也至宋鄭樵恃其才辨無故而發難端南渡諸儒始以掊擊毛鄭爲能事元延祐科舉條制詩雖兼

用古注疏其時門戶已成講學者訖不遵用洎及明代胡廣等竊劉瑾之書作詩經大全著爲令典於是專宗朱傳漢學遂亡然朱子從鄭樵之說不過攻小序耳至於詩中訓詁用毛鄭者居多後儒不考古書不知小序自小序傳箋自傳箋閧然佐鬬遂併毛鄭而棄之是非惟不知毛鄭爲何語殆併朱子之傳亦不辨爲何語矣我

國家經學昌明一洗前明之固陋乾隆四年

皇上特命校刊十三經注疏

頒布學宮鼓篋之儒皆駸駸乎研求古學今特錄

其書與小序同冠詩類之首以昭六義淵源

其來有自孔門師授端緒炳然終不能以他

說掩也

# 毛詩正義序

夫詩者論功頌德之歌止僻防邪之訓雖無爲而自發乃有益於生靈六情靜於中百物盪於外情緣物動物感情遷若政遇醇和則歡娛被於朝野時當慘黷亦怨刺形於詠歌作之者所以暢懷舒憤聞之者足以塞違從正發諸情性諧於律呂故曰感天地動鬼神莫近於詩此乃詩之爲用其利大矣若夫哀樂之起冥於自然喜怒之端非由人事故燕雀表啁噍之感鸞鳳有歌舞之容然則詩理之先同夫開闢詩迹所

用隨運而移上皇道質故諷諭之情寡中古政
繁亦謳謌之理切唐虞乃見其初犧軒莫測其
始於後時經五代篇有三千成康沒而頌聲寢
陳靈興而變風息先君宣父釐正遺文緝其精
華褫其煩重上從周始下暨魯僖四百年閒六
詩備矣卜商闡其業雅頌與金石同和秦正燎
其書簡牘與煙塵共盡漢氏之初詩分爲四申
公騰芳於鄢郢毛氏光價於河閒貫長卿傳之
於前鄭康成箋之於後晉宋二蕭之世其道大
行齊魏兩河之閒兹風不墜其近代爲義疏者

有全緩何胤舒瑗劉軌思劉醜劉焯劉炫等然焯炫並聰穎特達文而又儒擢秀幹於一時騁絕轡於千里固諸儒之所揖讓日下之無雙於其所作疏內特爲殊絕今奉

勑刪定故據以爲本然焯炫等負恃才氣輕鄙先達同其所異異其所同或應略而反詳或宜詳而更略準其繩墨差忒未免勘其會同時有顛躓今則削其所煩增其所簡唯意存於曲直非有心於愛增謹與朝散大夫行太學博士臣王德韶徵事郎守四門博士臣齊威等對共討

論辨詳得失至十六年又奉

勑與前脩疏人及給事郎守太學助教雲騎尉

臣趙乾叶登仕郎守四門助教雲騎尉臣賈普

曜等對

勑使趙弘智覆更詳正凡爲四十卷庶以對揚

聖範垂訓幼蒙故序其所見載之於卷首云爾

# 詩譜序

詩之興也諒不於上皇之世【疏】正義曰上皇謂伏犧三皇之最先者故謂之上皇鄭知于時信無詩者上皇之時舉代淳朴田漁而食與物未殊居上者設言而莫違在下者羣居而不亂未有禮義之教刑罰之威爲善則莫知其善爲惡則莫知其惡其心旣無所感其志有何可言故知爾時未有詩詠○大庭軒轅逺於高辛其時有亡載籍亦蔑云焉【疏】正義曰鄭注中候勑省圖以伏犧女媧神農三代爲三皇以軒轅少昊高陽高辛陶唐有虞六代爲五帝德合北辰者皆稱皇感五帝座星者皆稱帝故三皇三而五帝六也大庭神農之別號大庭軒轅疑其有詩者大庭以還漸有樂器樂器之音逐人爲辭則是爲詩之漸故疑有之也禮記明堂位曰土鼓蕢桴葦籥伊耆氏之樂也注云伊耆氏古天子號禮運云夫禮之初始諸飲食蕢桴而土鼓注云中古未有釜甑而中古謂神農時也郊特牲云伊耆氏始爲蜡蜡者爲田報祭案易繫辭稱農始作耒耜以教天下則田起神農矣二者相推則伊耆神農並與大庭爲一大庭有鼓籥之器黃帝有雲

門之樂至周尚有雲門明其音聲和集既能和集必不空絃絃之所歌即是詩也但事不經見故總爲疑辭案古史考云伏犧作瑟明堂位云女媧之笙簧則伏犧女媧已有樂矣鄭既信伏犧無詩又不疑女媧有詩而以大庭爲首者原夫樂之所起發於人之性情性情之生斯乃自然而有故嬰兒孩子則懷嬉戲抃躍之心玄鶴蒼鸞亦合歌舞節奏之應豈由有詩而乃成樂樂作而必由詩然則上古之時徒有謳歌吟呼縱令土鼓葦籥必無文字雅頌之聲故伏犧作瑟女媧笙簧及蕢桴土鼓必不因詩詠如此則時雖有樂容或無詩鄭疑大庭有詩者正據後世漸文故疑有爾未必以土鼓葦籥遂爲有詩若然詩序云情動於中而形於言言之不足乃永歌嗟歎聲成文謂之音是由詩乃爲樂者此據後代之詩因詩爲樂其上古之樂必不如此鄭說既疑大庭有詩則書契之前已有詩矣而六藝論論詩云詩者弦歌諷喻之聲也自書契之興朴略尚質面稱不爲諂目諫不爲謗君臣之接如朋友然在於懇誠而已斯道稍衰姦僞以生上下相犯及其制禮尊君卑臣君道剛嚴臣道柔順於是箴諫者希情志不通故作詩者以誦其美而譏其過彼書契之興既未有詩制禮之後始有詩者藝論所云今詩所用誦美譏過故以制禮爲限此言有詩之漸述情歌詠未有箴諫故疑大庭以還由

主意有異故所稱不同禮之初與天地並矣而藝論論禮云禮其初起蓋與詩同時亦謂今時所用之禮不言禮起之初也○**虞書曰詩言志歌永言聲依永律和聲然則詩之道放於此乎**（疏）正義曰虞書者舜典也鄭不見古文尚書伏生以舜典合於堯典故鄭註在堯典之末彼註云詩所以言人之志意也永長也歌又所以長言詩之意聲之曲折又長言而爲之聲中律乃爲和彼舜典命樂已道歌詩經典言詩無先此者故言詩之道也放於此乎猶言適於此也放於此乎隱二年公羊傳文言放於此者謂今誦美譏過之詩其道始於此非初作謳歌始於此也益稷稱舜云工以納言時而颺之格則承之庸之否則威之彼說舜誡羣臣使之用詩是用詩規諫舜時已然大舜之聖任賢使能目諫面稱似無所忌而云情志不通始作詩者六藝論云情志不通者據今詩而論故云以誦其美而譏其過其唐虞之詩非由情志不通直對面歌詩以相誡勗且爲濫觴之漸與今詩不一故皐陶謨說皐陶與舜相荅爲歌即是詩也虞書所言雖是舜之命夔而舜承於堯明堯已用詩矣故六藝論云唐虞始造其初至周分爲六詩亦指堯典之文謂之造初謂造今詩之初非謳歌之初謳歌之

初則疑其起自大庭時矣然謳歌自當久遠其名曰詩未知何代雖於舜世始見詩名其名必不初起舜時也名爲詩者內則說負子之禮云詩負之註云詩之言承也春秋說題辭云在事爲詩未發爲謀恬澹爲心思慮爲志詩之爲言志也詩緯含神務云詩者持也然則詩有三訓承也志也持也作者承君政之善惡述己志而作詩爲詩所以持人之行使不失隊故一名而三訓也○**有夏承之篇章泯棄靡有子遺**【疏】正義曰夏承虞後必有詩矣但篇章絕滅無有子然而得遺餘此夏之篇章不知何時滅也有商頌而無夏頌蓋周室之初也記録不得**【逮】及商王不風不雅**【疏】正義曰湯以諸侯行化卒爲天子商頌成湯命於下國封建厥福明其政教漸興亦有風雅商周相接年月未多今無商風雅唯有其頌是周世棄而不録故云近及商王不風不雅言有而不取之○**何者論功頌德所以將順其美刺過譏失所以匡救其惡各於其黨則爲法者彰顯爲戒者著明**【疏】正義曰此論周室不存商之風雅之意風雅之詩止有論功頌

德刺過譏失之二事耳黨謂族親此二事各於已之族親則人自錄周之風雅則法足彰顯戒足著明不假復錄先代之風雅也頌則前代至美之詩敬先代故錄之。周自后稷播種百穀黎民阻飢茲時乃粒自傳於此名也〔疏〕正義曰自此下至詩之正經說周有正詩之由言后稷種百穀之時衆人皆厄於飢此時乃得粒食后稷有此大功稱聞不朽是后稷自彼堯時流傳於此後世之名也堯典說舜命后稷云帝曰棄黎民阻飢汝后稷播時百穀皋陶謨稱禹曰予暨稷播奏庶艱食鮮食烝民乃粒是其文也陶唐之末中葉公劉亦世脩其業以明民共財〔疏〕正義曰公劉者后稷之曾孫當夏時爲諸侯以后稷當唐之時故繼唐言之也中葉謂中世后稷至於大王公劉居其中商頌云昔在中葉亦謂自契至湯之中也祭法云黃帝正名百物以明民共財明民謂使衣服有章共財謂使之同有財用公劉在豳教民使上下有章財用不乏故引黃帝之事以言之。至於大王王季克堪顧天〔疏〕正義曰此尚書多方說天以紂惡更求人主之意云天惟求爾多方大動以威開厥顧天惟爾多方罔堪顧之惟我周王克堪用德惟典神天注云顧由視念也其意言天下災異之威動天下之心開其能爲天以視念者衆國無堪爲之惟我周能堪之彼言文王武王能顧天耳大王王季爲天所祐已有王跡是能顧天也○文武之德光熙前緒以集大命於厥身遂爲天下父母使民有政有居疏正義曰泰誓說武王伐紂衆咸曰孜孜無怠天將有立父母民之有政有居言民得聖人爲父母必將有明政有安居文武道同故并言之○其時詩風有周南召南雅有鹿鳴文王之屬疏正義曰此揔言文武之詩皆述文武之政未必皆文武時作也故文王大明之等檢其文皆成王時作○及成王周公致大平制禮作樂而有頌聲興焉盛之至也疏正義曰時當成王功由周公故譜說成王之詩皆并舉周公爲文制禮作樂大平無爲故與大平連言頌聲之興不皆在制禮之後也故春官樂師職云及徹帥學士而歌徹玄謂徹者歌雍也是頌詩之作有在制禮前者也○本

之由此風雅而來故皆錄之謂之詩之正經

正義曰此解周詩并錄風雅之意以周南召南之風是王化之基本鹿鳴文王之雅初興之政教今有頌之成功由彼風雅而就據成功之頌本而原之其頌乃由此風雅而來故皆錄之謂之詩之正經以道衰乃作者名之爲變此詩謂之爲正此等正詩昔武王采得之後乃成王即政之初於時國史自定其篇屬之大師以爲常樂非孔子有去取也儀禮鄉飲酒工歌鹿鳴四牡皇皇者華笙入奏南陔白華華黍閒歌魚麗笙由庚歌南有嘉魚笙崇丘歌南山有臺笙由儀合樂周南關雎葛覃卷耳召南鵲巢采蘩采蘋燕禮用樂與鄉飲酒文同唯采蘋越草蟲之篇其餘在於今詩悉皆次比又左傳及國語稱魯叔孫穆子聘於晉晉人爲之歌文王大明綿又歌鹿鳴四牡皇皇者華亦各取三篇風雅異奏明其先自次比非孔子定之故譜於此不言孔子其變風變雅皆孔子所定故下文特言孔子錄之春官大師職鄭司農注云古而自有風雅頌之名故延陵季子觀樂於魯時孔子尚幼未定詩書而曰爲之歌邶鄘衞曰是其衞風乎又爲之歌小雅大雅又爲之歌頌論語曰吾自衞反魯然後樂正雅頌各得其所時禮樂自諸侯出頗有謬亂不正者孔子正之耳是司農之所

意亦與鄭同以爲風雅先定非孔子爲之襄二十九年左傳服虔注云襄公十一年孔子自衞反魯然後樂正雅頌各得其所距此六十二歲當時雅頌未定而云爲之歌小雅大雅頌者傳家據已定錄之此說非也六詩之目見於周禮豈由孔子始定其名乎儀禮歌召南三篇越草蟲而取采蘋蓋采蘋舊在草蟲之前孔子以後簡札始倒或者草蟲有憂心之言故不用爲常樂耳

**後王稍更陵遲懿王始受譖亨齊哀公夷身失禮之後邶不尊賢**〔疏〕正義曰自此以下至刺怨相尋解變風變雅之作時節變風之作齊衞爲先齊哀公當懿王衞頃公當夷王故先言此也莊四年公羊傳曰齊哀公亨乎周紀侯譖之徐廣以爲周夷王亨之鄭知懿王者以齊世家云周亨哀公而立其弟靖爲胡公當夷王之時哀公母弟山殺胡公而自立言夷王之時山殺胡公則胡公之立在夷王前矣受譖亨人是衰闇之主夷王上有孝王書傳不言孝王有大罪惡周本紀云懿王立王室遂衰詩人作刺是周衰自懿王始明懿王受譖矣本紀言詩人作刺得不以懿王之時雞鳴之詩作于是以知亨之者懿王也衞世家云貞伯卒子頃侯立頃侯厚賂周夷王夷王命爲衞侯是衞頃公當夷王時郊特牲

云覲禮天子不下堂而見諸侯下堂而見諸侯天子之失禮也由夷王以下是夷王身失禮也柏舟言仁而不遇是鄉不尊賢也。自是而下厲也幽也政教尤衰周室大壞十月之交民勞板蕩勃爾俱作衆國紛然刺怨相尋正義曰大率變風之作多在夷厲之後故云衆國紛然刺怨相尋擊鼓序云怨州吁怨亦刺之類故連言之。五霸之末上無天子下無方伯善者誰賞惡者誰罰紀綱絶矣〔疏〕正義曰此言周室極衰之後不復有詩之意五霸之字或作五伯成二年左傳云五伯之霸也中候霸免注云霸猶把也把天子之事也然則言伯者長也謂與諸侯為長也五伯者三代之末王政衰微諸侯之強者以把天子之事與諸侯為長三代共有五人服虔云五伯謂夏伯昆吾商伯大彭豕韋周伯齊桓晉文也知者鄭語註云祝融之後昆吾為夏伯矣大彭豕韋為商伯矣論語云管仲相桓公霸諸侯昭九年傳云文之伯也是五者為霸之文也此言五霸之末正謂周代之霸齊桓晉文之後明其不在夏殷之霸也齊晉最居其末故言五霸之末耳。僖元年公羊傳云上無天子下無方伯天下諸侯有相滅亡者桓公不能救則桓公恥之是齊桓晉文能賞善罰惡也其後無復霸君不能賞罰是天下之綱紀絶矣縱使作詩終是無益故賢者不復作詩由其王澤竭故也王制云千里之外設方伯二百一十國以爲州州有伯是方伯謂州牧也周之州長自名爲牧以其長於一方故公羊稱爲方伯言無天子無方伯謂無賢明耳

**故孔子録懿王夷王時詩訖於陳靈公淫亂之事謂之變風變雅**

【疏】正義曰懿王時詩齊風是也夷王時詩邶風是也陳靈公魯宣公十年爲其臣夏徵舒所殺變風齊邶爲先陳最在後變雅則處其間故鄭舉其終始也史記孔子世家云古者詩本三千餘篇去其重取其可施於禮義者三百五篇是詩三百者孔子定之如史記之言則孔子之前詩篇多矣案書傳所引之詩見在者多亡逸者少則孔子所録不容十分去九馬遷言古詩三千餘篇未可信也據今者及亡詩六篇凡有三百一十一篇皆子夏爲之作序明是孔子舊定而史記漢書云三百五篇者闕其亡者以見在爲數也樂緯動聲儀詩緯含神務尚書璇璣鈐皆云三百五篇者漢世毛學不行三家不見詩序不知六篇

亡失謂其唯有三百五篇讖緯皆漢世所作故皆三百五耳此言訖於陳靈則在魯僖之後藝論云孔子錄周衰之歌及衆國賢聖之遺風自文王創基至於魯僖四百年間凡取三百五篇合爲國風雅頌唯言至於魯僖者據詩之首君爲文也陳靈公非陳詩之首曹昭公以僖七年卒即位在僖之前故舉魯僖以爲言也藝論云文王創基至於魯僖則商頌不在數矣而以周詩是孔子所錄商頌則篇數先定論錄則獨舉周代數篇則兼取商詩而云合爲國風雅頌者以商詩亦周歌所用故得稱之孔子刊定則應先後依次而鄭風清人是文公詩處昭公之上衛風伯兮是宣公之詩在惠公之下者鄭荅張逸云詩本無文字後人不能盡得其次第錄者直錄存義而已然則孔子之後始顛倒雜亂耳

以爲勤民恤功昭事上帝則受頌聲弘福如彼若違而弗用則被劫殺大禍如此吉凶之所由憂娛之萌漸昭昭在斯足作後王之鑒於是止矣〔疏〕

正義曰此言孔子錄詩唯取三百之意弘福如彼謂如文武成王世脩其德致太平也大禍如此謂如厲幽陳靈惡加於

民彼放弑也。違而不用，謂不用詩義，則勤民恤功，昭事上帝，是用詩義也。互言之也。用詩則吉，不用則凶，吉凶之所由，謂由詩也。詩之規諫，皆防萌杜漸，用詩則樂，不用則憂，是爲憂娛之萌漸也。此二事皆明明在此，故唯錄三百一十一篇，庶今之明君良臣，欲崇德致治，克稽古於先代，觀成敗於行事。又疾時儒士之說詩，既不精其研覈，又不覩其終始，講於鄉黨，無昭晳，陳於朝廷，不煥炳，故將述其國土之分，列其人之先後。○

夷厲已上，歲數不明。大史年表自共和始，歷宣、幽、平王而得春秋次第，以立斯譜。〔疏〕正義曰：自此已下，論作譜之意。本紀夷王已上多不記在位之年，是歲數不明。周本紀云：厲王三十四年，王益嚴；又三年，王出奔于彘，召公、周公二相行政，號曰共和。十二諸侯年表起自共和元年，是歲魯眞公之十四年，齊武公之十年，晉靖侯之十八年，秦仲之四年，宋釐公之十八年，衛僖侯之十四年，陳幽公之十四年，蔡武公之二十四年，曹夷伯之二十四年，鄭則于時未封。是太史年表自共和始也。又案本紀，共和十四年，厲王死於彘，宣王卽位，四十六年崩，子幽王立，十一年爲犬戎所殺，子平王立，四十九年當魯隱公元年。計共和元年距春秋之初一百一十九年，春秋之時年歲分明，故云歷宣幽平王而得春秋次第，以立斯譜。鄭於三禮、論語爲之作序，此譜亦是序類，避子夏序名，以其列諸侯世及詩之次，故名譜也。易有序卦，書有孔子作序，故鄭避之，謂之爲贊。贊，明也，明己爲註之意。此詩不謂之譜。譜者，普也，註序世數，事得周普，故史記謂之譜牒是也。欲知源流清濁之所處，則循其上下而省之；欲知風化芳臭氣澤之所及，則傍行而觀之，此詩之大綱也。舉一綱而萬目張，解一卷而眾篇明，於力則鮮，於思則寡，其諸君子亦有樂於是與。

【疏】正義曰：此以總言爲譜之理也。若魏有儉嗇之俗，唐有殺礼之風，齊有太公之化，衛有康叔之烈，述其土地之宜，顯其始封之主，省其上下，知其眾源所出，識其清濁也。屬其美刺之詩，各當其君君之化，傍觀其詩，知其風化得失，識其芳臭，皆以喻善惡耳。哀十四年公羊傳說孔子制春秋之義，以俟後聖，以君子之爲亦有樂乎此，鄭取彼意也。

# 周南召南譜

周召者禹貢雍州岐山之陽地名○正義曰禹貢雍州云荆岐既旅是岐屬雍州也緜之篇說大王遷於周原閟宫言大王居岐之陽是周地在岐山之陽也孟子云文王以百里而王則周召之地共方百里而皆名曰周其召是周内之別名也大王始居其地至文王乃徙於豐周書稱王季宅程皇矣說文王既伐密須度其鮮原居岐之陽不出百里則王季居程亦在岐南程是周地之小別也○今屬右扶風美陽縣地形險阻而原田肥美○正義曰漢書地理志右扶風郡有美陽縣禹貢岐山在西北周文王所居也皇甫謐云今美陽西北有岐城舊趾是也本或作杜陽案志扶風自別有杜陽縣而岐山在美陽不在杜陽鄭於禹貢注云岐山在扶風美陽西北則作杜者誤也皇矣稱居岐之陽在渭之將是其處險阻也緜云周原膴膴堇荼如飴是地肥美也○周之先公曰大王者避狄難自豳始遷焉而脩德建王業商王帝乙之初命其子王季爲西伯至紂又命文王典治南國江漢汝旁之諸侯○正義曰以帝乙紂之父準其年世與王季同時旱麓說大王王季之事云瑟彼玉瓚黄流在中言王季受玉瓚之賜也尚書謂文王爲西伯當是繼父之業故知王季亦爲西

伯殷之州長曰伯謂爲雍州伯也周禮八命作牧殷之州伯蓋亦八命也如旱麓傳云九命然後錫以秬鬯圭瓚孔叢云羊容問於子思曰古之帝王中分天下而二公治之謂之二伯周自后稷封爲王者之後大王王季皆爲諸侯奚得爲西伯乎子思曰吾聞諸子夏云殷王帝乙之時王季以九命作伯於西受圭瓚秬鬯之賜故文王因之得專征伐此諸侯爲伯猶周召分陝皇甫謐亦云王季於帝乙殷王之時賜九命爲西長始受圭瓚秬鬯皆以爲王季受九命作東西大伯鄭不見孔叢之書旱麓之箋不言九命則以王季爲州伯也文王亦爲州伯故西伯戡黎注云文王爲雍州之伯南兼梁荆在西故曰西伯文王之德優於王季文王尚爲州伯明王季亦爲州伯也楚辭天問曰伯昌號衰秉鞭作牧王逸注云伯謂文王也鞭以喻政言紂號令既衰文王執鞭持政爲雍州牧天問稱原所作去聖未遠謂文王爲牧明非大伯也所以不從毛說言至紂又命文王者既已繼父爲州伯又命之使兼治南國江漢汝旁之諸侯也知者以漢廣序云美化行乎江漢之域汝墳序云汝墳之國婦人能閔其君子文王三分天下而有其二此詩猶美江漢汝墳明是江漢之濱先被文王之教若非受紂之命其化無由及之明紂命之矣江漢之域即梁荆二州故尚書註云南兼梁荆其後化廣民附三分

有二不必皆紂命也○於時三分天下有其二以服事殷故雍梁荆豫徐揚之人咸被其德而從之○正義曰既引論語三分有二故據禹貢州名指而言之雍梁荆豫徐揚歸文王其餘冀青兖屬紂九州州而有其六是爲三分有其二也禹貢九州夏時之制於周則夏官職方氏辨九州之域有揚荆豫青兖雍幽冀并校之於禹貢無徐梁有幽并故地理志云周監二代而損益之改禹貢徐梁二州合之於雍青分冀州之地以爲幽并是其事也爾雅釋地九州之名有冀豫雍荆揚兖徐幽營孫炎曰此蓋殷制禹貢有梁青無幽營周禮有幽并無徐營然則此説不同不言殷周九州而遠指禹貢者孫炎以爾雅之文與禹貢不同於周禮又異故疑爲殷制耳亦無明文言殷改夏也地理志云殷因於夏無所變改班固不以爾雅爲世法又周礼冀幽并於禹貢唯一州耳相率三分無一故從岐而横分之據禹貢正經之文取六州以爲三分之二準禹貢之境論施化之處不言當時有此州名也序言化自北而南則於岐東西之南得有三分二者岐於土中近北故也○文王受命作邑於豐乃分岐邦周召之地爲周公旦召公奭之采地施先公之教於已所職之國○正義曰文王受命作邑於豐文王有聲之文也地理志云京兆鄠縣豐水出其東南皇甫謐云豐在京兆鄠縣東豐水之西文王自

程徙此案皇矣篇云文王既伐密須徙於鮮原從鮮原徙豐
而譜云自程非也豐在岐山東南三百餘里文王既遷於豐
而岐邦地空故分賜二公以爲采邑也言分采地當是中半
不知孰爲東西或以爲東謂之周西謂之召事無所出未可
明也知在居豐之後賜二公地者以泰誓之篇伐紂時事已
言周公曰樂記說大武之樂象伐紂之事云五成而分陝周
公左而召公右明知周召二公並在文王時已受采矣文王
若未居豐則岐邦自爲都邑不得分以賜人明知分賜二公
在作豐之後且二南文王之詩而分繫二公若文王不賜采
邑不使行化安得以詩繫之故知此時賜之采邑也既以此
詩繫二公明感二公之化故使施先公之教於已所職之
國也言先公者大王王季賢人文王承其業文王自有聖化
不必要用先公但子當述父之事取其宜者行之以先公爲
辭耳猶自兼行聖化故有聖人之風此獨言施先公之教明
化己之可知以召南有先公之教故特言之耳文王使二公
施化早矣非受采之後於此言之者明詩繫二公之意也言
己所職者指謂六州之人服從於已者○武王伐紂定天下
巡守述職陳誦諸國之詩以觀民風俗六州者得二公之德
教尤純故獨錄之屬之大師分而國之○正義曰宜十二年
左傳引時邁之詩云昔武王克商而作頌曰載戢干戈載櫜

弓矢時邁序云巡守則武王巡守矣王制說巡守之禮曰命
大師陳詩以觀民風俗故知武王巡守得二南之詩也譜云
天子納變雅諸侯納變風其禮同則文王亦采詩而必知武
王始得之者諸侯之納變風道欲觀民之情以知已政得失
耳非能別賢聖之異風立一代之大典也文王猶爲諸侯王
業未定必不得分定二南故據武王言之耳武王徧陳諸國
之詩非特六州而已而此二南之風獨有二公之化故知六
州者得二公之德教風化尤最純絜故獨取其詩付屬之於
大師之官使分而國之爲二國之風以大師掌六詩之歌達
聲樂之本故知屬之使分繫也○其得聖人之化者謂之周
南得賢人之化者謂之召南言二公之德教自岐而行於南
國也○正義曰文王將建王業以諸侯而行王道大王王季
是其祖父皆有仁賢之行己之聖化未可盡行乃取先公之
教宜於今者與己聖化使二公雜而施之又六州之民志性
不等或得聖人之化或得賢人之化由受教有精麤故歌詠
有等級大師曉達聲樂妙識本源分別所感以爲二國其得
聖人之化者謂之周南得賢人之化者謂之召南解大師分
作二南之意也知有此理者序云關雎麟趾之化王者之風
故繫之周公鵲巢騶虞之德諸侯之風故繫之召公以聖人
宜爲天子賢人宜作諸侯言王者之風是得聖人之化也言

諸侯之風是得賢人之化也周公聖人故以聖人之風繫之以召公賢人故以賢人之風繫之以六州本得二公之教因有天子之風義一聖一賢事尢相類故繫之二公既分繫二公以優劣爲次先聖後賢故先周後召也不直稱周召而連言南者欲見行化之地且作詩之處若不言南無以見斯義也且直言周召嫌主美二公此實文王之詩而繫之二公故周召二國並皆云南見所化之處明其與諸國有異故也此詩既繼○二公卽二公爲其詩主若有美二公則各從其國甘棠之在召南是其事也周南無美周公或時不作或錄不得也○乃棄其餘謂此爲風之正經○正義曰武王徧陳諸國之詩今唯二南在矣明是棄其餘也○初古公亶父聿來胥宇爰及姜女其後大任思媚周姜大似嗣徽音歷世有賢妃之助以致其治○正義曰此事皆在大雅也鄭言此者以二國之詩以后妃夫人之德爲首召南夫人雖斥文王夫人而先王夫人亦有是德故引詩文以歷言○文王刑于寡妻至于兄弟以御于家邦○正義曰此思齊文也言文王先化於妻卒治家國此明二國之詩先以后妃夫人爲首之意○是故二國之詩以后妃夫人之德爲首終以麟趾騶虞言后妃夫人有斯德興助其君子皆可以成功至于獲嘉瑞○正義曰此論二國之詩次比之意是故者緣上事生下勢之稱

此后妃夫人皆大姒也一人而二名各隨其事立稱禮天子之妃曰后諸侯之妃曰夫人以周南王者之化故稱后妃召南諸侯之化故云夫人直以化感爲名非爲先後之別有陳聖化雖受命前事猶稱后妃有說賢化雖受命後事尚稱夫人二國別稱而文王不異文者召南夫人爲首后妃變稱夫人足知賢聖異化於文王不假復異其辭故鵲巢之序言國君以著義於後皆以常稱言之聖王之馭世符瑞必臻故次麟趾騶虞於末欲見致嘉瑞也時實不致故以爲法故言耳以詩人之作各言其志麟趾關雎騶虞之與鵲巢未必一人作也麟趾言公子之信厚騶虞歎國君之仁心自取獸名別爲興喻非歎瑞應與前篇共相終始但君子之道作事可法垂憲後昆大師比之於末序者申明其意因言關雎之應鵲巢之應耳其實作者本意不在於應而使詩有龍鳳之文亦將以之爲應非獨麒麟白虎也鄭答張逸云文王承先公之業積脩其德以致風化述其美以爲之法能行其本則致末應旣致其應故以爲法是其不實致也此譜於此篇之大略耳而二風大意皆自近及遠周南關雎至螽斯皆后妃身事桃夭兔罝芣苢后妃化之所及漢廣汝墳變言文王之化見其化之又遠也召南鵲巢采蘩夫人身事草蟲采蘋朝廷之妻甘棠行露朝廷之臣大夫之妻與夫人同爲陰類故先於

召伯皆是夫人化之所及也羔羊以下言召南之國江沱之閒亦言文王之政是又化之差遠也篇之大率自以遠近爲差周南上八篇言后妃漢廣汝墳言文王召南上二篇言夫人羔羊摽有梅江有汜騶虞四篇言文王所以論后妃夫人詳於周南而略於召南者以召南夫人則周南后妃既於后妃事詳所以召南於夫人遂略其文王之德化多少不同者自由作不有别又采得多少不同周南桃夭言后妃之所致召南羔羊云鵲巢之功所致者周南桃夭以上皆后妃身事文與后妃接連故言后妃所致召南羔羊以前非獨夫人身事文與夫人不相連接故變言鵲巢之功所致也又桃夭致後三篇有后妃之化羔羊致後無夫人之化者亦是周南后妃既詳於召南夫人遂略致者行化於已自已致人草蟲以下非後夫人身事亦是夫人之致也羔羊召南之國化文王之政爲鵲巢之功所致則漢廣文王之道被于南國亦是關雎之功所致序者以此二風皆是文王之化太姒所贊周南以桃夭至芣苢三篇爲后妃所致漢廣以下其事差遠爲文王之致召南以草蟲至行露四篇爲夫人所致羔羊以下差遠爲文王之致各舉其事互相發明此二南之詩文王時作文王卽位至受命之時已四十餘年諸侯從之蓋亦早矣鄭答張逸云文王以諸侯而有王者之化卒以受命是受命之

前已行王德當此之時詩已作也何則化被於下則民述其志何須待布王號然後作歌武王采得之時二公已有爵土命其行化遂分繫之非由二公有土此詩始作也周召二十五篇唯甘棠與何彼襛矣二篇乃是武王時作武王伐紂乃封太公爲齊侯令周召爲二伯而何彼襛矣經云齊侯之子太公已封於齊甘棠經云召伯召公爲伯之後故知二篇皆武王時作非徒作在武王之時其所美之事亦武王時也行露雖述召伯事與甘棠異時趙商疑而發問故志趙商問甘棠行露之詩美召伯之功箋以爲當文王與紂之時不審召公何得爲伯荅曰甘棠之詩召伯自明誰云文王與紂之時乎至行露篇箋義云衰亂之俗微貞信之教興若當武王時被召南之化久矣衰亂之俗已銷安得云微云此文王時也序義云召伯聽訟者從後錄其意是以云然而鄭此荅明甘棠箋之所云美其爲伯之功謂武王時也此二篇武王時事得入召南風者以詩繫於召召爲詩主以其主美召伯因即錄於召南王姬以天子之女降尊適卑不失婦道召南多陳人倫事與相類又王姬賢女召南賢化又作在武王之世不可入文王聖化之風故錄之於召南也○風之始所以風化天下而正夫婦焉故周公作樂用之鄉人焉用之邦國焉或謂之房中之樂者后妃夫人侍御於其君子女史

歌之以節義序故耳○正義曰云言或者道異說也鄭之前世有爲此說者故因解之二南之風言后妃樂得淑女無嫉妬之心夫人德如鳲鳩可以承奉祭祀能使夫婦有義妻妾有序女史歌之風切后夫人以節此義序故用之耳王風云君子陽陽左執簧右招我由房謂路寢之房以人君有房中之樂則后夫人亦有房中之樂以后夫人房中之樂歌周南召南則人君房中之樂亦歌周南召南故譜下文云路寢之常樂風之正經也天子歌周南諸侯歌召南用此或說爲義也后夫人用之亦當然也王肅云自關雎至芣苢后妃房中之樂肅以此八篇皆述后妃身事故爲后妃之樂然則夫人房中之樂當用鵲巢采蘩鄭無所說義亦或然○射禮天子以騶虞諸侯以貍首大夫以采蘋士以采蘩爲節○正義曰在召南之篇亦是用之於樂故言之禮記射義有此文彼注亦以爲騶虞取其一發五豝喻得賢者多貍首取小大莫處御于君所采蘋取其循澗以采蘋喻循法度以成君事采蘩取夙夜在公各取其篇之義以爲戒也爲節者謂射之進退當樂節相應彼每篇一言爲節此引之省文也○今無貍首周衰諸侯並僭而去之孔子錄詩不得也爲禮樂之記者從後存之遂不得其次序○正義曰言此者以射用四篇而三篇皆在召南則貍首亦當在今無其篇故辨之云諸侯所以

去之大射注云貍之言不來也其詩有射諸侯首不朝者之
言因以名篇後世失之然則於時諸侯不肯朝事天子惡其
被射之言故棄之爲禮樂之記者正謂記作射義者以貍首
樂歌之曲故并樂言之射義註云貍首逸詩下云曾孫侯氏
是也其下文云故詩曰曾孫侯氏四正具舉大夫君子凡以
庶士小人莫處御于君所以燕以射則燕則譽謂此是貍首
經文也彼雖引詩無貍首之字鄭知是貍首者以彼之說諸
侯射法而引此詩其下又云君臣相與盡志於射以習禮樂
則安則譽也是以天子制之而諸侯務焉言諸侯用爲射節
知是貍首之辭無貍首字者略引其文不盡其辭故也○周
公封魯死謚曰文公召公封燕死謚曰康公元子世之○正
義曰周公封魯召公封燕史記皆有世家言之周語引常棣
爲周文公之詩是周公謚曰文也公劉序云召康公戒成王
是召公謚曰康也閟宮云建爾元子乃命魯公是元子世之
也燕世家云自召公以下九世至惠公當厲王之時則是失
其世次不得召公元子名謚傳國於後是元子可知○其次
子亦世守采地在王官春秋時周公召公是也○正義曰僖
九年公會宰周公于葵丘文五年召伯來會葬是春秋時周
公召公也經傳皆言周公謂爲三公不知何爵也召稱伯則
伯爵以左傳多云召公故言公其旦與奭次子名謚書傳無

文王以西都賜秦則春秋時周公召公別於東都受采存本周召之名也非復岐周之地晉書地道記云河東郡垣縣有召亭周則未聞今爲召州是也左方無君世者此因詩繫二公故終言之其君世世家亡滅且非此所須故也○問者曰周南召南之詩爲風之正經則然矣自此之後南國諸侯政之興衰何以無變風答曰陳諸國之詩者將以知其缺失省方設教爲黜陟時徐及吳楚僭號稱王不承天子之風今棄其詩夷狄之也○正義曰以列國政衰變風皆作南國諸侯其數多矣不得全不作詩今無其事故問而釋之巡守陳詩者觀其國之風俗故采取詩以爲黜陟之漸亦既僭號稱王不承天子威令則不可黜陟故不錄其詩吳楚僭號稱王春秋多有其事知徐亦僭者檀弓云邾婁考公之喪徐君使容居來弔其辭云昔我先君駒王是其僭稱王也○其餘江黃六蓼之屬既驅陷於彼俗又亦小國猶邾滕紀莒之等夷其詩蔑而不得列於此○正義曰春秋文四年楚人滅江僖十二年滅黃文五年楚滅六并蓼終爲楚人所滅是被其驅逼陷惡俗也既驅陷彼俗亦不可黜陟又且小國政教狹陋故夷其詩輕蔑之而不得列於國風也邾滕紀莒春秋時小國亦不錄之非獨南方之小國也其魏與檜曹當時猶大於邾莒故得錄之春秋時燕蔡之屬國大而無詩者薛綜答韋

昭云或時不作詩
或有而不足錄

詩譜序終

翰林院編修南昌黃中模栞

# 毛詩注疏挍勘記序

攷異於毛詩經有齊魯韓三家之異齊魯詩久亡韓詩則宋以前尚存其異字之見於諸書可攷者大約毛多古字韓多今字有時必互相證而後可以得毛義也毛公之傳詩也同一字而各篇訓釋不同大抵依文以立解不依字以求訓非執於周官之假借者不可以讀毛傳也毛不易字鄭箋始有易字之例顧注禮則立說以改其字而詩則多不欲顯言之亦或有顯言之者毛以假借立說則不言易字而易字在其中鄭又於傳外研尋往往傳所不易者而易之非好異也亦所謂依文立解不如此則文有未適也孟子曰不以文害辭

不以辭害志孟子所謂文者今所謂字言不可泥於字而必使作者之志昭著顯白於後世毛鄭之於詩其用意同也傳箋分而同一毛詩字有各異矣自漢以後轉寫滋異莫能校數至唐初而陸氏釋文顏氏定本孔氏正義先後出焉其所遵用之本不能畫一自唐後至今鋟版盛行於經於傳箋於疏或有意妄更或無意譌脫於是繆盭莫可究詰因以元舊挍本授元和生員顧廣圻取各本挍之元復定是非於以知經有經之例傳有傳之例箋有箋之例疏有疏之例通乎諸例而折衷於孟子不以辭害志而後諸家之本可以知其分亦可以知其一定不可易者矣阮元記

# 引據各本目錄

## 經本二

唐石經二十卷　今行於世欵式不具列

南宋石經殘本　高宗御書在今杭州府學碑存十石每石四列列四十五行行十八字惟末石三列碑內不分卷第其周南召南小雅大雅下亦無第一第二等字小序皆連經文每篇另起每章連接凡篇後幾章幾句及風雅頌後揔計章句皆無之末石有秦檜跋語第一石周南起至報我不述止第二石送子涉淇起至青青子佩止第三石悠悠我思起至維子之故羔裘豹止第四石褎自我人究究起至輾轉伏枕止第五石采蘩祁祁起至我有嘉賓中心止第六石好之鍾鼓既設起至我獨居憂止第七石毛取其血膋起至經營四方何草止第八石不元何人不矜起至于時言言于止第九石入覲以其介圭起至薄言駉者有驛有止第十石駱有駵有雒起至末字體小楷書凡遇避諱字皆本字缺筆如筐作筐貞作貞殷作殷桓作桓竟作竟恒作恒信作佶懲作懲又作懲徵作徵楨作楨朗作朗姞作姞敬作敬禎

作葙見也經文大率與今本同唯鴟鴞予尾脩脩竹竿遠兄弟父母園有桃不知我者謂我士也驕不知我者謂我士也同椒椒聊碩大且篤鶴鳴它山之石烈祖來假來饗皆與唐石經同今書中已詳載唐刻故附存其目於此以見南宋時經猶爲善本攷古者宜所寶貴矣

## 經注本三

**孟蜀石經殘本二卷** 自召南鵲巢箋爵位故以興焉爵字起至邶風之二子乘舟二章章四句止分卷同唐石經有杭州黃松石廣仁義學印章每行大字計廿四注夾行每行字二十及廿一二三不等宋晁公武云毛詩二十卷張紹文書其注或羨或脫或不同又云昔議者以太和石本授寫非精時人未之許書中凡淵民世字皆缺筆避唐諱察字缺筆避家諱也今攷經文如日月篇乃如人之兮谷風篇不以我能慉非誤倒即誤衍又昔育恐育鞫脫下育字毛傳育鞫之育訓長鄭箋昔育之育訓稚云昔幼稚時恐至長老窮匱無下育字則與傳箋正義不合此經文之誤也傳文如草蟲篇阜螽蠜螽也今所傳各本無下螽與爾雅說文合正義亦引定本云作蠜螽者衍字采蘋篇藻聚藻也下

有沈曰蘋浮曰藻六字與物理不合是據釋文所引韓詩增入也羔羊篇曰古者素絲以英裘乃作黃裘其說不確自明此傳文之誤也箋文如采蘋篇蘋之言賓也賓乃賓之誤行露篇不以角乃以味味乃咮之譌野有死麕篇動其佩飾下衍帨音稅也四字終風篇然而已不能得而止之脱不能得而止之六字此箋文之誤也其餘乖異甚多均無足采惟甘棠箋重煩勞百姓較今本少不字與漢書司馬相如傳方今田時重煩百姓合是條差爲可取今此記槩不錄入餘詳嚴杰蜀石殘本毛詩考證

宋小字本二十卷 分卷與唐石經同以隋唐著錄考之鄭箋元第如此每半葉十三行每行大小皆二十四字第一卷卷第一行題毛詩卷第一第二行題唐國子博士兼太子中允贈齊州刺史吳縣開國男陸德明釋文附第三行題周南關雎詁訓傳第一以下題毛詩國風以下題鄭氏箋第二卷以後無唐國子云云一行餘悉同前段玉裁云南宋光宗時刻也

重刻相臺岳氏本二十卷 分卷與唐石經同乾隆四十八年武英殿仿宋本款式不具列

注疏本四

十行本七十卷分經注本第一卷爲五第二卷爲三第三卷爲三第四卷爲四第五卷爲三第六卷爲四第七卷爲三第八卷爲三第九卷爲四第十卷爲三第十一卷爲二第十二卷爲三第十三卷爲二第十四卷爲三第十五卷爲三第十六卷爲五第十七卷爲四第十八卷爲五第十九卷爲四第二十卷爲四共七十卷以正義序及唐志考之非孔疏四十卷之舊也每半葉十行每行大十八字小二十三字經作大字注釋文正義皆小字雙行在其下釋文首加○隔之正義首加疏字圍其外隔之首列毛詩正義序次鄭譜序次周南召南譜第一卷第一行題附釋音毛詩注疏卷第一　其下側注一之一行末題云一餘卷皆然第二行第三行題唐國子祭酒上護軍曲阜縣開國子孔穎達奉敕撰餘卷無第四行題周南關雎詁訓傳第一以下題毛詩國風以下題鄭氏箋即以釋文正義各繫其下第二卷第二行題毛詩國風鄭氏箋孔穎達疏共爲一行每空二字以後各卷大略同前日本山井鼎所云宋版即此書其源出於沿革例所云建本有音釋注疏遞加脩改至明正德時山井鼎云與正德刊本略似不知其似二而實一也是爲各本注疏之祖

閩本注疏七十卷用十行本重雕分卷同山井鼎所云嘉靖本也明御史李元陽僉事江以達刊今行於世欵式不具列

明監本注疏七十卷用閩本重雕分卷同山井鼎所云萬歷本也今行於世欵式不具列

汲古閣毛氏本注疏七十卷用明監本重雕分卷同山井鼎所云崇禎本也今行於世欵式不具列

引用諸家

陸德明毛詩音義三卷

山井鼎考文毛詩陸册

浦鏜毛詩注疏正誤十四卷

陳啓源毛詩稽古編二十卷

惠棟毛詩古義二卷

戴震毛鄭詩考正四卷

段玉裁挍定毛傳三十卷又詩經小學三十卷

# 毛詩注疏挍勘記卷一

阮元撰盧宣旬摘錄

**毛詩正義序** 閩本明監本毛本於此下題唐國子祭酒上護軍曲阜縣開國子臣孔穎達等奉勑撰案十行本題於卷第一之首移在序下者非其舊也凡序經注疏之文十行本皆平行挍寫唯章句低三字閩本以下分高低數等又多提行皆非其舊

**日下之無雙** 閩本明監本毛本同案之下當有所字錯入下句

**於其所作疏內** 閩本明監本毛本同案當作其於作疏內其於二字誤倒所字上句錯在此

**非有心於愛憎** 閩本明監本毛本增作憎案憎字是也古或用增爲憎字如墨子帝式是增之屬唐時則不應爾矣○按此因上文有增其所簡而誤耳

**謹與朝散大夫** 明監本謹與誤議典閩本毛本不誤

**詩譜序** 毛本此序文幷正義悉脫閩本明監本有案毛本即據明監本重刻乃其本偶失此序更不知補誤甚

稱農始作耒耜　明監本稱下衍神字閩本不誤

藝論所云　閩本明監本同案此不誤浦鏜云上當脫六字非也藝論與六藝論互見即其省耳餘同此詳考浦書失多而得寡茲所采外不勝駁正以後所列用爲舉例推類求之大略可知矣

放於此乎隱二年公羊傳文　閩本明監本同案此不誤浦鏜云放傳作昉非也隸釋載漢石經公羊殘碑字作放版本作昉鄭考工記注引亦作放可證也凡正義所引經典有所見本如此不容執今本以相比較者此類是矣

格則乘之庸之　閩本同明監本乘作承案所改是也

詩緯含神務云　閩本明監本同案此不誤浦鏜云霧誤務非也後漢書樊英傳注載七緯之名字正作務困學紀聞亦然其又作霧者霧務聲同得相通借不當以霧改務也餘同此

葢同室之初也　閩本明監本同案也當作世形近之譌

距此六十二歲　閩本明監本同案浦鏜云一誤二以春秋考之浦挍是也

鄭語註云　閩本明監本同案浦鏜云註衍字以國語考之浦挍是也

魯眞公之十四年　閩本同明監本眞誤貞物觀考文補遺載此無之字誤脫

周南召南譜　閩本明監本毛本移此譜入卷第一中鄭氏箋正義之後案十行本與譜序接連考書錄解題云正義備鄭譜於卷首陳氏所見乃正義原書爲得其實則知鄭譜散入各處不復總聚於譜序下者後來合併經注正義時所改也此一譜與譜序接連正其跡之未經盡泯者閩本以下所移非是且鄭氏箋正義之後羼入此一譜於正義之次序尤屬紊亂失之甚矣又正義所載鄭譜是其原第檜在鄭前王城在豳後兩正義屢有明文而鄭譜正義云對上檜風已作故云又作尤爲顯證可見散入各處之失也

周文王所居也　閩本明監本毛本同案浦鏜云大誤文以漢書考之浦挍是也

此詩旣繼二公　閩本明監本毛本同案浦鏜云繼當繫字誤是也

此譜於此篇之大略耳　閩本明監本毛本同案下此字當作比形近之譌

凡以庶士小人〔補〕毛本人作大案大字是也

楚滅六并蓼　閩本明監本毛本蓼誤蓼

# 附釋音毛詩注疏卷第一（一之一）

唐國子祭酒上護軍曲阜縣開國子孔穎達。奉

勑撰

## 周南關雎詁訓傳第一

陸德明音義曰周南周者代名其地在禹貢雍州之域岐山之陽於漢屬扶風美陽縣南者言周之德化自岐陽而先被南方故序云化自北而南也漢廣序又云文王之道被於南國是也○關雎七胥反依字且邊隹且音子餘反旁或作鳥故訓舊本多作故今或作詁音古又音故傳直戀反案詁故皆是古義所以兩行然前儒多作詁解而章句有故言郭景純注爾雅則作釋詁樊孫等爾雅本皆爲釋故今宜隨本不煩改字○【疏】正義曰關雎者詩篇之名既以關雎爲首遂以關雎爲一卷之目金縢云公乃爲詩以貽王名之曰鴟鴞然則篇名皆作者所自名既言爲詩乃云名之則先作詩後爲名也名篇之例義無定準多不過五少纔取一或偏舉兩字或全取一句偏舉則或上或下全取則或盡或餘亦有捨其篇首撮章中之一言或復都遺見文假外理以

定稱黃鳥顯緜蠻之貌草蟲棄喓喓之聲瓜瓞取緜緜之形瓠葉捨番番之狀夭夭與桃名而俱舉蚩蚩從氓狀而見遺召旻韓奕則采合上下騶虞權輿則并舉篇末其中踳駮不可勝論豈古人之無常何立名之異與以作非一人故名無定目詁訓傳者注解之別名毛以爾雅之作多爲釋詩而篇有釋詁釋訓故依爾雅訓而爲詩立傳傳者傳通其義也爾雅所釋十有九篇獨云詁訓者詁者古也古今異言通之使人知也訓者道也道物之貌以告人也釋言則釋詁之別故爾雅序篇云釋詁釋言通古今之字古與今異言也釋訓言形貌也然則詁訓者通古今之異辭辨物之形貌則解釋之義盡歸於此釋親已下皆指體而釋其別亦是詁訓之義故唯言詁訓足總衆篇之目今定本作故以詩云古訓是式毛傳云古故也則故訓者故昔典訓依故昔典訓而爲傳義或當然毛傳不訓序者以分置篇首義理易明性好簡略故不爲傳鄭以序下無傳不須辨嫌故註序不言箋說文云第次也字從竹弟稱第一者言其次第當一所以分別先後也○

## 毛詩國風

毛詩詩是此書之名毛者傳詩人姓既有齊魯韓三家故題姓以別之或云小毛公加毛詩二字又云河閒獻王所加故大題在下案馬融盧植鄭玄註三禮並大題在下班固漢書陳壽三國志題亦然國風國

者總謂十五國風者諸侯之詩從關雎至騶虞二十五篇謂之正風

【疏】正義曰：詩國風舊題也毛字漢世加之六藝論云河間獻王好學其博士毛公善說詩獻王號之曰毛詩是獻王始加毛也漢書儒林傳云毛公趙人也爲河間獻王博士不言其名范煜後漢書云趙人毛長傳詩是爲毛詩然則趙人毛公名爲長也譜云魯人大毛公爲詁訓傳於其家河間獻王得而獻之以小毛公爲博士然則大毛公爲其傳由小毛公而題毛也詩者一部之大名國風者十五國之揔稱不冠於周南之上而退在下者按鄭注三禮周易中候尚書皆大名在下孔安國馬季長盧植王肅之徒其所注者莫不盡然然則本題自然非注者移之定本亦然當以皆在第下足得揔攝故也班固之作漢書陳壽之撰國志亦大名在下蓋取法於經典也言國風者國是風化之界詩以當國爲別故謂之國風其雅則天子之事政教刑于四海不須言國也周召風之正經固當爲首自衛以下十有餘國編此先後舊無明說去聖久遠難得而知欲言先後爲次則齊哀先於衛頃鄭武後於檜國而衛在齊先檜處鄭後是不由作之先後欲以國地爲序則鄭小於齊魏狹於晉而齊後於鄭魏先於唐是不由國之大小也欲以采得爲次則雞鳴之作遠在緇衣之前鄭國之風必處檜詩之後何當後作先采先作

後采乎是不由采得先後也二三擬議悉皆不可則諸國所次別有意焉蓋迹其先封善否參其詩之美惡驗其時政得失詳其國之大小斟酌所宜以爲其次邶鄘衛者商紂畿內千里之地柏舟之作夷王之時有康叔之餘烈武公之盛德資母弟之戚成入相之勲文公則滅而復興徙而能富土地既廣詩又早作故以爲變風之首既以衛國爲首邶鄘則衛之所滅風俗雖異美刺則同依其作之先後故以邶鄘先衛也周則平王東遷政遂微弱化之所被纔及郊畿詩作後於衛頃國地狹於千里徒以天命未改王爵仍存不可過于後諸侯故使次之於衛也鄭以史伯之謀列爲大國桓爲司徒甚得周衆武公夾輔平王克成大業有厲宣之親有緇衣之美其地雖狹既親且勲故使之次王也齊則異姓諸侯世有衰德哀公有荒淫之風襄公有鳥獸之行詩有怨刺篇無美者又以大師之後國土仍大故使之次鄭也魏國雖小儉而能勤踵虞舜之舊風有夏禹之遺化故季札觀樂美其詩音云大而婉儉而易行以德輔此則明主也故次於齊唐者叔虞之後雖爲大國昭公則五世交爭獻後則喪亂弘多故次於魏下秦以秦仲始大襄公始命穆公遂霸西戎卒爲强國故使之次唐也陳以三恪之尊食侯爵之地但以民多淫辟國無令主故使之次秦也檜則其君淫恣曹則小人多寵國

小而君奢民勞而政僻季札之所不譏國風次之於末宜哉豳者周公之事欲尊周公使專一國故次於衆國之後小雅之前欲兼其上下之美非諸國之例也鄭譜王在豳之後者退就雅頌并言王世故耳諸國之次當是大師所弟孔子刪定或亦改張襄二十九年左傳魯爲季札徧歌周樂齊之下即歌豳歌秦然後歌魏杜預云於詩豳弟十五秦弟十一後仲尼刪定故不同杜以爲今所弟皆孔子之制孔子之前則如左傳之次鄭意或亦然也鄉飲酒云無筭樂注云燕樂亦無筭數或間或合盡歡而止春秋襄二十九年吳公子札來聘請觀於周樂此國君之無筭也以其徧歌謂之無數不以數次爲無筭也○

**鄭氏箋**鄭氏箋本亦作牋同薦年反字林云箋表也識也案鄭六藝論文註詩宗毛爲主其義若隱畧則更表明如有不同即下己意使可識別也然此題非毛公馬鄭王肅等題相傳云是雷次宗題承用既久莫敢爲異又案周續之與雷次宗同受慧遠法師詩義而續之釋題已如此又恐非雷之題也疑未敢明之

【疏】正義曰鄭氏名玄字康成北海高密人當後漢桓靈之時注此詩也不言名而言氏者漢承滅學之後典籍出於人滅各專門命氏以顯其家之學故諸爲訓者皆云氏不言名由此而言毛氏爲傳亦應自載毛字但不必冠詩上耳不然獻王得之

何知毛爲之也明其自言毛矣鄭於諸經皆謂之注此言箋者吕忱字林云箋者表也識也鄭以毛學審備遵暢厥旨所以表明毛意記識其事故特稱爲箋餘經無所遵奉故謂之註註者著也言爲之解說使其義著明也漢初爲傳訓者皆與經別行三傳之文不與經連故石經書公羊傳皆無經文藝文志云毛詩經二十九卷毛詩故訓傳三十卷是毛爲詁訓亦與經別也及馬融爲周禮之注乃云欲省學者兩讀故具載本文然則後漢以來始就經爲註未審此詩引經附傳是誰爲之其鄭之箋當元在經傳之下矣其毛詩經二十九卷不知併何卷也自周南至鄭氏箋凡一十六字所題非一時也周南關雎至弟一詩國風元是大師所題也詁訓毛自題之毛一字獻王加之鄭氏箋鄭自題之

**關雎后妃之德也**○關雎舊解云三百一十一篇詩並是作者自爲名后妃芳非反爾雅云妃媲也對也左傳云嘉耦曰妃禮記云天子之妃曰后之德也舊說云起此至用之邦國焉名關雎序謂之小序自風風也訖末名爲大序沈重云案鄭詩譜意大序是子夏作小序是子夏毛公合作卜商意有不盡毛更足成之或云小序是東海衛敬仲所作今謂此序止是關雎之序總論詩之綱領無大小之異解見詩義序並是鄭注所以無箋云者以無所

疑亂故也【疏】關雎后妃之德也○正義曰諸序皆一篇之義但詩理深廣此爲篇端故以詩之大綱并舉於此今分爲十五節當節自解次第於此不復煩文作關雎詩者言后妃之德也曲禮曰天子之妃曰后註云后之言後也執理內事在夫之後也釋詁云妃媲也言媲匹於夫也天子之妻唯稱后耳妃則上下通名故以妃配后而言之德者得也自得於身人行之總名此篇言后妃性行和諧貞專化下寤寐求賢供奉職事是后妃之德也二南之風實文王之化而美后妃之德者以夫婦之性人倫之重故夫婦正則父子親父子親則君臣敬是以詩者歌其性情陰陽爲重所以詩之爲體多序男女之事不言美后妃者此詩之作直是感其德澤歌其性行欲以發揚聖化示語未知非是襃賞后妃能爲此行也正經例不言美皆此意也其變詩則政教已失爲惡者多苟能爲善則賞其善事征伐玁狁始見憂國之心瞻仰昊天方知求雨之切意與正經有異故序每篇言美也

**風之始也所以風天下而正夫婦也故用之鄉人焉用之邦國焉**○風之始此風謂十五國風風是諸侯政教也下云所以風天下論語云君子之德風並是此義所以風如字徐福鳳反今不用【疏】

風之至國焉○正義曰序以后妃樂得淑女不淫其色家人
之細事耳而編於詩首用爲歌樂故於后妃德下卽申明此
意言后妃之有美德文王風化之始也言文王行化始於其
妻故用此爲風教之始所以風化天下之民而使之皆正夫
婦焉周公制禮作樂用之鄉人焉令鄉大夫以之教其民也
又用之邦國焉令天下諸侯以之教其臣也欲使天子至於
庶民悉知此詩皆正夫婦也故鄭譜云天子諸侯燕其羣臣
皆歌鹿鳴合鄉樂是也定本所以風天下俗本風下有化字
誤也儀禮鄉飲酒禮者鄉大夫三年賓賢能之禮其經云乃
合樂周南關雎是用之鄉人也燕禮者諸侯飲燕其臣子及
賓客之禮其經云遂歌鄉樂周南關雎是用之邦國也施化
之法自上而下當天子教諸侯教大夫大夫教其民今此先
言風天下而正夫婦焉旣言化及于民遂從民而廣之故先
鄉人而後邦國也老子云脩之家其德乃餘脩之邦其德乃
豐脩之天下其德乃普亦
自狹至廣與此同意也

**風風也教也風以動之教以化之**

○風風也並如字徐上如字下福鳳反崔靈恩集
註本下卽作諷字劉氏云動物曰風託音曰諷崔
云用風感物則謂之諷沈云上風是國風卽詩之六義也下
風卽是風伯鼓動之風君上風教能鼓動萬物如風之偃草

也今從沈說風以動之如字沈福鳳反云風風至化之
謂自下剌上感動之名變風也今不用【疏】正義曰上言
風之始謂教天下之始也序又解名教爲風之意風訓諷也
教也諷謂微加曉告教謂殷勤誨示諷之與教始末之異名
耳言王者施化先依違諷諭以動之民漸開悟乃後明教命
以化之風之所吹無物不扇化之所被無往不霑故取名焉

**詩者志之所之也在心爲志發言爲詩**【疏】詩者至爲
詩○正義曰上言用詩以教此又解作詩所由詩者人志意
之所之適也雖有所適猶未發口蘊藏在心謂之爲志發見
於言乃名爲詩言作詩者所以舒心志憤懣而卒成於歌詠
故虞書謂之詩言志也包管萬慮其名曰心感物而動乃呼
爲志志之所適外物感焉言悅豫之志則和樂興而頌聲作
憂愁之志則哀傷起而怨刺生藝文志云哀樂之情感歌詠
之聲發此之謂也正經與變同名
曰詩以其俱是志之所之故也

**情動於中而形於言言之不足故嗟歎之嗟歎之不足故永歌之永歌之不足不知手之舞之足之蹈之也**○嗟迹斜

反咨嗟也歎本亦作嘆湯贊反歎息也蹈徒到反動足履地也【疏】情動至蹈之。正義曰上云發言爲詩辨詩志之異而直言者非詩故更序詩必長歌之意情謂哀樂之情中謂中心言哀樂之情動於心志之中出口而形見於言初言之時直平言之耳平言之而意不足嫌其言未申志故咨嗟歎息以和續之嗟歎之猶嫌不足故長引聲而歌之長歌之猶嫌不足忽然不知手之舞之足之蹈之言身爲心使不自覺知舉手而舞身動足而蹈地如是而後得舒心腹之憤故爲詩必長歌也聖王以人情之如是故用詩於樂使人歌詠其聲象其吟詠之辭也舞動其容象其舞蹈之形也具象哀樂之形然後得盡其心術焉情動於中還是在心爲志而形於言還是發言爲詩上辨詩從志出此言爲詩必歌故重其文也定本言之不足故嗟歎之俗本言之下有者字誤也定本永歌之不足下無故字有故字者亦誤也樂記云歌之爲言也長言之也說之故言之言之不足故長言之長言之不足故嗟歎之嗟歎之不足故不知手之舞之足之蹈之其文與此經略同說之故言之謂說前事言出于口與此情動形言一也虞書曰歌永言注云歌所以長言詩之意是永歌長言爲一事也樂記注云嗟歎和續之也謂發言之後咨嗟歎息爲聲以和其言而繼續之也樂記先言長言之乃云嗟歎之此先云嗟歎之乃云永歌之直言既已嗟歎長歌又復嗟歎彼此各言其一故不同也藝文志云誦其言謂之詩詠其聲謂之歌然則在心爲志出口爲言誦言爲詩詠聲爲歌播於八音謂之爲樂皆始末之異名耳○**情發於聲聲成文謂之音**發猶見也聲謂宮商角徵羽也聲成文者宮商上下相應○猶見賢遍反徵陟里反上下時掌反應應對之應下註同【疏】情發於至之音○正義曰情發於聲謂人哀樂之情發見於言語之聲於時雖言哀樂之事未有宮商之調唯是聲耳至於作詩之時則次序清濁節奏高下使五聲爲曲似五色成文一人之身則能如此據其成文之響卽是爲音此音被諸絃管乃名爲樂雖在人在器皆得爲音下云治世之音謂樂音則此聲成文謂之音亦謂樂之音也原夫作樂之始樂寫人音人音有小大高下之殊樂器有宮徵商羽之異依人音而制樂託樂器以寫人○是樂本效人非人效樂但樂曲既定規矩先成後人作詩謨摩舊法此聲成文謂之音若據樂初之時則人能成文始入於樂若據制樂之後則人之作詩先須成樂之文乃成爲音聲能寫情情皆可見聽音而知治亂觀樂而曉盛衰故神瞽有以知其趣也設有言而非志謂之矯情情見於聲矯亦可識若夫取彼素絲織爲綺穀或色美而

材薄或文惡而質良唯善賈者別之取彼歌謠播爲音樂或辭是而意非或言邪而志正唯達樂者曉之樂記曰其哀心感者其聲噍以殺其樂心感者其聲發以散是情之所感入於樂也季札見歌唐曰思深哉其有陶唐氏之遺民乎是樂之聲音得其情也若徒取辭賦不達音聲則身爲桀紂之行口出堯舜之辭不可得而知也是以楚茨大田之徒並陳成王之善行露汝墳之篇皆述紂時之惡以汝墳爲王者之風楚茨爲刺過之雅大師曉其作意知其本情故也○箋發猶至相應○正義曰春官大師職云文之以五聲宮商角徵羽是聲必有五故引五聲之名以解之五聲之配五方也於月令角東商西徵南羽北宮在中央立名還以其方爲義漢書律歷志云商之爲言章也物成熟可章度也角觸也物觸地而出戴芒角也宮中也居中央暢四方唱始施生爲四聲之綱也徵祉也物盛大而蕃祉也羽宇也物聚藏宇覆之也又云宮爲君君是陽陽數極於九故宮數八十一三分去一以生徵徵數五十四三分益一以生商商數七十二三分去一以生羽羽數四十八三分益一以生角角數六十四樂記云聲相應故生變變成方謂之音注云方猶文章也樂之器彈其宮則衆宮應然不足樂是以變之使雜也引昭二十年左傳曰若以水濟水誰能食之若琴瑟之專壹誰能聽之是解

聲必須雜之意也此言聲成文謂之音則聲與音別樂記註
雜比曰音單出曰聲記又云審聲以知音審音以知樂則聲
音樂三者不同矣以聲變乃成音音和乃成樂故別爲三名
對文則別散則可以通季札見歌秦曰此之謂夏聲公羊傳
云十一而稅頌聲作聲即音也下云治世之音音即樂也是
聲與音樂名得相通也樂記子夏對魏文侯云君之所問者
樂也所好者音也夫樂者與音相近而不同又以音樂爲異
者以文侯并問古樂新樂二者同呼爲樂謂其樂音同也子
夏以古樂順於民而當於神與天下同樂故定爲樂名新樂
淫於色而害於德直中說其音而已故變言溺音以曉文侯
耳音樂非爲異也樂記云淫樂慝禮子夏亦云
古樂之發新樂之發是鄭衛之音亦爲樂也

**治世之音安以樂其政和亂世之音怨以怒其政乖亡國之音哀以思其民困**。治直吏反之音絕句樂音洛絕句其政和一讀安字上屬以樂其政和爲一句

疏 治世至民困。正義曰序既云情見於聲又言聲隨世變治世之音既安又以懽樂者由其政教和睦故也亂世之音既怨又以恚怒者由其政教乖戾故也亡國之音既哀又以愁思者由其民

之困苦故也樂記云其哀心感者其聲噍以殺其樂心感者其聲嘽以緩彼說樂音之中兼有二事此安以樂怨以怒亦與彼同治世之政教和順民心民安其化所以喜樂述其安樂之心而作歌故治世之音亦安以樂也良耜云百室盈止婦子寧止安之極也湛露云厭厭夜飲不醉無歸樂之至也天保云民之質矣日用飲食是其政和也亂世之政教與民心乖戾民怨其政教所以忿怒述其怨怒之心而作歌故亂世之音亦怨以怒也蓼莪云民莫不穀我獨何害怨之至也巷伯云取彼譖人投畀豺虎怒之甚也十月云徹我牆屋田卒汙萊是其政乖也國將滅亡民遭困厄哀傷己身思慕明世述其哀思之心而作歌故亡國之音亦哀以思也苕之華云知我如此不如無生哀之甚也大東云睠言顧之潸焉出涕思之篤也正月云民今之無祿天夭是椓是其民困也詩述民志樂歌民詩故時政善惡見於音也治世謂天下和平亂世謂兵革不息亡國謂國之將亡也亂世謂世亂而國存故以世言之亡國則國亡而世絕故不言世也亂世言政亡國不言政者民困必政暴舉其民困爲甚辭故不言政也亡國者國實未亡觀其歌詠知其必亡故謂之亡國耳非已亡也若其已亡則無復作詩不得有亡國之音此云亂世亡國者謂賢人君子聽其樂音知其亡亂故謂之亂世之音亡國

之音樂記所云鄭衛之音亂世之音桑間濮上之音亡國之音與此異也淫恣之人肆於民上滿志縱欲甘酒嗜音作爲新聲以自娛樂其音皆樂而爲之無哀怨也樂記云樂者樂也君子樂得其道小人樂得其欲彼樂得其欲所以謂之淫樂爲此樂者必亂必亡故亦謂之亂世之音亡國之音耳與此不得同也若然此二者言哀樂出于民情樂音從民而變乃是人能變樂非樂能變人案樂記稱人心感於物而後動先王慎所以感之者故作樂以和其聲樂之感人深其移風易俗又云志微噍殺之音作而民思憂廉直莊誠之音作而民肅敬寬裕順成之音作而民慈愛流僻邪散之音作而民淫亂如彼文又是樂能變人樂由王者所制民逐樂音而變此言民能變樂彼言樂能變人者但兆民既衆賢愚不等以賢哲歌謡采詩定樂以賢者所樂教愚者爲樂取智者之心變不智者之心制禮之事亦猶是也禮者稱人之情而爲之節文賢者俯而就之不肖者企而及之是下民之所行非聖人之所行也聖王亦取賢行以教不賢舉得中以裁不中禮記問喪稱禮者非從天降非從地出人情而已矣是禮之本意出於民也樂記又曰凡音之起由人心生也樂者樂其所自生是樂之本意出於民也樂記又曰夫物之感人無窮而人之好惡無節則是物至而人化物也人化物也者則滅天

理而窮人欲者也於是有悖逆詐僞之心有淫泆作亂之事故先王制禮作樂爲之節是王者采民情制禮樂之意禮樂本出於民還以教民與夫雲出於山復雨其山火生於木反焚其木復何異哉**故正得失動天地感鬼神莫近於詩**○正得失周云正齊人之得失也本又作政謂政教也兩通近如字沈音附近之近厚音后本或作序非

【疏】故正至於詩○正義曰上言播詩於音音從政變政之善惡皆在於詩故又言詩之功德也由詩爲樂章之故正人得失之行變動天地之靈感致鬼神之意無有近於詩者言詩最近之餘事莫之先也公羊傳說春秋功德云撥亂世反諸正莫近諸春秋何休云莫近猶莫過之也詩之道所以能有此三事者詩者志之所歌歌者人之精誠精誠之至以類相感詩人陳得失之事以爲勸戒令人行善不行惡使失者皆得是詩能正得失也普正人之得失非獨正人君也下云上以風化下下以風刺上是上下俱正人也人君誠能用詩人之美道聽嘉樂之正音使賞善伐惡之道舉無不當則可使天地效靈鬼神降福也故樂記云姦聲感人而逆氣應之逆氣成象而淫樂興焉正聲感人而順氣應之順氣成象而和樂興焉又曰歌者直己而陳德也動己而天地應焉四時和焉星辰理

焉萬物有焉此說聲能感物能致順氣逆氣者也天地云動鬼神云感互言耳周祇之例天曰神地曰祇人曰鬼鬼神與天地相對唯謂人之鬼神耳從人正而後能感動故先言正得失也此正得失與雅者正也正始之道本或作政皆誤耳今定本皆作正字

**先王以是經夫婦成孝敬厚人倫美教化移風俗**〔疏〕先王至俗。正義曰上言詩有功德此言用詩之事經夫婦者經常也夫婦之道有常男正位乎外女正位乎內德音莫違是夫婦之常室家離散夫妻反目是不常也教民使常此夫婦猶商書云常厥德也成孝敬者孝以事親可移於君敬以事長可移於貴若得罪於君親失意於長貴則是孝敬不成故教民使成此孝敬也厚人倫者倫理也君臣父子之義朋友之交男女之別皆是人之常理父子不親君臣不敬朋友道絶男女多違是人理薄也故教民使厚此人倫也美教化者美謂使人服之而無厭也若設言而民未盡從是教化未美故教民使美此教化也移風俗者地理志云民有剛柔緩急音聲不同繫水土之風氣故謂之風好惡取舍動靜隨君上之情欲故謂之俗則風爲本俗爲末皆謂民情好惡也緩急繫水土之氣急則失於躁緩則失於慢王者爲政當移之使緩急調和剛柔得中也隨君上之情則君有善惡民並從之有風俗傷敗者王者爲政當易之使善故地理志又云孔子曰移風易俗莫善於樂言聖王在上統理人倫必移其本而易其末然後王教成是其事也此皆用詩爲之故云先王以是以用也言先王用詩之道爲此五事也案王制云廣谷大川異制民生其閒者異俗脩其教不易其俗此云易俗彼言不易者彼謂五方之民戎夷殊俗言語不通器械異制王者就而撫之不復易其器械同其言音故言不易其俗與此異也此序言詩能易俗孝經言樂能移風俗者詩是樂之心樂爲詩之聲故詩樂同其功也然則詩樂相將無詩則無樂周存六代之樂豈有黄帝之詩有樂而無詩何能移風易俗斯不然矣原夫樂之初也始於人心出於口歌聖人作八音之器以文之然後謂之爲音謂之爲樂樂雖逐詩爲曲倣詩爲音曲有清濁次第之序音有宮商相應之節其法既成其音可久是以昔日之詩雖絶昔日之樂常存樂本由詩而生所以樂能移俗歌其聲謂之樂誦其言謂之詩聲言不同故異時别教王制稱春教樂夏教詩經解稱温柔敦厚詩教也廣博易良樂教也由其事異故異教也此之謂詩樂據五帝以還詩樂相將故有詩則有樂若上皇之世人性醇厚徒有嬉戲之樂未有歌詠之詩

**故詩有六義焉一**

曰風。二曰賦。三曰比。四曰興。五曰雅。六曰頌。比必履反興虛應反沈許甑反頌音訟

【疏】故詩至六曰頌○正義曰上言詩功既大明非一義能周故又言詩有六義大師上文未有詩字不得徑云六義故言六詩各自爲文其實一也彼註云風言賢聖治道之遺化賦之言鋪直鋪陳今之政教善惡比見今之失不敢斥言取比類以言之興見今之美嫌於媚諛取善事以喻勸之雅正也言今之正者以爲後世法頌之言誦也容也誦今之德廣以美之是解六義之名也彼雖各解其名以詩有正變故互見其意風云賢聖之遺化謂變風也雅云言今之正以爲後世法謂正雅也其實正風亦言當時之風化變雅亦是賢聖之遺法也頌訓爲容止云誦今之德廣以美之不解容之義謂天子美有形容下云美盛德之形容是其事也賦云鋪陳今之政教善惡其言通正變兼美刺也比云見今之失取比類以言之謂刺詩之比也興云見今之美取善事以勸之謂美詩之興也其實美刺俱有比興者也鄭必以風言賢聖之遺化變風者以唐有堯之遺風故於風言賢聖之遺化賦者直陳其事無所避諱故得失俱言比者比託於物不敢正言似有所畏懼故云見今之失取比類以言之興者興起志意讚揚之辭故云

見今之美以喻勸之雅既以齊正爲名故云以爲後世法鄭之所註其意如此詩皆用之於樂言之者無罪賦則直陳其事於比興云不敢斥言嫌於媚諛者據其辭不指斥若有嫌懼之意其實作文之體理自當然非有所嫌懼也六義次第如此者以詩之四始以風爲先故曰風風之所用以賦比興爲之辭故於風之下即次賦比興然後次以雅頌雅頌亦以賦比興爲之既見賦比興於風之下明雅頌亦同之鄭以賦之言鋪也鋪陳善惡則詩文直陳其事不譬喻者皆賦辭也鄭司農云比者比方於物諸言如者皆比辭也司農又云興者託事於物則興者起也取譬引類起發己心詩文諸舉草木鳥獸以見意者皆興辭也賦比興如此次者言事之道直陳爲正故詩經多賦在比興之先比之與興雖同是附託外物比顯而興隱當先顯後隱故比居興先也毛傳特言興也爲其理隱故也風雅頌者皆是施政之名也上云風風也教也風以動之教以化之是風爲政名也下云雅者正也政有小大故有小雅焉有大雅焉是雅爲政名也周頌譜云頌之言容天子之德光被四表格于上下此之謂容是頌爲政名也人君以政化下臣下感政作詩故還取政教之名以爲作詩之目風雅頌同爲政稱而事有積漸教化之道必先諷動之物情既悟然後教化使之齊正言其風動之初則名之曰

風指其齊正之後則名之曰雅風俗既齊然後德能容物故功成乃謂之頌先風後雅頌爲此次故也一國之事爲風天下之事爲雅者以諸侯列土樹疆風俗各異故唐有堯之遺風魏有儉約之化由隨風設教故名之爲風天子則威加四海齊正萬方政教所施皆能齊正故名之爲雅風雅之詩緣政而作政既不同詩亦異體故七月之篇備有風雅頌詩序云史克作是頌明作者本意自定爲風體非采得之後始定體也詩體既異其聲亦殊公羊傳曰十一而稅頌聲作史記稱微子過殷墟而作雅聲譜云師摯之始關雎之亂早失風聲矣樂記云人不能無亂先王恥其亂故制雅頌之聲以道之是其各自别聲也詩各有體體各有聲大師聽聲得情知其本意周南爲王者之風召南爲諸侯之風是聽聲而知之也然則風雅頌者詩篇之異體賦比興者詩文之異辭耳大小不同而得並爲六義者賦比興是詩之所用風雅頌是詩之成形用彼三事成此三事是故同稱爲義非别有篇卷也鄭志張逸問何詩近於比賦興荅曰比賦興吳札觀詩已不歌也孔子錄詩已合風雅頌中難復摘别篇中義多興逸見風雅頌有分段以爲比賦興亦有分段謂有全篇爲比全篇爲興欲鄭指摘言之鄭以比賦興者直是文辭之異非篇卷之别故遠言從本來不别之意言吳札觀詩已不歌明其

先無別體不可歌也孔子錄詩已合風雅頌中明其先無別體不可分也元來合而不分今日難復摘別也言篇中義多興者以毛傳於諸篇之中每言興也以興在篇中明比賦亦在篇中故以興顯比賦也若然比賦興元來不分則唯有風雅頌三詩而已藝論云至周分爲六詩者據周禮六詩之文而言之耳非謂篇卷也或以爲鄭云孔子已合於風雅頌中則孔子以前未合之時比賦興別爲篇卷若然則離其章句析其文辭樂不可歌文不可誦且風雅頌以比賦興爲體若比賦興別爲篇卷則無風雅頌矣是比賦興之義有詩則有之唐虞之世治致升平周於太平之世無諸侯之風則唐虞之世必無風也雅雖王者之政乃是太平前事以堯舜之聖黎民時雍亦似無雅於六義之中唯應有頌耳夏在制禮之後不復面稱目諫或當有雅夏氏之衰昆吾作霸諸侯彊盛或當有風但篇章泯滅無以言之藝論云唐虞始造其初至周分爲六詩據周禮成文而言之詩之六義非起於周也

上以風化下下以風刺上主文而譎諫言之者無罪聞之者足以戒故曰風　風化風刺皆謂譬喻不斥言也主文主與樂之宮商相應也譎諫詠歌依違不直諫○下以風福鳳反注

風刺同刺本又作刾七賜反譎古穴反詐也故曰風福鳳反又如字【疏】上以至曰風○正義曰臣下作詩所以諫君君又用之教化故又言上下皆用此上六義之意在上人君用此六義風動教化在下人臣用此六義以風喻箴刺君上其作詩也本心主意使合於宮商相應之文播之於樂而依違譎諫不直言君之過失故言之者無罪人君不怒其作主而罪戮之聞之者足以自戒人君自知其過而悔之感而不切微動若風言出而過改猶風行而草偃故曰風上言風風也教也向下以申風義此云故曰風向上而結彼文使首尾相應解盡風義此六義之下而解名風之意則六義皆名爲風以風是政教之初六義風居其首故六義總名爲風六義隨事生稱耳若此辭揔上六義則有正變而云主文譎諫唯說刺詩者以詩之作皆爲正邪防失雖論功誦德莫不匡正人君故主說作詩之意耳詩皆人臣作之以諫君然後人君用之以化下此先云上以風化下者以其教從君來上下俱用故先尊後卑襄十六年左傳稱齊人伐魯求救於晉晉人不許穆叔見中行獻子賦圻父獻子曰偃知罪矣穆叔賦而晉人不得怨之是言之者無罪也獻子服罪是聞之者足以戒也俗本戒上有自字者誤定本直云足以戒也○箋風化至直諫○正義曰風者若風之動物故謂之譬喻不斥言也

人君教民自得指斥但用詩教民播之於樂故亦不斥言也上言聲成文此言主文知作詩者主意令詩文與樂之宮商相應也如上所說先爲詩歌樂逐詩爲曲則是宮商之辭學詩文而爲之此言作詩之文主應於宮商者初作樂者準詩而爲聲聲既成形須依聲而作詩故後之作詩者皆主應於樂文也譎者權詐之名託之樂歌依違而諫亦權詐之義故謂之譎諫

至于王道衰禮義廢政教失國異政家殊俗而變風變雅作矣

〔疏〕至于至雅作矣○正義曰詩之風雅有正有變故又言變之意至于王道衰禮義廢而不行政教施之失所遂使諸侯國國異政下民家家殊俗詩人見善則美見惡則刺之而變風變雅作矣至于者從盛而至于衰相承首尾之言也禮義言廢者典法仍存但廢而不行耳政教言失者非無政教但施之失理耳由施之失理故使國國異政家家殊俗皆是道衰之事故云道衰以冠之禮義者政教之本故先禮義而後政教定本禮義廢俗本有作儀字者非也此家謂天下民家孝經云非家至而日見之也亦謂天下民家非大夫稱家也民隨君上之欲故稱俗若大夫之家不得謂之俗也變風變雅必王道衰乃作者夫天下有道則庶人不議治平累

世則美刺不興何則未識不善則不知善爲善未見不惡則不知惡爲惡太平則無所更美道絶則無所復譏人情之常理也故初變惡俗則民歌之風雅正經是也始得太平則民頌之周頌諸篇是也若其王綱絶紐禮義消亡民皆逃死政盡紛亂易稱天地閉賢人隱於此時也雖有智者無復譏刺成王太平之後其美不異於前故頌聲止也陳靈公淫亂之後其惡不復可言故變風息也班固云成康没而頌聲寢王澤竭而詩不作此之謂也然則變風變雅之作皆王道始衰政教初失尚可匡而革之追而復之故執彼舊章繩此新失覬望自悔其心更遵正道所以變詩作也以其變改正法故謂之變焉季札見歌小雅曰美哉思而不貳怨而不言其周德之衰乎猶有先王之遺民是由王澤未竭民尚知禮以禮救世作此變詩故變詩王道衰乃作也譜云夷身失禮懿始受譖則周道之衰自夷懿始矣變雅始於厲王無夷懿之雅者蓋孔子録而不得或有而不足録也昭十二年左傳稱祭公謀父作祈招之詩以諫穆王衛頃齊哀之時而有變風明時作變雅但不録之耳王道衰諸侯有變風王道盛諸侯無正風者王道明盛政出一人太平非諸侯之力不得有正風王道既衰政出諸侯善惡在於己身不由天子之命惡則民怨善則民喜故各從其國有美刺之變風也

國史

明乎得失之迹傷人倫之廢哀刑政之苛吟詠情性以風其上。苛本亦作荷音何苛虐也吟冝今反動聲曰吟風其上福鳳反告古毒反。

疏 國史至上○正義曰上既言變詩之作此以說作變之由言國之史官皆博聞強識之士明曉於人君得失善惡之迹禮義廢則人倫亂政教失則法令酷國史傷此人倫之廢棄哀此刑政之苛虐哀傷之志鬱積於內乃吟詠己之情性以風刺其上覬其改惡爲善所以作變詩也國史者周官大史小史外史御史之等皆是也此承變風變雅之下則兼據天子諸侯之史矣得失之迹者人君既往之所行也明曉得失之迹哀傷而詠情性者詩人也非史官也民勞常武公卿之作也黄鳥碩人國人之風然則凡是臣民皆得風刺不必要其國史所爲此文特言國史者鄭荅張逸云國史采衆詩時明其好惡令瞽矇歌之其無作主皆國史主之令可歌如此言是由國史掌書故託文史也苟能制作文章亦可謂之爲史不必要作史官駟云史克作是頌史官自有作詩者矣不盡是史官爲之也言明其好惡令瞽矇歌之是國史選取善者始付樂官也言其無作主國史主之嫌其作者無名國史不主之耳其有作主亦國史主之耳人倫之廢即上

禮義廢也刑政之苛卽上政教失也動聲曰吟長言曰詠作詩必歌故言吟詠情性也○達於事變而懷其舊俗者也故變風發乎情止乎禮義發乎情民之性也止乎禮義先王之澤也【疏】達於至之澤○正義曰此又言王道既衰所以能作變詩之意作詩者皆曉達於世事之變易而私懷其舊時之風俗見時世政事變易舊章卽作詩以舊法誡之欲使之合於禮義故變風之詩皆發於民情止於禮義言各出民之情性而皆合於禮義也又重說發情止禮之意發乎情者民之性言其民性不同故各言其志也止乎禮義者先王之澤言俱被先王遺澤故得皆止禮義也展轉申明作詩之意達於事變者若唐有帝堯殺禮救危之化後世習之失之於儉不中禮陳有大姬好巫歌舞之風後世習之失之於遊蕩無度是其風俗改變時人曉達之也懷其舊俗者若齊有太公之風衛有康叔之化其遺法仍在詩人懷挾之也詩人既見時世之事變改舊時之俗故依準舊法而作詩戒之雖俱準舊法而詩體不同或陳古政治或指世淫荒雖復屬意不同俱懷匡救之意故各發情性而皆止禮義也此亦兼論變雅獨言變風者上

已變風變雅雙舉其文此從省而略之也先王之澤謂先王
有德澤而流及於後世詩人得其餘化故能懷其舊俗也鄭
荅張逸云舊俗者若晉有堯之遺風先王之澤衞有康叔餘
烈如此言則康叔當云先公而云先王者以變雅有先王之
澤變風有先公之澤故季札見歌齊曰表東海者其太公乎
見歌小雅曰猶有先王之遺民是其風亦先公雅亦先王也
上舉變風下言先王風雅互相見也上言國史作詩此言民
之性明作詩皆在民意非獨國史能爲亦是互見也作詩止
於禮義則應言皆合禮而變風所陳多說姦淫之狀者男淫
女奔傷化敗俗詩人所陳者皆亂狀淫形時政之疾病也所
言者皆忠規切諫救世之針藥也尚書之三風十愆疾病也
詩人之四始六義救藥也若夫疾病尚輕有可生之道則醫
之治也用心銳扁鵲之療太子知其必可生也疾病已重有
將死之勢則醫之治也用心緩秦和之視平公知其不可爲
也詩人救世亦猶是矣典刑未亡覬可追改則箴規之意切
鶴鳴沔水殷勤而責王也淫風大行莫之能救則匡諫之志
微溱洧桑中所以咨嗟歎息而閔世陳鄭之俗亡形已成詩
人度已箴規必不變改且復賦已之志哀歎而已不敢望其
存是謂匡諫之志微故季札見歌陳曰國無主其能久乎見
歌鄭曰美哉其細已甚民弗堪也是其先亡乎美者美詩人

之情言不有先王之訓孰能若此先亡者見其臣諫意微知其國將亡滅也○**是以一國之事繫一人之本謂之風言天下之事形四方之風謂之雅**（疏）是以至之雅○正義曰序說正變之道以風雅與頌區域不同故又辨三者體異之意是以者承上生下之辭言詩人作詩其用心如此一國之政事善惡皆繫屬於一人之本意如此而作詩者謂之風言道天下之政事發見四方之風俗如是而作詩者謂之雅言風雅之別其大意如此也一人者作詩之人其作詩者道己一人之心耳要所言一人心乃是一國之心詩人覽一國之意以為己心故一國之事繫此一人使言之也但所言者直是諸侯之政行風化於一國故謂之風以其狹故也言天下之事亦謂一人言之詩人總天下之心四方風俗以為己意而詠歌王政故作詩道說天下之事發見四方之風所言者乃是天子之政施齊正於天下故謂之雅以其廣故也風之與雅各是一人所為風言一國之事繫一人雅亦天下之事繫一人雅言天下之事謂一人言天下之事風亦一人言一國之事序者逆順立文互言之耳故志張逸問嘗聞一人作詩何謂荅曰作詩者一人而已其取義者一國之事變雅則譏王

政得失，閔風俗之衰，所憂者廣，發於一人之本身。如此，言風雅之作，皆是一人之言耳。一人美則一國皆美之，一人刺則天下皆刺之。谷風、黃鳥，妻怨其夫，未必一國之妻皆怨夫耳；北門、北山，下怨其上，未必一朝之臣皆怨上也。但舉其夫婦離絕，則知風俗敗矣；言己獨勞從事，則知政教偏矣。莫不取衆之意以爲己辭，一人言之，一國皆悅。假使聖哲之君，功齊區宇，設有一人獨言其惡，如弁隨、務光之羞見殷湯，伯夷、叔齊之恥事周武，海內之心不同之也。無道之主，惡加萬民，設有一人獨稱其善，如張竦之美王莽，蔡邕之惜董卓，天下之意不與之也。必是言當舉世之心，動合一國之意，然後得爲風雅，載在樂章，不然則國史不錄其文也。此言謂之風雅，理兼正變。天下無道，政出諸侯，而變雅亦稱雅者，當作變雅之時，王政仍被邦國。大學曰：「堯舜率天下以仁，而民從之；桀紂率天下以暴，而民從之。」是善政惡政皆能正人，所以幽厲之詩亦名爲雅。及平王東遷，政遂微弱，其政纔行境內，是以變爲風焉。

**雅者，正也，言王政之所由廢興也。政有小大，故有小雅焉，有大雅焉。**

【疏】「雅者」至「雅焉」。○正義曰：上已解風名，故又解雅名。雅者，訓爲正也。由天子以政教齊正天下，故民述天子之政還以齊正爲名王之齊正天下得其道則述其美雅之正經及宣王之美詩是也若王之齊正天下失其理則刺其惡幽厲小雅是也詩之所陳皆是正天下大法文武用詩之道則興幽厲不用詩道則廢此雅詩者言說王政所用廢興以其廢興故有美刺也又解有二雅之意王者政教有小大詩人述之亦有小大故有小雅焉有大雅焉小雅所陳有飲食賓客賞勞羣臣燕賜以懷諸侯征伐以强中國樂得賢者養育人材於天子之政皆小事也大雅所陳受命作周代殷繼伐荷先王之福禄尊祖考以配天醉酒飽德能官用士澤被昆蟲仁及草木於天子之政皆大事也詩人歌其大事制爲大體述其小事制爲小體體有大小故分爲二焉風見優劣之差故周南先於召南雅見積漸之義故小雅先於大雅此其所以異也詩體既異樂音亦殊國風之音各從水土之氣述其當國之歌而作之雅頌之音則王者徧覽天下之志總合四方之風而制之樂記所謂先王制雅頌之聲以道之是其事也詩體既定樂音既成則後之作者各從舊俗變風之詩各是其國之音季札觀之而各知其國由其音異故也小雅音體亦然正經述大政爲大雅述小政爲小雅有小雅大雅之聲王政既衰變雅兼作取大雅之音歌其政事之變者謂之變大雅取其小雅之音歌其政事之變者謂之變小雅故

變雅之美刺皆由音體有小大不復由政事之大小也風述諸侯之政非無小大但化止一國不足分別頌則功成乃作歸美報神皆是大事無復別體故不分爲二風二頌也定本王政所由廢興俗本王政下有之字誤也

**頌者美盛德之形容以其成功告於神明者也**〔疏〕頌者至神明者○正義曰上解風雅之名風雅之體故此又解頌名頌體上文因變風變雅作矣即說風雅之體故言謂之風謂之雅以結上文此上未有頌作之言文無所結故云頌者美盛德之形容明訓頌爲容解頌名也以其成功告於神明解頌體也上言雅者正也此亦當云頌者容也以雅已備文此亦從可知故略之也易稱聖人擬諸形容象其物宜則形容者謂形狀容貌也作頌者美盛德之形容則天子政教有形容也可美之形容正謂道教周備也故頌譜云天子之德光被四表格于上下無不覆燾無不持載此之謂容其意出於此也成功者營造之功畢也天之所營在於命聖聖之所營在於任賢賢之所營在於養民民安而財豐衆和而事節如是則司牧之功畢矣干戈既戢夷狄來賓嘉瑞悉臻遠邇咸服羣生盡遂其性萬物各得其所即是成功之驗也萬物本於天人本於祖天之所命者牧民也祖之所命者成

業也民安業就須告神使知雖社稷山川四嶽河海皆以民爲主欲民安樂故作詩歌其功徧告神明所以報神恩也王者政有興廢未嘗不祭羣神但政未太平則神無恩力故太平德洽始報神功頌詩直述祭祀之狀不言得神之力但美其祭祀是報德可知此解頌者唯周頌耳其商魯之頌則異於是矣商頌雖是祭祀之歌祭其先王之廟述其生時之功正是死後頌德非以成功告神其體異於周頌也魯頌主詠僖公功德纔如變風之美者耳又與商頌異也頌者美詩之名王者不陳魯詩魯人不得作風以其得用天子之禮故借天子美詩之名改稱爲頌非周頌之流也孔子以其同有頌名故取備三頌耳置之商頌前者以魯是周宗親同姓故使之先前代也

是謂四始詩之至也始者王道興衰之所由

〔疏〕是謂四始詩之至也。正義曰四始者鄭荅張逸云風也小雅也大雅也頌也此。四者。人君行之則爲興廢之則爲衰又箋云始者王道興衰之所由然則此四者是人君興廢之始故謂之四始也詩之至者詩理至極盡於此也序說詩理既盡故言此以終之案詩緯汎歷樞云大明在亥水始也四牡在寅木始也嘉魚在巳火始也鴻鴈在申金始也與此不同者緯文因金木水火有四始之義以詩文託之又鄭作六藝論引春秋緯演孔圖云詩含五際六情者，鄭以汎歷樞云午亥之際爲革命卯酉之際爲改正辰在天門出入候聽卯天保也酉祈父也午采芑也亥大明也然則亥爲革命一際也亥又爲天門出入候聽二際也卯爲陰陽交際三際也午爲陽謝陰興四際也酉爲陰盛陽微五際也其六情者則春秋云喜怒哀樂好惡是也詩既含此五際六情故鄭於六蓺論言之

然則關雎麟趾之化王者之風故繫之周公南言化自北而南也鵲巢騶虞之德諸侯之風也先王之所以教故繫之召公自從也從北而南謂其化從岐周被江漢之域也先王斥大王王季○麟音吕辛反趾音止騶本亦作騶音側留反召音邵同音上照反後召南召公皆同岐音其宜反山名或音祇被音皮寄反大王音泰

【疏】然則關雎麟趾之化王者之風故繫之周公至繫之召公

正義曰序因關雎是風化之始遂因而申之廣論詩義詩理既盡然後乃說周南召南然者然上語則者則下事因前起後之勢也然則關雎麟趾之化是王者之風文王之所以教民也王者必聖周公聖人故繫之周公不直名爲周而連言

南者言此文王之化自北土而行於南方故也鵲巢騶虞之德是諸侯之風先王大王王季所以教化民也諸侯必賢召公賢人故繫之召公不復言南意與周南同也周南言化召南言德者變文耳上亦云關雎后妃之德是其通也諸侯之風言先王之所以教王者之風不言文王之所以教者二南皆文王之化不嫌非文王也但文王所行兼行先王之道感文王之化爲周南感先王之化爲召南不言先王之教無以知其然故特著之也此實文王之詩而繫之二公者志張逸問王者之風王者當在雅在風何答曰文王以諸侯而有王者之化述其本宜爲風逸以文王稱王則詩當在雅故問之鄭以此詩所述述文王爲諸侯時事以有王者之化故稱王者之風於時實是諸侯詩人不爲作雅文王三分有二之化故稱王者之風是其風者王業基本此述服事殷時王業基本之事故云述其本宜爲風也化霑一國謂之爲風道被四方乃名爲雅文王纔得六州未能化天下統一雖則大於諸侯正是諸侯之大者耳此二南之人猶以諸侯待之爲作風詩不作雅體體實是風不得謂之爲雅文王末年身實稱王又不可以國風之詩繫之王身名無所繫詩不可棄因二公爲王行化是故繫之二公天子嫁女於諸侯[illegible]諸侯爲之主亦此義也其鹿鳴文王詩人本以天子待之[illegible]雅非基本之事

故不爲風也若然作王者之風必感聖人之化已知文王之聖德知終必爲王不爲作雅而作風者詩者志也各言其志文王於時未稱王號或爲作雅或爲作風人志不同故也○箋自從至王季○正義曰釋詁云從自也反覆相訓是自得爲從也文王之國在於岐周東北近於紂都西北迫於戎狄故其風化南行也漢廣序云美化行乎江漢之域是從岐周被江漢之域也太王始有王迹周之追諡上至太王而已故知先王斥太王王季

周南召南正始之道王化之基

疏 周南至之基○正義曰旣言繫之周召又總舉二南要義周南召南二十五篇之詩皆是正其初始之大道王業風化之基本也高以下爲基遠以近爲始文王正其家而後及其國是正其始也化南土以成王業是王化之基也季札見歌周南召南曰始基之矣猶未也服虔云未有雅頌之成功亦謂二南爲王化基始序意出于彼文也

是以關雎樂得淑女以配君子愛在進賢不淫其色哀窈窕思賢才而無傷善之心焉是關雎之義也

哀蓋字之誤也當爲衷衷謂中心恕之無傷善之心謂好

逑也○淑常六反善也哀前儒竝如字論語云哀而不傷是
也鄭氏改作衷竹隆反窈烏了反窕徒了反毛云窈窕幽閑
也王肅云善心曰窈善容曰窕恕是以至之義也○正
音庶本又作念好呼報反逑音求【疏】義曰上既摠言二南
又說關雎篇義覆述上后妃之德由言二南皆是正始之道
先美家內之化是以關雎之篇說后妃心之所樂樂得此賢
善之女以配己之君子心之所憂憂在進舉賢女不自淫恣
其色又哀傷處窈窕幽閑之女未得升進思得賢才之人與
之共事君子勞神苦思而無傷害善道之心此是關雎詩篇
之義也毛意當然定本是關雎之義俗本是下有以者誤也
鄭以哀爲衷言后妃衷心念恕在窈窕幽閑之善女思使此
女有賢才之行欲令宮內和協而無傷害善人之心餘與毛
同婦人謂夫爲君子上下之通名樂得淑女以配君子言求
美德善女使爲夫嬪御與之共事文王五章皆是也女有美
色男子悅之故經傳之文通謂女人爲色淫者過也過其度
量謂之爲淫男過愛女謂淫女色女過求寵是自淫其色此
言不淫其色者謂后妃不淫恣已身之色其者其后妃也婦
德無厭志不可滿凡有情欲莫不妬忌唯后妃之心憂在進
賢賢人不進以爲已憂不縱恣已色以求專寵此生民之難
事而后妃之性能然所以歌美之也毛以爲哀窈窕之人與

后妃同德者也后妃以己則能配君子彼獨幽處未升故哀念之也既哀窈窕之未升又思賢才之良質欲進舉之也哀窈窕還是樂得淑女也思賢才還是憂在進賢殷勤而說之也指斥詩文則憂在進賢下三章是也不淫其色首章上二句是也此詩之作主美后妃進賢所以能進賢者由不淫其色故先言不淫其色序論作者之意主在進賢故先云進賢所以經序倒也鄭解哀字爲異其經亦與毛同○箋哀蓋至好逑○正義曰以后妃之求賢女直思念之耳無哀傷之事在其閒也經云鍾鼓樂之琴瑟友之哀樂不同不得有悲哀也故云蓋字之誤箋所易字多矣皆註云當爲某字此在詩初故云蓋爲疑辭以下皆倣此衷與忠字異而義同於文中心爲忠如心爲恕故云恕之謂念恕此窈窕之女思使之有賢才言不忌勝己而害賢也無傷善之心謂不用傷害善人經稱衆妾有逑怨欲令窈窕之女和諧不用使之相傷害故云謂好逑也論語云關雎樂而不淫哀而不傷鄭此序之義也論語註云哀世夫婦不得此人不爲滅傷其愛此以哀爲衷彼仍以哀爲義者鄭荅劉炎云論語註人閒行久義或宜然故不復定以遺後說是鄭以爲疑故兩解之也必知毛異於鄭者以此詩出於毛氏字與三家異者動以百數此序是毛置篇端若毛知其誤自當改之何須仍作哀字也毛無

破字之理故知從哀之義毛旣以哀爲義則以下義勢皆異於鄭思賢才謂思賢才之善女也無傷善之心言其能使善道全也庸人好賢則志有懈倦中道而廢則善心傷后妃能寤寐而思之反側而憂之不得不已未嘗懈倦是其善道必全無傷缺之心然則毛意無傷善之心當謂三章是也王肅云哀窈窕之不得思賢才之良質無傷善之心焉若苟慕其色則善心傷也

**關關雎鳩在河之洲**

興也關關和聲也雎鳩王雎也鳥摯而有別水中可居者曰洲后妃說樂君子之德無不和諧又不淫其色愼固幽深若關雎之有別焉然後可以風化天下夫婦有別則父子親父子親則君臣敬君臣敬則朝廷正朝廷正則王化成箋云摯之言至也謂王雎之鳥雌雄情意至然而有別○雎七胥反鳩九尤反鳥之有至別者洲音州與虛應反沈許甑反案興是譬諭之名意有不盡故題曰興他皆放此摯本亦作鷙音至別彼竭反下同說音悅樂音洛諧戶皆反朝直遥反廷徒佞反

**窈窕淑女君子好逑**

窈窕幽閒也淑善逑匹也言后妃有關雎之德是幽閒貞專之善女宜爲君子之好匹箋云怨耦曰仇言后妃之德和諧則幽閒處深宮貞專之善女能爲君子和好衆妾之怨者言皆化后妃之德不嫉妬謂三夫人以下○好

毛如字鄭呼報反兎罝詩放此逑音求毛云匹也本亦作仇
音同鄭云怨耦曰仇閒音閑下同耦五口反能爲于僞反嫉
音疾徐音自後皆同【疏】關關至好逑○正義曰毛以爲關
妬丁路反以色曰妬　關然聲音和美者是雎鳩也此雎
鳩之鳥雖雌雄情至猶能自別退在河中之洲不乘匹而相
隨也以興情至性行和諧者是后妃也后妃雖說樂君子猶
能不淫其色退在深宮之中不褻瀆而相慢也后妃既有是
德又不妬忌思得淑女以配君子故窈窕然處幽閒貞專之
善女宜爲君子之好匹也以后妃不妬忌可共以事夫故言
宜也○鄭唯下二句爲異言幽閒之善女謂三夫人九嬪既
化后妃亦不妬忌故爲君子文王和好衆妾之怨耦者使皆
說樂也○傳關關至王化成○正義曰釋詁云關關雝雝音
聲和也是關關爲和聲也雎鳩王雎也釋鳥文郭璞曰鵰類
也今江東呼之爲鶚好在江邊沚中亦食魚陸機疏云雎鳩
大小如鴟深目目上骨露幽州人謂之鷲而揚雄許慎皆曰
白鷢似鷹尾上白定本云鳥摯而有別謂鳥中雌雄情意至
厚而猶能有別故以興后妃說樂君子情深猶能不淫其色
傳爲摯字實取至義故箋云摯之言至王雎之鳥雄雌情意
至然而有別所以申成毛傳也俗本云雎鳩王雎之鳥者誤
也水中可居者曰洲釋水文也李巡曰四方皆有水中央獨

可居釋水又曰小洲曰渚小渚曰沚小沚曰坻江有渚傳曰渚小洲也蒹葭傳亦云小渚曰沚皆依爾雅爲說也采蘩傳曰沚渚鳧鷖傳曰渚沚互言以曉人也蒹葭傳文云坻小渚也不言小沚者沚渚大小異名耳坻亦小於渚故舉渚以言之和諧者心中和悅志意諧適每事皆然故云無不和諧又解以在河之洲爲喻之意言后妃雖悅樂君子不淫其色能謹慎貞固居在幽閒深宮之內不妄淫褻君子若雎鳩之有別故以興焉后妃之德能如是然後可以風化天下使夫婦有別夫婦有別則性純子孝故能父子親也孝子爲臣必忠故父子親則君臣敬君臣既敬則朝廷自然嚴正朝廷既正則天下無犯非禮故王化得成也○傳窈窕至好匹正義曰窈窕者謂淑女所居之宮形狀窈窕然故箋言幽閒深宮是也傳知然者以其淑女已爲善稱則窈窕宜爲居處故云幽閒言其幽深而閒靜也揚雄云善心爲窈善容爲窕者非也逑匹釋詁文孫炎云相求之匹詩本作逑爾雅多作仇字異音義同也又曰后妃有關雎之德是幽閒貞專之善女宜爲君子之好匹者美后妃有思賢之心故說賢女宜求之狀摠言宜求爲君子好匹則摠謂百二十人矣○箋不嫉至以下○正義曰下箋三夫人九嬪以下此直云三夫人以下然則九嬪以下摠謂衆妾三夫人以下唯兼九嬪耳以其

淑女和好衆妾據尊者故唯指九嬪以上也求菜論皆樂后妃之事故兼言九嬪以下摠百二十人也若然此衆妾謂世婦女御也周禮註云世婦女御不言數者君子不苟於色有婦德者充之無則闕所以得有怨者以其職卑德小不能無怨故淑女和好之見后妃和諧能化羣下雖有小怨和好從化亦所以明后妃之德也此言百二十人者周南王者之風以天子之數擬之非其時卽然也何者文王爲諸侯早矣豈先無嬪妾一人皆須后妃求之且百二十人之數周禮始置鄭於檀弓差之帝嚳立四妃帝堯因焉舜不告而娶不立正妃夏增以九女爲十二人殷則增以二十七人爲三十九人至周增以八十一人爲百二十人當殷之時唯三十九人況文王爲諸侯世子豈有百二十人也○

**參差荇菜左右流之**　荇接余也流求也后妃有關雎之德乃能共荇菜備庶物以事宗廟也箋云左右助也言后妃將共荇菜之葅必有助而求之者言三夫人九嬪以下皆樂后妃之事○參初金反差初宜反又初佳反荇衡猛反本亦作莕沈有並反左右王申毛如字鄭上音佐下音佑接余音餘本或作菨荼非共音恭本或作供下共荇菜並同葅阻魚反字又作菹嬪鼻申反內官名樂音洛又音岳

**窈窕淑女寤寐求之**　寤覺

寐寤也箋云言后妃覺寐則常求此賢女欲與之參差至
之共已職也○寤五路反寐莫利反覺音教○【疏】求之○
毛以爲后妃性旣和諧堪居后職當共荇菜以事宗廟后妃
言此參差然不齊之荇菜須嬪妾左右佐助而求之由此之
故思求淑女窈窕然幽閒貞專之善女后妃寤寐之時常求
之也○鄭以爲夫人九嬪旣不妒忌世婦女御又無怨爭上
下說樂同化后妃故於后妃將共參差之荇菜以事宗廟之
時則嬪御之等皆競佐助后妃而求之言皆樂后妃之事旣
言樂助后妃然後倒本其事后妃今日所以得佐助者由此
幽閒之善女未得之時后妃於覺寐之中常求之欲與之共
已職事故得之也○傳荇接至宗廟○正義曰釋草云莕接
余其葉苻陸機疏云接余白莖葉紫赤色正員徑寸餘浮在
水上根在水底與水深淺等大如釵股上青下白鬻其白莖
以苦酒浸之肥美可案酒是也定本荇接余也俗本荇下有
菜字衍也流求釋言文也所以論求菜事以美后妃者以德
不和諧不當神明則不能事宗廟今后妃和諧有關雎之德
乃能共荇菜備庶物以事宗廟也案天官醢人陳四豆之實
無荇菜者以殷禮詩詠時事故有之言備庶物者以荇菜亦
庶物之一不謂今后妃盡備庶物也禮記祭統曰水草之菹
陸産之醢小物備矣三牲之俎八簋之實美物備矣昆蟲之

異草木之實陰陽之物備矣凡天之所生地之所長苟可薦者莫不咸在示盡物也是祭必備庶物也此經序無言祭事知事宗廟者以言左右流之助后妃求荇菜若非祭菜后不親采采蘩言夫人奉祭明此亦祭也○箋左右至之事○正義曰左右助也釋詁文此章未得荇菜故助而求之既得故四章論采之采之既得故卒章言擇之皆是淑女助后妃故每云左右此章始求謂未當祭時故云將共荇菜四章琴瑟友之卒章鍾鼓樂之皆謂祭時故箋云共荇菜之時也此云助而求之謂未祭時亦贊助也故天官九嬪職云凡祭祀贊后薦徹豆籩世婦職云祭之日涖陳女宮之具凡內羞之物女御職曰凡祭祀贊世婦天官序官註云夫人之於后猶三公之於王坐而論婦禮無官職之事明祭時皆在故下章論祭時皆有淑女之文明贊助可知也此九嬪以下兼世婦女御也言皆樂后妃之事者明既化其德又樂其事見后妃德盛感深也事者荇菜之事也事爲勞務尚能樂之況於其德乎

**求之不得寤寐思服**服思之也箋云服事也求賢女而不得覺寐則思已職事當誰與共之乎

**悠哉悠哉輾轉反側**悠思也箋云思之哉思之哉言已誠思之臥而不周曰輾○悠音由輾本亦作展哲善反呂忱從車展鄭云不周曰

輾注本或作卧而不周者剩二字也【疏】求之至反側○毛以爲后妃求此賢女之不得則覺寐之中服膺念慮而思之又言后妃誠思此淑女哉誠思此淑女哉其思之時則輾轉而復反側思念之極深也○鄭唯以服爲事求賢女而不得覺寐則思己職事當誰與共之餘同也○傳服思之也○正義曰王肅云服膺思念之箋以釋詁文服事也本求淑女爲己職事故易之也○箋卧而不周曰輾○正義曰書傳曰帝猶反側晨興則反側亦卧而不正也反側既爲一則輾轉亦爲一俱爲卧而不周矣箋獨以輾爲不周者辨其難明不嫌與轉異也澤陂云輾轉伏枕伏枕據身伏而不周則輾轉同爲不周明矣反側猶反覆輾轉猶婉轉俱是迴動大同小異故何人斯箋反側輾轉是也

參差荇菜左右采之箋云言后妃既得荇菜必有助而采之者窈窕淑女琴瑟友之宜以琴瑟友樂之箋云同志爲友言賢女之助后妃共荇菜其情意乃與琴瑟之志同共荇菜之時樂必作○【疏】參差至友之○毛以爲后妃本已求淑女之意言既求得參差之荇菜須左右佐助而采之故所以求淑女也故思念此處窈窕然幽閒之善女若來則琴瑟友而樂之思設樂以待之親之至也○鄭以爲后妃化感羣下既求

得之又樂助采之言參差之荇菜求之既得諸嬪御之等皆樂左右助而采之既化后妃莫不和親故當共荇菜之時作此琴瑟之樂樂此窈窕之淑女其情性之和上下相親與琴瑟之音宮商相應無異若與琴瑟爲友然共之同志故云琴瑟友之。傳宜以琴瑟友樂之。正義曰此稱后妃之意后妃言已思此淑女若來已宜以琴瑟友而樂之言友者親之如友下傳曰德盛者宜有鍾鼓之樂與此章互言也明淑女若來琴瑟鍾鼓並有故此傳并云友樂之亦逆取下章之意也以樂有二等相分以著義琴瑟樂之細者先言之見其和親鍾鼓樂之大者故卒章言之顯其德盛毛氏於序不破哀字則此詩所言思求淑女而未得也若得則設琴瑟鍾鼓以樂此淑女故孫毓述毛云思淑女之未得以禮樂友樂之是思之而未致樂爲淑女設也知非祭時設樂者若在祭時則樂爲祭設何言德盛設女德不盛豈祭無樂乎又琴瑟樂神何言友樂也豈得以祭時之樂友樂淑女乎以此知毛意思淑女未得假設之辭也。箋同志爲友。正義曰人之朋友執志協同今淑女來之雍穆如琴瑟之聲和二者志同似於人友故曰同志爲友琴瑟與鍾鼓同爲祭時但此章言采之故以琴瑟爲友以韻之卒章云芼故以鍾鼓爲樂以韻之俱祭時所用而分爲二等耳此箋樂必作兼下鍾鼓也下箋琴瑟在堂亦取此云琴瑟友之言淑女以琴瑟爲友下云鍾鼓樂之共荇菜之事爲鍾鼓樂淑女二文不同者因事異而變其文以琴瑟相和似人情志故以友言之鍾鼓鏗宏非情志可比故以樂言之見祭時淑女情志之和而因聽祭樂也○

**參差荇菜左右芼之**芼擇也箋云后妃既得荇菜必有助而擇之者○芼毛報反○

【疏】傳芼擇也○正義曰釋言云芼搴也孫炎曰皆擇菜也某氏曰搴猶拔也郭璞曰拔取菜也以搴是拔之義史記云斬將搴旗謂拔取敵人之旗也芼訓爲拔而此云芼之故知拔菜而擇之也○

**窈窕淑女鍾鼓樂之**德盛者宜有鍾鼓之樂箋云琴瑟在堂鍾鼓在庭言共荇菜之時上下之樂皆作盛其禮也○樂之音洛又音岳或云協韻宜五教反○

【疏】箋琴瑟至其禮○正義曰知琴瑟在堂鍾鼓在庭者皐陶謨云琴瑟以詠祖考來格乃云下管鼗鼓明琴瑟在上鼗鼓在下大射禮頌鍾在西階之西笙鍾在東階之東是鍾鼓在庭也此詩美后妃能化淑女共樂其事既得荇菜以祭宗廟上下樂作盛此淑女所共之禮也樂雖主神因共荇菜歸美淑女耳○

**關雎五章章四句故言三章一章章四句二章**

章八句○五章是鄭所分故言以下是毛公本意後放此○疏自古而有篇章之名與詩而俱興也故那序曰得商頌十二篇東山序曰一章言其完是也句則古者謂之爲言論語云詩三百一言以蔽之曰思無邪則以思無邪一句爲一言左氏曰臣之業在揚之水卒章之四言謂第四句不敢告人也及趙簡子稱子大叔遺我以九言皆以一句爲一言也秦漢以來衆儒各爲訓詁乃有句稱論語註云此我行其野之句是也句必聯字而言句者局也聯字分疆所以局言者也章者明也總義包體所以明情者也篇者徧也言出情鋪事明而徧者也然字之所用或全取以制義關關雎鳩之類也或假辭以爲助者乎而只且之類也句者聯字以爲言則一字不制也以詩者申志一字則言蹇而不會故詩之見句少不減二即祈父肇禋之類也三字者綏萬邦婁豐年之類也四字者關關雎鳩窈窕淑女之類也五字者誰謂雀無角何以穿我屋之類也六字者昔者先王受命有如召公之臣之類也七字者如彼築室於道謀尙之以瓊華乎而之類也八字者十月蟋蟀入我牀下我不敢效我友自逸是也其外更不見九字十字者摯虞流外論云詩有九言者泂酌彼行潦

挹彼注茲是也徧檢諸本皆云洞酌三章章五句則以爲二句也顏延之云詩祁。本無九言者將由聲度闡緩不協金石仲洽。之言未可據也句字之數四言爲多唯以二三七八者將由言以申情唯變所適播之樂器俱得成文故也詩之大體必須依韻其有乖者古人之韻不協耳之兮矣也之類本取以爲辭雖在句中不以爲義故處末者皆字上爲韻之者左右流之寤寐求之之類也兮者其實七兮迨其吉兮之類也矣者顏之厚矣出自口矣之類也也者何其處也必有與也之類也乎。者。俟我于著乎而伐檀且漣猗之篇此等皆字上爲韻不爲義也然人志各異作詩不同必須聲韻諧和曲應金石亦有卽將助句之字以當聲韻之體者則彼人是哉子曰何其不思其反反是不思亦已焉哉是究是圖亶其然乎其虛其徐旣亟只且之類是也章者積句所爲不限句數也以其作者陳事須有多少章總一義必須意盡而成故也累句爲章則一句不可二句得爲之盧令及魚麗之下三章是也其三句則麟趾甘棠騶虞之類是也其多者載芟三十一句閟宮之三章三十八句自外不過也篇之大小隨章多少風雅之中少猶兩章以上卽騶虞渭陽之類是也多則十六以下正月桑桑之類是也唯周頌三十一篇及那烈祖玄鳥皆一章者以其風雅敘人事刺過論功志在匡救一章不盡重章以申殷勤故風雅之篇無一章者頌者太平德洽之歌述成功以告神直言寫志不必殷勤故一章而已魯頌不一章者魯頌美僖公之事非告神之歌此則論功頌德之詩亦殷勤而重章也雖云盛德所同魯頌實不及制故頌體不一也高宗一人而玄鳥一章長發殷武重章者或詩人之意所作不同或以武丁之德上不及成湯下又踰於魯僖論其至者同於太平之歌述其祖者同於論功之頌明成功有大小其篇詠有優劣采立章之法不常厥體或重章共述一事采蘋之類或一事疊爲數章甘棠之類或初同而末異東山之類或首異而末同漢廣之類或事訖而更申既醉之類或章重而事別鴟鴞之類何草不黄隨時而改色文王有聲因事而變文采采芣苢一章而再言賓之初筵三章而一發或篇有數章章句衆寡不等章有數句句字多少不同皆由各言其情故體無恒式也東山序云一章二章三章四章不謂末章爲卒章及左傳曰七月之卒章又揚之水卒章者東山分別章意從一而終於四故不言卒章也左傳言卒章者卒終也言終篇之章言卒者對始

也終篇爲卒章則初篇爲首章矣故鄭注禮記云緇衣之首章是也若然言卒者對首也則武唯一章而左傳曰作武其卒章曰耆定爾功者以耆定爾功是章之卒句故也大司樂注云騶虞樂章名在召南之卒章者正謂其卒篇謂之章者乘上騶虞爲樂章故言在召南之卒章也定本章句在篇後六蓺論云未有若今傳訓章句明爲傳訓以來始辨章句或毛氏即題或在其後人未能審也○

附釋音毛詩注疏卷第一　一之一

皇清嘉慶二十年重栞
宋本用文選樓藏本校

刑部員外南昌黃中栻栞

# 毛詩注疏挍勘記

阮元撰盧宣旬摘錄

## 附釋音毛詩注疏卷第一　一之一　一

閩本明監本毛本無附釋音三字又一之一下無一字案閩本以下仍附刻釋文獨刪其題非也十行本於每卷之下自一之一至二十之四凡七十皆標其數考正義原書分四十卷自正義序及唐書新舊志宋著錄各家悉同其分二十卷者經注本也合併時取正義散入經注本之中而四十卷之舊遂不復存亦無由知其七十卷之何所本也閩本以下輒刪一二等字其刪之未盡者僅閩本一二處而已非也餘同此

唐國子祭酒上護軍曲阜縣開國子孔穎達奉勑撰　閩本明監本毛本移此在前正義序下而於此題云毛詩國風漢鄭氏箋唐孔穎達疏非也案毛詩國風鄭氏箋具題在周南關雎詁訓傳第一之下不容複出於上也其一之二以後十行本每卷題毛詩國風鄭氏箋孔穎達疏小雅大雅周頌商頌魯頌亦然閩本衍漢字唐字明監本毛本又誤倒其次序唯此孔穎達下脫等字當補

詁訓傳 唐石經小字本相臺本同案此正義本也正義云今定本作故釋文本作故云舊本多作故今或作詁考漢書藝文志作故與釋文引舊本及樊孫等爾雅本皆爲釋故合當以釋文本定本爲長正義原書與經注別行後來合併實始於南宋紹興閒三山黃唐所編彙此本又在其後事載左傳考文其所用經注本非正義之經注也故經注與正義時有相牴牾者而考以集注本定本俗本釋文本唐石經本亦未有全然相合者也乃彼時行世別有此本耳茲條列其同異所自出俾各有考焉

瓠葉捨番番之狀 閩本明監本毛本同案此不誤浦鏜云幡幡誤番番非也正義引詩或不盡據本文如出其東門引白旆英英以說英字而本詩作央可證

趙人毛長傳詩 閩本明監本毛本同案此不誤浦鏜云萇誤長非也釋文序錄云一云名長通志堂本作萇者誤詳後考證困學紀聞引作長云今後漢書作萇亦其證也

不以數次爲無筭也 閩本明監本毛本數作不案不字是也

典籍出於人滅各專閒命氏 [補]毛本人滅作入閒專閒作專門案所改是也

詁訓毛自題之 明監本毛本訓下有傳字閩本剜入案所補是也

○關雎

后妃之德也 閩本明監本毛本於此節及後節用之邦國焉下皆有注小字本相臺本無考文古本同案山井鼎云皆釋文混入於注是也十行本附釋音與注文疏文皆雙行小字唯釋文首加圓圍爲別耳故重刻者致誤也又明監本注單行小字側書閩本毛本別爲中等字皆非其舊

所以風天下 唐石經小字本相臺本同案正義云定本所以風天下俗本風下有化字誤也考文古本有采正義考顏師古爲太宗定五經謂之定本非孔穎達等作正義之本也俗本謂當時通行之本亦非即作正義者兼不專指一本故禮義疏下云俗本有作儀者野有死麕序下云或有俗本以天下大亂以下同爲鄭注者誤是也由此推之則正義本之大槩可見矣定本出於顏師古見舊新二唐書太宗紀顏籀傳封氏聞見記貞觀政要等書段玉裁所考得也

**當天子敎諸侯敎大夫** 閩本明監本毛本重諸侯二字案所補非也此謂鄉大夫亦天子敎之

**風風也** 唐石經小字本相臺本同案釋文云徐上如字下福鳳反崔靈恩集注本下即作諷字考正義標起止云風風是正義本不作諷正義下文又云風訓諷也者風諷古今字凡經注古字正義每易爲今字而說之其爲例如此也今往往有合併時依經注誤改者矣

**發猶見也** 閩本明監本毛本首有箋字小字本相臺本無考文古本同案山井鼎云箋云二字鄭中毛傳所以別之也毛不注序無可辨嫌故序注本應無箋字後世諸本不知而妄加非亦甚矣其詳見於正義釋文是也凡序注之首十行本悉無箋字閩本以下乃誤加耳餘同此

**謂宮商角祉羽也** 小字本相臺本祉作徵閩本明監本毛本亦同案考正義釋文皆作徵此祉字當是宋經注本避當時諱字耳

謨摩舊法[補]毛本謨摩作模準

而民思憂閩本明監本毛本思憂誤剛毅案浦鏜按此下用樂記補數十字皆非也考正義引羣籍有引其意不全用其文不可依本書改竄者此類是矣

故正得失唐石經小字本相臺本同案釋文云正本又作政正義云此正得失與雅者正也正始之道本或作政皆誤耳今定本皆作正字正義本之同於定本者此類是也凡正義既著其所從又兼載異本或與定本同或與俗本同也

莫近於詩節[補]案此節釋音厚音后本或作序非八字當在下

史記稱微子過殷墟閩本明監本毛本同案此不誤浦鏜云尚書大傳云微子史記世家作箕子非也此正義自涉大傳耳非由字譌黍離正義引作箕子如鄭志問甘棠正義兩引譌下作趙商本篇下作張逸也

聞之者足以戒唐石經小字本相臺本同案正義云俗本戒上有自字者誤定本直云足以戒也文選載此序有自字即俗本也考文古本有采正義

皆用此上六義之意閩本明監本毛本同案十行本上至之剜添者一字○補上字宜衍

人君不怒其作主明監本作誤非閩本毛本不誤案作主謂作詩之主也從正義引鄭荅張逸云其無作主皆國史主之此用彼文

國史明乎得失之迹「補」案此節釋音告古毒反四字當在下第四節告於神明者也下

若唐有帝堯殺禮救危之化閩本明監本毛本同案浦鏜云厄誤危以唐譜考之浦按是也

要所言一人心閩本明監本毛本人下有之字案所補是也

言王政之所由廢興也唐石經小字本相臺本同案正義云定本王政所由廢興俗本王政下有

之字誤也是有之字者出於俗本凡序云誤者意所不從其於定本亦然

**代殷繼代** 明監本毛本誤作伐殷繼代閩本不誤案代殷用臯矣序文繼伐用文王有聲序文

**所以報神恩也** 閩本明監本毛本同案十行本以至也剜添者一字○補神字宜衍

**大雅也頌也此四者人君行之** 閩本明監本毛本同案十行本大至之剜添者三字是此四者三字衍也

**則春秋云** 閩本明監本毛本同案此不誤浦鏜云春秋下當脫左氏傳三字非也凡引其書之文屬郞稱其大名如易緯單稱易書序單稱書古人之通例不可枚舉者也

**愛在進賢** 補 毛本愛作憂案憂字是也

**興也** 閩本明監本毛本首有傳字小字本相臺本無考文古本同案山井鼎云後人加也是也十行本悉無此字閩本以下乃誤加耳餘同此

**若關雎之有別焉** 小字本同閩本明監本毛本亦同相臺本關雎作雎鳩案關雎是也下傳云有關雎之德可證相臺本因正義云若雎鳩之有別因改此傳考正義凡自爲文每不必盡與注相應不當據改也考文古本作雎鳩采正義而誤

**箋云** 閩本明監本毛本於箋字外以黑圍之小字本相臺本所無也考文古本同案山井鼎云箋云二字鄭氏之舊所以別毛氏傳也而後世諸本加黑圍者亦失古意矣是也十行本凡箋字及正義中傳箋字悉不如此閩本以下誤耳考其致誤之由乃因正義標起止有傳字箋字遂於注首加傳字復割裂注中箋字配之不知此正義自爲文以作別識耳非注如此也明刻單注別本更有幷箋下云字去之者尤爲誤甚餘同此

**怨耦曰仇** 小字本相臺本同案釋文云好逑音求毛云匹也本亦作仇音同鄭云怨耦曰仇是釋文本經傳作逑箋作仇也正義本箋字未有明文當亦與釋文本同臧琳經義雜記云箋既不云逑當爲仇則說異而字同其說非也凡箋於經字以爲假借者多不言讀爲而顯其爲假借有二例焉一則仍用經字但於訓詁中顯之如容

兮遂兮箋遂瑞也以遂爲璲之假借价人維藩箋价甲也以价爲介之假借是其類也一則於訓釋中竟改其字以顯之如此經之逑箋則曰怨耦曰仇以逑爲仇之假借及湜湜其止箋之小渚曰沚山有橋松箋之槁松在山上可以樂飢箋之可飲以療飢皆其類也二者皆不言讀爲也於訓釋中竟改其字者人每不得其例今隨條說之以去其藏結其仍用經字但於訓詁中顯之者人所易曉不悉說焉臧琳又以爲徧考毛詩兔罝無衣皇矣等逑匹之逑皆作仇此經作逑出後人私改亦非也凡毛氏詩經中之字例不畫一如或用告或用曷而同訓何或用肩或用豜而同訓獸三歲其類衆矣他經用仇此經用逑不嫌同訓不可據彼改此說文逑下云又曰怨匹曰逑正說逑爲怨匹字之假借其釋文所載本亦作仇者是依箋改經出之於下意所不從章懷注後漢書李善注文選雖經引用要卽所謂以破引之實非毛氏詩舊文也

后妃雖說樂君子　明監本毛本雖誤能閩本不誤案說當作悅下文作悅可證也注作說正義作悅說悅古今字易而說之也例見前餘同此

郭璞曰閩本明監本毛本同案璞當作樸樸字景純取純樸相應字當從木正義多作璞或改作朴朴卽樸之俗字○案段玉裁云樸素字古作樸樸者素也胎也是以金玉之礦古皆作樸而璞乃俗字郭名當本作樸或譌璞非或譌朴亦非朴者木皮也非命名之意此條舊在曹風候人篇今依先見例錄此

陸機疏云毛本機誤璣閩本明監本不誤案考隋書經籍志作機釋文序錄同唯資暇集有當從玉旁之說宋代著錄元恪書者多承之毛本因此改作璣其實與士衡同姓名耳古人所有不當改也餘同此釋文亦或誤今正

而揚雄許慎閩本明監本揚作楊毛本作揚案子雲姓本從木宋以來或誤從才閩本明監本是也餘同此

其葉符閩本明監本毛本同案浦鏜云苻誤符以爾雅考之浦挍是也

鬻其白蓋閩本明監本毛本同案浦鏜云鬻誤鬻者凡陸疏鬻字皆當作鬻乃形近之譌浦挍是也

卧而不周曰輾 小字本相臺本同案此正義本也釋文云鄭云不周曰輾注本或作卧而不周者剩二字也案釋文與正義迴非一本茲著其文字之異其但偏旁不同而正義本已載釋文亦作又作或作者不復悉出

鍾鼓樂之 唐石經小字本相臺本同閩本同明監本毛本鍾作鐘案鍾字是也五經文字云今經典或通用鍾爲樂器是其證餘同此

一章章四句 補 案一章下例不重章字次章字誤衍

與詩禮俱興也 閩本明監本毛本同案禮當作體形近之譌

婁豐年之類也 閩本明監本毛本婁誤屢

摯虞流外論云 閩本明監本毛本同案山井鼎云外當作別是也

詩禮本無九言者 補 毛本禮作體案體字是也

仲治之言 閩本同明監本毛本治作治案山井鼎云治當作洽是也

乎者俟我于著乎而 閩本明監本毛本同案乎者當作著此句稱著與下句稱伐檀對文也誤分爲二字又改乙爲乎

其篇詠有優劣采 補 毛本采作乎

采采若苢 補 若當作芣

# 附釋音毛詩注疏卷第一（一之二）

毛詩國風　鄭氏箋　孔穎達疏

葛覃后妃之本也后妃在父母家則志在於女功之事躬儉節用服澣濯之衣尊敬師傅則可以歸安父母化天下以婦道也躬儉節用由於師傅之教而得後言尊敬師傅者欲見其性亦自然可以歸安父母言嫁而得意猶不忘孝。覃本亦作蕈徒南反延也澣本又作浣户管反濯直角反傅夫附反見賢遍反

【疏】葛覃三章章六句至以婦道。正義曰作葛覃詩者言后妃之本性也謂貞專節儉自有性也敘又申說之后妃先在父母之家則已專志於女功之事復能身自儉約謹節財用服此澣濯之衣而尊敬師傅在家本有此性出嫁脩而不改婦禮無愆當於夫氏則可以歸問安否於父母化天下以爲婦之道也定本后妃在父母家無之字化天下以婦道無成字有者衍也先言后妃在父母家者欲明尊敬師傅皆后妃在家時事説其爲本

之意言在父母之家者首章是也志在女功之事者二章治葛以爲絺綌是也躬儉節用服澣濯之衣者卒章汙私澣衣是也澣濯即是節儉分爲二者見由躬儉節用故能服此澣濯之衣也尊敬師傅卒章上二句言告師氏是也可以歸安父母者即卒章下一句歸寧父母是也化天下以婦道者因事生義於經無所當也經言汙私澣衣在言歸之下則是在夫家之事也敘言躬儉節用謂在父母之家者見其在家已然出嫁不改也○箋躬儉至忘孝○正義曰箋知躬儉節用由於師傅之教者以經汙私澣衣在言告師氏之下故也歸寧父母乃是實事而言可以者能如此乃可以耳若不當夫氏雖歸安父母而父母尚憂今既當夫氏仍得歸安父母言其嫁而得夫之意猶不忘孝故也

**葛之覃兮施于中谷維葉萋萋**興也覃延也葛所以爲絺綌女功之事煩辱者施移也中谷谷中也萋萋茂盛貌箋云葛者婦人之所有事也此因葛之性以興焉興者葛延蔓於谷中喻女在父母之家形體浸浸日長大也葉萋萋然喻其容色美盛也○施毛以豉反鄭如字下同萋切兮反蔓音萬浸子鴆反長丁丈反

**黃鳥于飛集于灌木其鳴喈喈**黃鳥摶黍也灌木叢木也喈喈和聲之遠聞也箋云

葛延蔓之時則搏黍飛鳴亦因以興焉飛集藂木興女有嫁于君子之道和聲之遠聞興女有才美之稱達於遠方○灌古亂反喈音皆搏黍徒端反鳥名也叢才公反俗作藂一本作最作外反聞音問又如字下同稱尺證反【疏】葛之至喈喈○正義曰言葛之漸長稍稍延蔓兮而移於谷中非直枝幹漸長維葉則萋萋然茂盛以興后妃之生浸浸日大而長於父母之家非直形體日大其容色又美盛當此葛延蔓之時有黃鳥往飛集於叢木之上其鳴之聲喈喈然遠聞以興后妃形體既大宜往歸嫁於君子之家其才美之稱亦達於遠方也○傳葛所至盛貌○正義曰傳既云興也復言葛所以爲絺綌者以下章說后妃治葛不爲興欲見此章因事爲興故箋申之云葛者婦人之所有事此因葛之性以興焉是也采葛傳亦云葛所以爲絺綌彼不爲因興亦言之者彼對蕭爲祭祀艾爲療疾故也施移也言引蔓移去其根也中谷谷中倒其言者古人之語皆然詩文多此類也此言萋萋取未成之時喻女之少壯故云茂盛貌下章指采用之時故以莫莫爲成就貌也○箋葛延至美盛○正義曰以谷中是葛生之處故以谷中喻父母之家枝莖猶形體故以葉比容色也王肅云葛生於此延蔓於彼猶女之當外成也案下句黃鳥于飛喻女當嫁若此句亦喻外成於文爲重毛意必

不然。傳黃鳥至遠聞。正義曰釋鳥云皇黃鳥舍人曰皇
名黃鳥郭璞曰俗呼黃離留亦名摶黍陸機疏云黃鳥黃鸝
留也或謂之黃栗留幽州人謂之黃鸎一名倉庚一名商庚
一名鵹黃一名楚雀齊人謂之摶黍當葚熟時來在桑間故
里語曰黃栗留看我麥黃葚熟亦是應節趨時之鳥也自此
以下諸言黃鳥倉庚皆是也釋木云灌木叢木又云木族生
爲灌孫炎曰族叢也是灌爲叢木也。箋葛延至遠方。正
義曰知葛當延蔓之時摶黍飛鳴亦因以興者以前葛之生
長是爲因與則此亦宜然也言摶黍往飛集於灌木之時其
鳴恒喈喈然其鳴喈喈然在集于灌木之下欲明揔上于飛
至集終始恒鳴以喻后妃在家與出嫁常有聲稱達於遠方
也大明曰大邦有子文王嘉止是先有才美之稱也飛集灌
木鳥實往焉女嫁若子時實未嫁故言之道言雖有出嫁之
理猶未也君子是夫之之大名故詩於婦人稱夫多言君子
也女子之名不出於閫才美之稱得達遠方
者其名繫於父兄故大雅云大邦有子是也

**葛之覃兮施于中谷維葉莫莫**莫莫成就之貌箋云成就者其可采用之時。莫美博反**是刈是濩爲絺爲綌服之無斁**濩煮之也精曰絺麤曰綌斁厭也古者王后織

玄紞，公侯夫人紘綖，卿之內子大帶，大夫命婦成祭服，士妻朝服，庶士以下各衣其夫。箋云：服，整也。女在父母之家，未知將所適，故習之以絺綌煩辱之事，乃能整治之無厭倦，是其性貞專。○艾，本亦作刈，魚廢反。韓詩云：刈，取也。濩，胡郭反，韓詩云：濩，瀹也，音羊灼反。絺，恥知反，葛之精者曰絺。綌，去逆反。斁，本亦作斁，音亦，獸於鹽反，本亦作厭。紞，都覽反，紞織五采如縚狀，用縣瑱也。紘，獲耕反，纓之無緌者，從下仰屬於冠。綖音延，冕上覆也。朝，直遙反，下同。庶上謂庶人在官者，本或作庶人。衣，於既反。

疏 葛之至無斁○正義曰：言葛之漸延蔓兮，所移在於谷中，生長不已，其葉則莫莫然成就。葛既成就，已可采用，故后妃於是刈取之，於是濩煮之，煑治已訖，后妃乃緝績之，爲絺爲綌。言后妃整治此葛以爲絺綌之時，志無厭倦，是后妃之性貞專也。○傳濩煑至其夫○正義曰：釋訓云：是刈是濩，濩，煑之也。舍人曰：是刈，刈取之；是濩，煑治之。孫炎曰：煑葛以爲絺綌，以煑之於濩，故曰濩煮，非訓濩爲煑。曲礼云：爲天子削瓜巾以絺，諸侯巾以綌。玉藻云：浴用二巾，上絺下綌。皆貴絺而賤綌，是絺精而綌麤，故云精曰絺，麤曰綌。斁，厭，釋詁文，彼斁作射，音義同。自王后織玄紞以下，皆魯語敬姜之言也。紞，縣瑱之物，織五采爲之，故著。箋云：人君五色，則天子之紞五色，獨言玄者，以玄爲尊，故舉以言焉。紘

者纓之無緌從下而上者也祭義曰天子冕而朱紘諸侯冕
而青紘此諸侯當以青爲組在冕下仰屬之故上冠禮注云
有笄者屈組爲紘垂爲飾無笄者纓而結其絛是也綖者冕
上覆論語注云績麻三十升以爲冕夏官弁師注云綖冕上
覆玄表纁裹是也內子卿之適妻僖二十四年左傳趙姬請
以叔隗爲內子而已下之是也大帶者玉藻所云大夫以玄
華華黃也以素爲帶飾之外以玄內以黃也大夫命婦成祭
服者大夫助祭服玄冕受之於君故大宗伯再命受服是也
妻所成者自祭之服少牢禮朝服玄冠緇布衣素裳韋昭云
祭服玄衣纁裳謂作玄冕之服非也士妻朝服者作朝於君
服亦玄冠緇衣素裳也庶士以下各衣其夫庶士謂庶人在
官者故祭法曰官師一廟庶士庶人無廟註云官師中士下
士庶士府史之屬庶士與朝服異文則亦府史之屬韋昭云
下士非也此庶士下至庶人其妻各衣其夫則夫之所服妻
悉爲之也彼文云公侯之夫人加之以紘綖也則爲紞又爲
紘綖也則士之妻加之以朝服則爲祭服又爲朝服皆下兼
上也貴者所爲少賤者所爲多故庶士以下夫衣悉爲之傳
引此者以王后庶人之妻皆有所作后妃在父母之家未知
將所適雖葛之煩辱亦治之也定本云王后織玄紞公侯夫
人紘綖卿之內子大帶俗本王后下有親字紘綖大帶上有

織字皆衍也。箋服整至貞專。正義曰服整釋言文也以女在父母之家未知將何所適不知爲作王后爲作士妻故習之以絺綌勞辱之事尚能整治之無厭倦是其性貞專**言告師氏言告言歸**言我也師女師也古者女師教以婦德婦言婦容婦功祖廟未毀教于公宮三月祖廟既毀教于宗室婦人謂嫁曰歸箋云我告師氏者我見教告于女師也教告我以適人之道重言我者尊重師教也公宮宗室於族人皆爲貴。謂嫁曰歸本亦無曰字此依公羊傳文重直用反**薄汙我私薄澣我衣**汙煩也私燕服也婦人有副褘盛飾以朝事舅姑接見于宗廟進見于君子其餘則私也箋云煩煩撋之用功深澣謂濯之耳衣謂褘衣以下至褖衣。汙音烏副如字婦人首飾之上褘音煇王后六服一曰褘衣接見賢遍反下見於君子同撋諾詮之音而專反何胤沈重皆而純反阮孝緒字略云煩撋猶挼莏也挼音奴禾反莏音素禾反褖吐亂反六服之最下者**害澣害否歸寧父母**害何也私服宜澣公服宜否寧安也父母在則有時歸寧耳箋云我之衣服今者何所當見澣乎何所當否乎言常自潔清以事君子。害戶葛反下同否方九反清如字沈音淨【疏】言告至父母。

毛以爲上下二我我其身中我我其師后妃言我身本見教告於師氏我師氏告我以歸嫁人之道欲令我躬儉節用不務鮮華故今曰薄欲煩撋我之私服薄欲澣濯我之褻衣然我之衣服有公有私議量而言我之衣服何者當見澣乎私服宜澣之何者當不澣乎公服宜否既以受師教澣衣節儉復以時歸寧父母。鄭下三句爲異言師氏告我欲令節儉故已今薄欲煩撋其私服薄欲澣濯其公衣所以公服私服並澣之者即云同是我之衣服知何所當見澣乎何所當見否乎私服公衣皆悉澣之由己常自潔清以事君子故也衣裳既澣身復潔清故當以時歸寧父母耳。傳言我至曰歸。正義曰言我釋詁文女師者教女之師以婦人爲之昏礼云姆纚笄綃衣在其右注云姆婦人五十無子出而不復嫁能以婦道教人者若今時乳母矣鄭知女師之母必是無子而出者以女已出嫁母尙隨之又襄三十年公羊傳曰宋災伯姬存焉傳至母未至逮火而死若非出而不嫁何以得隨女在夫家若非無子而出犯其餘六出之道則身自無禮何能教人故知然也母既如此傳亦宜然。南山箋云姜與姪娣及傅姆同處襄公不宜往雙之則傅亦婦人也何休云選老大夫爲傅大夫妻爲母禮重男女之別大夫不宜教女子大夫之妻當從夫氏不當隨女而適人事無所出其言非也此師教女之人內則云大夫以上立師慈保三母者謂子之初生保養教視男女前有三母此女師教以婦德婦言婦容婦功皆昏義文也彼注云婦德貞順婦言辭令婦容婉娩婦功絲枲天官九嬪職注亦然二注皆以婉娩爲婦容內則注云婉謂言語也娩之言媚也媚謂容貌也分婉娩爲二者欲以內則之文充四德若不分婉爲言語則無辭令之事且婉謂婉順得爲言語之婉順亦爲容貌之婉媚故分之也既有其德順辭以出之容貌以事人女功而就業故如此次也祖廟未毀教於公宮三月祖廟既毀教於宗室昏禮文也彼注云祖廟女高祖爲君者之廟以有緦麻之親就尊者之宮教之則祖廟未毀與天子諸侯共高祖者則在天子諸侯女宮中教之三月知在女宮者以莊元年公羊傳曰羣公子之舍則以卑矣是諸侯之女有別宮矣明五屬之內女就教可知彼注又云宗室大宗子之家則大宗者繼別爲大宗百世不遷者其族雖五屬外與之同承別子者皆臨嫁三月就宗子女宮教成之知宗子亦有女宮者內則云命士以上父子皆異宮則女子亦別宮故曲禮曰非有大故不入其門是也若宗子未爲命士教在宗子之家耳傳引此者以言女師教歸嫁之道故引此以證所教之處此后妃華國之長女而引族人之事者取彼成文且明諸侯之女嫁前三月亦教之也

女子自少及長常皆教習故內則云女子十年不出傳姆教之但嫁前三月特就尊者之宮教成之耳婦人謂嫁曰歸隱二年公羊傳文定本歸上無曰字○傳汙煩至則私○正義曰汙澣相對則汙亦澣名以衣汙垢者澣而用功深故因以汙爲澣私服之名耳言汙煩者謂澣垢衣者用功煩多亦以煩爲澣名故箋云煩煩撋之用功深是也但毛以公服不澣唯澣私衣故一事分爲二句上句言汙見用功深也下句言澣見其揔名亦爲澣又上句言私見其燕褻下句言衣見其揔名亦爲衣故王肅述毛曰之云煩撋澣濯其私衣是也言私燕服謂六服之外常著之服則有汙垢故須澣公服則無垢汙矣故下傳云私服宜澣公服宜否也副者首服之尊褘衣六服之首王后之上服故言婦人有副褘盛飾既舉服之尊者然後歷陳其事言此皆是公衣不謂諸事皆服褘衣也毛之六服所施不明內司服注鄭云褘衣從王祭先王褕翟祭先公闕翟祭羣小祀鞠衣以告桑展衣以禮見王及賓客褖衣以御于王不言朝舅姑之服今傳既云婦人有副褘盛飾即云以朝事舅姑則以褘衣朝舅姑矣知者以特牲云士妻祭用纚笄綃衣而士昏禮云纚笄綃衣見於舅姑是朝舅姑助祭其服同也王后褘衣以祭先王明朝事舅姑亦服之矣檀弓曰婦人不飾不敢見舅姑將有四方之賓來褻衣何

爲陳於斯似朝舅姑與見四方賓同服展衣者彼以大夫之妻賓客有尊於舅姑者王后則賓客無與舅姑敵者謝事舅姑得申上服也王后而得有舅者因姑以協何且詩者設言耳文王稱王之時太姒老矣不必有父母可歸寧何但無舅姑也接見于宗廟謂以助祭用褘衣也進見于君子義與鄭同朝于王則展衣御于王則祿衣二者同名爲進見也云其餘則私明自展祿以上爲公衣矣但舉終始以言之明褕翟闕翟鞠衣亦在可知也或以進見君子文承副褘之下則皆以副褘也其餘則私謂褕翟以下知不然者以其臣朝君不過朝服助祭乃用冕后不宜用祭服以朝王若其餘則私謂褕翟以下則褕翟當澣君子偕老傳曰褕翟闕翟羽飾衣也以羽飾衣何由可澣又傳言私燕服若褕翟闕翟乃助祭之衣不得爲燕褻之服也以此知毛言進見于君子非副褘也上舉褘衣之名下言展祿之事明六服皆爲公衣其餘則爲私也六服之外唯有纚笄綃衣耳○箋煩煩撋至祿衣○正義曰鄭以私謂燕服衣謂公衣故云衣謂褘衣以下至祿衣以明六服非私也言煩煩撋之用功深澣謂濯之言其用功淺也此以公對私爲深淺耳若據澣中又有深淺澣深於漱故内則注云手曰漱足曰澣以内則冠帶言漱衣裳言澣故漱又淺於澣散而言之皆通以此經言汙序摠之云澣濯之

衣此六服明乎濯不足澣也曲禮曰諸母不漱裳裳乃褻服
宜煩撋之而言漱是皆通稱也○傳父母至歸寧○正義曰
此謂諸侯夫人及王后之法春秋莊二十七年杞伯姬來左
傳曰凡諸侯之女歸寧曰來是父母在得歸寧也父母既沒
則使卿寧於兄弟襄十二年左傳曰楚司馬子庚聘于秦爲
夫人寧禮也是父母沒不得歸寧也泉水有義不得往載馳
許人不嘉皆爲此也若卿大夫之妻父母雖沒猶得歸寧喪
服傳曰爲昆弟之爲父後者何以亦期也婦人雖在外必有
歸宗言父母雖沒有時來歸故不降爲父後者謂大夫以下
也故鄭志荅趙商曰婦人有歸宗謂自其家之爲宗者大夫
稱家言大夫如此耳夫人王后則不然也天子諸侯位高恐
其專恣淫亂故父母既沒禁其歸寧大夫以下位卑畏威故
許之耳○箋我之至君子○正義曰以言害澣害否明其無
所偏否故知公私皆澣常自潔清也若如傳言私服宜否則
經之害澣害否乃是問辭下無摠結殆非文勢也豈詩人設
問待毛傳荅以足之哉且上言汙私澣衣衣私別文明其異
也私爲私服明衣是公衣衣澣私汙無不澣之事故知公私
皆澣所以不從傳也若然三狄之服刻繒爲形而畫以五色
所以得澣者言公服有澣者耳不必六服皆澣
也三狄不可澣鞠展褖純色之衣得澣之也

葛覃三章章六句

卷耳后妃之志也又當輔佐君子求賢審官知臣下之勤勞內有進賢之志而無險詖私謁之心朝夕思念至於憂勤也謁請也○卷耳卷勉反苓耳也廣雅云枲耳也郭云亦曰胡枲江南呼常枲草木疏云幽州人謂之爵耳詖彼寄反妄加人以罪也崔云險詖不正也苓音零〔疏〕卷耳四章章四句至憂勤○正義曰作卷耳詩者言后妃之志也后妃非直憂在進賢躬率婦道又當輔佐君子其志欲令君子求賢德之人審置於官位復知臣下出使之勤勞欲令君子賞勞之內有進賢人之志唯有德是用而無險詖不正私請用其親戚之心又朝夕思此欲此君子官賢人乃至於憂思而成勤此是后妃之志也言又者繫前之辭雖則異篇而同是一人之事故言又爲亞次也輔佐君子摠辭也求賢審官至於憂勤皆是輔佐君子之事君子所專后妃志意如然故云后妃之志也險詖者情實不正譽惡爲善之辭也私謁者婦人有寵多私薦親戚故厲王以豔妻方煽七子在朝成

湯謝過婦謁盛與險詖私謁是婦人之常態聖人猶恐不免后妃能無此心故美之也至於憂勤勤爲勞心憂深不已至於勞勤后妃之篤志也至於憂勤卽首章上二句是也求賢審官卽首章下二句是也經敘倒者敘見后妃求賢而憂勤故先言求賢經主美后妃之志能爲此憂勤故先言其憂也。**采采卷耳不盈頃筐**憂者之興也采采事采之也卷耳苓耳也頃筐畚屬易盈之器也箋云器之易盈而不盈者志在輔佐君子憂思深也。頃音傾筐起狂反韓詩云頃筐欹筐也畚音本何休云草器也說文同易以豉反下同思息吏反下憂思同。**嗟我懷人寘彼周行**懷思寘置行列也思君子官賢人置周之列位箋云周之列位謂朝廷臣也。寘之豉反行戶康反註下同朝直遙反。【疏】采采至周行。正義曰言有人事采此卷耳之菜不能滿此頃筐頃筐易盈之器而不能滿者由此人志有所念憂思不在於此故也此采菜之人憂念之深矣以興后妃志在輔佐君子欲其官賢賞勞朝夕思念至於憂勤其憂思深遠亦如采菜之人也此后妃之憂爲何事言后妃嗟呼而歎我思君子官賢人欲令君子置此賢人於彼周之列位以爲朝廷臣也我者后妃自我也下箋云我我使臣我我君此不解者以詩主美后妃故不特言也言彼者后妃主求賢人爲此故以周行爲彼也○傳憂者至之器○正義曰不云興也而云憂者之興明有異於餘興也餘興言采菜卽取采菜喻言生長卽以生長喻此言采菜而取憂爲興故特言憂者之興言興取其憂而已不取其采菜也言事采之者言勤事采此菜也此與芣苢俱言采采彼傳云非一辭與此不同者此取憂爲興言勤事采菜尚不盈筐言其憂之極故云事采之彼以婦人樂有子明其采者衆故云非一辭其實采采之義同故鄭志答張逸云事謂事事一一用意之事芣苢亦然雖說異義則同是也然則此謂一人之身念采非一彼芣苢謂采人衆多非一故鄭云義則同也卷耳苓耳釋草文郭璞曰廣雅云枲耳亦云胡枲江東呼常枲或曰苓耳形似鼠耳叢生似盤陸機疏云葉青白色似胡荽白華細莖蔓生可煮爲茹滑而少味四月中生子如婦人耳中璫今或謂之耳璫幽州人謂之爵耳是也言頃筐畚屬者說文云畚草器所以盛種此頃筐可盛菜故言畚屬以曉人也言易盈之器者明此器易盈自有所憂不能盈耳解以不盈爲喻之意也○箋周之至廷臣正義曰知者以其言周行是周之列位周是后妃之朝故知官人是朝廷臣也襄十五年傳引詩曰嗟我懷人寘彼周行能官人也王及公侯伯子男采衛大夫各居其列所謂周行

也彼非朝廷臣亦言周行者傳證楚能官人引詩斷章故不與此同　**陟彼崔嵬我馬虺隤**　陟升也崔嵬土山之戴石者虺隤病也箋云我我使臣也臣以兵役之事行出離其列位身勤勞於山險而馬又病君子宜知其然○崔徂回反嵬五回反虺呼回反徐呼懷反說文作瘣隤徒回反徐徒壞反爾雅同孫炎云馬退不能升之病也說文作頹使色吏反下同離力智反　**我姑酌彼金罍維以不永懷**　姑且也人君黃金罍永長也箋云我我君也臣出使功成而反君且當設饗燕之禮與之飲酒以勞之我則以是不復長憂思也言且者君賞功臣或多於此○姑如字說文作夃音同云秦以市買多得爲夃罍盧回反酒罇也韓詩云天子以玉飾諸侯大夫皆以黃金飾士以梓禮記云夏曰山罍其形似壺容一斛刻而畫之爲雲雷之形勞力到反不復扶富反

**疏**　陟彼至永懷○正義曰后妃言升彼崔嵬山巔之上者我使臣也我使臣以兵役之事行出離其列位在於山險身已勤苦矣其馬又虺隤而病我之君子當宜知其然若其還也我君子且酌彼金罍之酒饗燕以勞之我則維以此之故不復長憂思矣我所以憂思恐君子不知之耳君子知之故不復憂也○傳崔嵬至隤病○正義曰釋山云石戴土

謂之崔嵬孫炎曰石山上有土者又云土戴石爲砠孫炎曰
土山上有石者此及下傳云石山戴土曰砠與爾雅正反者
或傳寫誤也釋詁云虺隤玄黃病也孫炎曰虺隤馬罷不能
升高之病玄黃馬更黃色之病然則虺隤者病之狀玄黃者
病之變色二章互言之也○箋我我至其然○正義曰序云
知臣下之勤勞故知使臣也定本云我我臣也無使字言勤
勞故知兵役之事事莫勞於兵役故舉其九苦而言之其實
聘使之勞亦閔念之四牡之篇是其事也言君子宜知其然
謂未還宜知之還則宜賞之故上句欲君子知其勞下句欲
君子加其賞也○傳人君黃金罍○正義曰此無文也故異
義罍制韓詩說金罍大夫器也天子以玉諸侯大夫皆以金
士以梓毛詩說金罍酒器也諸臣之所酢人君以黃金飾尊
大一碩金飾龜目蓋刻爲雲雷之象謹案韓詩說天子以玉
經無明文謂之罍者取象雲雷博施如人君下及諸臣又司
尊彝云皆有罍諸侯之所酢注云罍亦刻而畫之爲山雲之
形言刻畫則用木矣故禮圖依制度云刻木爲之韓詩說言
士以梓士無飾言其木體則以上同用梓而加飾耳毛說言
大一碩禮圖亦云大一斛則大小之制尊卑同也雖尊卑飾
異皆得畫雲雷之形以其名罍取於雲雷故也毛詩說諸臣
之所酢與周禮文同則人君黃金罍謂天子也周南王者之

風故皆以天子之事言焉。○箋我我至於此。○正義曰：以后妃有其志耳，事不敢專，故知所勞臣者君也。言臣出使功成而反者，聘義云「使者聘而誤，主君不親饗」，明功不成不勞之也。將率之敗，非徒無賞，亦自有罪，故知功成而反也。設饗燕之禮者，以經云金罍兕觥，皆陳酒事，與臣飲酒，唯饗燕耳。言且者，君賞功臣，或多於此，言或當更有賞賜，非徒饗燕而已。僖三十三年郤缺獲白狄子，受一命之服；宣十五年荀林父滅潞，晉侯賜以千室之邑，是其多也。

陟彼高岡，我馬玄黃。我姑酌彼兕觥，維以不永傷。山脊曰岡。玄馬病則黃。兕觥，角爵也。傷，思也。箋云：此章爲意不盡，申殷勤也。觥，罰爵也。饗燕所以有之者，禮自立司正之後，旅醻必有醉而失禮者，罰之亦所以爲樂。○岡，古康反。兕，徐履反，爾雅云：「兕似牛。」觵，古橫反，以兕角爲之，字又作觥，韓詩云容五升，禮圖云容七升。爲意，于僞反。殷勤並如字，俗本下並加心，非也。樂音洛。

【疏】○傳山脊至角爵。○正義曰：釋山云「山脊，岡」，孫炎曰：「長山之脊也。」釋獸云「兕似牛」，郭璞曰：「一角，青色，重千斤。」者以其言兕，必以兕角爲之。觥者，爵稱也。爵，揔名，故云角爵也。○箋此章至爲樂。○正義曰：詩本畜志發憤，情寄於辭，故有意不盡，重章以申殷勤。詩之初始有此，故解

之傳云兕觥角爵言其體此言觥罰爵解其用言兕表用角
言觥顯其罰二者相接也異義韓詩說一升曰爵爵盡也足
也二升曰觚觚寡也飲當寡少三升曰觶觶適也飲當自適
也四升曰角角觸也不能自適觸罪過也五升曰散散訕也
飲不自節爲人謗訕揔名曰爵其實曰觴觴者餉也觥亦五
升所以罰不敬觥廓也所以著明之貌君子有過廓然著明
非所以餉不得名觴詩毛說觥大七升許愼謹案觥罰有過
一飲而盡七升爲過多由此言之則觥是觚觶角散之外別
有此器故禮器曰宗廟之祭貴者獻以爵賤者獻以散尊者
舉觶卑者舉角特牲二爵二觚四觶一角一散不言觥之所
用是正禮無觥不在五爵之例禮圖云觥大七升以兕角爲
之先師說云刻木爲之形似兕角蓋無兕者用木也知觥必
以罰者地官閭胥掌其比觥撻罰之事注云觥撻者失禮之
罰也觥用酒其爵以兕角爲之春官小胥職亦云觥其不敬
者是以觥罰人之義也故桑扈絲衣皆云兕觥其觩明爲罰
而不犯矣饗燕之禮有兕觥者以饗燕之禮立司正之後旅
醻無筭必有醉而失禮者以觥罰之亦所以爲樂也然則此
后妃志使君勞臣宜是賢者不應失禮而用觥者禮法饗燕
須設之耳不謂卽以罰人也知饗有觥者七月云朋酒斯饗
稱彼兕觥成十四年左傳衛侯饗苦成叔甯惠子引詩云

兕觥其觩旨酒思柔故知饗有觥也饗以訓恭儉不應醉而用觥者饗禮之初示敬故酒清而不敢飲肉乾而不敢食其末亦如燕法鄉飲酒大夫之饗禮亦有旅醻無筭爵則饗末亦有旅醻恐其失禮故用觥也知燕亦有觥者昭元年左傳鄭人燕趙孟穆叔子皮及曹大夫興拜舉兕爵是燕有兕觥也鄉飲酒禮無觥者說行禮不言其有過之事故也又知用觥在立司正之後者燕禮立射人爲司正之後乃云北面命大夫君曰以我安卿大夫皆對曰諾敢不安又曰賓反入及卿大夫皆脫屨升就席公以賓及卿大夫皆坐乃安又司正升受命君曰無不醉賓及卿大夫皆興對曰諾敢不醉以此言之立司正之後君命安賓又升堂皆坐命之無不醉於此以後恐其失禮故知宜有觥也

**陟彼砠矣我馬瘏矣我僕痡矣云何吁矣**石山戴土曰砠瘏病也痡亦病也吁憂也箋云此章言臣既勤勞於外僕馬皆病而今云何乎其亦憂矣深閔之辭○砠本亦作岨同七餘反瘏音塗本又作屠非痡音敷又普烏反本又作鋪同吁香于反痡病也一本作痡亦病也者非

【疏】傳瘏病痡亦病也○正義曰釋詁云痡瘏病也孫炎曰痡人疲不能行之病瘏馬疲不能進之病也

卷耳四章章四句

樛木后妃逮下也言能逮下而無嫉妬之心焉后妃能和諧衆妾不嫉妬其容貌恒以善言逮下而安之○樛居虯反木下曲曰樛字林九稠反馬融韓詩本並作朻音同字林已周反說文以朻爲木高逮徒帝反【疏】樛木三章之心焉○正義曰作樛木詩者言后妃能以恩義接及其下衆妾使俱以進御於王也后妃所以能恩意逮下者而無嫉妬之心焉定本焉作也逮下者三章章首二句是也既能逮下則樂其君子安之福祿是由於逮下故也

南有樛木葛藟纍之興也南南土也木下曲曰樛南土之葛藟茂盛箋云木枝以下垂之故故葛也藟也得纍而蔓之而上下俱盛興者喻后妃能以意下逮衆妾使得其次序則衆妾上附事之而礼義亦俱盛南土謂荆楊之域○藟本亦作虆力軌反似葛之草。木疏云一名巨荒似燕薁亦連蔓葉似艾白色其子赤可食虆力追反纏繞也本又作纍上附時掌反【疏】傳南南土至茂盛○正義曰諸言南山者皆據其國內故傳云周南山曹南山也今此樛木言南不必己國何者以興必取象以興后妃上下之盛宜取木之盛者木盛莫如南土故言南土也下曲曰樛者釋木文藟與葛異亦葛之類也陸機云藟一名巨瓜似燕薁亦延蔓生葉艾白色其子赤亦可食酢而不美是也○箋木枝至之域○正義曰箋知取上下俱盛者以下云樂只君子據后妃與衆妾則此經非直與下逮而已又興其上下相與有礼義可以樂君子故知取上下俱盛以喻后妃能以恩意下逮衆妾令之次敘進御使得其所則衆妾上親附而事之尊卑有敘礼義亦俱盛也又解傳言南土之處謂荊州揚州之域知者禹貢淮海惟揚州厥木惟喬厥草惟夭是揚州草木美茂也又周官正南曰荊州又曰東南曰揚州二州境界接遠故皆有江漢俱宜稻麥則生草木大同又荊州在正南此言南土故以爲荊揚也此南與下南有喬木同彼喬木與厥木惟喬亦同據荊揚矣彼注不言從此可知若然下傳南方之木美喬而上竦則非葛藟所能延言樛木者木種非一皆以地勢之美或下垂或上竦也

**樂只君子，福履綏之。**履祿綏安也箋云妃妾以禮義相與和又能以禮樂樂其君子使爲福祿所安○只之氏反猶是也綏之音雖樂樂上音岳下音洛

〔疏〕箋后妃至所安○正義曰定本云妃妾以禮義相與不作后妃字於義是

也言又能以礼樂樂其君子者妃妾相與既有礼義又以此礼義施於君子所以言又也所以得樂君子者以内和而家治則天下化之四方感德樂事文王而此爲福祿所安也南山有臺箋云只之言是則此只亦爲是此箋云樂其君子猶言樂是君子矣祭統曰福者富也大順之顯名孝經援神契云祿者錄也取上所以敬錄接下下所以謹錄事上堯典曰天祿永終及此以樂君子皆謂保王位爲福祿天保云降爾遐福天下普蒙則下民遇善時亦曰福祿故正月云民今之無祿是福祿之言無定分矣福履將之毛以爲福祿所大鄭以爲福祿之所扶助○南有樛木葛藟荒之樂只君子福履將之荒奄將大也箋云此章申殷勤之意將猶扶助也

南有樛木葛藟縈之樂只君子福履成之縈旋也成就也○縈本又作縈烏營反說文作䕎

樛木三章章四句

螽斯后妃子孫衆多也言若螽斯不妒忌則子

孫衆多也忌有所諱惡於人○螽音終爾雅作蜇音同惡烏路反

疏螽斯三章章四句至衆多

正義曰此不妬忌得子孫衆多者以其不妬忌則嬪妾俱進所生亦后妃之子孫故得衆多也思齊云大姒嗣徽音則百斯男傳云大姒十子衆妾則宜百子是也三章皆言后妃不妬忌子孫衆多既言其多因說其美言仁厚戒慎和集耳○箋忌有至於人○正義曰忌者人有勝己己則諱其不如惡其勝己故曰有所諱惡於人德是也此唯釋忌於義未盡故小星箋云以色曰妬以行曰忌故僖十年左傳說晉侯其言多忌是忌忌不謂色也嫉者色行俱有又取怨憎之名則又甚於妬忌也故此與樛木同論后妃前云無嫉妬之心此云不妬忌是爲大同也又小星云無妬忌之行樛木云無嫉妬之心則嫉亦大同心之與行別外內之稱行爲心使表裏一也本以色曰妬以行曰忌但後之作者妬亦兼行故云妬賢嫉能○

螽斯羽詵詵兮螽斯蚣蝑也詵詵衆多也箋云凡物有陰陽情慾者無不妬忌維蚣蝑不耳各得受氣而生子故能詵詵然衆多后妃之德能如是則宜然○詵所巾反說文作兟音同蚣粟容反字林作蜙先凶反郭璞先工反許愼思弓反蝑粟居反許愼呂沈並先呂反郭璞才與反案一名斯螽七月詩云斯螽動股是也揚雄許

愼皆云舂黍草木疏云幽州謂之舂箕蝗類也長而青長股
股鳴者也郭璞注方言云江東呼爲虴蜢音竹帛反蜢音猛
慾音欲諸詮之音諭
不耳本或作不然
宜爾子孫振振兮
振振仁厚也箋
云后妃之德寬
容不嫉妬則宜女之子孫使其
無不仁厚○振音眞女音汝
【疏】
螽斯至振振兮○正義
曰螽斯之蟲不妬忌故
諸蚣蝑皆共交接各各受氣而生子故螽斯之羽詵詵然衆
多以興后妃之身不妬忌故令衆妾皆共進御各得受氣而
生子故后妃子孫亦衆多也非直子多則又宜汝之子孫使
之振振兮無不仁厚也此以螽斯之多喻后妃之子而言羽
者螽斯羽蟲故舉羽以言多也○傳螽斯蚣蝑○正義曰此
言螽斯七月云斯螽文雖顛倒其實一也故釋蟲云蜇螽蚣
蝑舍人曰今所謂舂黍也陸機疏云幽州人謂之舂箕舂箕
即舂黍蝗類也長而青長角長股股鳴者也或謂似蝗而小
班黑其股似瑇瑁叉五月中以兩股相切作聲聞數十步是
也此實興也傳不言興者鄭志荅張逸云若此無人事實興
也文義自解故不言之凡說不解者耳衆篇皆然是由其可
解故傳不言興也傳言興也箋言興者喻言傳所興者欲以
喻此事也興喻名異而實同或與傳興同而義異亦云興者
喻猶有梅之類也亦有興也不言興者或鄭不爲興若厭浥

行露之類或便文徑喻若䘓衣之類或同興箋略不言喻者若邶風習習谷風之類也或疊傳之文若葛覃箋云興焉之類是也然有興也不必要有興者而有興者必有興也亦有毛不言興自言興者若四月箋云興人爲惡有漸是也或興喻並不言直云猶亦若者雖大局有準而應機無定鄭云喻者喻猶曉也取事比方以曉人故謂之爲喻也○箋凡物至宜然○正義曰昭十年左傳曰凡有血氣皆有爭心是有情慾者無不妬也序云若螽斯不妬忌則知雖蚣蝑不耳○傳振振仁厚○正義曰言宜爾子孫明子孫皆化后妃能寬容故爲仁厚即寬仁之義也麟趾殷其靁傳曰振振信厚者以麟趾序云雖衰世之公子皆信厚殷其靁其妻勸夫以義臣成若事亦信故皆以爲信厚也○箋后妃至仁厚○正義曰此止說后妃不妬衆妾得生子衆多而言孫者協句且孫則子所生生子衆則孫亦多矣此言后妃子孫仁厚然而有管蔡作亂者此詩人盛論之據其任厚者多耳

螽斯羽薨薨兮宜爾子孫繩繩兮薨薨衆多也繩繩戒慎也○薨呼弘反

螽斯羽揖揖兮宜爾子孫蟄蟄兮揖揖會聚也蟄蟄和集也○揖子入反側立二反蟄尺十反徐又直立反

螽斯三章章四句

桃夭后妃之所致也不妬忌則男女以正婚姻以時國無鰥民也老而無妻曰鰥。桃夭於驕反桃木名說文作枖云木少盛貌鰥本亦作鰥古頑反

〔疏〕桃夭三章章四句至鰥民。正義曰作桃夭詩者后妃之所致也后妃內脩其化贊助君子致使天下有禮昏娶不失其時故曰致也由后妃不妬忌則令天下男女以正年不過限昏姻以時行不踰月故周南之國皆無鰥獨之民焉皆后妃之所致也此雖文王化使之然亦由后妃內贊之致故因上螽斯后妃不妬忌後言其所致也且言致從家至國亦自近致遠之辭也男女以正三章上二句是也昏姻以時下二句是也國無鰥民焉申述所致之美於經無所當也。箋老而至曰鰥。正義曰劉熙釋名云無妻曰鰥者愁悒不寐目恒鰥鰥然故其字從魚魚目不閉也無夫曰寡寡踝也單獨之名鰥或作矜同蓋古今字異王制曰老而無妻謂之矜老而無夫謂之寡則鰥寡年老不復嫁娶之名也孝經注云丈夫六十無妻曰鰥婦人五十無夫曰寡也知如此爲限者以內則云妾雖老年未滿五十必與五日之

御則婦人五十不復御明不復嫁矣故知稱寡以此斷也士
昏禮註云媵婦人年五十出而無子者亦出於此也本三十
男二十女爲昏婦人五十不嫁男子六十不復娶爲鰥寡之
限也巷伯傳曰吾聞男女不六十不閒居謂婦人也內則曰
雅及七十同藏無閒謂男子也此其差也白虎通云鰥之言
鰥鰥無所親則寡者少也言少匹對耳故鴻鴈傳偏喪曰寡
此其對例也婦人無稱鰥之文其男子亦稱寡襄二十八。年
傳曰崔杼生成及彊而寡故爾。雅云無夫無婦並謂之寡丈
夫曰索婦人曰釐又許慎曰楚人謂寡婦爲霜並其異名也
鰥寡之名以老爲稱其有不得及時爲室家者亦同名焉卽
此無鰥民謂年不過時過則謂之鰥故舜年三十不娶書曰
有鰥在下曰虞舜唐傳孔子曰舜父頑母嚚不見室家之端
故謂之鰥是三十不娶稱鰥也又何草不黃云何人不矜尚
從軍未老不早還見室家亦謂之矜易大過九二老夫得其
女妻無不利九五老婦得其士夫无咎无譽彼鄭注云以丈
夫年過娶二十之女老婦年過嫁於三十之男皆得其子彼
言老若容男六十婦五十猶得嫁娶者禮宗子雖七十無主。
婦是年過可以改娶則婦人五十或可以更嫁者言鰥寡據
其不得嫁娶者耳傳言崔杼爲寡則有子亦稱寡鰥寡據其
困者多是無子故王制及周禮皆云天民之窮而無所告者

傳以桃之夭夭言其少壯宜其室家爲不踰時則上句言其
年盛下句言嫁娶得時也但傳說昏嫁年月於此不著摽有
梅卒章傳曰三十之男二十之女不待禮會而行之謂期盡
之法則男女以正謂男未三十女未二十也此三章皆言女
得以年盛時行則女自十五至十九也女年既盛則男亦盛
矣自二十至二十九也東門之楊傳曰男女失時不逮秋冬
則秋冬嫁娶正時也言宜其室家無踰時則三章皆爲秋冬
時矣鄭以三十之男二十之女仲春之月爲昏是禮之正法
則三章皆上二句言婦人以年盛時行謂二十也
下句言年時俱當謂行嫁又得仲春之正時也○桃之夭
夭灼灼其華興也桃有華之盛者夭夭其少壯也灼灼
華之盛也箋云興者喻時婦人皆得以年
盛時行也○
少詩照反之子于歸宜其室家之子嫁子也于往
也宜以有室家無
踰時者箋云宜者謂男女
年時俱當○當丁浪反○疏桃之至室家○毛以爲少壯
之桃夭夭然復有灼灼然此
桃之盛華以興有十五至十九少壯之女亦夭夭然復有灼
灼之美色正於秋冬行嫁然是此行嫁之子往歸嫁於夫正
得善時宜其爲室家矣○鄭唯據年月不同又宜者謂年時
俱善爲異○傳桃有華之盛者○正義曰夭夭言桃之少灼

灼言華之盛桃或少而未華或華而不少此詩夭夭灼灼並言之則是少而有華者故辨之言桃有華之盛者由桃少故華盛以喻女少而色盛也○箋時婦至時行○正義曰此言年盛時謂以年盛二十之時非時月之時下云宜其室家乃據時月耳○箋宜者至俱當○正義曰易傳者以既說女年之盛又言之子于歸後言宜其室家則總上之辭故以爲年時俱當○

**桃之夭夭有蕡其實**蕡實貌非但有華色又有婦德○蕡浮雲反**之子于歸宜其家室**家室猶室家也**桃之夭夭其葉蓁蓁**蓁蓁至盛貌有色有德形體至盛也○蓁側巾反**之子于歸宜其家人**一家之人盡以爲宜箋云家人猶室家也○盡津忍反或如字他皆放此【疏】箋家人猶室家○正義曰易傳者以其與上相類同有宜其之文明據宜其爲夫婦據其年盛得時之美不宜横爲一家之人桓十八年左傳曰女有家男有室室家謂夫婦也此云家人家猶夫也猶婦也以異章而變文耳故云家人猶室家也

桃夭三章章四句

附釋音毛詩注疏卷第一（一之二）

大清嘉慶二十年重栞
宋本用文選樓藏本校

翰林院編修南昌黃中模栞

# 毛詩注疏校勘記（一之二）

阮元撰盧宣旬摘録

○葛覃

葛覃三章章六句至以婦道　閩本明監本毛本同案正義本章句在篇前故標起止如此唯關雎獨不然於全書相反當是南宋合併時所移也合併所用經注本章句在篇後釋文唐石經小字本相臺本皆然與關雎正義所云定本合與正義本不合餘同此

喻其容色美盛也　小字本相臺本無也字閩本明監本毛本有案此也字當衍

灌木藂木也　小字本相臺本同考文古本同閩本明監本毛本藂作叢案正義作叢釋文叢才公反俗作藂一本作最最作外反段玉裁云當作冣冣積也從冖從取才句反古書冣字多誤爲最最字從曰是以顔黃門說周氏劉氏讀徂會祖會二反釋文亦云一本作最作外反也今考皇矣傳云灌木叢生也當以釋文正義本爲長

謂之黃鸝　毛本鸝誤鶯閩本明監本不誤案段玉裁云廣韻鶯鳥羽文也鸝黃鸝鳥二字有别爾雅疏

即取此字正作鬻

**看我麥黄甚熟亦** 閩本明監本毛本同案亦當作不與上句留字韻○按艸木蟲魚疏正作不

**濩煑之也** 小字本相臺本同案釋文濩下云煑也無之字考釋文之例無毛云鄭云者或用己意増損注文如下傳精曰絺釋文絺下云葛之精者曰絺皆其類也但此傳毛用爾雅文之字不當去考文古本無采釋文

**以煑之於濩** 閩本明監本毛本同案此不誤浦鏜云當作鑊非也考爾雅作是乂是鑊鑊煑之也皆用正字此皆用假借爾雅釋文鑊又作濩同

**纓之無綏** 閩本同明監本毛本綏作緌案緌字是也考鄭周禮注云士冠禮及玉藻冠緌之字故書亦多作綏者是冠緌字誤爲綏久矣鄭定用緌字唐時不應更用綏也

**婦人謂嫁曰歸** 小字本相臺本同案正義云定本歸上無曰字釋文云本亦無曰字此依公羊傳文

考此即楚人謂乳穀謂虎於菟之類毛傳文古故其語亦如此當以定本爲長其鄭箋則有曰字見江有汜南山

害何也　小字本相臺本同閩本明監本毛本害誤曷案段玉裁云此謂害爲曷之假借傳例如此

傳亦宜然○南山箋云姜與姪娣　閩本明監本毛本同案然下浦鏜云誤衍

○姜上浦鏜云脫文字是也

此后妃華國之長女　閩本明監本毛本華誤并

故王肅述毛合之云　閩本明監本毛本合誤答

若如傳言私服宜否　閩本明監本毛本服下有宜澣公服四字案所補是也

○卷耳

言后妃嗟呼而歎　閩本明監本毛本呼作吁案所改是也

君賞功臣　小字本相臺本同考文古本同閩本同明監本毛本君誤若案閩本明監本毛本正義中亦誤

若

**衞侯饗苦成成叔** 閩本明監本毛本不重成字案此蓋以苦成爲邑成爲謚前人亦多言郤犨謚成者其左氏傳舊解與

**云何吁矣** 唐石經小字本相臺本同案爾雅注詩曰云何盱矣邪疏云卷耳及都人士文也郭所稱未必爲毛氏詩邪氏不辨此經作吁而引之非也考釋文石經此作吁而都人士及何人斯作盱者盱爲正字吁爲假借經中用字例不盡一也例見前

**痡亦病也** 小字本相臺本同案釋文云痡病也一本作痡亦病也者非正義本標起止有亦字考傳文不嫌於瘏病也之下更云痡病也當以釋文本爲長

○樛木

后妃能和諧衆妾不嫉妬其容貌恒以善言逮下而安之

小字本相臺本同案此二十二字非鄭注也釋文云崔集注本此序有鄭注檢衆本並無是釋文本無此注也序云言能逮下正義云言后妃能以恩意接及其下衆妾而此注以序中言字爲善言於正義無文是正義本亦無此注也且以言爲善言既不出於經亦不更見箋中必非鄭注審矣各本乃沿崔集注之誤當據釋文正義正之

**謂荆楊之域**　小字本相臺本楊作揚閩本明監本毛本亦作揚案正義字皆作揚考春秋元命包以爲地多赤楊引見於建康實錄是字本從木也其李巡爾雅注劉熙釋名皆以輕揚爲義唐人遂但用從才字然則鄭箋應本作揚字釋文正義二本應俱作揚字餘同此

**似葛之草木疏云**　補毛本之作類案釋文云似葛之草也是草字宜重毛本亦非

**一名巨瓜**　閩本明監本毛本瓜作苽案皆誤也當作荒易釋文齊民要術可證

**令之次敘進御**　閩本明監本毛本同案注作序正義作敘序敘古今字易而說之也例見前考文古本注亦作敘是用正義以改注由不悉正義之例故也

降邇遐福　閩本同明監本毛本邇作爾案爾字是也

○螽斯

德是也　閩本明監本毛本同案此不誤浦鏜云德是二字當衍文非也德者對色而言與下文以行曰忌意同讀當三字爲一句也

維蚣蝑不耳　小字本相臺本同案釋文云不耳本或作不然正義云則知唯蚣蝑不耳是正義本作耳不字當上聲讀考文古本耳作爾考他箋所用耳字多誤爲爾而正義中仍有未誤者考文古本遂不知耳爾二字有別混而一之

則又宜汝之子孫　閩本明監本毛本同案注作女正義作汝女汝古今字易而說之也例見前考文古本注女亦作汝非餘同此

肱鳴者也　閩本同明監本毛本肱作股案股字是也鄭考工記梓人注云股鳴蚣蝑動股屬

其股似瑇瑁叉　閩本明監本毛本同案叉當作叉形近之譌

若褖衣之類　閩本明監本褖誤祿毛本誤緣案褖衣見鄭綠衣序注正義用彼文

則知唯蚣蝑不耳　閩本明監本毛本同案注作維正義作唯維唯古今字易而說之也例見前餘同此考文古本注維亦作唯采正義而誤東山序其唯東山乎用唯字者序字亦不與經注同也

○桃夭

婚姻以時　小字本同閩本明監本毛本同唐石經相臺本作昏案昏婚古今字序用昏字唐石經相臺本是也正義每易爲婚字而說之今正義此作昏者亦後改也餘同此其引士昏禮及行露匏有苦葉昏時等仍用昏者非此例

襄二十八年　閩本明監本毛本同案浦鏜云七誤八以左傳考之浦校是也

故爾雅云無夫無婦　閩本明監本毛本同案爾當作小小雅者今在孔叢第十一此其廣名文也狼跋文王正義皆云廣美小雅廣訓文是其證浦鏜云爾雅上脫小字非也唐人如李善文選注之類

多稱小雅漢書志云小雅一篇誤本乃作小爾雅耳

无告无譽　閩本明監本毛本二无字誤無案引易文舊多作无其非易文閒亦作无則當時寫書人以无爲無之別體也餘同此

雖七十無主婦　閩本明監本毛本同案浦鏜云脫一無字以禮記考之浦校是也

興者踰時婦人　閩本明監本毛本同小字本相臺本踰作喻考文古本同案喻字是也山井鼎云諸本皆誤但據注疏本而言耳

謂年時俱善爲異　閩本明監本毛本同案善當作當考正義上下文可證

家猶夫也猶婦也　閩本明監本毛本同案猶婦上當脫人字

# 附釋音毛詩注疏卷第一



毛詩國風　鄭氏箋　孔穎達疏

**兔罝后妃之化也關雎之化行則莫不好德賢人衆多也。**菟罝菟又作兔他故反罝音子斜反說文子余反好呼報反

〔疏〕兔罝三章章四句至衆多。正義曰作兔罝詩者言后妃之化也言由后妃關雎之化行則天下之人莫不好德是故賢人衆多由賢人多故兔罝之人猶能恭敬是后妃之化行也經三章皆言賢人衆多之事也經直陳兔罝之人賢而云多者箋云罝兔之人鄙賤之事猶能恭敬則是賢人衆多是舉微以見著也桃夭言后妃之所致此言后妃之化芣苢言后妃之美此三章所美如一而設文不同者以桃夭承螽斯之後螽斯以前皆后妃身事桃夭則論天下昏姻得時爲自近及遠之辭故云所致也此兔罝又承其後已在致限故變言之化明后妃化之使然也芣苢以后妃事終故摠言之美其實三者義通皆是化美所以致也又上言不妬忌此言關雎之化行不同者以桃夭說昏姻男女故言不妬忌此說賢人衆多以關雎求賢之

事故言關雎之化行芣苢則婦人樂有子故云和平序者隨義立文其實總上五篇致此三篇

肅肅兔罝椓之丁丁肅肅敬也兔罝兔罟也丁丁椓杙聲也箋云罝兔之人鄙賤之事猶能恭敬則是賢者衆多也○椓陟角反丁陟耕反罟音古罔也杙本又作弋羊職反郭羊北反爾雅云樴謂之杙李巡云橜也樴音特橜音其月反

赳赳武夫公侯干城赳赳武貌干扞也箋云干也城也皆以禦難也此罝兔之人賢者也有武力可任爲將帥之德諸侯可任以國守扞城其民折衝禦難於未然○赳居黝反爾雅云勇也干如字孫炎注云干楯所以自蔽扞也舊戶旦反沈音幹扞戶旦反禦魚呂反難乃旦反下同任音壬將子匠反帥色類反沈所愧反可任而鴆反後不音者放此守手又反折之役反衝昌容反

疏肅肅兔罝椓之丁丁赳赳至干城○毛以爲肅肅然恭敬之人乃爲兔作罝身自椓杙其椓杙之聲丁丁然雖爲鄙賤之事甚能恭敬此人非直能自肅敬又是赳赳然威武之夫可以爲公侯之扞城言可以蕃屏公侯爲之防固也○鄭唯干城爲異言此兔罝之人有赳赳然威武之德公侯可任以國守兮扞城其民使之折衝禦難於未然也謂公侯使之與民作扞城也○傳肅肅至杙聲○正義曰肅肅敬也釋訓文

此美其賢人衆多故爲敬小星云肅肅宵征故傳曰肅肅疾
貌鴇羽鴻鴈說鳥飛文連其羽故傳曰肅肅羽聲也黍苗說
宮室箋云肅肅嚴正之貌各隨文勢也釋器云兔罟謂之罝
李巡曰兔自作徑路張罝捕之也釋宮云樴謂之杙李巡云
杙謂橜也此丁丁連椓之故知椓杙聲故伐木傳亦云丁丁
伐木聲○傳干扞也○正義曰釋言文孫炎曰干盾自蔽扞
也下傳曰可以制斷公侯之腹心是公侯以爲腹心則好仇
者公侯自以爲好匹干城者公侯自以爲扞城言以武夫自
固爲扞蔽如盾爲防守如城然○箋干也至未然○正義曰
箋以此武夫爲扞城其民易傳者以其赳赳武夫論有武任
明爲民扞城可以禦難也言未然者謂未有來侵者來則折
其衝禦其難也若使和好則此武夫亦能和好之故二章云
公侯好仇

**肅肅兔罝施于中逵**　逵九逵之道○施如字逵求龜反杜預注春秋云塗方九軌

疏　傳逵九逵之道○正義曰釋宮云一達謂之道路二達謂之歧旁郭氏云歧道旁出三達謂之劇旁
孫炎云旁出歧多故曰劇四達謂之衢郭氏云交道四出五
達謂之康孫炎云康樂也交會樂道也六達謂之莊孫氏云
莊盛也道煩盛七達謂之劇驂孫氏云三道交復有一歧出
者八達謂之崇期郭氏云四道交出九達謂之逵郭璞云四

道交出復有旁通者莊二十八年左傳楚伐鄭入自純門及逵市杜預云逵並九軌案周禮經塗九軌不名曰逵杜意蓋以鄭之城內不應有九出之道故以爲並九軌於爾雅則不合也

**赳赳武夫公侯好仇**

箋云怨耦曰仇此兔罝之人敵國有來侵伐者可使和好之亦言賢也

【疏】赳赳至好仇○毛以爲赳赳然有威武之夫有文有武能匹耦於公侯之志爲公侯之好匹此雖無傳以毛仇皆爲匹鄭唯好仇爲異

**肅肅兔罝施于中林**

中林林中○施如字沈以豉反

**赳赳武夫公侯腹心**

可以制斷公侯之腹心箋云此罝兔之人於行攻伐可用爲策謀之臣使之慮事亦言賢也○斷丁亂反

【疏】公侯腹心○毛以爲兔罝之人有文有武可以爲腹心之臣言公侯有腹心之謀事能制斷其是非○鄭以爲此罝兔之人賢者若公侯行攻伐時可使之爲腹心之計謀慮前事○傳可以至腹心○正義曰解武夫可爲腹心之意由能制斷公侯之腹心以能制治己之腹心臣之倚用如己腹心○箋此罝至言賢○正義曰箋以首章爲禦難謂難未至而預禦之二章爲和好怨耦謂已被侵伐使和好之也皆是用兵之事故知此腹心者謂行攻伐又可以爲策謀之臣使之慮無也慮

無者宣十二年左傳文也謀慮不意之事也今所無不意有此卽令謀之出其奇策也言用策謀明自往攻伐非和好兩軍與二章異也

兔罝三章章四句

芣苢后妃之美也和平則婦人樂有子矣天下和政教平也○芣苢音浮苢本亦作苡音以韓詩云直曰車前瞿曰芣苢郭璞云江東呼爲蝦蟇衣草木疏云幽州人謂之牛舌又名當道其子治婦人生難本草云一名牛遺一名勝舃山海經及周書王會皆云芣苢木也實似李食之宜子出於西戎衛氏傳及許愼並同此王肅亦同王基已有駮難也舃音昔【疏】子○正義曰若天下亂離兵役不息則我躬不閱於此之時豈思子也今天下和平於是婦人始樂有子矣經三章皆樂有子之事也定本和平上無天下二字據箋則有者誤也○箋天下和政教平○正義曰文王三分天下有其二言天下者以其稱王王必以天下之辭故騶虞序曰天下純被文王之化是也文王平六州武王平天下事實平定唯不得言太平耳太平者王道大成

圖瑞畢至故曰太平雖武王之時亦非太平也故論語曰武
盡美矣未盡善也注云謂未致太平是也武王雖未太平平
定天下四海貢職比於文王之世亦得假稱太平故魚麗傳
魚藻箋皆云武王太平比於周公之時其實未太平也太平
又名隆平者亦據頌聲既作盛德之隆故嘉魚既醉維
天之命序及詩譜皆言太平惟鄭康誥注云隆平已至中候
序云帝舜隆平此要政洽時和乃得稱也此三章皆再起采
采之文明時婦人樂有子者衆故頻言采采見其采者多也
六者互而相須首章言采之有之采者始往之辭有者已藏
之稱揔其終始也二章言采時之狀或掇拾之或捋取之卒
章言所成之處或袺之或襭之首章采之據初往至則掇之
捋之既得則袺之襭之歸則有藏之於首章先言有之者欲
急明婦人樂采而有子故與采之爲對所以揔終始也六者
本各見其一因相首尾以承其次耳掇捋事殊袺襭用别明
非一人而爲此六事而已

**采采芣苢薄言采之**

采采非一辭也芣苢馬舄馬舄車前也宜懷任焉薄辭也采取也箋云薄言我薄也

疏 傳芣苢馬舄○正義曰釋草文也郭璞曰今車前草大葉長穗好生道邊江東呼爲蝦蟇衣陸機疏云馬舄一名車前一名當道喜在牛跡中生故曰車前當道也今藥中車前子是也

幽州人謂之牛舌草可鬻作茹大滑其子治婦人難産王肅引周書王會云芣苢如李出於西戎王基駮云王會所記雜物奇獸皆四夷遠國各齎土地異物以爲貢贄非周南婦人所得采是芣苢爲馬舄之草非西戎之木也言宜懷任者卽陸機疏云所治難産是也○箋薄言我薄也○正義曰毛傳言薄辭故申之言我薄也我訓經言也薄還存其字是爲辭也言我薄者我薄欲如此於義無取故爲語辭傳於薄汙我私不釋者就此衆也時邁云薄言震之箋云薄猶甫也甫始也有客曰薄言追之箋云王始言餞送之以薄爲始者以時邁下句云莫不震疊明上句薄言震之爲始動以威也有客前云以縶其馬欲留微子下云薄言追之是時將行王始言餞送之詩之薄言多矣唯此二者以薄爲始餘皆爲辭也○

采采芣苢薄言有之 有藏之也

采采芣苢薄言掇之 掇拾也○掇都奪反一音知劣反拾音十

采采芣苢薄言捋之 捋取也○捋力活反

采采芣苢薄言袺之 袺執衽也○袺音結衽入鴆反又而鴆反衣際也

采采芣苢薄言襭之 扱衽曰襭○襭戶結反一本作擷同扱初洽反

疏 傳袺執至曰襭○正義曰

釋器云襭衽謂之袺孫炎曰持衣上衽又云扱衽謂之襭李巡曰扱衣上衽於帶衽者裳之下也置袺謂手執之而不扱襭則扱於帶中矣

芣苢三章章四句

漢廣德廣所及也文王之道被于南國美化行乎江漢之域無思犯禮求而不可得也紂時淫風徧於天下維江漢之域先受文王之教化○漢廣漢水名也尚書云嶓家導漾水東流爲漢被皮義反紂直九反殷王也徧邊見反

疏漢廣三章章八句至不可得○正義曰作漢廣詩者言德廣所及也言文王之道初致桃夭芣苢之化令被於南國美化行於江漢之域故男無思犯禮女求而不可得此由德廣所及然也此與桃夭皆文王之化后妃所贊於此言文王者因經陳江漢指言其處爲遠辭遂變后妃而言文王爲遠近積漸之義敘於此既言德廣汝墳亦廣可知故直云道化行耳此既言美化下篇不嫌不美故直言文王之化不言美也言南國則六州猶羔羊序云召南之國也彼言召南

此不言周南者以天子事廣故直言南彼論諸侯故止言召南之國此無思犯禮求而不可得摠序三章之義也○箋紂時至教化○正義曰言先者以其餘三州未被文王之化故以江漢之域爲先被也定本先被作先受因經序有江漢之文故言之耳其實六州共被文王之化非江漢獨先也

**南有喬木不可休息。漢有游女不可求思**興也南方之木美喬上竦也思辭也漢上游女無求思者箋云不可者本有可道也木以高其枝葉之故故人不得就而止息也興者喻賢女雖出游流水之上人無欲求犯禮者亦由貞絜使之然○喬木亦作橋渠驕反徐又紀橋反休息並如字古本皆爾本或作休思此以意改爾竦粟勇反流水本或作漢水○

**漢之廣矣不可泳思江之永矣不可方思**潛行爲泳永長方泭也箋云漢也江也其欲渡之者必有潛行乘泭之道今以廣長之故故不可也又喻女之貞絜犯禮而往將不至也○泳音詠泭芳于反本亦作游又作桴或作柎並同沈旋音附方言云泭謂之簰簰謂之筏筏秦晉通語也孫炎注爾雅云方木置水爲柎栰也郭璞云水中簰筏也又云木曰簰竹曰筏小筏曰泭簰音皮佳反柎筏同音伐樊光爾雅本作柎

【疏】南有至方思。正義曰：木所以庇廕，本有可息之道，今南方有喬木，以上竦之故，不可就而止息，以興女以定情，本有可求之時，今漢上有游女，以貞絜之故，不可犯禮而求。是爲木以高其枝葉，人無休息者，女由持其絜清，人無求思者。此言游女尚不可求，則在室無敢犯禮可知也。出者猶能爲貞，處者自然尤絜。又言水所以濟物，本有泳思方思之道，今漢之廣潤矣，江之永長矣，不可潛行乘泭以求濟，以興女皆貞絜矣，不可犯禮而求思。然則方泳以渡江漢，雖往而不可濟，喻犯禮以思貞女，雖求而將不至。是爲女皆貞絜，求而不可得，故男子無思犯禮也。定本遊女作游。○傳思辭至思者。○正義曰：以泳思方思之等皆不取思爲義，故爲辭也。經求思之文在游女之下，傳解喬木之下，先言思辭，然後始言漢上，疑經休息之字作休思也。何則？詩之大體，韻在辭上，疑休求字爲韻，二字俱作思，但未見如此之本，不敢輙改耳。內則云：女子居內，深宮固門。此漢上有游女者，內則言闔寺守之，則貴家之女也。庶人之女則執筐行饁，不得在室，故有出游之事。既言不可求，明人無求者。定本喬上竦無木字。○箋不可至之然。○正義曰：箋知此爲本有可道者，以此皆據男子之辭，若恒不可，則不應發不可之辭，故云本有可道也。此箋與下箋互也。此直言不可者，本有可道，揔解經不可之文。

遂略木有可息之道箋下言渡江漢有潛行乘泭之道不釋不可之文是其互也然本淫風大行之時女有可求今被文王之化游女皆絜此云絜者本未必已淫興者取其一象木以可就蔭水可方泳猶女有可求今木以枝高不可休息水以廣長不可求渡不得要言木本小時可息水本一勺可渡也言木以高其枝葉解傳言上竦也言女雖出游漢水之上者對不出不游者言無求犯禮者謂男子無思犯禮由女貞絜使之然也所以女先貞而男始息者以姦淫之事皆男唱而女和由禁嚴於女法緩於男故男見女不可求方始息其邪意召南之篇女既貞信尚有彊暴之男是也○傳潛行至方泭○正義曰潛行爲泳釋水文郭璞曰水底行也晏子春秋曰潛行逆流百步順流七里永長釋詁文方泭釋言文孫炎曰方水中爲泭筏也論語曰乘桴浮於海注云桴編竹木○曰栰小曰桴是也○箋漢也至不至○正義曰此江漢之深不可乘泭而渡谷風云就其深矣方之舟之者雖深不長於江漢故也言將不至者雖求之女守禮將不肯至也

**翹翹錯薪言刈其楚**翹翹薪貌錯雜也箋云楚雜薪之中尤翹翹者我欲刈取之以喻衆女皆貞絜我又欲取其尤高絜者○翹祁遙反沈其堯反尤高絜者一本無絜字**之子于歸言**

秣其馬秣養也六尺以上曰馬箋云之子是子也謙不敢斥其適己於是子之嫁我願秣其馬致礼餼示有
意焉○秣莫葛反說文云食馬穀也上時掌反下文同餼虛氣反牲腥曰餼
【疏】翹翹至其馬○正義曰翹翹然
而高者乃是雜薪此薪雖皆高我欲刈其楚所以然者以楚
在雜薪之中尤翹翹而高故也以興貞潔者乃是衆女此衆
女雖皆貞潔我欲取其尤貞潔者又言是其尤潔者之子若
往歸嫁我欲以粟秣養其馬乘之以致礼餼示己有意欲求
之下四句同前○傳翹翹薪貌○正義曰翹翹高貌傳言薪
貌者明薪之貌翹翹然若直云高貌恐施於楚最高者此翹
翹連言錯薪故爲薪貌鴟鴞云予室翹翹卽云風雨所漂搖
故傳曰翹翹危也莊二十二年左傳引逸詩曰翹翹車乘卽
云招我以弓明其遠故服虔云翹翹遠貌○箋楚雜至潔者
正義曰薪木稱故月令云收秩薪柴注云大者可析謂之薪
下章蔞草亦云薪者因此通其文楚亦木名故學記注以楚
爲荆王風鄭風並云不流束楚皆是也言楚在雜薪之中尤
翹翹言尤明雜薪亦翹翹也○箋之子至意焉○釋訓云之子
是子也李巡曰之子者論五方之言是子也然則之爲語助
人言之子者猶云是此子也桃夭傳云嫁子也彼說嫁事爲嫁
者之子此則貞潔者之子東山之子言其妻白華之子斥幽

王各隨其事而名之言謙不敢斥其適己謂云往嫁若斥適己當言來嫁所以桃夭鵲巢東山不爲謙者不自言己說他女嫁故不爲謙也言致禮餼者昏禮下達納采用鴈問名納吉皆如之納徵用玄纁束帛儷皮是士禮也媒氏云純帛無過五兩謂庶人禮也欲致禮謂此也餼謂牲也昏禮不見用牲文鄭以時事言之或亦宜有也言示有意者前已執謙不敢斥言其適己言養馬是欲致禮餼示有意求之但謙不斥耳

**漢之廣矣不可泳思江之永矣不可方思翹翹錯薪言刈其蔞**蔞草中之翹翹然○蔞力俱反馬云蔞蒿也郭云似艾音力侯反

【疏】傳蔞草中之翹翹然○正義曰傳以上楚是木此蔞是草故言草中之翹翹然釋草云購蔏蔞舍人曰購一名蔏蔞郭云蔏蔞蔞蒿也生下田初生可啖江東用羹魚也陸機疏云其葉似艾白色長數寸高丈餘好生水邊及澤中正月根牙生旁莖正白生食之香而脆美其葉又可蒸爲茹是也

**之子于歸言秣其駒**五尺以上曰駒

【疏】傳五尺以上曰駒○正義曰廋人云八尺以上爲龍七尺以上爲騋六尺以上爲馬故上傳曰六尺以上曰馬此駒以次差之故知五尺以上也五尺以上卽六

尺以下故株林箋云六尺以下曰駒是也輈人注國馬謂種戎齊道高八尺田馬高七尺駑馬高六尺卽廋人三等龍騋馬是也何休注公羊云七尺以上曰龍不合周禮也漢之廣矣不可泳思江之永矣不可方思

漢廣三章章八句

汝墳道化行也文王之化行乎汝墳之國婦人能閔其君子猶勉之以正也言此婦人被文王之化厚事其君子○汝墳符云反常武傳云墳涯也能閔密謹反傷念也一本有婦人二字被皮義反【疏】汝墳三章章四句至以正○正義曰作汝墳詩者言道化行也文王之化行於汝墳之國婦人能閔念其君子猶復勸勉之以正義不可逃亡爲文王道德之化行也知此道非言道之道者以諸敘言道者皆爲言不爲道耳上云德廣所及先德後道事之次也言汝墳之國以汝墳之厓表國所在猶江漢之域非國名也閔者情所憂念勉者勸之盡誠欲見情雖憂念猶能勸勉故先閔而後勉也臣

奉君命不敢憚勞雖則勤苦無所逃避是臣之正道故曰勉之以正也閔其君子首章二章是也勉之以正卒章是也定本能閔上無婦人二字

**遵彼汝墳伐其條枚**

遵循也汝水名也墳大防也枝曰條幹曰枚箋云伐薪於汝水之側非婦人之事以言己之君子賢者而處勤勞之職亦非其事○枚妹迴反幹也

**未見君子惄如調飢**

惄飢意也調朝也箋云惄思也未見君子之時如朝飢之思食○惄本又作惄乃歷反韓詩作溺音同調張留反又作輖音同

【疏】遵彼至調飢○正義曰言大夫之妻身自循彼汝水大防之側伐其條枝枚幹之薪以爲己伐薪汝水之側非婦人之事因閔己之君子賢者而處勤勞之職亦非其事也旣閔其勞遂思念其事言己未見君子之時我之思君子惄然如朝飢之思食也○傳汝水至曰枚○正義曰釋水云汝爲墳。傳曰濟汝故知是水名也墳大防釋丘文李巡曰墳謂厓岸狀如墳墓名大防也故常武傳曰墳厓大司徒注云水厓曰墳則此墳謂汝水之側厓岸大防也若然釋水云水自河出爲灉江爲沱別爲小水之名又云江有沱河有灉汝有濆李巡曰江河汝旁有肥美之地名郭璞曰詩云遵彼汝墳則郭意以此汝墳爲濆汝所分之處有美地因謂之濆箋傳不然者以彼濆從水此墳從土且伐薪宜於厓岸大防之上不宜在濆汝之間故也枝曰條榦曰枚無文也以枚非木則條亦非木明是枝榦相對爲名耳枝者木大不可伐其榦取條而已枚細者可以全伐之也周禮有銜枚氏注云枚狀如箸是其小也終南云有條有梅文與梅連則條亦木名也故傳曰條槄與此異也下章言條肄肄餘也斬而復生是爲餘也如今蘖生者亦非木名也襄二十九年左傳曰晉國不恤宗周之闕而夏肄是屏又曰杞夏餘也是肄爲復生之餘○箋伐薪至其事○正義曰知婦人自伐薪者以序云婦人能閔其君子則閔其君子者是汝墳之國婦人也經言遵彼汝墳故知婦人自伐薪也大夫之妻尊爲命婦而伐薪者由世亂時勞君子不在猶非其宜故云非婦人之事婦人之事深宮固門紡績織紝之謂也不賢而勞是其常故以賢者處勤爲非其事也○傳惄飢意箋惄思○正義曰釋詁云惄思也舍人曰惄志而不得之思也釋言云惄飢也李巡曰惄宿不食之飢也然則惄之爲訓本爲思耳但飢之思食意又惄然故又以爲飢惄是飢之意非飢之狀故傳言飢意箋以爲思義相接成也此連調飢爲文故傳以爲飢意小弁云惄焉如擣無飢事故箋直訓爲思也此以思食比思夫故箋又云如朝飢之思食

遵彼汝墳伐其

**條肄**肄餘也斬而復生曰肄。肄以自反沈云徐音以世反非復扶富反**既見君子不我遐棄**既已遐遠也箋云已見君子君子反也于已反得見之知其不遠棄我而死亡於思則愈故下章而勉之。思如字又息嗣反【疏】既見君子不我遐棄○正義曰不我遐棄猶云不遐棄我古之人語多倒詩之此類衆矣婦人以君子處勤勞之職恐避役死亡今思之覬君子事訖得反我既得見君子卽知不遠棄我而死亡我於思則愈未見恐其逃亡既見知其不死故憂思愈也。箋已見至勉之。正義曰言不遠棄我我者婦人自謂也若君子死亡已不復得見爲遠棄我今不死亡已得見之爲不遠棄我也然君子或不堪其苦避役死亡或自思公義不避勞役不由於婦人然婦人閔夫之辭據婦人而言耳鄭知不直遠棄己而去知爲王事死亡者以閔其勤勞豈爲棄己而憂也下章云父母孔邇是勉勤之辭由此畏其死亡故下章勉之定本箋之下云已見君子君子反也於己反得見之俗本多不然

**魴魚赬尾王室如燬**赬赤也魚勞則尾赤燬火也箋云君子仕於亂世其顏色瘦病如魚勞則尾赤所以然者畏王室之酷烈是時紂存。魴符方反魚名赬勑貞反說文作䞓又作赬並同燬音毁齊人謂火曰

燬郭璞又音貨字書作焜音毀說文同一音火尾反或云楚
人名曰焜齊人曰燬吳人曰焜此方俗訛語也㾈色救反酷
苦毒反○**雖則如燬父母孔邇**孔甚邇近也箋云辟此勤勞之處或時得罪父母甚
近當念之以免於害不能為疏遠者計也○辟此一本作辟此處昌慮反為跡于偽反跡亦作疏○**疏**魴魚至孔
邇○正義曰婦人言魴魚勞則尾赤以興君子苦則容悴君
子所以然者由畏王室之酷烈猛熾如火故也既言君子之
勤苦卽勉之言今王室之酷烈雖則如火當勉力從役無得
逃避若其避之或時得罪父母甚近當自思念以免於害無
得死亡罪及父母所謂勉之以正也○傳赬赤至燬火○正
義曰釋器云再染謂之赬郭云赬淺赤也魴魚之尾不赤故
知勞則尾赤哀十七年左傳曰如魚赬尾衡流而彷徉鄭氏
云魚肥則尾赤以喻蒯聵淫縱不同者此自魴魚尾本不赤
赤故為勞也鄭以為彼言彷徉為魚肥不指魚名猶自有肥
而尾赤者服氏亦為魚勞燬火釋言文也李巡曰燬一名火
孫炎曰方言有輕重故謂火為燬也○箋君子至紂存○正
義曰言君子仕於亂世不斥大夫士王肅云當紂之時大夫
行役王基云汝墳之大夫久而不歸樂詳馬昭孔晁孫毓等
皆云大夫則箋云仕於亂世是為大夫矣若庶人之妻秋杜

言我心傷悲伯兮則云甘心首疾憂思皆在於情性豈有勸以德義恐其死亡若是乎序稱勉之以正則非庶人之妻言賢者不宜勤勞則又非爲士周南召南述本大同而殷其靁召南之大夫遠行從政其妻勸以義此引父母之甚近傷王室之酷烈閔之則恐其死亡勉之則勸其盡節比之於殷其靁志遠而義高大夫妻於是明矣雖王者之風見感文王之化但時實紂存文王率諸侯以事殷故汝墳之國大夫猶爲殷紂所役若稱王以後則不復事紂六州文王所統不爲紂役也箋以二南文王之事其衰惡之事舉紂以明之上漢廣云求而不可得本有可得之時言紂時淫風大行此云王室如燬言是時紂存行露云衰亂之俗微言紂末之時野有死麕云惡無禮言紂時之世麟趾有衰世之公子不言紂時法有詳略承此可知也

汝墳三章章四句

麟之趾關雎之應也關雎之化行則天下無犯非禮雖衰世之公子皆信厚如麟趾之時也關雎

之時以麟爲應後世雖衰猶存關雎之化者君之宗族猶尚
振振然有似麟應之時無以過也○麟之趾呂辛反瑞獸也
草木疏云麕身牛尾馬足黄色員蹄一角角端有肉音中鍾
呂行中規矩王者至仁則出服虔注左傳云視明禮脩則麒
麟至麕音俱倫反序本或直云麟趾○無之字此本麟之趾三
亦作趾兩通之應應對之應序注及下傳應禮同 疏
章章三句至之時○正義曰此麟趾處末者有關雎之應也
由后妃關雎之化行則令天下無犯非禮天下既不犯禮故
今雖衰世之公子皆能信厚如古致麟之時信厚無以過也
關雎之化謂螽斯以前天下無犯非禮桃夭以後也雖衰世
之公子皆信厚如麟趾之時此篇三章是也此篇處末見相
終始故歷序前篇以爲此次既因有麟名見若致然編之處
末以法成功也此篇本意直美公子信厚似古致麟之時不
爲有關雎而應之大師編之以象應敍者述以示法耳不然
此豈一人作詩而得相顧以爲終始也又使天下無犯非禮
乃致公子信厚是公子難化於天下豈其然乎明是編之以
爲示法耳○箋關雎至以過○正義曰箋欲明時不致麟信
厚似之故云關雎之時以麟爲應謂古者太平行關雎之化
至極之時以麟爲瑞後世雖衰謂紂時有文王之教猶存關
雎之化能使君之宗族振振然信厚如麟應之時無以過也

信厚如麟時實不致麟故張逸問麟趾義云關雎之化則天下無犯非禮雖衰世之公子皆信厚其信厚如麟趾之時箋云喻今公子亦信厚與禮相應有似於麟唯於此二者時關雎之化致信厚未致麟答曰衰世者謂當文王與紂之時而周之盛德關雎化行之時公子化之皆信厚與禮合古太平致麟之時不能過也由此言之不致明矣鄭言古太平致麟之時者案中候握河紀云帝軒題象麒麟在囿又唐傳云堯時麒麟在郊藪又孔叢云唐虞之世麟鳳遊於田由此言之黃帝堯舜致麟矣然感應宜同所以與行關雎之化而致否異者亦時勢之運殊古太平時行關雎之化至極能盡人之情能盡物之性太平化洽故以致麟文王之時殷紂尚存道未盡行四靈之瑞不能悉至序云衰世之公子明由衰故不致也成康之時天下太平亦應致麟但無文證無以言之孔子之時所以致麟者自為制作之應非化洽所致不可以難此也三章皆以麟為喻先言麟之趾次定次角者麟是走獸以足而至故先言趾因從下而上次見其額次見其角也同姓疎於同祖而先言姓者取其與定為韻故先言之

麟之趾振振公子興也趾足也麟信而應禮以足至者也振振信厚也箋云興者喻今公子亦信厚與禮相應有似於麟○振音眞相應音鷹當也于嗟

**麟兮**于嗟歎辭

疏 麟之至麟兮。正義曰言古者麟之趾猶今之振振公子也麟之爲獸屬信而應禮以喻今公子亦振振然信厚與禮相應言公子信厚似於麟獸也卽歎而美之故于嗟乎歎今公子信厚如麟兮言似古致麟之時兮雖時不致麟而信與之等反覆嗟歎所以深美之也。傳麟信至信厚。正義曰傳解四靈多矣獨以麟爲興意以麟於五常屬信爲瑞則應禮故以喻公子信厚而與禮相應也此直以麟比公子耳而必言趾者以麟是行獸以足而至故言麟之趾也言信而應禮則與左氏說同以爲脩母致子也哀十四年左傳服虔注云視明禮脩而麟至思睿信立白虎擾言從乂成則神龜在沼聽聰知正而名山出龍貌恭體仁則鳳皇來儀騶虞傳云有至信之德則應之是與左傳說同也說者又云人臣則脩母致子應以昭二十九年左傳云水官不脩則龍不至故也人君則當方來應是以駁異義云玄之聞也洪範五事一曰言言於五行屬金孔子時周道衰於是作春秋以見志其言可從故天應以金獸之瑞是其義也箋公子信厚與禮相應有似於麟申述傳文亦以麟爲信獸駁異義以爲西方毛蟲更爲別說。傳于嗟歎辭。正義曰此承上信厚歎信厚也故射義注云于嗟乎騶虞歎仁人也明此歎信厚可知。

**麟之定**振

振公姓定題也公姓公同姓○定都佞反字書作頲音同題徒兮反郭璞注爾雅頲也本作顛誤于嗟麟兮〔疏〕傳定題○正義曰釋言文郭璞曰謂頟也傳或作顛釋畜云的顙白顛顛亦頟也故因此而誤定本作題○傳公姓公同姓○正義曰言同姓疏於同祖上云公子爲最親下云公族傳云公族公同祖則謂與公同高祖有廟屬之親此同姓則五服以外故大傳云五世袒免殺同姓是也大傳注又云外高祖爲庶姓是同高祖爲一節也此有公子公族公姓對例爲然案杕杜云不如我同父又曰不如我同姓傳曰同姓同祖此同姓同祖爲異彼爲一者以彼上云同父卽云同姓同父之外次同祖更無異稱故爲一也且皆對他人異姓不限遠近直舉祖父之同爲親耳襄十二年左傳曰同姓於宗廟同宗於祖廟同族於禰廟又曰魯爲諸姬臨於周廟謂同姓於文王爲宗廟也邢凡蔣茅胙祭臨於周公之廟是同宗於祖廟也同族謂五服之內彼自以五服之外遠近爲宗姓與此又異此皆君新非異國也要皆同姓以對異姓異姓最爲疏也

麟之角振振公族麟角所以表其德也公族公同祖也箋云麟角之末有肉示有武而不用○示有武一本示作象于嗟麟兮〔疏〕傳麟角箋至不

用○正義曰有角示有武有肉示不用有武而不用是其德也箋申說傳文也釋獸云麟麕身牛尾一角京房易傳曰麟麕身牛尾馬蹄有五彩腹下黃高丈二陸機疏麟麕身牛尾馬足黃色員蹄一角角端有肉音中鍾呂行中規矩遊必擇地詳而後處不履生蟲不踐生草不群居不侶行不入陷穽不罹羅網王者至仁則出今并州界有麟大小如鹿非瑞應麟也故司馬相如賦曰射麋腳麟謂此麟也○

麟之趾三章章三句

周南之國十一篇三十六章百五十九句

召南鵲巢詁訓傳第二

鵲巢夫人之德也國君積行累功以致爵位夫人起家而居有之德如鳲鳩乃可以配焉起家而居有之謂嫁於諸侯也夫人有均壹之德如鳲鳩然而後可配國君○鵲七略反字林作䧿行下孟反下注同尸

鳩本又作鳲音同爾雅云鳲鳩鴶鵴也郭璞云今布穀也江東呼獲穀草木疏云一名擊穀案尸鳩有均一之德飼其子旦從上而下暮從下而上平均如一揚雄云戴勝也【疏】鵲巢三章章四句至配焉○正義曰作鵲巢詩者言夫人之德也言國君積脩其行累其功德以致此諸侯之爵位今夫人起自父母之家而來居處共有之由其德如鳲鳩乃可以配國君焉是夫人之德也經三章皆言起家而來居之文王之迎大姒未爲諸侯而言國君者召南諸侯之風故以夫人國君言之文王繼世爲諸侯而云積行累功以致爵位者言爵位致之爲難夫人起家而居有之所以顯夫人之德非謂文王之身始有爵位也

**維鵲有巢維鳩居之**興也鳩鳲鳩秸鞠也鳲鳩不自爲巢居鵲之成巢箋云鵲之作巢冬至架之至春乃成猶國君積行累功故以興焉興者鳲鳩因鵲成巢而居有之而有均壹之德猶國君夫人來嫁居君子之室德亦然室燕寢也○秸古八反又音吉爾雅作鴶鵴音菊爾雅作鵴架音嫁俗本或作加功

**之子于歸百兩御之**百兩百乘也諸侯之子嫁於諸侯送御皆百乘箋云之子是子也御迎也是如鳲鳩之子其往嫁也家人送之良人迎之車皆百乘象有百官之盛○御五嫁反本亦作訝又

作迓同王肅魚據反云侍也乘繩證反下同送御五嫁反一本作迓【疏】維鵲至御之○正義曰言維鵲自冬歷春功著乃有此巢窠鳴鳩往居之以興國君積行累功勤勞乃有此爵位維夫人往處之今鳴鳩居鵲之巢有均壹之德以興夫人亦有均一之德故可以配國君又本其所起之事足予有鳴鳩之德其往嫁之時則夫家以百兩之車往迎之言夫人有德禮迎具備○傳鳲鳩秸鞠○正義曰序云德如鳲鳩也釋鳥云鳲鳩秸鞠郭氏曰今布穀也江東呼穫穀埤倉云鴶鵴方言云戴勝謝氏云布穀類也諸說皆未詳布穀者近得之○箋鵲之至燕寢○正義曰推度災曰鵲以復至之月始作室家鳲鳩因成事天性如此也復於消息十一月卦故知冬至加功也月令十二月鵲始巢則季冬猶未成也故云至春乃成也此與月令不同者大率記國中之候不能不有早晚詩緯主以釋此故依而說焉此以巢比爵位則鳲鳩居巢猶夫人居爵位然有爵者必居其室不詞以室比巢燕寢夫人所居故云室者燕寢下傳言旋歸謂反燕寢亦是也○傳百兩至百乘○正義曰書序云武王戎車三百兩皆以一乘爲一兩謂之兩者風俗通以爲車有兩輪馬有四匹故車稱兩馬稱匹言諸侯之女嫁於諸侯送迎皆百乘者探解下章將之明此諸侯之禮嫁女於諸侯故迎之百乘諸侯之

女故送亦百乘若大夫之女雖爲夫人其送不得百乘各由其家之所有爲禮也此夫人斥大姒也大明云纘女維莘莘國長女實是諸侯之子故得百乘將之○箋家人至盛○正義曰此申說傳送迎百乘之事家人謂女母家人也左傳曰凡公女嫁於敵國姊妹則上卿送之公子則下卿送之於大國雖公子亦上卿送之言大姒自莘適周必上卿送之良人謂夫也昏禮曰在良席在東注云婦人稱夫曰良人孟子曰吾將瞯良人所之小戎曰厭厭良人皆婦人之稱夫也綢繆傳曰良人美室者以其文對粲者粲是三女故良人爲美室也百乘象百官者昏禮人倫之本以象國君有百官之盛諸侯禮亡官屬不可盡知雖王制云三卿五大夫二十七士是舉全數故云百官也士昏禮從車二乘其天子與大夫送迎則無文以言夫人之嫁自乘家車故鄭箴膏肓引士昏禮曰主人爵弁纁裳從車二乘婦車亦如之有供則士妻始嫁乘夫家之車也又引此詩乃云此國君之禮夫人自乘其家之車也然宣五年齊高固及子叔姬來反馬何彼襛矣美王姬之車故鄭箴膏肓又云禮雖散亡以詩義論之天子以至大夫皆有留車反馬之禮故泉水云還車言邁箋云還車者嫁時乘來今思乘以歸是其義也知夫人自乘家車也言迓之者夫自以其車迎之送之則其家以車送之故知壻車在百

兩迎之中婦車在百兩將之中明矣

維鵲有巢，維鳩方之。方。有之也。方有之也一本無之字

之子于歸，百兩將之。將送也。將如字沈七羊反

維鵲有巢，維鳩盈之。盈滿也箋云滿者言衆媵姪娣之多。媵音孕又繩證反國君夫人有左右媵姪待結反字林丈一反兄女曰姪謂吾姑者吾謂之姪娣徒帝反女弟也

之子于歸，百兩成之。能。成百兩之禮也箋云是子有鳲鳩之德宜配國君故以百兩之禮送迎成之

疏 箋滿者至之多 正義曰公羊傳曰諸侯一娶九女二國往媵之以姪娣從凡有八人是其多也又曰姪者何兄之子娣者何女弟也。傳能成百兩之禮 正義曰傳言夫人有鳲鳩之德故能成此百兩迎之禮箋以迓為迎夫人將之謂送夫人成之謂成夫人故易以百兩之禮送迎成之

鵲巢三章章四句

采蘩夫人不失職也夫人可以奉祭祀則不失

職矣奉祭祀者采蘩之事也不失職者夙夜在公也○蘩音煩本亦作繁孫炎云白蒿于以采蘩于沼于沚蘩皤蒿也于於沼池沚渚也公侯夫人執蘩菜以助祭神饗德與信不求備焉沼沚谿澗之草猶可以薦王后則荇菜也箋云于以猶言往以也執蘩菜者以豆薦蘩葅○沼之紹反沚音止皤薄波反白也蒿好羔反谿苦兮反杜預云澗也于以用之公侯之事之事祭事也箋云言夫人於君祭祀而薦此豆也

疏于以至之事○正義曰言夫人往何處采此蘩菜乎於沼池於沚渚之傍采之也既采之為葅夫人往何處用之乎於公侯之宮祭事夫人當薦之也此章言其采取故卒章論其祭事○傳蘩皤蒿○正義曰釋草文孫炎曰白蒿也然則非水菜此言沼沚者謂於其傍采之也下于澗之中亦謂於曲內非水中也○傳公侯至荇菜正義曰言執蘩菜以助祭者以采之本為祭用既言公侯夫人執蘩葅嫌王后尊不可親事故因明王后則親執荇菜也言不求備者據詩舉荇菜非其備者其實祭則備物故關雎傳云備庶物以事宗廟是也左傳曰苟有明德澗谿沼沚之毛可薦於鬼神彼言毛此傳言草皆菜也○箋于以至蘩葅正義曰經有三于傳訓為於不辨上下箋明下二于為於上

詩疏一之三　五

于爲往故疊經以訓之言往足矣兼言往以者嫌于以共訓爲往故明之又言以豆薦蘩菹者醢人云四豆之實皆有菹菹在豆故知以豆薦蘩菹也特牲云主婦設兩敦黍稷于菹南西上及兩鉶鉶芼設于豆南南陳即主婦亦設羹矣知蘩不爲羹者祭統云夫人薦豆九嬪職云贊后薦徹豆籩即王后夫人以豆爲重故關雎箋云后妃供荇菜之菹亦不爲羹采蘋知爲羹者以教成之祭牲用魚芼之以蘋藻故知爲羹且使季女設之不以薦事爲重與此異也。傳之事祭事。正義曰序云可以奉祭祀故知祭事祭必於宗廟故下云宮互見其義也

**于以采蘩于澗之中**山夾水曰澗。澗古晏反夾古洽反一音古協反

**于以用之公侯之宮**宮廟也

**被之僮僮夙夜在公**被首飾也僮僮竦敬也夙早也箋云公事也早夜在事謂視濯溉饎爨之事禮記主婦髲髢。被皮寄反注及下同僮音同蚤音早本多作早下同濯直角反溉古愛反饎昌志反酒食也爨七亂反髲皮寄反鄭音髲鬄本亦作髢徒帝反劉昌宗吐歷反沈湯帝反鄭注少牢禮云古者或剔賤者刑人之髮以被婦人之紒因以名焉春秋以爲呂姜髢是也紒音計

**被之祁祁薄言還歸**祁祁

舒遲也去事有儀也箋云言我也祭事畢夫人釋祭服而去。髲髢其威儀祁祁然而安舒無罷倦之失我還歸者自廟反其燕寢○祁巨私反罷音皮本或作疲

【疏】被之至還歸○正義曰言夫人首服被髲之飾僮僮然甚竦敬乎何時爲此竦敬謂先祭之時早夜在事當視濯溉饎爨之時甚竦敬矣至於祭畢釋祭服又首服被髲之釋○祁祁然有威儀何時爲此威儀乎謂祭事既畢夫人云薄欲還歸反其燕寢之時明有威儀矣○傳被首飾○正義曰被者首服之名在首故曰首飾箋引少牢之文云主婦髲鬄與此被一也案少牢作被裼○注云被裼讀爲髲鬄古者或剔賤者刑者之髮以被婦人之紒爲飾因名髲鬄焉此周禮所謂次也又追師掌爲副編次注云次次第髮長短爲之所謂髲髢即與次一也知者特牲云主婦纚笄少牢云被錫纚笄笄上有次而已故知是周禮之次也此言被與髲鬄之文同故知被是少牢之髲鬄同物而異名耳少牢注讀被錫爲髲鬄者以剔是翦髮之名直云被錫於用髮之理未見故讀爲髲鬄髲剔髮以被首也少牢既正其讀故此及追師引經之言髲鬄也定本作髲髢與俗本不同少牢云主婦衣侈袂注云衣綃衣而侈其袂耳侈者蓋半士妻之袂以益之衣三尺三寸袪尺八寸此夫人首服與之同其衣即異何者夫人於其國與王后同展

衣以見君褖衣御序於君此雖非正祭亦爲祭事宜與見君
相似故緣衣士視壺濯猶爵弁則此夫人視濯溉蓋展衣否
則褖衣也知非祭服者郊特牲曰王皮弁以聽祭報又曰祭
之日王被衮以象天王非正祭不服衮夫人非正祭不服狄
衣明矣且狄首服副非被所當配耳故下箋云夫人祭畢釋
祭服而去是也少牢注侈綃衣之袂追師注引少牢衣侈袂
以爲侈褖衣之袂不同者鄭以特牲禮士妻綃衣大夫妻言
侈袂對士而言故侈綃衣之袂以無明文故追師之注更別
立說見士祭玄端其妻綃衣大夫祭朝服其妻亦宜與士異
故爲侈褖衣之袂也知非助祭自祭爲異者以助祭申上服
卿妻鞠衣大夫妻展衣不得侈褖衣之袂此主婦髮鬄在少
牢之經箋云禮記曰者誤也○傳僮僮竦敬○正義曰知僮
僮不爲被服者以下祁祁據夫人之安舒故此爲竦懼而恭
敬也○箋早夜至之事○正義曰早謂祭日之晨夜謂祭祀
之先夕之期也先夙後夜便文耳夜在事謂先夕視濯溉早
在事謂朝視饎爨在事者存在於此視濯溉饎爨之事所謂
不失其職也鄭何知非當祭之日自早至夜而以爲視濯者
以被之祁祁薄言還歸據祭畢即此被之僮僮爲祭前矣若
爲自夙至夜則文兼祭末下不宜復言祭末之事故鄭引髮
鬄與被爲一非祭時所服解在公爲視濯非正祭之時也經

言夙夜在公知是視濯溉饎爨者諸侯之祭祀亡正以言夙夜是祭前之事案特牲夕陳鼎於門外宗人升自西階視壺濯及籩豆卽此所云夙夜也又云夙興主婦視饎爨於西堂下卽此所云夙也以其夙夜之事同故約之以爲濯溉饎爨之事也特牲言濯不言溉注云濯溉也卽濯溉一也鄭并言耳特牲宗人視濯非主婦此引之者諸侯與士不必盡同以凡夙夜文王夫人故約彼夙夜所爲之事以明之不約少牢者以少牢先夕無事所以下人君祭之日朝乃饔人溉鼎廩人溉甑甗無主婦所視無饎爨之文故鄭不約之士妻得與夫人同者士卑不嫌也此諸侯祀故夫人視濯天子則大宗伯視滌濯王后不視矣。傳祁祁至有儀。正義曰言去事有儀者謂祭畢去其事之時有威儀故箋云祭畢釋祭服而去是去事也髮髲其威儀祁祁然而安舒是有儀也定本云祭事畢夫人釋祭服而髮髲無去字知祭畢釋祭服者以其文言彼與上同若祭服卽副矣故知祭畢皆釋祭服矣。箋我還至燕寢。正義曰言此者以廟寢同宮嫌不得言歸故明之燕寢夫人常居之處

## 采蘩三章章四句

附釋音毛詩注疏卷第一　一之三

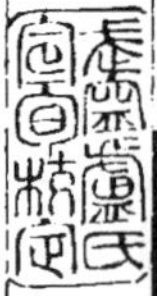

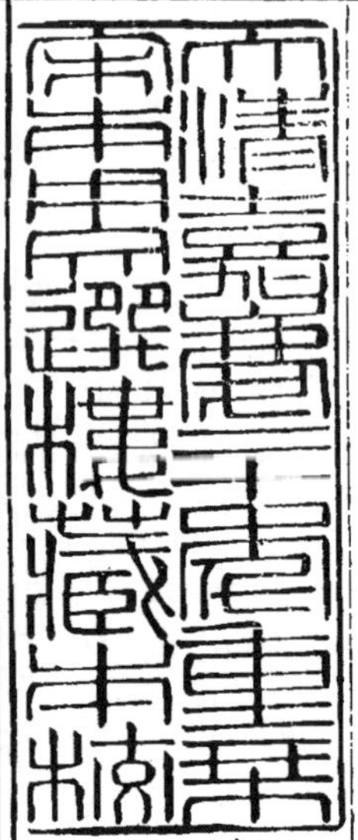

刑部貟外郎南昌黃中栻栞

# 毛詩注疏挍勘記（一之三）

阮元撰盧宣旬摘錄

○兔罝

有武力可任爲將帥之德 小字本相臺本同案盧文弨云釋文無可字非也釋文上出任爲下出可任其任爲上有可字與否不能知也考文古本乃無可字耳

此兔罝之人敵國有來侵伐者 小字本相臺本兔罝作罝兔案罝兔是也箋三章皆云此罝兔之人不應一章獨倒序正義云箋云罝兔之人首章正義云言此罝兔之人卒章正義云鄭以爲此罝兔之人皆順箋文也其云故兔罝之人又經直陳兔罝之人賢又毛以爲兔罝之人者不主說箋故順經文也閩本明監本毛本於正義中盡改爲兔罝之人失之甚矣考文古本首章箋作此兔罝之人閩本明監本毛本此章及下章箋作此兔罝之人皆誤

使之慮事 閩本同小字本相臺本事作無明監本毛本亦作無考文古本同山井鼎云一本作事考疏作

無爲是是也

○芣苢

卒章言所成之處　閩本明監本毛本同案浦鏜云成當盛字誤是也

宜懷任焉　小字本相臺本同閩本明監本毛本任誤妊案妊身字作任者假借也又見閟宮箋漢書外戚傳云任身十四月迺生亦可證不知者改之耳閩本明監本毛本正義中亦誤妊

可鬻作茹　[補]案陸疏鬻皆作鬻下凡引陸疏作鬻皆誤

袺執衽也　毛本誤以釋文衣際也三字入注明監本以上皆不誤

薄言襭之　唐石經小字本相臺本同案釋文云擷一本作襭同正義標起止云傳袺執至曰襭即一作本也考文古本作擷采釋文考說文衣部襭擷文重實一字耳考文古本采釋文兼及字書之異如兒作皃䑛作䑛之類并取諸一作又作或作本如亨本又作烹之類此皆非有異字故亦不復悉出

○漢廣

先受文王之教化　小字本相臺本同案此定本也正義本作先被考序云文王之道被于南國當以正義本爲長

不可休息　唐石經小字本相臺本同案釋文云舊本皆爾本或休思此以意改耳正義云詩之大體韻在辭上疑休求字爲韻二字俱作思但未見如此之本不敢輒改耳正義之說是也此爲字之誤惠棟九經古義以爲思息通非

漢有游女　小字本相臺本同唐石經鈹案此正義本也定本游作遊以出遊字從辵泳游字從氵爲區別也考游古文作遊隸變作遊說文云旗流者正訓也出游泳游皆假借經出游之字多作遊或亦作游非有區別當以正義本爲長

喻賢女雖出游流水之上　小字本相臺本同案釋文云流水本或作漢水正義本今無可考

方泭也　小字本相臺本同案釋文云泭或作柎樊光爾雅本作柎考文古本作柎采釋文或作本○按依說文作泭是

定本遊女作游　閩本明監本毛本同案十行本遊至游剜添者一字是女字衍也此當云定本游作遊正義說經傳箋字皆作游是其本作游特著定本作遊之不同上游下遊誤互易其字

編竹木曰柎　明監本毛本曰上有大字閩本剜入是也

方之舟者　明監本毛本舟下有之字閩本剜入是也

我又欲取其九高絜者　小字本相臺本同案釋文云一本無絜字正義標起止云至絜者是正義本有考此箋九高者說以楚爲喻之意也不應有絜字當以一本爲長

至意焉釋訓云　明監本毛本焉下有○又有正義曰三字閩本剜入是也

○汝墳

釋水云汝爲墳閩本明監本毛本同案浦鏜云墳當依爾雅作濆下詩云遵彼汝墳同是也○

按說文曰濆水厓墳者墓也

○漸而復生曰肄[補]毛本漸作蔪案蔪字是也

已見君子君子反也于已反得見之小字本同閩本明監本毛本亦同相臺本于作於案於字是也正義作於此箋皆定本也正義云俗本多不然今無可考

故下章而勉之小字本相臺本同閩本同明監本剜去而字毛本無案因正義云故下章勉之遂誤刪不知正義自爲文每不盡與注相應也考文古本亦無而字采正義而誤

辟此勤勞之處小字本相臺本同案釋文辟此一本作辭此正義本是辟字

無得逃避若其避之閩本明監本毛本同案注作辟正義作避辟避古今字易而說之也例見前餘同此

**憂思昔在於情性** 閩本明監本同毛本皆作皆案皆字是也

○**麟之趾**

**麟之趾關雎之應也** 唐石經小字本相臺本同案釋文云序本或直云麟止無之字考正義云此麟趾處末者是正義本無之字標起止云麟之趾三章衍也○補案或直云麟止止字此誤作趾

**故于嗟乎歎今公子** 閩本明監本毛本同案于當作吁于吁古今字注作于正義作吁易字之例如此不知者乃改之擊鼓權與正義亦誤[illegible]正義不誤

**言從乂成** 閩本明監本毛本乂作乂案皆誤也當作義此句說脩義母下句則神龜在沼說致智子與洪範從作乂初不相涉但當時俗字或以乂爲義耳禮運正義亦誤作乂

**貌恭躰仁** 閩本明監本躰作體毛本誤作禮案體字是也躰卽當時俗字

**爾雅顊也** 補釋文挍勘通志堂本同盧本題作額案所改是也

此皆君新（補）毛本新作親案親字是也上下文皆可證

○鵲巢

冬至架之　小字本相臺本同案此釋文本也釋文云架之音嫁俗本或作加功考正義本當作加功正義云故知冬至加功也是其證定本當亦作加功故正義不言有異也定本出於顏師古其匡謬正俗有論此一條云始起冬至加功力爲巢也是其證顏又引劉昌宗周續等音加爲架而駮其不應言架功其説誤也劉周二本皆作加之故音架而以横架爲義與釋文作架之者實一本也自不作功字不得以架功駮之當以釋文本爲長

而有均壹之德　閩本明監本毛本同小字本相臺本壹作一案壹字是也均壹字當作壹一二字乃作一經中所用有互通者假借也注及正義自爲文則皆用本字矣序下注及正義皆不作一可證也此正義中又有作一字者乃寫者取省所亂餘同此

送御皆百乘　小字本相臺本同案釋文送御五嫁反一本作迎正義本是御字考經御之釋文云王肅

魚據反云待也其迷毛此傳自不當仍云送御則一本或出於王肅也

婦車亦如之有供　閩本明監本毛本同案浦鏜云衹誤供以士昏禮考之浦校是也

言迓之者　閩本明監本毛本同案箋及經傳皆作御此作迓御迓古今字易而說之也例見前標起止仍云至御之可證也釋文御之本亦作訝又作迓同非正義本

方有之也　小字本相臺本同案釋文云方有之也一本無之字正義本今無可者段玉裁云一本誤傳當云方之方有之也下傳當云成之能成百兩之禮也皆引經附傳時所刪

○采蘩

苟有明德　閩本明監本毛本同案浦鏜云信誤德是也采蘋正義引作信

彼言芼　閩本明監本同毛本芼作毛案毛字是也

于蒩南西上　閩本明監本毛本同案浦鏜云俎誤蒩以特牲者之浦挍是也

**主婦髲髢** 小字本相臺本同案此定本也正義本髢作鬄釋文云鬄本亦作髢徒帝反劉昌宗吐歷反段玉裁云考此字當作鬄五經文字云鬄聽亦反見詩風注謂此也劉音吐歷反可見其字作鬄說文鬄鬀髮也鄭少牢注古者或剔賤者刑者之髮以別解鬄所謂詁訓之法也其徒帝反者鬄與髢爲一字說文五經文字與鬄字皆別見卽髲也不得重在髲下定本正義本釋文本皆誤所當正也鄭少牢及追師二注本皆與此注同作鬄今少牢亦一誤而爲鬄追師亦再誤而爲髢也

**夫人釋祭服而去髲髢** 小字本相臺本同案此正義本也定本無去字正義於去字斷句定本於髲髢斷句也惠棟云當依定本刪去字

**又首服被鬄之釋** 閩本明監本毛本同案浦鏜云釋當飾字誤是也

**案少牢作被裼注云被裼** 閩本明監本毛本同案裼當作錫形近之譌

**少牢云被錫纚笄** 閩本明監本毛本錫誤裼案少牢作錫正義所引正作錫字明監本毛本

國上文譌作裼并盡改其未譌者誤甚下同

文王夫人 閩本明監本毛本同案浦鏜云王當主字誤是也

而髮髢無去字 明監本毛本髢誤鬄閩本不誤案此述定本當用髢不用鬄

# 附釋音毛詩注疏卷第一　一之四　四

毛詩國風　鄭氏箋　孔穎達疏

草蟲大夫妻能以禮自防也○蟲直忠反本或作虫非也虫音許鬼反草木疏云一名負蠜大小長短如蝗而青也【疏】草蟲三章章七句至自防○正義曰作草蟲詩者言大夫妻能以禮自防也經言在室則夫唱乃隨既嫁則憂不常其禮皆是以禮自防之事

喓喓草蟲趯趯阜螽興也喓喓聲也草蟲常羊也趯趯躍也阜螽蠜也卿大夫之妻待禮而行隨從君子箋云草蟲鳴阜螽躍而從之異種同類猶男女嘉時以禮相求呼○喓於遙反趯託歷反阜音婦螽音終李巡云蝗子也草木疏云今人謂蝗子爲螽躍音藥蠜音煩種章勇反

未見君子憂心忡忡忡忡猶衝衝也婦人雖適人有歸宗之義箋云未見君子者謂在塗時也在塗而憂憂不當君子無以寧父母故心衝衝然是其不自絕於其族之情○忡敕中反當丁浪反下同

亦既見止亦既覯止我心則降止辭也覯遇降

下也箋云既見謂已同牢而食也既覯謂已昏也始者憂於不當今君子待已以禮庶自此可以寧父母故心下也易曰男女覯精萬物化生○喓喓至則降○正義曰言喓喓覯古豆反降戸江反

【疏】然鳴而相呼者草蟲也趯趯然躍而從之者阜螽也以興以禮求女者大夫隨從君子者其妻也此阜螽乃待草蟲鳴而後從之而與相隨也以興大夫之妻必待大夫呼已而後從之與俱去也既已隨從君子行嫁在塗未見君子之時父母憂已恐其見棄已亦恐不當君子無以寧父母之意故憂心衝衝然亦既見君子與之同牢而食亦既遇君子與之卧息於寢知其待已以禮庶可以安父母故我心之憂卽降下也○傳草蟲至螽蠜○正義曰釋蟲云草蟲負蠜郭璞曰常羊也陸機云小大長短如蝗也奇音青色好在茅草中釋蟲又云阜螽蠜李巡曰蝗子也陸機云今人謂蝗子爲螽子兖州人謂之螣許慎云蝗螽也蔡邕云螽蝗也明一物定本云阜螽蠜依爾雅云則俗本云蠜螽者衍字也○箋草蟲至求呼○正義曰言異種同類者以爾雅別文而釋故知異種今聞聲而相從故知同類也以其種類大同故聞其聲跳躍而相從猶男女嘉時以禮相求呼也嘉時者謂嘉善之時鄭爲仲春之月也以此善時相求呼不爲草蟲而記時也出車箋云草蟲鳴晚秋之時○傳婦人至

之義。正義曰婦人雖適人君不當夫氏爲夫所出還來歸
宗謂被出也。箋未見至塗時。正義曰知者以上文說待
禮而行隨從君子則已去父母之家矣下文亦既見止謂同
牢而食則已至夫家矣此未見之文居其中故知在塗時也
此章首已論行嫁之事故下采蕨采薇皆爲在塗所見文在
未見之前尚爲在塗則未見之言在塗明矣案昏義云壻親
受之於父母則在家已見矣今在塗言未見者謂不見君子
接待之禮而心憂非謂未見其面目而已。箋憂不至之情
正義曰知憂不當君子者以未見而心憂既見卽心下故知
憂不當君子也又知憂無以寧父母者此大夫之妻能以禮
自防者也必不苟求親愛斯干曰無父母貽罹明父母以見
棄爲憂憂已緣父母之心憂不當君子無以寧父母也又申說
傳歸宗之義憂不當夫意慮反宗族是其不自絕於族親之
情也。箋既見至化生。正義曰知既見謂同牢而食者以
文在既覯之上案昏禮婦至主人揖婦以入席于奧郎陳同
牢之饌三飯卒食乃云御衽席於奧媵衽良席在東皆有枕
北趾主人入親脫婦纓燭出注云昏禮畢將卧息是先同牢
後與夫相遇也遇與夫爲禮卽見非直空見也故知據同牢
而食亦與夫爲禮也言既覯謂已昏者謂已經一昏得君子
遇接之故也所以既見既覯竝言乃云我心卽降者以同牢

初見君子待己顏色之和已雖少慰君子之心尚未可知至於既遇情親知君子之於己厚庶幾從此以往稍得夫意其可以寧父母故心下二者相因故並言之謂之遇者男女精氣相覯遇故引易以明之所引者下繫文也彼注云覯合也男女以陰陽合其精氣以覯爲合此云遇者言精氣亦是相遇也

**陟彼南山言采其蕨**南山周南山也蕨鼈也箋云言我也我采者在塗而見采鼈采者得其所欲得猶己今之行者欲得禮以自喻也○蕨居月反草木疏云周秦曰蕨齊魯曰虌鼈卑滅反本又作鼈俗云其初生似鼈脚故名焉

【疏】陟彼至其蕨○毛以爲言有人升彼南山之上云我欲采其鼈菜然此采鼈者欲得此鼈以興己在塗路之上欲歸於夫家然我今歸嫁亦欲得夫待己以禮也已嫁之欲禮似采菜之人欲得鼈○鄭唯以在塗之時因見采鼈爲異耳毛以秋冬爲正昏不得有在塗因見之義故也○傳南山至蕨鼈○正義曰序云大夫妻能以禮自防在羔羊之致前則朝廷之妻大夫不越境迎女婦人自所見明在周也故云周南山知非召地者周揔百里雖名地亦屬周不分別采地之周名也蕨鼈釋草文舍人曰蕨一名鼈郭璞曰初生無葉可食○箋言我至采鼈○正義曰此婦人歸嫁必不自采鼈故以在塗見之因興知者以大

夫之妻待禮而嫁明及仲春采蕨之時故也

未見君子憂心惙惙惙惙憂也○惙張劣反

亦既見止亦既覯止我心則說說服也○說音悅註同

陟彼南山言采其薇薇菜也○薇音微草也亦可食

〔疏〕傳薇菜○正義曰陸機云山菜也莖葉皆似小豆蔓生其味亦如小豆藿可作羹亦可生食今官園種之以供宗廟祭祀定本云薇草也

未見君子我心傷悲嫁女之家不息火三日思相離也箋云維父母思已故已亦傷悲○離力智反

〔疏〕傳嫁女至相離○正義曰解所以傷悲之意由父母思已故已悲耳曾子問曰嫁女之家三夜不息燭思相離注云親骨肉是爲思與女相離也

亦既見止亦既覯止我心則夷夷平也

草蟲三章章七句

采蘋大夫妻能循法度也能循法度則可以承

**先祖共祭祀矣**女子十年不出姆教婉娩聽從執麻枲治絲繭織紝組紃學女事以共衣服觀於祭祀納酒漿籩豆菹醢禮相助奠十有五而笄二十而嫁此言能循法度者今既嫁為大夫妻能循其為女之時所學所觀之事以為法度○蘋符申反韓詩云沈者曰蘋浮者曰藻共音恭本或作供注同姆莫豆反字林亡甫反云女師也鄭云婦人五十無子出不復嫁以婦道教人若今時乳母也婉怨遠反娩音晚枲絲似反繭古顯反本亦作蠒紝女金反何如鴆反繒帛之屬組音祖綫也紃音旬條也漿子詳反醢音海相息亮反笄古兮反

**疏**采蘋三章章四句至祭祀矣○正義曰作采蘋詩者言大夫妻能循法度也謂為女之時所學所觀之法度今既嫁為大夫妻能循之以為法度也言既能循法度即可以承事夫之先祖供奉夫家祭祀矣此謂已嫁為大夫妻能循其為女時事也經所陳在父母之家作教成之祭經序轉互相明也○箋云子至法度○正義曰從二十而嫁以上皆內則文也言女子十年不出者對男子十年出就外傳也內則注云婉謂言語也娩之言媚也媚謂容貌也則婉謂婦言娩謂婦容聽從者聽受順從於人所謂婦德也執麻枲者執治絲繭之事枲麻也釋草云枲麻孫炎曰麻一名枲是也治絲繭者繭則繅之絲則絡之織紝

組紃者紝也組也紃也三者皆織之服虔注左傳曰織紝治繒帛者則紝謂繒帛也內則注云紃絛也組亦絛之類大同小異耳學女事者謂治葛縫線之事皆學之所以供衣服是謂婦功也此已上謂女所學四德之事又觀於父母之家祭祀之事納酒漿籩豆葅醢之禮酒漿及籩豆皆連上納文謂當薦獻之節納以進尸虞夏傳曰納以教成鄭云謂薦獻時引此納酒漿以下證之鄭知納謂薦獻者內則云納酒漿與納以教成文同葅醢以薦酒漿以獻納者進名故知薦獻之時也獻無漿而言之者所以協句也籩豆葅醢葅醢在豆籩盛脯羞皆薦所用也籩不言所盛文不備耳少牢特牲皆先薦後獻故鄭亦云薦獻時此先酒後葅醢者便文言之禮相助奠者言非直觀薦獻又觀祭祀之相佐助奠設器物也觀之皆爲婦當知之此上謂所觀之事也十五許嫁故笄未許嫁二十而笄二十而嫁歸於夫家也鄭引此者序言能循法度明先有法度今更循之故引此是先有法度之事乃言所循之時故疊序云能循法度者爲今嫁爲大夫妻能循其爲女之時所學所觀之事以爲法度也此女之四德十年以後傅姆當教至於先嫁三月又重教之此引內則論十年之後下箋引昏義論三月之前皆是爲女之時法度二注乃具也鄭知經非正祭者以昏義教成之祭言芼之以蘋藻此亦言

蘋藻故知爲教成祭也定本云姆教婉娩勘禮本亦然今俗云傅姆教之誤也又十有五而笄上無女子二字有者亦非

**于以采蘋南㵎之濱于以采藻于彼行潦**蘋大蓱也濱厓也藻聚藻也行潦流潦也箋云古者婦人先嫁三月祖廟未毀教于公宮祖廟既毀教于宗室教以婦德婦言婦容婦功教成之祭牲用魚芼用蘋藻所以成婦順也此祭女所出祖也法度莫大於四教是又祭以成之故舉以言焉蘋之言賓也藻之言澡也婦人之行尚柔順自絜清故取名以爲戒○濱音賓涯也藻音早水菜也潦音老蓱本又作萍薄經反一本作苹音平涯本亦作厓五佳反先蘇遍反芼莫報反沈音毛澡音早行下孟反清如字又音淨

**于以盛之維筐及筥于以湘之維錡及釜**方曰筐圓曰筥湘亨也錡釜屬有足曰錡無足曰釜箋云亨蘋藻者於魚湆之中是鉶羹之芼○盛音成筐音匡筥居呂反湘息良反錡其綺反三足釜也玉篇宜綺反釜符甫反亨本又作烹同普更反煮也湆去急反汁也鉶本或作鈃音形鄭云三足兩耳有蓋和羹之器羹音庚劉昌宗音儀禮音衡

**于以奠之宗室牖下**奠置也宗室大宗之廟也

大夫士祭於宗廟。奠於牖下箋云牖下戶牖閒之前祭不於
室中者凡昏事於女禮設几筵於戶外此其義也與宗子主
此祭維君使有司爲之。牖音酉下
如字協韻則音戶後皆放此與音餘

誰其尸之有齊季女

尸主齊敬季少也蘋藻薄物也澗潦至質也筐筥錡釜陋器
也少女微主也古之將嫁女者必先禮之於宗室牲用魚芼
之以蘋藻箋云主設羹者季女則非禮也女將行父禮之而
俟迎者蓋母薦之無祭事也祭事。主婦設羹教成之祭更使
季女者成其婦禮也季女不主魚魚俎實男子設之其粢盛
蓋以黍稷。齊本亦作齋同側皆反少詩照反下同迎宜敬
反俎側所反齍
音資本或作粢

疏

于以采蘋至季女。正義曰三章勢連
須通解之也大夫之妻將行嫁欲爲教
成之祭言往何處采此蘋菜於彼南澗之厓采之往何處采
此藻菜於彼流潦之中采之南澗言濱行潦言彼互言也既
得此菜往何器盛之維筐及筥盛之既盛此菜而還往何器
烹煮之維錡及釜之中煮之也既煮之爲羹往何處置設之
於宗子之室戶外牖下設之當設置之時使誰主之有齊莊
之德少女主設之。傳蘋大至流潦。正義曰釋草云苹萍
其大者蘋舍人曰苹一名萍郭璞曰今水上浮蓱也江東謂
之薸音瓢左傳曰蘋蘩薀藻之菜薀聚也故言藻聚藻陸機

云藻水草也生水底有二種其一種葉如雞蘇莖大如箸長四五尺其一種莖大如釵股葉如蓬蒿謂之聚藻然則藻聚生故謂之聚藻也行者道也說文云潦雨水也然則行潦道路之上流行之水○箋古者至爲戒○正義曰成婦順於上皆昏義文引之者以此經陳教成之祭以昏義亦爲教成之祭故引之欲明教之早晚及其處所故先言先嫁三月祖廟未毁教於公宮祖廟既毁教於宗室既言其處又說所教之事故言教以婦德婦言婦容婦功既教之三月成則設祭故言教成之祭牲用魚芼之以蘋藻爲此祭所以成婦順也事次皆爲教成之祭故具引之必先嫁三月更教之以四德以法度之大就尊者之宮教之三月一時天氣變女德大成也教之在宮祭乃在廟也知此祭女所出祖者以其言祖廟既毁明未毁祭其廟也與天子諸侯同高祖祭高祖廟同曾祖祭曾祖廟故昏義注云祖廟女所出之祖也宗室宗子之家也然則大宗之家百世皆往宗子尊不過卿大夫立三廟二廟而已雖同曾高無廟可祭則五屬之外同告於壇故昏義注云若其祖廟已毁則爲壇而告焉是也以魚爲牲者鄭云魚爲俎實蘋藻爲羹菜祭無牲牢告事耳非正祭也又解此大夫妻能循法度獨言教成之祭者以法度莫大於四教四德既就是又祭以成之法度之大者故詩人舉以言焉又

解祭不以餘菜獨以蘋藻者蘋之言賓賓服也欲使婦人柔順服從藻之言澡澡浴也欲使婦人自絜清故云婦人之行尙柔順自絜清故取名以爲戒左傳曰女贄不過榛栗棗脩以告虔言以告虔取早起戰栗脩治法度虔敬之義也則此亦取名爲戒明矣昏義注云魚蘋藻皆水物陰類者義得兩通○傳方曰筐至曰釜○正義曰此皆爾雅無文傳以當時驗之以錡與釜連文故知釜屬說文曰江淮之間謂釜曰錡定本有足曰錡下更無傳俗本錡下又云無足曰釜○箋亨蘋至之芼○正義曰少牢禮用羊豕也經云上利執羊俎下利執一豕俎下乃云上佐食羞兩鉶取一羊鉶於房中下佐食又取一豕鉶於房中皆芼注云芼菜也羊用苦豕用薇皆有滑牲體在俎下乃設羊鉶豕鉶云皆芼煑於所亨之涪始盛之鉶器也故特牲注云鉶肉味之有菜和者今教成祭牲用魚芼之以蘋藻則魚體亦在俎蘋藻亨於魚涪之中矣故鄭云魚爲俎實蘋藻爲羹菜以準少牢之禮故知在鉶中爲鉶羹之芼知非大羹盛在鐙者以大羹不和貴其質也此有菜和不得爲大羹矣魯頌曰毛炰胾羹傳曰羹大羹鉶羹也以經單言羹故得兼二也特牲禮云設大羹涪於醢北注云大羹涪煑肉汁則涪汁也○傳宗室至牖下○正義曰傳以昏義云教於宗室是大宗之家此言牖下又非於壇故知是大

宗之廟宗子有廟則亦爲大夫士矣言大夫士祭於宗室謂祖廟已毀或非君同姓故祭大宗之家也知非宗子之女自祭家廟者經言于以奠之宗室牖下若宗子之女自祭家廟何須言於宗室乎定本集注皆云大夫士祭於宗廟不作室字○箋牖下至爲之○正義曰箋知牖下戶牖間之前者以其正祭在奧西南隅不直繼牖言之今此云牖下故爲戶牖間之前戶西牖東去牖近故云牖下又解正祭在室此所以不於室中者以其凡昏事皆爲於女行禮設几筵於戶外取外成之義今教成之祭於戶外設奠此外成之義與是語助也昏禮云納采主人筵於戶西西上右几問名納吉納徵請期皆如初昏禮又云主人筵於戶西西上右几是其禮皆戶外設几筵也知宗子主此祭者以其就宗子家明告神宗子所主引昏義兼言天子諸侯故又解其言唯君使有司爲之知者以教成之祭告事而已無牲牢君尊明使有司爲之○傳少女至蘋藻○正義曰季者少也以將嫁故以少言之未必伯仲處小也襄二十八年左傳濟澤之阿行潦之蘋藻寘諸宗室季蘭尸之敬也隱三年左傳曰苟有明信澗谿沼沚之毛蘋蘩薀藻之菜筐筥錡釜之器潢汙行潦之水可薦於鬼神可羞於王公風有采蘩采蘋雅有行葦泂酌昭忠信也二者皆取此篇之義以爲說故傳歷言之又言古之將嫁女

者必先祀之於宗室者毛意以祀女與教成之祭爲一事也
言古之將嫁女者必先祀之於大宗之室以俟迎者其牲用
魚芼之以蘋藻即所設教成之祭也以此篇說教成之祭事
終故於此摠之毛意以教成之祭與祀女爲一者蓋見昏禮
記將嫁女之日父醴女而俟迎者更不見有教成之祭故謂
與祀女爲一也父醴女以醴酒祀之今毛傳作祀儀之祀者
司儀注云上於下曰祀故聘禮用醴酒祀賓作祀儀之祀定
本祀作醴○箋主設至黍稷○正義曰自無祭事以上難毛
之辭也言父祀女無祭事不得有羹今經陳采蘋藻爲羹使
季女尸之主設羹者季女則非祀女也案昏祀女將行嫁父
醴女而俟迎者其時蓋母薦之更無祭事不得有羹矣今經
陳季女設羹正得爲教成之祭不得爲祀女傳以教成之祭
與祀女爲一是毛氏之誤故非之也蓋母薦之者以士昏禮
云饗婦姑薦鄭注云舅獻爵姑薦脯醢舅饗婦既姑薦明父
祀女母薦之可知故昏禮記父醴女注云父醴之於房中南
面蓋母薦焉重昏禮是也以無正文故云蓋知醴之於房中
者以母在房外故知父祀之在房中也正祭之禮主婦設羹
此教成之祭更使季女設羹者以三月已來教之以法度今
爲此祭所以教成其婦禮故使季女自設其羹也祭禮主婦
設羹謂特牲云主婦人○及兩鉶鉶芼設於豆南是也少牢無

主婦設羹之事此宗子或爲大夫其妻不必設羹要非此祭不得使季女設羹因特牲有主婦設羹之義故據以言之又解不言魚者季女不主魚魚俎實男子設之故經不言爲知俎實男子設之者以特牲少牢俎實皆男子主之故也又魚菜不可空祭必有其饌而食事不見故因約之其粢盛蓋以黍稷耳知者以特牲少牢止用黍稷此不得過也或不用稷故兼言之王肅以爲此篇所陳皆是大夫妻助夫氏之祭采蘋藻以爲葅設之於奧奧卽牖下又解毛傳祀之宗室謂教之以祀於宗室本之季女取微主也其毛傳所云牲用魚芼之以蘋藻亦謂教成之祭非經文之蘋藻也自云述毛非傳旨也何則傳稱古之將嫁女者必先祀之於宗室既言祀之卽云牲用魚芼之以蘋藻是魚與蘋藻爲祀之物若祀之爲以祀教之則牲用魚芼之以蘋藻何所施乎明毛以祀女與教成之祭爲一魚爲所用之牲矣而云以祀教之非傳意也又上傳云宗室大宗之廟大夫士祭於宗室若非教成之祭則大夫之妻自祭夫氏何故云大宗之廟大夫豈皆爲宗子也且大夫之妻助大夫之祭則無士矣傳何爲兼言大夫士祭於宗室乎又經典未有以奧爲牖下者矣據傳祀之宗室與大夫士祭於宗室文同芼之以蘋藻與經采蘋采藻文協是毛實以此篇所陳爲教成之祭矣孫毓以王爲長謬矣

## 采蘋三章章四句

### 甘棠美召伯也召伯之教明於南國

召伯姬姓名奭食采於召作上公爲二伯後封于燕此美其爲伯之功故言伯云○甘棠草木疏云今棠黎召時照反奭音釋名康公名也燕世家云與周同姓孔安國及鄭皆云爾皇甫謐云文王之庶子案左傳富辰言文之昭十六國無燕也未知士安之言何所憑據燕烏賢反國名在周礼幽州之域今涿郡薊縣是也

【疏】甘棠三章章三句至南國○正義曰謂武王之時召公爲西伯行政於南土決訟於小棠之下其教著明於南國愛結於民心故作是詩以美之經三章皆言國人愛召伯而敬其樹是爲美之也諸風雅正經皆不言美此云美召伯者二南文王之風唯不得言美文王耳召伯臣子故可言美也芣苢言后妃之美謂說后妃之美行非美后妃也皇矣言美周不斥文王也至於變詩美刺各於其時故善者言美惡者言刺豳亦變風故有美周公○箋召伯至伯云○正義曰燕世家云召公奭與周同姓是姬姓名奭也皇甫謐以爲文王庶子未知何所據也言作上公爲二伯故云召伯典命職云上公九命爲伯然則二伯即上公故言作上公爲二伯也食采

文王時爲伯武王時故樂記曰武王伐紂五成而分陝周公左召公右是也食采爲伯異時連言者以經召與伯并言故連解之言後封於燕者世家云武王滅紂封召公於北燕是也必歷言其官者解經唯言召伯之意不舉餘官獨稱召伯者美其爲伯之功故言伯云故鄭志張逸以行露箋云當文王與紂之時謂此甘棠之詩亦文王時事故問之云詩傳及樂記武王即位乃分周公左召公右爲二伯文王之時不審召公何得爲伯荅曰甘棠之詩召伯自明誰云文王與紂之時乎是鄭以此篇所陳巡民決訟皆是武王伐紂之後爲伯時事鄭知然者以經云召伯即此詩召公爲伯時作也序言召伯文與經同明所美亦是爲伯時也若文王時與周公共行王化有美即歸之於王行露直言召伯聽訟不言美也詩人何得感文王之化而曲美召公哉武王之時召公爲王官之伯故得美之不得繫之於王因詩繫召公故錄之在召南論卷則摠歸文王指篇即專美召伯也爲伯分陝當云西國言南者以篇在召南爲正耳

**蔽芾甘棠勿翦勿伐召伯所茇**　蔽芾小貌甘棠杜也翦去伐擊也箋云茇草舍也召伯聽男女之訟不重煩勞百姓止舍小棠之下而聽斷焉國人被其德說其化思其人敬其樹○蔽必袂反徐方四反又方計反沈又音必芾

非賁反徐方蓋反翦子踐反韓詩作箋初簡反茇蒲曷反徐又扶蓋反說文作庬去羌呂反斷丁亂反被皮寄反說音悅

〔疏〕蔽芾至所茇○正義曰國人見召伯止舍棠下決男女之訟今雖身去尚敬其樹言蔽芾然之小甘棠勿得翦去勿得伐擊由此樹召伯所嘗舍於其下故也○傳蔽芾至草舍○正義曰此比於大木爲小故其下可息我行其野云蔽芾其樗箋云樗之蔽芾始生謂樗葉之始生形亦小也釋木云杜甘棠郭璞曰今之杜梨又曰杜赤棠白者棠舍人曰杜赤色名赤棠白者亦名棠然則其白者爲棠其赤者爲杜杕杜傳曰杜赤棠是也茇草舍者周禮仲夏教茇舍注云舍草止也軍有草止之法然則茇者草也草中止舍故云茇舍載馳傳曰草行曰跋以其對涉是水行故以跋爲草行且跋字從足與此異也○箋召伯至其樹○正義曰定本集注於注內並無箋云知聽男女訟者以此舍於棠下明有決斷若餘國政不必於棠下斷之故大車刺周大夫言古者大夫出聽男女之訟明王朝之官有出聽男女獄訟之理也且下行露亦召伯聽男女之訟以此類之亦男女之訟可知武王時猶未刑措寧能無男女之訟

蔽芾甘棠勿翦勿敗召伯所憩憩息也○敗必邁反又如字憩本又作愒起例反徐許罽反

蔽

蔽芾甘棠勿翦勿拜召伯所說說舍也箋云拜之言拔也○說本或作稅又作脫同始銳反舍也拔蒲八反

甘棠三章章三句

行露召伯聽訟也衰亂之俗微貞信之教興彊暴之男不能侵陵貞女也衰亂之俗微貞信之教興者此殷之末世周之盛德當文王與紂之時

〔疏〕行露三章一章三句二章章六句至貞女○正義曰作行露詩者言召伯聽斷男女室家之訟也由文王之時被化日久衰亂之俗已微貞信之教乃興是故彊暴之男不能侵陵貞女也男雖侵陵貞女不從是以貞女被訟而召伯聽斷之鄭志張逸問行露召伯聽訟察民之意化耳何訟乎荅曰實訟之辭也民被化久矣故能有訟問者見貞信之教興怪不當有訟故云察民之意而化之何使至於訟乎荅曰此篇實是訟之辭也由時民被化日久貞女不從男女故相與訟如是民被化日久所以得有彊暴者紂俗難革故也言彊暴者謂彊行無禮而陵暴於人經三

章下二章陳男女對訟之辭首章言所以有訟由女不從男亦是聽訟之事也○箋衰亂至之時○正義曰殷之末世故有衰亂之俗周之盛德故有貞信之教指其人當文王與紂之時也易曰易之興也當殷之末世周之盛德邪當文王與紂之事此其文也

**厭浥行露豈不夙夜謂行多露**興也厭浥濕意也行道也豈不言有是也箋云夙早也厭浥然濕道中始有露謂二月中嫁取時也言我豈不知當早夜成昏禮與謂道中之露大多故不行耳今彊暴之男以此多露之時禮不足而彊來不度時之可否故云然周禮仲春之月令會男女之無夫家者行事必以昏昕○厭於葉反徐於十反又於立反浥本又作挹同於及反又於脅反莫本又作暮同忙故反又亡博反小星詩同與音餘大音泰昏吐賀反彊其丈反下強委同沈其常反度待洛反否方九反令力政反後不音者放此昏昕許巾反至禮用昕親迎用昏

【疏】厭浥至多露○毛以為厭浥然而濕道中有露之時行人豈不欲早夜而行也有是可以早夜而行之道所以不行者以為道中之露多懼早夜之濡己故不行耳以興彊暴之男今來求己我豈不欲與汝為室家乎有是欲與汝為室家之道所以不為者室家之禮不足懼違禮之汙身故不為耳似

行人之懼露喻貞女之畏禮○鄭以爲昏用仲春之月多露之時而來謂三月四月之中既失時而禮不足故貞女不從○傳豈不言有是○正義曰傳解詩人之言豈不欲夙夜即是有夙夜之意故云豈不言有是也○箋道中至昏時○正義曰知始有露二月中者以二月八月春秋分陰陽中也禮九月霜始降八月仍有露也則二月始有露矣詩云蒹葭蒼蒼白露爲霜是草既成露爲霜則二月草始生霜爲露可知野有蔓草箋云仲春草始生霜爲露是也此述女之辭言汝以二月道中始有露之時以禮而來我豈不知早夜而與汝成昏禮與今我謂道中之露大多故不行從汝耳言多露者謂三月四月也汝彊暴之男不以禮來雖二月來亦不可矣女因過時假多露以拒耳知禮不足而彊來者下云室家不足明禮亦不足以女不從故以彊來也引周禮者地官媒氏職云仲春之月令會男女又曰司男女之無夫家者而會之彼無夫家與令會男女文不相連此并引之者周禮云令會男女謂初昏者也司男女之無夫家者而會之謂矜寡者也以二者不同故別其文其實初昏及矜寡皆是男女之無夫家者此及野有蔓草箋云周禮者引其事不全用其文故并無夫家者引之是男無家女無夫男女相對男得夫女稱家以男女所以成家周禮云夫家之衆寡是也此引周禮者辨

女合男以始有露之時來之意由此始有露會無夫家者故也行事必以昏昕儀禮文也彼注云用昕女也用昏壻也匏有苦葉箋云納采至請期用昕明其女也親迎用昏明是壻也經言夙卽昕也夜卽昏也經所以夙夜兼言者此强暴之男以多露之時禮不足而彊來則是先未行禮今以俱來雖則一時當使女致其禮以昕壻親迎以昏今行多露失時也禮不足而來彊暴故貞女拒之云汝若仲春以禮而來我豈不旦受爾禮夕受爾迎何故不度時之可否今始來乎既不受其禮亦不受其迎故夙夜兼言之

**誰謂雀無角何以穿我屋誰謂女無家何以速我獄**

不思物變而推其類雀之穿屋似有角者速名獄埆也箋云女女彊暴之男變異也人皆謂雀之穿屋似有角彊暴之男名我而獄似有室家之道於我也物有似而不同雀之穿屋不以角乃以咮今彊暴之男名我而獄不以室家之道於我乃以侵陵物與事有似而非者士師所當審也○穿本亦作穿音川女音汝下皆同獄音玉埆音角又戶角反盧植云相質觳爭訟者也崔云埆者埆正之義一云獄名咮本亦作噣郭張救反何都豆反烏口也

**雖速我獄室家不足**

昏禮純帛不過五兩箋云幣可備也

室家不足謂媒妁之言不和六禮之來彊委之○紂帛側基反依字系旁才後人遂以才爲屯因作純字兩音諒媒音梅謀也妁時酌反又音酌廣雅云妁酌也

疏 誰謂至不足○正義曰此彊暴之男侵陵貞女女不肯從爲男所訟故貞女與對此陳其辭也言人誰謂雀無角乎以其雀若無角何以得穿我屋乎以雀之穿屋似有角故謂雀之有角以言人誰謂汝於我無室家乎以其汝若於我無室家何以故召我而獄也見召我而獄似有室家之道於我故謂之有室家之道然事有相似而不同雀之穿屋不以角乃以咮召我而獄不以室家之道於我乃以侵陵穿屋之物速獄之事二者皆有似而實非士師今日當審察之何者此彊暴之男雖召我來至與我埆實其情而室家之道不足已終不從之○傳不思至獄埆○正義曰不思物有變彊暴之人見屋之穿而推其類謂雀有角所以謂雀有角者見雀之穿屋似有角故也下傳曰視牆之穿而推其類可謂鼠有牙明此亦見穿屋室而推其類可謂雀有角此是不思物變之人獄埆者鄭異義駁云獄者埆也囚證於埆核之處周禮之圜土然則獄者核實道理之名皋陶造獄謂此也既囚證未定獄事未決繫之於圜土因謂圜土亦爲獄此章言獄下章言訟司寇職云兩造禁民訟兩劑禁民獄對文則獄訟異也故彼注云訟

謂以財貨相告者獄謂相告以罪名是其對例也散則通也
此詩亦無財罪之異重章變其文耳故序云聽訟以揔之○
箋物與至當審○正義曰物謂雀穿屋事謂速我獄二者皆
有似也穿屋似用角速獄似有室家也而非者穿乃用咮獄
乃侵陵士師當審察之此召伯謂之士師者以其聽訟故以
獄官言之士師注云士察也主察獄訟之事者其職曰察
獄訟之辭以詔司寇鄭以士師有察獄之事因言士師所當
察非召伯卽爲士師也大車云古者大夫出聽男女之訟則
王朝之官皆得出外聽訟不必要爲士師矣且士師司寇之
屬佐成司寇者也甯召伯公卿所當爲乎○傳昏禮至五兩
正義曰此媒氏文也引之者解經言不足之意以禮言純帛
不過五兩多不過之則少有所降耳明雖少而不爲不足不
足者謂事不和同彊暴之謂故箋申傳意探其文而爲之說
云幣可備也室家不足謂媒妁之言不和六禮之來彊委之
是非謂幣不足也媒氏注云純實緇字也古緇以才爲聲納
幣用緇婦人陰也凡於娶禮必用其類五兩十端也必言兩
者欲得其配合之名十者象五行十日相成也士大夫乃以
玄纁束帛天子加以穀圭諸侯加以大璋雜記曰納幣一束
束五兩兩五尋注云十箇爲束貴成數也禮尚儉兩兩合其
卷是謂五兩八尺曰尋一兩五尋則每卷二丈合爲四十尺

今謂之匹猶匹耦之云與則純帛亦緇也傳取媒氏以故合其字定本作紂字此五兩庶人禮也故士昏禮用玄纁束帛注云用玄纁者象陰陽備也然則庶人卑故直取陰類而已大夫用幣無文準士昏而言玉人曰穀圭天子以娉女大璋諸侯以娉女是天子諸侯加圭璋之文也○箋幣可至委之正義曰知不爲幣不足者以男速女而獄幣若不備不得訟也以訟拒之明女不肯受男子彊委其禮然後訟之言女受已之禮而不從已故知幣可備而云不足明男女賢與不肖各有其耦女所不從男子彊來故云媒妁之言不和六禮之來彊委之是其室家不足也野有死麕箋云不由媒妁知此有媒妁者以此相訟明其使媒但不和而致訟耳野有死麕以亂世民貧思靡肉爲禮明無媒可知箋云劫脅以成昏與此不同也言媒妁者說文云媒謀也謀合二姓妁酌也斟酌二姓六禮之來彊委之者謂以鴈幣女雖不受彊留委置之故左傳昭元年云徐吾犯之妹美公孫楚娉之矣公孫黑又使彊委禽焉是也此貞女不從明亦以六禮委之也六禮者納采至親迎女既不受可彊委之納采之鴈則女不告名無所卜無問名納吉之禮納徵之幣可彊委不和不得請期期不從不得親迎言六禮之來彊委者以方爲昏必行六禮故以六禮言之其實時所委者無六禮也不過鴈以納采幣以

納徵耳女爲父母所嫁媒妁和否不由於己而經皆陳女與男訟之辭者以文王之教女皆貞信非禮不動故能拒彊暴之男與之爭訟詩人假其事而爲之辭耳**誰謂鼠無牙何以穿我墉誰謂女無家何以速我訟**墉牆也視牆之穿推其類可謂鼠有牙○墉音容訟如字徐取韻音才容反【疏】傳墉牆○正義曰釋宮云牆謂之墉李巡曰謂垣牆也郊特牲曰君南鄉於北墉下注云社內北牆是也亦爲城王制注云小城曰墉皇矣云以伐崇墉義得兩通也**雖速我訟亦不女從**不從終不棄禮而隨此彊暴之男

**行露三章一章三句二章章六句**

**羔羊鵲巢之功致也召南之國化文王之政在位皆節儉正直德如羔羊也**鵲巢之君積行累功以致此羔羊之化在位卿大夫競相切化皆如此羔羊之人○行下孟反【疏】羔羊三章章四句至羔羊○正義曰作羔羊詩者言鵲巢之功

所致也名南之國化文王之政故在位之卿大夫皆居身節儉爲行正直德如羔羊然大夫有德由君之功是鵲巢之功所致也定本致上無所字言南者捴謂六州也以篇在名南故連言名耳云德如羔羊者麟趾序云如麟趾之時騶虞序云仁如騶虞皆如其經則此德如羔羊亦如經中之羔羊也經陳大夫爲裘用羔羊之皮此云德如羔羊者詩人因事託意見在位者裘得其制德稱其服故說羔羊之裘以明在位之德敘達其意故云如羔羊焉不然則衣服多矣何以獨言羔羊裘宗伯注云羔取其羣而不失其類士相見注云羔取其羣而不黨公羊傳何休云羔取其贄之不鳴殺之不號乳必跪而受之死義生禮者此羔羊之德也然則今大夫亦能羣不失類行不阿黨死義生禮故皆節儉正直是德如羔羊也毛以儉素由於心服制形於外章首二句言裘得其制是節儉也無私存於情得失表於行下二句言行可蹤迹是正直也鄭以退食爲節儉自公爲正直羔裘言德能稱之委蛇者自得之貌皆亦節儉正直之事也經先言羔羊以服乃行事故先說其皮序後言羔羊舉其成功乃可以化物各自爲文勢之便也○箋鵲巢至之人○正義曰以篇首有鵲巢以比國君故云鵲巢之君也上言積行累功以致爵位則化及南國亦積行累功而致之故言積行累功以釋鵲巢之功所

致之意言由國君積行累功以化天下故天下化之皆如羔羊以致此羔羊之化也知在位是卿大夫者以經陳羔裘卿大夫之服故傳曰大夫羔裘以居是也言競相切化謂競相切磋以善化皆如羔羊之人謂人德如羔羊也

**羔羊之皮素絲五紽**小曰羔大曰羊素白也紽數也古者素絲以英裘不失其制大夫羔裘以居○它本又作佗同徒何反它數也本或作紽數所具反後不音者同英沈音映又如字**退食自公委蛇委蛇**公公門也委蛇行可從迹也箋云退食謂減膳也自從也從於公謂正直順於事也委蛇委曲自得之貌節儉而順心志定故可自得也○委於危反蛇本又作虵同音移讀此兩句當云委蛇委蛇沈讀作委委蛇蛇韓詩作逶迤云公正貌行下孟反崔如字從迹足容反字亦作蹤迹又作跡

【疏】羔裘至委蛇○毛以爲召南大夫皆正直節儉言用羔羊之皮以爲裘縫殺得制素絲爲英飾其紽數有五既外服羔羊之裘內有羔羊之德故退朝而食從公門入私門布德施行皆委蛇然動而有法可使人蹤迹而效之言其行服相稱內外得宜此章言羔羊之皮卒章言羔羊之縫互見其用皮爲裘縫殺得制也○鄭唯下二句爲異言大夫減退膳食順從於事心志自得委蛇然○傳小曰羔

至以居○正義曰小羔大羊對文爲異此說大夫之裘宜直言羔而已兼言羊者以羔亦是羊故連言以協句傳以羔羊竝言故以大小釋之此言紽數下言總數謂紽總之數有五非訓紽總爲數也二章傳云緎縫者釋訓云緎羔羊之縫孫炎曰緎之爲界緎。然則縫合羔羊皮爲裘縫卽皮之界緎因名裘縫云緎五緎既爲縫則五紽五總亦爲縫也視之見其五故皆云五焉傳於首章先言紽數者以經云五紽先解五之意故紽數有五也首章既解其數故二章解其體言緎縫也且因爾雅之文爾雅獨解緎者蓋舉中言之二章既解其體恐人以爲紽自數也緎自縫也故於卒章又言總數有五以明緎數亦五緎言縫則紽總亦縫可知傳互言也古者素絲所以得英裘者織素絲爲組紃以英飾裘之縫中清人傳曰矛有英飾閟宮傳云朱英爲飾則此英亦爲飾可知素絲爲飾維組紃耳若爲線則所以縫裘非飾也故干旄曰素絲組之傳曰總以素絲而成組也紃亦組之類則素絲可以爲組紃矣既云素絲卽云五紽五緎是裘縫明矣又明素絲爲組紃而施於縫中故下雜記注云紃施諸縫若今之條是有組紃而施於縫中之驗傳知素絲不爲線而得爲飾者若線則凡衣皆用非可美故素絲以英裘非線也言大夫羔裘以居者由大夫服之以居故詩人見而稱之也謂居於朝廷非居於家也論語曰狐貉之厚以居注云在家所以接賓客則在家不服羔裘亦羔裘矣論語注又云緇衣羔裘諸侯視朝之服卿大夫朝服亦羔裘唯豹袪與君異耳明此爲朝服之裘非居家也○傳公公至從迹○正義曰傳以言退者自朝之辞故知公謂公門少儀云朝廷曰退是也行可蹤迹者謂出言立行有始有終可蹤迹倣效也○箋退食至之貌○正義曰減膳食者大夫常膳日特豚朔月少牢今爲節儉減之也王肅云自減膳食聖人有逼下之譏孫毓云自非天災無減膳之制所以得減膳食者以序云節儉明其減於常禮經言退食是減膳可知禮者苦人之奢制其中法若車服之文物祭祀之犧牲不可逼下是故此論羔裘美其得制至於奉養已食容得減退故趙盾食魚飧公孫弘脫粟之飯前史以爲美談經云自公鄭訓自爲從公爲事故云從於公謂正直順於事也委曲自得者心志既定舉無不中神氣自若事事皆然故云委蛇委曲自得之貌也定本退謂減膳更無食字

**羔羊之革素絲五緎** 革猶皮也緎縫也○緎徐音域又于域反孫炎云緎縫之界域緎縫爾雅云緎羔裘之縫也音符用反一本作緎猶縫也則當音符龍反

**疏** 傳革猶皮○正義曰對文則皮革異故掌皮云秋斂皮冬斂革異時斂之明其别也許氏說文曰獸皮治

去其毛曰革革更也對文言之異散文則皮革通司裘曰大裘飾皮車謂革輅也去毛得稱皮明是有毛得稱革故攻皮之工有函鮑韗韋裘是皮革通言也此以爲裘明非去毛故云革猶皮也依月令孟冬始裘天子祭天則大裘而冕故司服云王祀昊天上帝則服大裘而冕祀五帝亦如之鄭注大裘黑羔裘是也其五冕之裘亦同黑羔裘知者司裘職云掌爲大裘以供王祀天之服更不別言袞冕已下之裘明六冕與爵弁同用黑羔裘若天子視朝及諸侯朝天子皆以狐白裘知者以玉藻云君衣狐白裘錦衣以裼之又秦詩曰君子至止錦衣狐裘以裘象衣色皮弁服白布衣故也其卿大夫在朝及聘問亦衣狐白裘知者玉藻云士不衣狐白故也其裼蓋用素衣知者以鄭注玉藻云非諸侯則不用素錦爲裼故也士則麛裘青豻褎以狐白之外唯麛裘素也其諸侯視朝及卿大夫等同用黑羔裘以玉藻云羔裘緇衣以裼之又鄭注論語云緇衣羔裘諸侯視朝之服是也若諸侯視朝君臣用麑裘知者鄭注論語云素衣麑裘諸侯視朝之服其臣則青豻褎絞衣爲裼若兵事既用韎韋衣則用黃衣狐裘及貍裘象衣色故也又襄四年傳云臧之狐裘敗我於狐駘又定九年傳云晳幘而衣貍製是也若天子以下田獵則羔裘緇衣以裼之知者司服云凡田冠弁服注云冠弁委貌則諸

侯朝服故也其天子諸侯燕居同服玄端則亦同服羔裘矣凡裘人君則用全其臣則褎飾爲異故唐詩云羔裘豹袪鄭云卿大夫之服是也若崔靈恩等以天子諸侯朝祭之服先著明衣又加中衣又加裘裘外又加裼衣裼之上乃加朝祭之服其二劉等則以玉藻云君衣狐白裘錦衣以裼之又云以帛裏布非禮也鄭注云冕服中衣用素朝服中衣用布若皮弁服之下即次錦衣爲裼便是以帛裏布故知中衣在裼衣之上明矣又以司服職云王祀昊天上帝則服大裘而冕以下冕不復云裘司裘職云掌爲大裘以供王祀天之服亦不别言袞冕以下之裘明六冕與爵弁同用大裘之羔裘矣案玉藻云君子狐青裘豹褎玄綃衣以裼之注云君子大夫士狐青裘蓋玄衣之裘然袞冕與衣玄知不用狐青裘者以司裘職云季秋獻功裘以待頒賜注云功裘人功微麤謂狐青麛䴠裘之屬鄭以功裘以待頒賜大夫士明非冕服之裘矣

委蛇委蛇自公退食箋云自公退食猶退食自公羔羊之縫素絲五緫縫言縫殺之大小得其制緫數也○縫符龍反注同注縫殺之字又音符用反緫子公反殺所界反徐所例反委蛇委蛇退食自公

羔羊三章章四句

殷其靁勸以義也召南之大夫遠行從政不遑寧處其室家能閔其勤勞勸以義也召南大夫召伯之屬遑遑行謂使出邦畿○殷音隱下同靁亦作雷力回反勸以義也本或無以字下句始有遑遑本或作偟音黃暇也使所吏反

【疏】殷其靁三章章六句至勸以義○正義曰作殷其靁詩者言大夫之妻勸夫以爲臣之義召南之大夫遠行從政施王命於天下不得遑暇而安處其室家見其如此能閔念其夫之勤勞而勸以爲臣之義言雖勞而未可得歸是勸以義之事也定本能閔其勤無勞字召南之大夫遠行從政經三章章首二句是也不遑寧處其室家閔其勤勞次二句是也詩本美其勸以義即具陳所勸之由故先言從政勤勞室家之事爲勸以義而施經序皆得其次○箋召南至之屬正義曰此解大夫即是王朝之臣而謂之召南者以其是召伯之屬故言召南之大夫也文王未稱王召伯爲諸侯之臣其下不得有大夫此言召南大夫則是文王都豐召伯受采之後也言召伯之屬者召伯爲王者之卿士周禮六卿其下

皆有大夫各屬其卿故云之屬左傳曰伯輿之大夫瑕禽亦此之類也知非六州諸侯之大夫者以序云遠行從政遠行出境之辭經云殷其靁靁以喻號令則此遠出封畿行號令者也若六州大夫不得有出境行令之事知非聘問者聘問結好非殷靁之取喻有時而歸非室家所當閔念言遠行從政無期以反室家閔之明是召伯之屬從行化於南國也時未爲伯箋因行露之序從後言之耳

**殷其靁在南山之陽** 殷靁聲也山南曰陽靁出地奮震驚百里山出雲雨以潤天下箋云靁以喻號令於南山之陽又喻其在外也召南大夫以王命施號令於四方猶靁殷殷然發聲於山之陽

**何斯違斯莫敢或遑** 何此君子也斯此違去遑暇也箋云何乎此君子適居此復去此轉行遠從事於王所命之方無敢或閒暇時閔其勤勞○復符福反閒音閑

**振振君子歸哉歸哉** 振振信厚也箋云大夫信厚之君子爲君使功未成歸哉歸哉勸以爲臣之義未得歸也○振音眞爲君于僞反或如字使所吏反或如字

【疏】殷其至歸哉○正義曰言殷殷然靁聲在南山之陽以喻君子行號令在彼遠方之國既言君子行王政於遠方故因而閔之云何乎我此君子既行王命於彼遠方謂適居

此一處今復乃去此更轉遠於餘方而無敢或閒暇之時何爲勤勞如此既閔念之又因勸之言振振然信厚之君子今爲君出使功未成可得歸哉勸以爲臣之義未得歸也○傳殷靁至天下○正義曰此靁比號令則雨靁之聲故云山出雲雨以潤天下雲漢傳曰隆隆而靁非雨靁也箋云雨靁之聲尚殷殷然是也靁出地奮豫卦象辭也彼注云奮動也靁動於地上而萬物豫也震驚百里震卦彖辭也注云震爲靁靁動物之氣也靁之發聲猶人君出政教以動國中之人故謂之震驚之言警戒也靁發聲百里古者諸侯之象諸侯之出教令警戒其國疆之內是其義也此二卦皆有靁事義相接故并引之以證靁喻號令之義也靁之發聲止聞百里文王之化非唯一國直取喻號令耳山出雲雨者公羊傳曰觸石而出膚寸而合不崇朝而雨天下者其唯泰山乎是山出雲雨之事○傳何此君子至箋復去此○正義曰傳言何此君子解何字何爲我此君子乃然此非經中之斯故傳先言何此君子乃訓斯爲此箋何乎此君子亦謂傳中何此君子亦非經中之斯言適居此經中何斯之此言我君子行於遠方適居此處今乃復去離此轉向餘國去此者經中違斯之此也集注有箋云定本於此無箋云誤也

**殷其靁在南山之側**亦在其陰與左右也

【疏】傳亦在至左右。正義曰：上陽道云山南，此云側，不復爲山南，三方皆是陰，謂山北、左謂東、右謂西也。何斯違斯，莫敢遑息。息，止也。振振君子，歸哉歸哉。

殷其靁，在南山之下。或在其下。箋云：下謂山足。何斯違斯，莫或遑處。處，居也。○處，尺煮反。振振君子，歸哉歸哉。

殷其靁三章，章六句。

附釋音毛詩注疏卷第一（一之四）

江西南昌府學栞
嘉慶二十年重栞
宋本十三經注疏附校勘記

翰林院編脩南昌黃中模栞

# 毛詩注疏校勘記（一之四）

阮元撰盧宣旬摘錄

○草蟲

還來歸宗謂被出也　閩本明監本毛本謂上衍有此之義故已所以憂歸宗十一字

蕨鱉也　相臺本鱉作鼈閩本明監本毛本同小字本作虌案釋文鼈本又作虌小字本依釋文又作也釋文舊或誤今正

言我也我采者　小字本相臺本同案此與雄雉箋爾女也女衆君子之屬爲一例與卷耳箋我我君也我我使臣也之屬不相同因蒙上句不煩更出也考文古本作言我也我我采者也仍更出我字非箋例也其雄雉箋作爾女也女女衆君子亦非餘同此

在塗而見采鱉采者得其所欲得　閩本明監本毛本同小字本相臺本下采字作菜案菜字非也考文古本亦作菜山井鼎云屬上讀考正義標起止云言我至采鱉是正義本作采讀以采者得其

所欲得七字爲一句采謌爲菜并改其讀失之矣

○采蘋

此祭女所出祖也　閩本明監本毛本同小字本相臺本重祭字考文古本同案重者是也正義云知此祭祭女所出祖者可證

無足曰釜　小字本相臺本同案正義標起止云傳方曰筐至曰釜又云定本有足曰錡下更無傳俗本錡下又有無足曰釜是正義本與俗本同也此傳錡釜屬有足曰錡互文見意不更言無足曰釜矣當以定本爲長

大夫士祭於宗廟　小字本相臺本同案正義云言大夫士祭於宗室又云定本集注大夫士祭於宗廟不作室字考下傳云必先禮之於宗室是大宗之廟但稱宗室不稱宗廟也當以正義本爲長

則非禮也　小字本相臺本同案惠棟於禮下添女字非也箋說傳必先禮之之禮不更言禮女其爲禮女自明矣正義云則非禮女也乃正義自爲文不可據以改箋凡正義自爲文其於注有足成亦有檃栝皆取詞旨通

暢不必盡與注相應

祭事主婦設羹閩本明監本毛本同小字本相臺本事作禮考文古本同案禮字是也正義可證

江東謂之藻音瓢閩本明監本毛本同案音瓢二字當旁行細字正義於自作音者例如此也○今按音瓢二字亦是郭注郭注不特經內字爲音郎自注內難識之字亦多爲音凡古本注內云音某者俗本多刪之或刪之而僅有存者詳見爾雅挍勘記舊於此云正義自作音非也

主婦人及兩鉶鉶芼閩本明監本毛本同案浦鏜云衍人字以特牲考之浦挍是也

○甘棠

今棠黎補黎當作棃

何所慫據補慫當作憑

箋云茇草舍也小字本相臺本同閩本同明監本毛本箋云在茇草舍也下案正義標起止云傳蔽

芾至草舍箋召伯至其樹明監本毛本依此所改也考文古本同亦采正義又正義云定本集注於注內並無箋云是其本自茇草舍也至敬其樹凡四十一字皆爲傳也段玉裁以定本集注爲是

召伯所憩唐石經小字本相臺本同案惠棟云說文無憩字當作愒今考釋文云憩本又作愒小雅菀柳大雅民勞經皆作愒憩但愒之俗字耳釋文舊有誤今訂正

○行露

箋云夙早也 小字本相臺本同案釋文此箋有夜莫二字云小星箋同今考此及小星箋各本皆無夜莫二字與釋文本不同也下箋云我豈不知當早夜成昏禮與小星箋云或早或夜皆不言莫當以無者爲長我將昊天有成命箋亦但云早夜陟岵烝民箋有夜莫者皆釋文本耳盧文弨欲依蜀石經補此非也考文古本有夜莫也采釋文○按舊挍非也依說文夕者莫也莫者日且冥也夜者舍也天下休舍也古夕與莫不同義夜與莫不同義莫謂日冥夜則該日冥至將旦言之是以穀梁春秋莘卯昔恒星不見夜中星隕如雨昔卽夕字此夕與夜分別

之證也然對文則別散文則莫亦爲夜鄭云夜莫也者散
文之義也別之也曷爲別之嫌讀者謂此夜爲終夜也箋
有夜莫二字者是

禮不足而彊來　小字本相臺本同案正義云禮不足而來
彊暴是正義本此彊來及下彊委皆當與
序彊暴字同讀作亙良反釋文而强來其丈反下强委同
五經文字云彊强並巨良反云云又其兩反則皆用下字
釋文與正義不同也考下箋强委之乃左昭元年傳文當
以釋文本爲長考文古本下彊委之作强采釋文

入皆謂雀之穿屋似有角　小字本相臺本同閩本明監本
毛本亦同案考文古本下有者
字云宋板同誤以傳文似有角者爲箋文也

純帛不過五兩　小字本相臺本同案此正義本也正義云
此媒氏文也又云媒氏注純實緇字也古
緇以才爲聲又云則純帛亦緇也傳取媒氏以故合其字
定本作紂字言合其字者媒氏作純傳亦作純於字爲合
也考媒氏純字至鄭始正其讀是此傳舊但作純當以正
義本爲長釋文紂側基反依字糸旁才後人遂以才爲屯

因作純字與定本同也考文古本作純采正義釋文閩本明監本毛本作紑亦依定本改耳

天子以娉女　閩本明監本毛本娉誤聘下同

○羔羊

羔取其贄之不鳴　閩本明監本毛本同案浦鏜云執誤贄以公羊注考之浦挍是也

退食謂減膳也　小字本相臺本同案正義云定本退謂減膳更無食字考文古本膳下有食字采正義

孫炎曰緎之爲界緎　閩本明監本毛本云誤爲

維組紃耳　補維當作唯閩本明監本毛本並誤

行可蹤迹者　閩本明監本毛本同案傳作從正義作蹤從蹤古今字易而說之也例見前標起止仍云至從迹可證也釋文從字亦作蹤非是義本

**唯麑裘素也** 闽本明監本毛本麑誤麛案山井鼎云上麛字同今本考此上依玉藻字下依論語字故不同也鄭玉藻注引論語亦作麛麛是正字麑是假借魚麗傳不麛本或作麑同

**若諸侯視朝君臣用麑裘** 闽本明監本毛本同案浦鏜云朔誤朝下素衣麑裘諸侯視朝之服同是也終南正義可證

**然衮冕與衣元知不用狐青裘者** 闽本明監本毛本同案十行本衣至青袍添者一字是知字衍也

○**殷其靁**

**勸以義也** 唐石經小字本相臺本同案釋文云本或無以字下句始有考正義本云勸夫以為臣之義下句正義云而勸以為臣之義是其本此句當亦有以字

**故先言從政勤勞室家之事** 闽本明監本毛本同案此不誤浦鏜云室家當王家

誤非也勤勞句絕室家之事别爲句與下連文

**非雨靁也箋云** 閩本明監本毛本同案箋云二字當在非雨靁也之上不知者誤移於下耳

附釋音毛詩注疏卷第一（一之五）　五

毛詩國風　鄭氏箋　孔穎達疏

**摽有梅男女及時也召南之國被文王之化男女得以及時也**○摽婢小反徐符表反梅木名也韓詩作楳說文楳亦梅字男女及時也本或作得以及時者從下而誤被皮寄反【疏】摽有梅三章章四句至及時○正義曰作摽有梅詩者言男女及時也召南之國被文王之化故男女皆得以及時謂紂時俗衰政亂男女喪其配耦嫁娶多不以時今被文王之化故男女皆得以及時俗本男女下有得以二字者誤也毛以卒章三十之男二十之女爲蕃育法二章爲男年二十八九女年十八九首章謂男年二十六七女年十六七以梅落喻男女年衰則未落宜據男年二十五女年十五矣則毛以上二章陳年盛正昏之時卒章蕃育法雖在期盡亦是及時東門之楊傳云不逮秋冬則毛意以秋冬皆得成昏孫卿曰霜降逆女冰泮殺止霜降九月也冰泮正月也孫卿毛氏之師明毛亦然以九月至正月皆可爲昏也又家語曰霜降而婦功成而嫁

娶者行爲氷泮農業起昏禮殺於此又云冬合男女春班爵位郷詩曰士如歸妻迨氷未泮是其事也其周禮言仲春夏小正言二月者皆爲期盡蕃育之法禮記云二十曰弱冠又曰冠成人之道成人乃可爲人父矣喪服傳曰十九至十六爲長殤禮子不殤父明男二十爲初娶之端又禮記曰女子十五許嫁而笄以十五爲成人許嫁不爲殤明女十五爲初昏之端矣王肅述毛曰前賢有言丈夫二十不敢不有室女子十五不敢不事人譙周亦云是故男自二十以及三十女自十五以至二十皆得以嫁娶先是則速後是則晚矣凡人嫁娶或以賢淑或以方類豈但年數而已此皆取說於毛氏矣然則男自二十九女自十五以至十九皆爲盛年其昏自季秋至於孟春惟其所用不限其月若男三十女二十爲期盡蕃育雖仲春猶可行即此卒章是也又男女之昏爲賢淑與方類但男年二十以後女年十五以後隨任所當嘉好則成不必要以十五六女配二十一二男也雖二十女配二十之男三十之男配十五之女亦可也傳言三十之男二十之女據其並期盡者依周禮文爲正鄭據周禮仲春爲昏是其正此序云男女得以及時言及者汲汲之辭故三章皆爲蕃育之法非仲春也上二章陳及夏行嫁卒章言夏晚大衰不復得嫁待明年仲春亦是及時也以梅實喻時之盛衰不以

喻年若梅實未落十分皆在喻時未有衰卽仲春之月是也此經所不陳既以仲春之月爲正去之彌遠則時益衰近則衰少衰少則梅落少衰多則似梅落多時不可爲昏則似梅落盡首章其實七兮謂在樹者七梅落仍少以喻衰猶少謂孟夏也以去春近仍爲善時故下句言迨其吉兮欲及其善時也二章言其實三兮謂在者唯三梅落益多謂仲夏也過此則不復可嫁故云迨其今兮今急辭恐其過此故急也又卒章頃筐塈之謂梅十分皆落梅實既盡喻去春光遠善亦盡矣謂季夏也不可復昏待至明年仲春故下句云迨其謂之箋云女年二十而無嫁端則有勤望之憂明年仲春不待以禮會之時禮雖不備相奔不禁由季夏時盡故至明年也季春亦非正時箋不以首章當之者以四月五月與春接連猶可以嫁三月則可以嫁明矣六月則爲晚此篇三章宜一章與一月故以首章爲初夏二章爲向晚此得以及時宜舉末以言之故不以爲季春也所以於五月得爲昏至六月則不可者以四月五月去春未一時故可强嫁故季夏去春遠矣故不得爲昏知待至明年春者周禮媒氏仲春之月奔者不禁故知明年得行也鄭以仲春爲昏月故行露野有蔓草皆引周禮仲春之月令會男女之無夫家者又夏小正二月綏多女士下云有女懷春故以仲春爲昏月也此首章

箋云女年二十則依周禮書傳穀梁禮記皆言男三十而娶女二十而嫁故不從毛傳且女子十五正言許嫁不言即嫁也越語曰女子十七不嫁丈夫二十不娶父母有罪越王謂欲報吳之故特下此令又若女年皆十五而嫁越王欲速爲昏何由乃下十七之期乎又諸經傳所以皆云三十二十都不言正嫁娶之年而皆爲期盡也孫卿家語未可據信故據周禮三十之男二十之女昏用仲春也案異義人君年幾而娶今大戴禮說男子三十而娶女子二十而嫁天子已下及庶人同禮又左傳說人君十五生子禮三十而娶庶人禮也謹案舜生三十不娶謂之鰥禮文王世子曰文王十五生武王武王有兄伯邑考故知人君早昏所以重繼嗣鄭立不駁明知天子諸侯十二而冠冠而生子大夫以下明從庶人法也行露之篇女以多露拒男此四月五月而云猶可嫁者鄭志荅張逸云行露以正言也摽有梅以蕃育人民然則行露爲不從男故以禮拒之此爲有故不及正時許之所以蕃育人民故也綢繆首章三星在天箋云三月之末四月之中二章三星在隅箋云四月之末五月之中卒章三星在戶箋云五月之末六月之中與此三章之喻大同彼云不得其時此云及時者此文王之化有故不得以仲春者許之所以蕃育人民彼正時不行故爲違禮事同意異故美刺有殊

摽

有梅其實七兮興也摽落也盛極則隋落者梅也尚在樹者七箋云興者梅實尚餘七未落喻始衰也謂女二十春盛而不嫁至夏則衰○隋徒果反又徒火反求我庶士迨其吉兮吉善也箋云我我當嫁者庶衆迨及也求女之當嫁者之衆士宜及其善時善時謂年二十雖夏未大衰○迨音待韓詩云顧也【疏】摽有至吉兮○毛以爲隋落者是有梅此梅雖落其實十分之中尚在樹者七其三始落是梅始衰興女年十六七亦女年始衰求女之當嫁者之衆士宜及其此善時以爲昏比十五爲衰對十八九故爲善此同興男女年舉女年則男年可知矣○鄭以梅落興時衰爲興吉隋落者是有梅此梅雖落其實十分之中尚七未落已三分落矣而在者衆以興漸衰者善時此時雖衰其十分之中尚七分未衰喻三分衰耳而善者猶多謂孟夏之月初承春後仍爲善時求我當嫁者之衆士宜及孟夏善時以承昏事○箋梅實至始衰○正義曰箋知不以梅記時者以序云男女得以及時而經有三章宜一章喻一月若爲記時則梅已有落不久則盡其實七兮與頃筐塈之正同一月非本歷陳及時之意故爲喻也○箋我我當嫁者○正義曰言此者以女被文王之化貞信之教興必不自呼其夫令及時之取已鄭恐有

女自我之嫌故辨之言我者詩人我此女之當嫁者亦非女自我

摽有梅其實三兮在者三也箋云此夏鄉晚梅之隋落差多在者餘三耳○鄉本亦作嚮又作向同許亮反差初賣反求我庶士迨其今兮今急辭也

摽有梅頃筐塈之塈取也箋云頃筐取之謂夏已晚頃筐取之於地○頃音傾塈許器反求我庶士迨其謂之不待備禮也三十之男二十之女禮未備則不待禮會而行之者所以蕃育民人也箋云謂勤也女年二十而無嫁端則有勤望之憂不待禮會而行之者謂明年仲春不待以禮會之也時禮雖不備相奔不禁○蕃音煩禁居鴆反一音金

【疏】摽有至謂之○毛以為隋落者是有梅此梅落盡故以頃筐取之以興女年二十顏色甚衰而用蕃育之禮以取之求我當嫁者之眾士宜及其此時而謂之以成昏謂者以言謂女而取之不待備禮○鄭以隋落者是梅此梅落故頃筐取之於地以興漸衰者善時此善時已盡故待至明年仲春以時已過不可復待故也求我當嫁者之眾士宜及明年仲春女勤望之時謂女年二十而不嫁至明年仲春則有勤望之憂宜及此時取之○傳不待至民人○正義曰傳先言不待備禮者解謂

之之意所以得謂之而成昏者由不待備禮故也又解不待備禮之意言三十之男二十之女禮雖未備年期既滿則不待禮會而行之所以蕃育民人也謂多得成昏令其有子所以蕃息生育人民使之衆多。箋不待至不禁。正義曰傳意三十之男二十之女其年仲春即不待禮會而行之故鄭易之言不待禮會而行之謂明年仲春如不待禮會之也又稱不待禮者禮雖不備相奔不禁即周禮仲春之月令會男女於是時也相奔者不禁是也

摽有梅三章章四句

小星惠及下也夫人無妬忌之行惠及賤妾進御於君知其命有貴賤能盡其心矣以色曰妬以行曰忌命謂禮命貴賤。○行下孟反注同盡津忍反後放此〔疏〕小星二章章五句至其心矣。正義曰作小星詩者言夫人以恩惠及其下賤妾也由夫人無妬忌之行能以恩惠及賤妾令得進御於君故賤妾亦自知其禮命與夫人貴賤不同能盡其心以事夫人焉言夫人惠及賤妾使進御於君經二章上二句是也衆妾自知卑賤故抱衾而往御不當夕下三句

是也既荷恩惠故能盡心述夫人惠下之美於經無所當也此賤妾對夫人而言則揔指衆妾媵與姪娣皆爲賤妾也曲禮下云公侯有妻謂在九女之外若內司服女御注以衣服進者彼暫時之事不得次序進御明不在此賤妾之中○箋命謂至貴賤○正義曰命謂貴賤者夫人禮命貴與君同故稱曰小君衆妾則賤故喪服注云貴者視卿賤者視大夫也妾之貴者夫人姪娣也即喪服所謂貴臣賤妾也左氏皆言以夫人之姪娣爲繼室明其貴也何休云夫人無子立右媵之子右媵無子立左媵之子以二媵爲貴與禮不合故韓奕箋獨言娣舉其貴者是姪娣貴於媵之義

嘒彼小星三五在東　嘒微貌小星衆無名者三心五噣四時更見箋云衆無名之星隨心噣在天猶諸妾隨夫人以次序進御於君也心在東方三月時也噣在東方正月時也如是終歲列宿更見○嘒呼惠反噣張救反又都豆反爾雅云噣謂之柳更音庚下同見賢遍反下同宿音秀

肅肅宵征夙夜在公寔命不同　肅肅疾貌宵夜征行寔是也命不得同於列位也箋云夙早也謂諸妾肅肅然夜行或早或夜在於君所以次序進御者是其禮命之數不同也凡妾御於君不當夕○寔時職反韓詩作實云有也

疏

嘒彼至不同。正義曰言嘒然微者彼小星此星雖微亦隨
三星之心五星之噣以次列在天見於東方以與衹雖卑者
是彼賤妾雖卑亦隨夫人以次序進御於君所由夫人不妬
忌惠及故也衆妾自知已賤不敢同於夫人故肅肅然夜行
或早或夜在於君所夜來早往或夜往而早來不敢當夕是
亢命之數不得同於夫人故也。傳嘒彼至更見。正義曰
此言小星故爲微貌雲漢傳曰嘒星貌者以宣王仰視不止
小星故直言星貌兼大星皆在也嘒之爲貌不甚大明比於
日月爲小故大星小星皆得爲小貌知三爲星者下章云維
參與昴昴不五星則五非下章之昴也五既非昴則三亦非
參參列宿之大房心參伐三既非參而心亦三星故知三謂心
也綢繆傳曰三星參也者以其刺昏姻不得其時擧正時以
刺之冬日之昏在天在戶唯參爲然故知非心也三星在霤
皆爲心心實三星而傳不明說蓋從此爲心以其心稱三爲
正故此稱三以對參也箋則三皆爲心以其心實三星而列
宿之尊故元命苞曰心爲天王公羊又云心爲大辰故言三
星此及綢繆苕之華皆云心也知五是噣者元命苞云柳五
星釋天云咮謂之柳天文志曰柳謂鳥喙則喙者柳星也以
其爲鳥星之口故謂之喙心東方之宿柳南方之宿著明者
故以比夫人也言四時更見者見連言在東恐其俱時在東

故云四時之中更迭見之○箋衆無至更見○正義曰經言在東箋云在天者在東據初見之方此不取所見之方爲義直取星之在天似婦人之進於夫故變言在天綢繆言三星在天傳曰見於東方者彼取記候須所在之方爲義故變言在東經取其韻注說其義故皆反其經也又心在東方三月時喙在東方正月時是不同時見也二者同在春見但異月耳云四時者如是終歲列宿更見因明二十八宿更迭而見不止於心喙也○傳命不得同於列位○正義曰雖同事於君夫人貴而妾賤礼命之數不得同於行列等位○箋諸妾至當夕○正義曰書傳曰古者后夫人將侍君前息燭後舉燭至於房中釋朝服襲燕服然後入御於君雞鳴大師奏雞鳴於階下然後夫人鳴佩玉於房中告去由此言之夫人往來舒而有儀諸妾則肅肅然夜而疾行是其異也言或早或夜在於君所者謂諸妾夜晚始往及早來也亦異於夫人也或以爲早謂夜初妾有貴賤往有早晚知不然者以其詩言夙夜者皆記昏爲夜晨初爲早未有以初昏爲夙者又序云知其命有貴賤與此寔命不同一也明此亦不同於夫人非妾中自不同也言凡妾御於君不當夕者解所以夜晚乃往之意由妾御於君不當夕故也內則云妻不在妾御莫敢當夕注云避女君之御日與此不同者彼妻不在妾不往御此

自往御之時不敢當夕而往文取於彼義隨所證亦斷章之義也

**嘒彼小星維參與昴**

參伐也昴留也箋云此言衆無名之星亦隨伐留在天○參所林反星名也一名伐昴音卯徐又音茅一名留二星皆西方宿也留如字又音柳下同

〔疏〕傳參伐昴留○正義曰天文志云參白虎宿三星直下有三星旒曰伐其外四星左右肩股也則參實三星故綢繆傳曰三星參也以伐與參連體參為列宿統名之若同一宿然但伐亦為大星與參互見皆得相統故周禮熊旂六旒以象伐注云伐屬白虎宿與參連體而六星言六旒以象伐明伐得統參也是以演孔圖云參以斬伐公羊傳曰伐為大辰皆互舉相見之文也故言參伐也見同體之義元命苞云昴六星昴之為言留言物成就繫留是也彼昴留為一則參伐明亦為一也

**肅肅宵征抱衾與裯寔命不猶**

衾被也裯襌被也猶若也箋云裯牀帳也諸妾夜行抱衾與牀帳待進御之次序不若亦言尊卑異也○衾起金反裯直留反徐云鄭音直俱反帳張仗反

〔疏〕傳衾被裯襌被○正義曰葛生曰錦衾爛兮是衾為臥物故知為被也今名曰被古者曰衾論語謂之寢衣也以衾既是被裯亦宜為臥物故為襌被也○箋裯牀帳○正義曰鄭

以衾既爲被不宜復云禪被也漢世名帳爲裯蓋因於古故以爲牀帳鄭志張逸問此箋不知何以易傳又諸妾抱帳進御於君有常寢何其碎答曰今人名帳爲裯雖古無名被爲裯諸妾何必人抱一帳施者因之如今漢抱帳也是鄭之改傳之意云施者因之內則注云諸侯取九女姪娣兩兩而御則三日也次兩媵則四日也次夫人連夜則五日也是五日之中一夜夫人四夜媵妾夫人御後之夜則次御者抱衾而往其後三夜御者因之不復抱也四夜既滿其來者又抱之而還以後夜夫人所專不須帳也所施帳者爲二人共侍於君有須在帳者妾往必二人俱往不然不須帳故天子九嬪以下九人一夜明九人更迭而往來矣其御望前先卑望後先尊宜二媵下姪娣畢次二媵次夫人下姪娣次夫人望後乃反之則望前最賤妾抱帳往貴者抱之還望後貴者抱之往賤者抱之還帳爲諸妾而有異於夫人也

小星二章章五句

江有汜美媵也勤而無怨嫡能悔過也文王之時江沱之閒有嫡不以其媵備數媵遇勞而無

怨嫡亦自悔也勤者以己宜媵而不得心望之○汜音祀江水名媵音孕又繩證反古者諸侯娶夫人則同姓二國媵之嫡都狄反正夫人也下同沱徒何反江水之別也篇內同

【疏】江有汜三章章五句至自悔○正義曰作江有汜詩者言美媵也美其勤而不怨謂宜爲媵而不得行心雖勤勞而不怨於嫡故嫡亦能自悔過謂悔其不與俱行也當文王之時江沱之間有嫡不以其媵備妾御之數媵遇憂思之勞而無所怨而嫡有所思亦能自悔過也此本爲美媵之不怨因言嫡之能自悔故美媵而後兼嫡也嫡謂妻也媵謂妾也謂之媵者以其從嫡以送爲名故士昏禮注云媵送也古者女嫁必姪娣從謂之媵也士昏禮云雖無娣媵先言姪○若無姪娣猶先○媵是士有娣娣但不必備耳喪大記大夫撫姪娣是大夫有姪娣矣公羊傳曰諸侯一取九女二國媵之所從皆名媵獨言二國者異國主爲媵故特名之其實雖夫人姪娣亦爲媵也此言嫡媵不指其諸侯大夫及士庶雖文得兼施若夫人宜與小星同言夫人此直云有嫡似大夫以下但無文以明之媵之行否所由嫡者嫡尊專妬抑之而不得行後思之而悔也勤勞一也勤者心企望之望之而不得所以成勞故云過勞也不以其媵備數經三章次二句是也嫡亦自悔皆卒句是也首章一句爲下

而設過勞不怨經無所當稱美媵之本心耳

**江有汜**興也決復入爲汜箋云興者諭江水大汜水小然而並流似嫡媵宜俱行。決古穴反又音穴復扶福反並白猛反又步頂反**之子歸不我以不我以其後也悔**嫡能自悔也箋云之子是子也是子謂嫡也婦人謂嫁曰歸以猶與也

【疏】江有至也悔。正義曰江水大似嫡汜水小似媵言江之有汜得並流以興嫡之有媵宜俱行言是子嫡妻往歸之時不共我以俱行由不以我俱去故其後也悔。傳決復入爲汜正義曰釋水文也此毛解汜之狀其興與鄭同知毛不以興夫人初過而後悔者以後悔之文下章自見故不解

**江有渚**渚小洲也水岐成渚箋云江水流而渚留是嫡與己異心使己獨留不行。渚諸呂反韓詩云一溢一否曰渚渚小洲也本或無此注水岐如字何音其宜反又音祇**之子歸不我與不我與其後也處**處止也箋云嫡悔過自止

**江有沱**沱江之別者箋云岷山道江東別爲沱。岷本又作嶓武巾反山名在蜀道徒報反本亦作導下篇注同**之子歸不我過不我過其嘯也歌**箋云嘯蹙口而出聲嫡有所思而爲之既覺自

悔而歌歌者言其悔過以自解說也○過音戈下文同嘯蕭叫反沈蕭妙反甓子六反本亦作蹴解革買反又閑買反說始拙反又音悅

## 江有汜三章章五句

野有死麕惡無禮也天下大亂彊暴相陵遂成淫風被文王之化雖當亂世猶惡無禮也無禮者爲不由媒妁鴈幣不至劫脅以成昏謂紂之世○麕本亦作麏又作麖俱倫反麏獸名也草木疏云麏麞也青州人謂之麏惡烏路反下同被皮寄反劫居業反下許業反脅虛業反

【疏】野有死麕三章二章章四句一章三句至惡無禮○正義曰作野有死麕詩者言惡無禮謂當紂之世天下大亂彊暴相陵遂成淫風之俗被文王之化雖當亂世其貞女猶惡其無禮經三章皆惡無禮之辭也○箋無禮至紂之世○正義曰經言吉士誘之女思媒氏導之故知不由媒妁也思其麕肉爲禮故知鴈幣不至也欲令舒而脫脫兮故知劫脅以成昏也箋反經爲說而先媒後幣與經倒者便文見昏禮先媒經主

惡無禮故先思所持之物也或有俗本以天下大亂以下同爲鄭注者誤定本集注皆不然

野有死麕白茅包之。郊外曰野包裹也凶荒則殺禮猶有以將之野有死麕羣田之獲而分其肉白茅取絜清也箋云亂世之民貧而彊暴之男多行無禮故貞女之情欲令人以白茅裹束野中田者所分麕肉爲禮而來○包逋茅反裹音果殺所戒反徐所例反清如字沈音淨令力呈反

有女懷春吉士誘之懷思也春不暇待秋也誘道也箋云有貞女思仲春以禮與男會吉士使媒人道成之疾時無禮而言然○誘音酉

【疏】野有至誘之○毛以爲皆惡無禮之辭也言凶荒則殺禮猶須禮以將之故貞女欲男於野田中有死麕之肉以白茅裹之爲禮而來也既欲其禮又欲其及時故有貞女思開春以禮與男會不欲過時也又欲令此吉士先使媒人導成之不欲無媒妁而自行也○鄭唯懷春爲異言思仲春正昏之時以禮與男會也餘與毛同言春據成昏之時吉士誘之乃於納采之先在春前矣但以昏時爲重故先言懷春也此詩所陳皆是女之所欲計有女懷春之文應最在上但昏禮主於交接春是合昏之時故以女懷配春爲句見春是所思之主其實裹束麕肉亦是女之所思故箋云貞女之情欲令以白茅裹束死

麕肉爲禮而來是也。傳凶荒至絜清。正義曰解以死麕之意昏禮五禮用鴈唯納徵用幣無麕鹿之肉言死麕者凶荒則殺禮謂減殺其禮不如豐年也禮雖殺猶須有物以將行之故欲得用麕肉也此由世亂民貧故思以麕肉當鴈幣也故有狐序曰古者凶荒則殺禮多昏司徒以荒政十有二聚萬民十曰多昏鄭司農云多昏不備禮而昏娶者多是也傳文解野中所以有死麕者由羣聚於田獵之中獲而分得其肉績人注云齊人謂麕爲獐則麕是獐也必以白茅包之者由取其絜清也易曰藉用白茅无咎傳曰爾貢包茅不入王祭不供無以縮酒以供祭祀明其絜清。傳春不暇待秋正義曰傳以秋冬爲正昏此云春者此女年二十期已盡不暇待秋也此思春思開春欲其以禮來若仲春則不待禮會而行之無爲思麕肉矣此女惡其無禮恐其過晚故舉春而言其實往歲之秋冬亦可以爲昏矣釋詁云誘進也曲禮注進客謂導之明進導一也故以誘爲導也。箋有貞至言然正義曰箋以仲春爲昏時故知貞女思仲春之月以禮與男會也吉言吉士誘之者女欲令吉士使媒人導達成昏禮也疾時無媒故言然也言懷春自思及時與男會也言誘之自吉士遣媒也非謂仲春之月始思遣媒何者女十五許嫁已遣媒以納采二十仲春始親迎故知非仲春月始思媒也吉士

者善士也述女稱男之意故以善士言之士如歸妻求我庶士皆非女所稱故不言吉卷阿云用吉士謂朝廷之士有善德故稱吉士也

**林有樸樕野有死鹿白茅純束**樸樕小木也野有死鹿廣物也純束猶包之也箋云樸樕之中及野有死鹿皆可以白茅包裹束以爲禮廣可用之物非獨麕也純讀如屯○樸蒲木反又音僕樕音速純徒本反沈云鄭徒尊反屯舊徒本反沈徒尊反云屯聚也

**有女如玉**德如玉也箋云如玉者取其堅而絜白

〔疏〕林有至如玉○正義曰言凶荒殺禮非直麕肉可用貞女又欲男子於林中有樸樕小木之處及野之中有羣田所分死鹿之肉以白茅純束而裹之以爲禮而來也由有貞女堅而絜白德如玉然故惡此無禮欲有以將之○傳樸樕小木○正義曰釋木云樸樕心某氏曰樸樕斛樕也有心能濕江河間以作柱孫炎曰樸樕一名心是樸樕爲木名也言小木者以林有此木故言小木也林有樸樕謂林中有樸樕之木也故箋云樸樕之中及野有死鹿不言林者則林與樸樕爲一也知不別者以樸樕木名若一木不得有死鹿若木衆即是林矣不得林與樸樕竝言也且下云有死鹿言有足得蒙林林下之有不爲鹿施明是林中有樸樕之處也樸樕與林不別正月箋云

林中大木之處此小木得爲林者謂林中有此小木非小木獨爲林也此宜云林中小木之處○箋純讀如屯○正義曰純讀爲屯者以純非束之義讀爲屯取肉而裹束之故傳云純束猶包之○箋如玉至絜白○正義曰此皆比白玉故言堅而絜白弁師云五采玉則非一色獨以白玉比之者比其堅而絜白不可汙以無禮小戎箋云玉有五德不云堅而絜白者以男子百行不可止貞絜故也

**舒而脫脫兮**舒徐也脫脫舒遲也箋云貞女欲吉士以禮來脫脫然舒也又疾時無禮彊暴之男相劫脅○脫勑外反注同

**無感我帨兮**感動也帨佩巾也箋云奔走失節動其佩飾○感如字又胡坎反帨始銳反沈始悅反

**無使尨也吠**尨狗也非禮相陵則狗吠○尨美邦反吠符廢反

【疏】舒而至也吠○正義曰此貞女思以禮來惡其劫脅言吉士當以禮而來其威儀舒遲而脫脫兮無動我之佩巾兮又無令狗也吠但以禮來我則從之疾時劫脅成昏不得安舒奔走失節動其佩巾其使尨也吠己所以惡之是謂惡無禮也○傳脫脫舒遲○正義曰脫脫舒遲之貌不言貌者畧之采蘩傳曰僮僮竦敬祁祁舒遲亦畧而不言貌定本脫脫舒貌有貌字與俗本異○傳帨佩巾○正義曰內則云子事父母婦事舅姑皆

云左佩紛帨注云帨拭物之巾又曰女子設帨於門右然則帨者是巾爲拭物名之曰帨紛其自佩之故曰佩巾○傳尨狗至狗吠○正義曰尨狗釋畜文李巡曰尨一名狗非禮相陵主不迎客則有狗吠此女願其禮來不用驚狗故鄭志荅張逸云正行昏禮不得有狗吠是也

野有死麕三章二章四句一章三句

何彼襛矣美王姬也雖則王姬亦下嫁於諸侯車服不繫其夫下王后一等猶執婦道以成肅雝之德也○下王后一等謂車乘厭翟勒面繢總服則褕翟

王姬音基王姬武王女姬周姓也杜預云王姬以上爲尊雖王姬一本作雖則王姬車音居他皆放此釋名云古者曰車聲如居所以居人也今曰車音尺奢反云舍也韋昭曰古皆音尺奢反從漢以來始有居音繫本或作繼下王遐嫁反注同厭於葉反翟庭歷反厭翟王后五路之第二者也翟雉也次其羽相迫故曰厭也褕本又作繢戶妹反畫文也總作孔

反褕翟音遥翟或作狄王后六服之第二也【疏】何彼襛矣三章章四句至之德正義曰作何彼襛矣詩者美王姬也以其雖則王姬天子之女亦下嫁於諸侯其所乘之車所衣之服皆不繫其夫爲尊卑下王后一等而已其尊如是猶能執持婦道以成肅敬雝和之德不以已尊而慢人此王姬之美卽經云曷不肅雝王姬之車是也定本雖王姬無則字此詩主美肅雝之德因言顔色之美以善道相求之事敘者本其作意畧不言耳王姬者王女而姬姓春秋築王姬之館于外杜預云不稱字以王爲尊是也言雖則王姬亦下嫁於諸侯者以諸侯之女嫁於諸侯是其常今雖則王姬之尊亦下嫁於諸侯亦謂諸侯主也然土無二王王姬必當嫁於諸侯言雖則者欲美其能執婦道故言雖則爲屈尊之辭言下嫁於諸侯雖嫁於王者之後亦是也禮記注云周女因曾嫁卒服之如內女天子爲之無服嫁於王者之後乃服之則王姬嫁於王者之後似非下嫁言王姬必下嫁者必二王之後通天三統自行正朔有與天子敵義其實列土諸侯不得純敵天子亦爲下嫁也因姑姊妹女子有恩二王後有敵義故服之非實敵也若二王之後嫁女於諸侯爵雖尊非下嫁也故魯之孝惠娶於商及宋人來媵皆無異於諸侯也然得行禮樂唯祭爲然也此王姬體王之尊故下王后一等不繫

夫之尊卑雖二王後之夫人得與王后同亦降一等不繫於夫也此時齊侯子未爲諸侯若爲諸侯其夫人車服自當下王后一等要本王姬車服不爲繫於夫也天子尊無二上故其女可下王后一等若諸侯之女下嫁則各從夫之爵不得下其母一等也何休云天子嫁女於諸侯備姪娣如諸侯禮義不可以天子之尊絕人繼嗣之路皇甫謐云武王五男二女元女妻胡公王姬宜爲媵今何得適齊侯之子何休事無所出未可據信也或以尊故命同族爲媵○箋下王后至褕翟○正義曰王后五路重翟爲上厭翟次之六服褘衣爲上褕翟次之今言下王后一等故知車乘厭翟服則褕翟也巾車職云王后之五路重翟鍚面朱總厭翟勒面繢總安車彫面鷖總皆有容蓋注云重翟重翟雉之羽也厭翟次其羽使相迫也勒面謂以如王龍勒之韋爲當面飾也彫者畫之不龍其韋安車坐乘車凡婦人車皆坐乘鄭司農云鍚馬面鍚也鷖總者青黑色以繒爲之總著馬勒直兩耳與兩鑣容謂幨車山東謂之裳幃或曰潼容玄謂朱總繢總其施之如鷖總車衡輨亦宜有焉繢畫文也蓋如今小車蓋也皆有容有蓋則重翟厭翟謂蔽也重翟后從王祭祀所乘厭翟后從王賓饗諸侯所乘安車無蔽后朝見於王所乘謂去飾也詩國風碩人曰翟蔽以朝謂諸侯夫人始來乘翟蔽之車以朝見

於君以盛之也此翟蔽蓋厭翟也然則王后始來乘重翟矣巾車又云翟車貝面組總有握輦車組絻有翣羽蓋注云翟車以出桑輦車宮中所乘此王后五等車所用也其諸侯之夫人始嫁及常乘之車則無文說者各爲其見崔靈恩以爲二王之後夫人各乘本國先王之上車魯之夫人乘重翟知者以魯夫人服褘衣與王后同故知車亦同也其同姓異姓侯伯夫人皆乘厭翟子男夫人乘翟車所用助祭饗賓朝見各依差次其初嫁之時侯伯以下夫人所乘車皆上攝一等知者以士妻乘墨車上攝大夫之車故也崔又一解云諸侯夫人初嫁不得上攝以其逼王后故也卿大夫之妻得上攝一等案鄭注巾車引詩翟茀以朝謂厭翟也衛是侯爵故厭翟崔氏後解與鄭注同既不上攝鄭注巾車云乘翟茀之車以盛之者以乘祭祀之車故言盛也二劉以五等諸侯夫人初嫁皆乘厭翟與鄭不合其三公之妻與子男同其孤妻夏篆卿妻夏縵大夫墨車士乘棧車初嫁皆上攝一等始嫁其嫁之衣皆以祭服加以纁袡約士昏禮女次純衣纁袡故也其諸侯夫人用自祭之服卿大夫之妻用助祭之服此序以經有王姬之車故因言車服謂嫁時之車服耳若其在國則繫於其夫各從其爵也

**何彼襛矣唐棣之華**興也襛猶戎戎也唐棣移也箋云何乎彼

戎戎者乃移之華與者喻王姬顏色之美盛○棣徒帝反字林大內反華如字移音移一音是兮反郭璞云今白移也似白楊江東呼夫移

**曷不肅雝王姬之車**

肅敬雝和箋云曷何之往也何不敬和乎王姬往乘車也言其嫁時始乘車則已敬和○車協韻尺奢反又音居或云古讀華爲敷與居爲韻後放此

**【疏】**何彼至之車○正義曰何乎彼戎戎者乃唐棣之華以興王姬之顏色亦如此華然王姬非直顏色之美又能執持婦道何事不敬和乎王姬往乘車時則已敬和矣以其尊而適卑恐有傲慢今初乘車時已能敬和則每事皆敬和矣○傳襛猶戎戎○正義曰以戎戎者華形貌故重言之猶柏舟以汎爲汎汎之義言戎戎者毛以華狀物色言之不必有文○傳唐棣移○正義曰釋木文舍人曰唐棣一名移郭璞曰今白移也似白楊江東呼夫移○箋何不至敬和○正義曰詩美王姬肅雝非云何事不敬和乎言事事皆敬和王姬始乘車則已敬和後至齊侯之家自然敬和故樂記云肅肅敬也雝雝和也夫敬與和何事不行也

**何彼襛矣華如桃李平王之孫齊侯之子**

平正也武王女文王孫適齊侯之子箋云華如桃李者興王姬與齊侯之子顏色俱盛正王者德能

正天下之王〔疏〕何彼至之子。正義曰言何乎彼戎戎者其華之色如桃李華也以興王姬顏色之盛與齊侯之子誰能有此顏色者是平王之孫與齊侯之子耳上章言唐棣之華此章不言木名直言華如桃李則唐棣之華如桃李之華也以王姬顏色如齊侯之子顏色故舉二木也箋云華如桃李者與王姬與齊侯之子顏色俱盛是以華比華然後爲興。傳平正也箋正者德能正天下之王。正義曰此文王也文者謚之正名也稱之則隨德不一故以德能正天下則稱平王鄭志張逸問箋云德能正天下之王然則不必要文王也荅曰德能平正天下則稱爲平故以號文王焉又大誥注受命曰寧王承平曰平王故君奭云割申勸寧王之德是文王也又洛誥云平來毖殷乃命寧即云予以秬鬯二卣曰明禋文王騂牛一武王騂牛一則乃命寧兼文武矣故注云周公謂文王爲寧王成王亦謂武王爲寧王此一名二人兼之武王亦受命故亦稱寧王理亦得稱平王但無文耳

**其釣維何維絲伊緡齊侯之子平王之孫**伊維緡綸也箋云釣者以此有求於彼何以爲之乎以絲之爲綸則是善釣也以言王姬與齊侯之子以善道相求。緡亡貧反綸音倫繩也〔疏〕其釣至之孫。正義曰其釣魚之法

維何以爲乎維以絲爲繩則是善釣以興其娶妻之法亦何以爲之乎維以禮爲之則是善娶釣者以此有求於彼執絲綸以求魚娶者以己有求於人用善道而相呼誰能以善道相求呼者乃齊侯之子求平王之孫上章主美王姬適齊侯之子故先言平王之孫此章主說齊侯之子以善道求王姬故先言齊侯之子○傳緡綸○正義曰釋言文孫炎曰皆繩名也故采綠箋云綸釣繳抑又云言緡之絲傳曰緡被者以荏染柔木宜被之以弦故云緡被謂被絲爲弦也綸祇記云王言如絲其出如綸謂嗇夫所佩與此別

何彼襛矣三章章四句

騶虞鵲巢之應也鵲巢之化行人倫既正朝廷既治天下純被文王之化則庶類蕃殖蒐田以時仁如騶虞則王道成也應者應德自遠而至○騶側留反周書王會草木疏竝同又云尾長於身不履生草尚書大傳云尾倍於身應應對之應注皆同蒐朝直遙反治直吏反被皮寄反蕃音煩多也

蒐所𦔮反春獵爲蒐田獵也杜預云蒐索擇取不孕者也穀梁傳云四時之田春曰田夏曰苗秋曰蒐冬曰狩

【疏】騶虞二章章三句至道成○正義曰以騶虞處末者見鵲巢之應也言鵲巢之化行則人倫夫婦既已得正朝廷既治天下純被文王之化則庶類皆蕃息而殖長故國君蒐田以時其仁恩之心不忍盡殺如騶虞然則王道成矣鵲巢之化謂國君之化行於天下也人倫既正謂夫人均一不失其職是也朝廷既治謂以禮自防聽訟決事是也天下純被文王之化謂羔羊以下也此處騶虞於末以爲鵲巢之應以故歷序鵲巢以下然後言騶虞當篇之義由文王之化被於天下也故得庶類蕃殖即豝縱是也國君蒐田以時即章首一句是也仁如騶虞下二句是也言王道成者以此篇處末故摠之言天下純被文王之化庶類又蒙其澤仁心能如騶虞則王化之道成矣所謂周南召南王化之基也○箋應者至而至正義曰敘解德爲應之意故箋解應者應國君之德若自遠而至然非實至也

**彼茁者葭**茁出也葭蘆也箋云記蘆始出者著春田之早晚○茁側劣側律二反葭音加蘆音盧草也著張慮反後不音者放此　壹

**發五豝**豕牝曰豝虞人翼五豝以待公之發箋云君射一發而翼五豬者戰禽獸之命必戰之者仁心之至

○發如字，徐音廢。豝，百加反。牝，頻忍反，徐扶死反。射，食亦反。

于嗟乎騶虞！騶虞義獸也，白虎黑文，不食生物，有至信之德則應之。箋云：于嗟者，美之也。

疏彼茁至騶虞○正義曰：言彼茁茁然出而始生者，葭草也。國君於此草生之時出田獵，壹發矢而射五豝，獸五豝唯壹發者，不忍盡殺，仁心如是，故于嗟乎歎之，歎國君仁心如騶虞。騶虞義獸，不食生物，有仁心，國君亦有仁心，故比之。○傳「茁出葭蘆」○正義曰：謂草生茁茁然出，故云茁茁也，非訓爲出。葭蘆，釋草文。李巡曰：葦初生。○傳「豕牝至之發」○正義曰：豕牝曰豝，釋獸文。又解君射一發而翼五豝者，由虞人翼驅五豝以待公之發矢故也。多士云「敢翼殷命」，注云「翼，驅也」，則此翼亦爲驅也。知有驅之者，吉日云「漆沮之從，天子之所」，傳曰「驅禽而至天子之所」，又曰「悉率左右，以燕天子」，傳曰「驅禽之左右，以安待天子之射」，又易曰「王用三驅，失前禽也」，故知田獵有使人驅禽之義。知虞人驅之者，以田獵則虞人之事，故山虞云「若大田獵，則萊山田之野」，澤虞云「若大田獵，則萊澤野」。天子田獵使虞人，則諸侯亦然，故駟驖箋云「奉是時牡者，謂虞人」。田僕云「設驅逆之車」，則僕人設車，虞人乘之以驅禽也。言驅逆，則驅之逆之皆爲驅也。○箋「君射至之至」○正義曰：解云君止一發必翼五豝者，戰禽獸之命，必云戰之者不忍盡殺今五豝止一發中則殺一而已亦不盡殺之猶如戰然故云戰禽獸之命也而必云戰之者仁心之至不忍盡殺故也。傳騶虞至應之。正義曰白虎西方毛蟲故云義獸鄭志張逸問傳曰白虎黑文又礼記曰樂官備何謂荅曰白虎黑文周史王會云備者取其一發五豝言多賢也射。注及荅志皆喻得賢多引詩斷章也言不食生物者解其仁心故序云仁如騶虞云有至信之德則應之者騶虞之爲瑞應至信之德也陸機云騶虞白虎黑文尾長於軀不食生物不履生草應信而至者也

彼茁者蓬 蓬草名也。蓬蒲東反

壹發五豵 一歲曰豵箋云豕生三曰豵。豵子公反徐又在容反字又作豵同

于嗟乎騶虞

〔疏〕傳一歲曰豵。正義曰傳以七月云言私其豵獻豜於公大司馬云大獸公之小獸私之豜言私明其小故彼亦云一歲曰豵獻豜於公明其大故彼與還傳皆云三歲曰豜伐檀傳曰三歲曰特蓋異獸別名故三歲者有二名也大司馬職注云一歲爲豵二歲爲豝三歲爲特四歲爲肩五歲爲慎其說與毛或異或同不知所據。箋豕生三曰豵。正義曰箋以豵者豕生之數非大小之名故釋獸云豕生三豵二師一特郭璞曰豬生子常多故别其少者鄭志張逸問豕生三曰豵不知母豕

也豚也荅曰豚也過三以往猶謂之豵以自三以上更無名也故知過三亦爲豵一解雖生數之名大小皆得名之言私其豵謂小時此國君蒐田所射未必小也釋獸麕鹿皆云絕有力者麉則有懸特謂豕生一名獻豜從兩肩爲麕麕鹿也絕有力者非三歲矣肩麉字雖異音實同也

騶虞二章章三句

召南之國十四篇四十章百七十七句

附釋音毛詩注疏卷第一（一之五）

黃中栻栞

# 毛詩注疏挍勘記（一之五）

阮元撰盧宣旬摘錄

〇摽有梅

**男女及時也**　唐石經小字本相臺本同案釋文云本或作得以及時者從下而誤正義云俗本男女下有得以二字者誤也亦謂此句非謂下句也

**冰泮殺止**　閩本明監本毛本同案此不誤浦鏜云內誤止非也考周禮疏載王肅引此亦作止又云韓詩傳亦曰古者霜降逆女冰泮殺止是荀卿本作止楊倞所注作內而適下文十日一御爲解其說非是不當據以改正義所引也東門之楊正義引亦作止

**冰泮農業起**　閩本明監本毛本同案此不誤浦鏜云桑誤業非也考東門之楊正義引正作業又周禮疏載王肅引亦作業與今家語不同不當據改也

**然則男自二十九**　閩本明監本同毛本然則男下剜添作自二十以及二十九案所補是也

此二十復出而脫耳浦鏜云至誤及是也

衰少則梅落少 閩本明監本同毛本則下有似字案所補是也

喻去春光遠 補毛本光作尤

故季夏去春遠矣 閩本明監本毛本同案浦鏜云故疑至字誤是也

二月綏多女士 閩本明監本毛本女士誤士女案山井鼎云檢夏小正宋板爲是是也士冠禮媒氏兩疏引皆作士女所見本不同耳

禮文王世子曰 閩本明監本毛本同案此不誤浦鏜云六字衍從昏義疏挍非也昏義疏引之不備耳異義所據大戴禮文王世子篇也鹵諸及大明正義皆有明文可證

興者梅實尚餘七未落喻始衰也 小字本相臺本同案螽斯正義引摽有梅云興者喻乃槃枒此箋而非箋成文也考文古本者下有喻字采螽斯正義而誤

所以蕃育民人也　小字本相臺本同閩本明監本毛本民人誤人民案正義標起止云至民人又云所以蕃育民人也皆可證其序下及後正義有作人民者卽自爲文故不與注相應

此梅落故頃筐取之於地　明監本毛本落下有盡字閩本剜入案所補是也

如不待禮（補）毛本如作始案始字是也

○小星

卽喪服所謂貴臣賤妾也　閩本明監本毛本同案浦鏜云貴妾誤賤妾是也

以與禮雖卑者　閩本明監本毛本雖作命案所改是也

知三爲星者也　閩本明監本毛本同案浦鏜云心誤星是也

前息燭後舉獨　閩本明監本毛本獨作燭案所改是也

抱衾與裯　小字本相臺本同唐石經初刻稠後改裯案初刻誤也

抱衾與牀帳　閩本明監本毛本同小字本相臺本衾作被考文古本同案被字是也箋承傳衾被也之文非取經衾字

次夫人連夜　〔補〕毛本連作專案專字是也下以後夜夫人所專可證

○江有汜

言姪若無姪娣猶先媵　閩本明監本毛本同案此當作言若或無娣猶先姪媵用鄭士昏禮注也

然而並流　小字本相臺本同考文古本同閩本明監本毛本而誤得案正義云言江之有汜得並流此正義自爲文不當據改

渚小洲也　小字本相臺本同案釋文云本或無此注考關雎正義云江有汜傳曰渚小洲也是正義本有

水岐成渚　小字本相臺本同案岐當作枝釋文枝如字何音其宜反又音祇考此讀如字者是也水枝謂

水之分流如木之分枝耳穆天子傳所謂枝泲讀爲其宜反又音祇義亦無大異不當遂作岐字○按江賦曰因岐成渚字作岐亦同

## ○野有死麕

**白茅包之** 唐石經小字本相臺本同案釋文云苞逋茆反段玉裁詩經小學云苞苴字皆從艸曲禮注云苞苴裹魚肉或以葦或以茅木瓜箋云以果實相遺者必苞苴之引書厥苞橘柚今書作包譌今考木瓜正義引此經作苞是正義本當亦是苞字與釋文本同此正義作包者南宋合併時依經注本改之也

**先使媒人導成之** 閩本明監本毛本導誤道案注作道正義作導道導古今字易而說之也例見前釋文誘下云導也亦是改用今字非釋文本毛傳作導也考文古本傳作導采正義釋文而誤

**皆可以白茅包裹束以爲禮** 閩本明監本毛本同小字本相臺本無包字考文古本同案無者是也

玉有五德閩本明監本毛本同案十行本玉有五剜添者一字

脫脫舒遲也小字本相臺本同案此正義本也標起止云傳脫脫舒遲是其證正義又云定本脫脫舒貌有貌字與俗本異釋文脫脫下亦云舒貌皆不與正義本同考文古本作舒遲貌也采正義釋文合而一之也又云宋板同者誤

○何彼襛矣

雖則王姬唐石經小字本相臺本同案此正義本也正義云定本雖王姬無則字釋文云雖王姬一本作雖則王姬釋文本與定本同○按雖則王姬亦下嫁於諸侯十字爲一句或以王姬句絕則語病矣

謂以如玉龍勒之韋閩本明監本毛本同案浦鏜云王誤玉以巾車注考之浦挍是也

始嫁其嫁之衣閩本明監本毛本作其始嫁之衣案所改是也十行本此行剜添者一字因行末衍下嫁字故也其字錯在下亦誤

篆正者閩本明監本毛本正誤王案正下當脫王字

又洛誥云平來毖殷乃命寧補各本注疏及尚書平皆作伻案羣經音辨引洛誥平來以圖正作平字唐石經作伻衞包所改今本釋文作伻陳鄂所改集韻拼使也或作伻古作平苹尚書平秩馬融本作苹曰使也周禮春官車僕苹車故書作平十行本蓋出于善本故此猶存其古

以絲之爲綸閩本明監本毛本同小字本相臺本之爲作爲之考文古本同案爲之是也

○騶虞

虞人翼五豝小字本相臺本同案山井鼎云古本翼字後人旁記異本作驅不知據何本今考此采正義云則此翼亦爲驅也之解而爲之耳非有本也

故云茁茁也閩本明監本毛本同案下茁字浦鏜云出誤是也

多士云敢翼殷命閩本明監本毛本同案此不誤浦鏜云翼今書作弋非也考尚書馬本作

翼見釋文鄭王本作翼見正義即此正義所引也

射注補毛本射下有義字

尾長於驅補毛本驅作軀案軀字是也

應信而至者也閩本明監本毛本同案此不誤浦鏜云德誤信非也陸機即用毛說謂信為毋義為子也應者脩而致之

獻豣從兩肩為𦢊閩本明監本毛本同案𦢊當作𦡽下云肩𦡽字雖異音實同也可證

# 附釋音毛詩注疏卷第二（二之一）

（六）

## 邶柏舟詁訓傳第三

○陸曰鄭云邶鄘衛者殷紂畿内地名屬古冀州自紂城而北曰邶南曰鄘東曰衛衛在汲郡朝歌縣時康叔正封于衛其末子孫稍并兼彼二國混其地而名之作者各有所傷從其本國而異之故有邶鄘衛之詩王肅同從此訖豳七月十二國並變風也邶蒲對反本又作鄁字林方代反柏音百字又作栢

## 毛詩國風　　鄭氏箋　　孔穎達疏

### 邶鄘衛譜

邶鄘衛者商紂畿內方千里之地○正義曰地理志云河內本殷之舊都周既滅殷分其畿內為三國詩風邶鄘衛是也如志之言故知畿內以畿內故知方千里也○其封域在禹貢冀州大行之東○正義曰案禹貢大行屬冀州地理志云大行在河內山陽縣西北以詩言楚丘桑中淇水漕浚皆在山東故皆云在大行之東大行屬河內河內即紂都而西不踰大行者蓋其都近西也○北踰衛漳○正義曰鄭注禹貢云衛漳者漳水橫流地理志云漳水

在上黨沾縣大黽谷東北至安平阜城入河以漳水自上黨而過鄴城之北南距紂都百餘里耳故知踰之○東及兖州桑土之野○正義曰禹貢兖州云桑土既蠶注云其地尤宜蠶桑因以名之今濮水之上地有桑間者僖三十一年衛遷于帝丘杜預云帝丘今東郡濮陽縣也濮陽在濮水之北是有桑土明矣○周武王伐紂以其京師封紂子武庚爲殷後正義曰此皆史記衛世家文○庶殷頑民被紂化日久未可以建諸侯乃三分其地置三監使管叔蔡叔霍叔尹而教之正義曰地理志云邶以封紂子武庚鄘管叔尹之衛蔡叔尹之以監殷民謂之三監則三監者武庚爲其一無霍叔矣王肅服虔皆依志爲說鄭不然者以書傳曰武王殺紂立武庚繼公子祿父使管叔蔡叔監祿父祿父及三監叛○言使管蔡監祿父祿父不自監也言祿父及三監叛則祿父也外更有三人爲監祿父非一監矣古文尚書蔡仲之命曰惟周公位家宰正百工羣叔流言乃致辟管叔于商囚蔡叔于郭鄰降霍叔于庶人三年不齒則以管蔡霍三叔爲三監明矣孫毓亦云三監當有霍叔鄭義爲長然則書敘唯言伐管叔蔡叔不言霍叔者鄭云盖赦之也王制使大夫監於方伯之國國三人謂使大夫三人監州長也此爲殷民難化且使監之武庚又非方伯不與王制同也史記云武王爲武庚未集恐其

有賊心乃令弟管叔蔡叔傅相之三分其地置三監則三叔各監一國不知所監之國爲誰也地理志雖云管叔尹鄘蔡叔尹衛以武庚在三監之中未可據信則管蔡所監不足明矣故鄭不指言之監者且令監之非所封也封即管蔡霍是也。自紂城而北謂之邶南謂之鄘東謂之衛。正義曰此無文也以詩人之作自歌土風驗其水土之名知其國之所在衛曰送子涉淇至于頓丘頓丘今爲郡名在朝歌紂都之東也紂都河北而鄘曰在彼中河鄘境在南明矣都旣近西明不分國故以爲邶在北三國之境地相連接故邶曰亦流于淇鄘曰送我乎淇之上矣衛曰瞻彼淇奧是以三國皆言淇也戴公東徙渡河野處漕邑則漕地在鄘也而邶曰土國城漕國人所築之城也思須與漕衛女所經之邑也河水瀰瀰宣公作臺之處也此詩人本述其事作爲自歌其土也王肅服虔以爲鄘在紂都之西孫毓云據鄘風定之方中楚丘之歌鄘在紂都之南相證自明而城以西無驗其城之西迫於西山南附洛邑檀伯之封温原樊州皆爲列國鄘風所興不出于此鄭義爲長。武王旣喪管叔及其羣弟見周公將攝政乃流言於國曰公將不利於孺子。正義曰此皆金縢之文唯見周公將攝政一句非耳彼注云管國名叔字周公兄武王弟封於管羣弟蔡叔霍叔武王崩周公免喪欲居攝小人不知天命而非之故流公將不利於孺子之言於京師孺子謂成王也知管叔周公之兄者孟子文也○周公避之居東都二年秋大熟未穫有雷電疾風之異乃後成王悅而迎之反而遂居攝○正義曰知者準約金縢之文如鄭注金縢周公初出成王年十三避居二年成王年十四秋大熟遭雷風成王迎而反之年是成王年十五避居三年云二年者不數初出之年故也○三監導武庚叛○正義曰書序云武王崩三監及淮夷叛注云周公還攝政懼誅因開導淮夷與俱叛居攝一年之時繫之武王崩者其惡之初自崩始也又書傳曰使管叔蔡叔監祿父武王死成王幼管蔡疑周公而流言奄君蒲姑謂祿父曰武王既死矣成王尚幼矣周公見疑矣此百世之時也請舉事然後祿父及三監叛奄君導之祿父遂與三監叛則三監亦導之矣故左傳曰管蔡啓商惎間王室是也○成王既黜殷命殺武庚復伐三監○正義曰成王既黜殷命殺武庚書序文也彼注云黜殷命謂誅武庚是也既殺武庚復伐三監爲異時伐者以書序黜殷命伐管蔡別文言之明非一時也殺武庚伐三監皆在攝政二年故書傳曰二年克殷注云誅管蔡及祿父等也○更於此三國建諸侯以殷餘民封康叔於衛使爲之長○正義曰以未可建諸侯故置三監今既伐三監明於此建諸侯矣書序曰成王

旣伐管叔蔡叔以殷餘民封康叔作康誥攝政二年伐管蔡四年建侯於衛則伐管蔡封康叔異年而書序連言之者注云言伐管蔡者爲因其國也王肅康誥注云康國名在千里之畿內旣滅管蔡更封爲衛侯鄭無明說義或當然或者康謚也言爲之長者以周公建國不過五百里明不以千里之地盡封康叔故知更建諸侯也妹邦於諸國屬鄘酒誥命康叔云明大命于妹邦注云妹邦者紂都所處其民尤化紂嗜酒今祿父見誅康叔爲其連屬之監是康叔幷監鄘也又季札見歌邶鄘衛言康叔武公之德如是故知爲之長○後世子孫稍幷彼二國混而名之○正義曰以康叔不得二國故知後世子孫也頃公之惡邶人刺之則頃公以前已兼邶其鄘或亦然矣周自昭王以後政教陵遲諸侯或强弱相陵故得兼彼二國混一其境同名曰衛也此殷畿千里不必邶鄘之地止建二國也或多建國數漸幷於衛不必一時滅之故云稍幷兼也地理志云武王崩三監叛周公誅之盡以其地封弟康叔號曰孟侯遷邶鄘之民於洛邑故邶鄘衛三國之詩相與同風如志之言則康叔初即兼彼二國非子孫矣服虔依以爲說鄭不然者以周之大國不過五百里王畿千里康叔與之同反過周公非其制也○七世至頃侯當周夷王時衛國政衰變風始作○正義曰衛世家云康叔卒子康伯

立卒子孝伯立卒子嗣伯立卒子疌伯立卒子靖伯立卒子貞伯立卒子頃侯立除頃侯故七世也又曰頃侯厚賂周夷王夷王命爲衛侯故知當夷王時此鄭數君世諸國不同齊陳并數有詩之君此及曹不數頃公共公又不數及魯則并數此皆隨便而言不爲例也○故作者各有所傷從其國本而異之爲邶鄘衛之詩焉○正義曰緑衣日月終風燕燕柏舟河廣泉水竹竿述夫人衛女之事而得分屬三國者如此譜説定是三國之人所作非夫人衛女自作矣泉水竹竿俱述思歸之女而分在異國明是二國之人作矣女在他國衛人得爲作詩者蓋大夫聘問往來見其思歸之狀而爲之作歌也唯載馳一篇序云許穆夫人作也左傳曰許穆夫人賦載馳列女傳稱夫人所親作或是自作之也若許穆夫人所作而得入鄘風者蓋以於時國在鄘地故使其詩屬鄘也木瓜美齊猶[illegible]刺魯各從所作之風不入所述之國許穆夫人之詩得在衛國者以夫人身是衛女辭爲衛發故使其詩歸衛也宋襄之母則身已歸宋非復宋婦其詩不必親作故在衛焉并邶鄘分爲三國鄭并十邑不分之者以鄭在西都十邑之中無鄭名又皆國小土風不異不似邶鄘之地大與衛同又先有衛名故分之也雖分從邶鄘其實衛也故序每篇言衛明是衛詩猶唐實是晉故序亦每篇言晉也其秦仲陳佗

皆以字配國當謚號之稱舜。為國名而施也若異國之君必以國配謚恐與其君相亂若河廣宋襄木瓜齊桓猗嗟魯莊公之菲是也三國如此次者以君世之首在前者為先故世家頃侯卒子釐侯立四十二年卒子共伯餘立為君共伯弟和襲攻共伯於墓上共伯自殺衞人立和為衞侯是為武公以頃公三國詩之最先故邶在前也鄘柏舟與淇奧雖同是武公之詩共姜守義事在武公政美入相之前故鄘次之衞為後也凡編詩以君世為次此三國當其君之時或作或否其有詩者各於其國以君世為次也世家曰武公卽位脩康叔政百姓和集五十。年卒子莊公楊立二十三年卒太子完立是為桓公二年弟州吁驕奢桓公黜之十六年州吁襲殺桓公而自立九月殺州吁于濮迎桓公子晉於邢而立之是為宣公十九年卒太子朔立是為惠公四年奔齊立公子黔牟黔牟立八年惠公復入三十三。年卒子懿公赤立九年為狄所滅立昭伯頑之子申為戴公元年卒立弟燬是為文公此其君次也序者或以事明主或言其生或終始備言或與初見末義相發明要在理著而已若一君止一篇者明言號謚多則文有詳畧邶柏舟云頃公之時則頃公詩也綠衣莊姜傷已妾上僭當莊公時則莊公詩也詩述莊姜而作故序不言莊公也燕燕云莊姜送歸妾也妾非夫人所當出出不

詩疏二之一　四

當夫人送今云送歸妾明子死乃送之是州吁詩也日月終風擊鼓序皆云州吁凱風從上明之皆州吁詩也雄雉匏有苦葉序言宣公舉其始新臺二子乘舟復言宣公詳其終則谷風式微旄丘簡兮泉水北門北風靜女在其間皆宣公詩也鄘柏舟云共伯蚤死其妻守義明武公時作則武公詩也牆有茨公子頑通於君母君母則惠公母則惠公詩也鶉之奔奔云宣姜亦是惠公之母則君子偕老桑中在其間亦皆惠公詩也定之方中蝃蝀相鼠干旄序皆云文公文公詩可知載馳序云懿公爲狄人所滅露於漕邑則戴公詩也在文公下者後人不能盡得其次第爛於下耳衛淇奧云美武公則武公詩矣考槃碩人序皆云莊公則莊公詩也氓云宣公之時則宣公詩也竹竿從上言之亦宣公詩也芄蘭刺惠公則惠公詩也河廣云宋襄公母歸于衛母雖父所出而文繫於襄公明襄公即位乃作襄公以魯僖十年即位二十一。年卒終始當衛文公則文公詩矣伯兮云爲王前驅有狐序云衛之男女失時皆不言謚在河廣木瓜之間則似文公詩矣但文公惠公之時無從王征伐之事惟桓五年秋蔡人衛人陳人從王伐鄭當宣公時則伯兮宣公詩也伯兮既爲宣公詩則有狐亦非文公詩也文公滅而復興詩無刺者不得有男女失時之歌則有狐亦宣公詩也與伯兮俱爛於此本在芄蘭之上序者於氓舉國公以明下故不復言宣公耳推此則換爛在作序之後故舉上明下若本第於此則伯兮宜言謚以辨嫌不宜越芄蘭河廣而蒙氓詩之序也木瓜云齊桓公救而封之則文公詩也故鄭於左方中皆以此知之也然鄭於其君之下云某篇某作者準其時之事而言其作未必即此君之世作也何則文王之詩有在成王時作者是不必其時即作也春秋之義未踰年不成君而州吁以春弑君九月死於濮不成君而得有詩者以其已在君位百姓蒙其惡故得作詩以刺之也柏舟共姜自誓不爲共伯詩者以共伯已死其妻守義當武公之時非共伯政教之所及所以爲武公詩也諸變詩一君有數篇者大率以事之先後爲次故衛宣公先蒸於夷姜後納伋妻邶詩先匏有苦葉後次新臺是以事先後爲次也舉此而言則其餘皆以事次也牆有茨鶉之奔奔皆刺宣姜共篇不次而使桑中間之則編篇之意或以事義相類或以先後相次序注無其明說難以言之

**柏舟言仁而不遇也衛頃公之時仁人不遇小人在側**不遇者君不受已之志也君近小人則賢者見侵害○柏木名頃音傾近附近之近〖疏〗柏舟

五章章六句。不遇至侵害。正義曰箋以仁人不遇嫌其不得進仕故言不遇者君不受已之志以言亦汎其流明與小人並列也言不能奮飛是在位不忍去也穀梁傳曰遇者何志相得是不得君志亦爲不遇也二章云薄言往愬逢彼之怒是君不受已之志也四章云覯閔既多受侮不少是賢者見侵害也

**汎彼柏舟亦汎其流** 興也汎汎流貌柏木所以宜爲舟也亦汎汎其流不以濟度也箋云舟載渡物者今不用而與衆物汎汎然俱流水中興者喻仁人之不見用而與羣小人並列亦猶是也。汎敷劒反汎流貌本或作汎汎流貌者此從王肅注加。

**耿耿不寐如有隱憂** 耿耿猶儆儆也隱痛也箋云仁人既不遇憂在見侵害。耿古幸反儆音景

**微我無酒以敖以遊** 非我無酒可以敖遊忘憂也。敖本亦作遨五羔反

【疏】汎彼至以遊。正義曰言汎然而流者是彼柏木之舟此柏木之舟宜用濟渡今而不用亦汎汎然其與衆物俱流水中而已以興在列位者是彼仁德之人此仁德之人宜用輔佐今乃不用亦與衆小人並列於朝而已仁人既與小人並列恐其害於已故夜儆儆然不能寐如人有痛疾之憂言憂之甚也非我無酒可以敖遊而忘此憂但此憂之深非敖遊可

釋也○汎流至濟渡○正義曰竹竿云檜楫松舟菁菁者莪云汎汎楊舟舟則松楊皆可爲舟言柏木所以宜爲舟者解以舟喻仁人之意言柏木所以宜爲舟猶仁人所以宜爲官非謂餘木不宜也○**我心匪鑒不可以茹**鑒所以察形也茹度也箋云鑒之察形但知方圓白黑不能度其眞僞我心非如是鑒我於衆人之善惡外內心度知之○監本又作鑒甲暫反鏡也茹如預反徐音如庶反度待洛反下同**亦有兄弟不可以據**據依也箋云兄弟至親當相據依言亦有不相據依以爲是者希耳責之以兄弟之道謂同姓臣也**薄言往愬逢彼之怒**彼彼兄弟○愬蘇路反怒協韻乃路反○

【疏】我心至之怒○正義曰仁人不遇故自稱已德宜所親用言我心非如鑒然不可以茹也我心則可以茹何者鑒之察形但能知外之方圓白黑不能度知內之善惡眞僞我心則可以度知內之善惡非徒如鑒然言能照察物者莫明於鑒今已德則踰之又與君同姓當相據依天下時亦有兄弟不可以據依者猶尚希耳庶君應不然何由亦不可以據乎我既有德又與君至親而不遇我薄往君所愬之反逢彼君之恚怒不受已志也○箋責之至姓臣○正義曰此責君而言兄弟者此仁

人與君同姓故以兄弟之道責之言兄弟者正謂君與己爲兄弟也故逢彼之怒傳曰彼彼兄弟正謂逢遇君之怒以君爲兄弟也

**我心匪石不可轉也我心匪席不可卷也**石雖堅尚可轉席雖平尚可卷箋云言己心志堅平過於石席。卷眷勉反注同。

**威儀棣棣不可選也**君子望之儼然可畏禮容俯仰各有威儀耳棣棣富而閑習也物有其容不可數也箋云稱己威儀如此者言己德備而不遇所以慍也。棣本或作逮同徒帝反又音代選雪兗反選也儼魚檢反本或作嚴音同數色主反。

【疏】我心至可選。正義曰仁人既不遇故又陳己德以怨於君言我心非如石然石雖堅尚可轉我心堅不可轉也我心又非如席然席雖平尚可卷我心平不可卷也非有心志堅平過於石席又有儼然之威俯仰之儀棣棣然富備其容狀不可具數內外之稱其德如此今不見用故己所以怨。傳君子至可數。正義曰此言君子望之儼然可畏解經之威也禮容俯仰各有宜耳解經之儀也論語曰君子正其衣冠尊其瞻視儼然人望而畏之左傳曰有威而可畏謂之威有儀而可象謂之儀是也言威儀棣棣然富備而閑曉貫習爲之又解不可選者物各有其容遭時制宜不可數略九年左傳曰服以旌禮禮以行事事有其物物有其容是也。**憂心悄悄慍于羣小**慍怒也悄悄憂貌箋云羣小衆小人在君側者。悄七小反慍憂運反。**覯閔既多受侮不少**閔病也。遘古豆反本或作覯侮音武徐又音茂。**靜言思之寤辟有摽**靜安也辟拊心也摽拊心貌箋云言我也。辟本又作擘避亦反摽符小反拊音撫。【疏】憂心至有摽。正義曰言仁人憂心悄悄然而怨此羣小人在於君側者也又小人見困病於我既多又我受小人侵侮不少故怨之也既不勝小人所侵害故我於夜中安靜而思念之則寤覺之中拊心而摽然言怨此小人之極也覯閔既多受侮不少言覯自彼加我之辭言受從已受彼之稱耳。傳摽拊心貌。正義曰辟既爲拊心卽云有摽故知摽拊心貌謂拊心之時其手摽然**日居月諸胡迭而微**箋云日君象也月臣象也微謂虧傷也君道當常明如日而月有虧盈今君失道而任小人大臣專恣則日如月然。迭待結反韓詩作臷音同云臷常也。**心之憂矣如匪澣衣**如衣之不澣矣箋云衣之不澣則憒辱無照察。澣戶管反憒古對反。**靜言思之**

## 不能奮飛

不能如鳥奮翼而飛去箋云臣不遇於君猶不忍去厚之至也

疏

日居至奮飛○正義曰日當常明月即有虧今日何爲與月更迭而虧傷乎猶君何爲與臣更迭而屈伸乎日實無虧傷但以日比君假以言之耳君既失道小人縱恣仁人不遇故心之憂矣如不澣之衣衣不澣憒辱無照察似已之憂煩憒無容樂仁人憂不自勝言我安靜而思君惡如是意欲逃亡但以君臣之故不能如鳥奮翼而飛去鳥能擇木故取譬焉○箋日居至月然○正義曰禮器曰大明生於東月生於西陰陽之分夫婦之位則日月喻夫婦也孝經讖曰兄日姊日月又喻兄姊以其陰陽之象故隨尊卑爲喻居諸者語助也故日月傳曰日乎月乎不言居諸也檀弓云何居我未之前聞也注云居語助也左傳曰皐陶庭堅不祀忽諸服虔云諸辭是居諸皆不爲義也微謂虧傷者禮運云三五而盈三五而闕注云一盈一闕屈伸之義是也十月之交云彼月而微此日而微箋云微謂不明也以爲日月之食知此微非食者以經責日云何迭而微見日不當微也若食則日月同有何責云胡迭而微故知謂虧傷也彼十月之交陳食事故微謂食與此別○箋臣不至之至○正義曰此仁人以兄弟之道責君則同姓之臣故恩厚之至不忍去也以箴膏肓云楚鬻拳同姓有不去

之恩論語註云箕子比干不忍去皆是同姓之臣有親屬之恩君雖無道不忍去之也然君臣義合道終不行雖同姓有去之理故微子去之與箕子比干同稱三仁明同姓之臣有得去之道也

柏舟五章章六句

# 緑衣衛莊姜傷己也妾上僭夫人失位而作是詩也

緑當爲祿故作祿轉作緑字之誤也莊姜莊公夫人齊女姓姜氏妾上僭者謂公子州吁之母母嬖而州吁驕○緑毛如字緑東方之間色也鄭改作祿吐亂反篇內各同妾上時掌反注上僭皆同僭牋念反吁況于反嬖補計反謚法云賤而得愛曰嬖嬖卑也媟也○【疏】緑衣四章章四句至是詩○正義曰作緑衣詩者言衛莊姜傷己也由賤妾爲君所嬖而上僭夫人失位而幽微傷己不被寵遇是故而作是詩也四章皆傷辭此言而作是詩及故作是詩皆序作詩之由不必卽其人自作也故淸人序云危國亡師之本故作是詩非高克自作也雲漢云百姓見憂故作是詩非百姓作之也若新臺云國人惡之而作是詩碩人云國人憂之而作是詩卽是國人作之各因文勢言之非一端不得

爲例也○箋綠當至盱驕○正義曰必知綠誤而褖是者此綠衣與內司服綠衣字同內司服掌王后之六服五服不言色唯綠衣言色明其誤也內司服注引雜記曰夫人復稅衣揄翟又喪大記曰士妻以褖衣言褖衣者甚衆字或作稅此綠衣者實作褖衣也以此言之內司服無褖衣而禮記有之則褖衣是正也彼綠衣宜爲褖衣故此綠衣亦爲褖衣也詩者詠歌宜因其所有之服而言不宜舉實無之綠衣以爲喻故知當作褖也隱三年左傳曰衛莊公娶於齊東宮得臣之妹曰莊姜是齊女姓姜氏也又曰公子州吁嬖人之子是州吁之母嬖也又曰有寵而好兵石碏諫曰寵而不驕鮮矣是州吁驕也定本妾上僭者謂公子州吁之母也母嬖而州吁驕

**綠兮衣兮綠衣黃裏**

興也綠間色黃正色箋云褖兮衣兮者言褖衣自有禮制也諸侯夫人祭服之下鞠衣爲上展衣次之褖衣次之次之者衆妾亦以貴賤之等服之鞠衣黃展衣白褖衣黑皆以素紗爲裏今褖衣反以黃爲裏非其禮制也故以喻妾上僭○裏音里間間廁之間鞠居六反言如菊花之色也又去六反言如麴塵之色王后之服四曰鞠衣色黃也展知彥反字亦作襢音同王后之服五曰襢衣毛氏云融皆云色赤鄭云色白紗音沙

**心之憂矣曷維其已**

憂雖欲自止**疏**緑兮至其已○毛以間色之緑不當爲衣何時能止也猶不正之妾不宜嬖寵今緑兮乃爲衣兮間色之緑今爲衣而見正色之黄反爲裏而隱以興今妾兮乃蒙寵兮不正之妾今蒙寵而顯正嫡夫人反見疏而微緑衣以邪干正猶妾以賤陵貴夫人既見疏遠故心之憂矣何時其可以止也○鄭以爲婦人之服有緑衣今見妾上僭因以緑衣失制喻嫡妾之亂言緑兮衣兮緑衣自有禮制當以素紗爲裏今緑衣反以黄爲裏非其制也以喻賤兮妾兮賤妾自有定分當以謙恭爲事今賤妾反以驕僭爲事亦非其宜妾之不可陵尊猶衣之不可亂制汝賤妾何爲上僭乎餘同○傳緑間色黄正色○正義曰緑蒼黄之間色黄中央之正色故云緑間色黄正色言間正者見衣正色不當用間故玉藻云衣正色裳間色王肅云夫人正嫡而幽微妾不正而尊顯是也○箋緑兮至上僭○正義曰緑衣黄裏爲非制明緑兮衣兮言其自有禮制也禮制者素紗爲裏是也又言諸侯夫人祭服以下至緑衣黑者解以緑衣爲喻之意由諸侯之妾有緑衣故假失制以喻僭也内司服掌王后之六服褘衣褕翟闕翟鞠衣展衣緑衣素紗注云后從王祭先王則服褘衣祀先公則服褕翟祭羣小祀則服闕翟后以三翟爲祭服夫人於其國衣服與王后同亦三翟爲祭服衆妾不得服

之故鞠衣以下衆妾以貴賤之等服之也內司服又曰辨外內命婦之服鞠衣展衣褖衣素紗注云內命婦之服鞠衣九嬪也展衣世婦也褖衣女御也鄭以經稱命婦之服王之三夫人與諸侯夫人名同則不在命婦之中矣故注云三夫人其闕翟以下乎自九嬪以下三等故爲此次也夫人於其國與王后同明鞠衣以下衆妾各以其等服之可知也此服既有三則衆妾亦分爲三等蓋夫人下姪娣鞠衣二媵展衣其餘褖衣也知鞠衣黃展衣白褖衣黑者以士冠禮陳服於房中爵弁服皮弁服玄端及士喪禮陳襲事於房中爵弁服皮弁服褖衣以褖衣當玄端玄端黑則褖衣亦黑也故內°服注以男子之褖衣黑則知婦人之褖衣亦黑也又子羔之襲褖衣纁袡袡用纁則衣用黑明矣褖衣既黑以四方之色逆而差之則展衣白鞠衣黃可知皆以素紗爲裏者以周禮六服之外別言素紗明皆以素紗爲裏也今褖衣反以黃爲裏非其制故以喻妾上僭也然則鞠衣展衣亦不得以黃爲裏獨舉褖衣者詩人意所偶言無義例也○

**綠兮衣兮綠衣黃裳**

上曰衣下曰裳箋云婦人之服不殊衣裳上下同色今衣黑而裳黃喻亂嫡妾之禮○嫡本亦作適同丁歷反

（疏）綠衣黃裳○毛以爲間色之綠今爲衣而在上正色之黃反爲裳而處下以興不正

之妾今蒙寵而尊正嫡夫人反見疏而卑前以表裏與幽顯則此以上下喻尊卑雖嫡妾之位不易而莊公禮遇有薄厚也鄭以婦人之服不殊裳禒衣當以黑爲裳今反以黃爲裳非其制以喻賤妾當以謙恭爲事今反上僭爲事亦非其宜○箋婦人至同色○正義曰言不殊裳者謂衣裳連連則色同故云上下同色也定本集注皆云不殊衣裳喪服云女子子在室爲父布總箭笄髽衰三年直言衰不言裳則裳與衰連故注云不言裳者婦人之服不殊裳是也知非吉凶異者士昏禮云女次純衣及禮記子羔之襲禒衣纁袡爲一稱譏襲婦服皆不言裳是吉服亦不殊裳也若男子朝服則緇衣素裳喪服則斬衰素裳吉凶皆殊衣裳也

**心之憂矣曷維其亡**箋云亡之言忘也○

**綠兮絲兮女所治兮**綠末也絲本也箋云女女妾上僭者先染絲後製衣皆女之所治爲也而女反亂之亦喻亂嫡妾之禮責以本末之行禮大夫以上衣織故本於絲也○女崔云毛如字鄭音汝行下孟反下同以上時掌反衣織於既反[illegible]音志

**我思古人俾無訧兮**俾使訧過也箋云古人謂制禮者我思此人定尊卑使人無過差之行心善之也○俾卑爾反訧音尤本或作尤差初賣反又初佳反○

**疏**

綠兮至訧兮○毛以爲言綠兮而由於絲兮此女人之所治以興使妾兮而承於嫡兮此莊公之所治由絲以爲綠即綠爲末絲爲本猶承嫡而使妾則妾爲卑而嫡爲尊公定尊卑不可亂猶女治絲本末不可易今公何爲使妾上僭而令尊卑亂乎莊姜既見公不能定尊卑使已微而妾顯故云我思古之君子妻妾有序自使其行無過差者以莊公不能然故思之○鄭言爲綠衣兮當先染絲而後製衣是汝婦人之所爲兮汝何故亂之先製衣而後染使失制度也以與嫡在先而尊貴妾在後而卑賤是汝賤妾之所爲汝何故亂令妾在先而尊嫡在後而卑是亂嫡妾之禮失本末之行莊姜既見此妾上僭違於禮制故我思古制禮之人定尊卑使人無過差之行者禮令下不僭上故思之○傳綠末絲本○正義曰織絲而爲繒染之以成綠故云綠末絲本以喻妾卑嫡尊也上章言其反幽顯此章責公亂尊卑○箋女妾至於絲○正義曰以此詩傷妾之僭己故知汝汝妾之上僭者大夫以上衣織故知先染絲後製衣染絲製衣是婦人之事故言汝所治爲也此衣非上僭之妾所自治但衣者婦人所作假言衣之失製以喻妾之上僭耳故汝上僭之妾言汝反亂之喻亂嫡妾之禮也云亂嫡妾之禮責之以本末之行本末者以先染絲爲本後製衣爲末大意與毛同但毛以染綠爲末箋以

製衣爲末耳箋亦以本喻嫡以末喻妾故云亂嫡妻之禮責之以本末之行又解本絲之意由大夫以上衣織故本之知者王藻云士不衣織士不得明大夫以上

**絺兮綌兮淒**

得也染人掌染絲帛染絲謂衣織者也

**其以風**淒寒風也箋云絺綌所以當暑今以待寒喻其失所也○淒七西反**我思古人實**

**獲我心**古之君子實得我之心也箋云古之聖人制禮者使夫婦有道妻妾貴賤各有次序

【疏】絺兮至我心○毛以爲絺兮綌兮當服之以暑時今用之於淒其以風之月非其宜也以興嫡兮妾兮當節之以禮今使之亂然以亂之亦非其宜也言絺綌不以當暑者猶嫡妾不以其禮故莊姜云我思古之君子定尊卑實得我之心○鄭以爲言絺兮綌兮不當暑今以待淒然寒風失其所以興賤兮妾兮所以守職今以上僭於尊位亦失其所故思古之人制禮使妻妾貴賤有次序令妾不得上僭者實得我之心也○傳淒寒風○正義曰四月云秋日淒淒淒寒涼之名也此連云以風故云寒風也○傳古之君子○正義曰傳以章首二句皆責莊公不能定其嫡妾之禮故以爲思古之君子謂能定尊卑使妻妾次序者也○箋古之聖人制禮者○正義曰箋以上二句皆責妾之上僭故以爲思古之聖人制禮者使貴賤

有序則妾不得
上僭故思之

## 綠衣四章章四句

**燕燕衛莊姜送歸妾也** 莊姜無子陳女戴嬀生子名完莊姜以爲己子莊公薨完立而州吁殺之戴嬀於是大歸莊姜遠送之于野作詩見己志○燕於見反戴嬀居危反戴諡也嬀陳姓也完字又作皃俗音丸即衛桓公也殺如字又申志反見賢遍反○

疏 燕燕四章章六句至歸妾○正義曰作燕燕詩者言衛莊姜送歸妾也謂戴嬀大歸莊姜送之經所陳皆訣別之後述其送之之事也○箋莊姜至己志○正義曰隱三年左傳曰衛莊公娶于齊東宮得臣之妹曰莊姜美而無子又娶于陳曰厲嬀生孝伯早死其娣戴嬀生桓公莊姜以爲己子四年春州吁殺桓公經書弒其君完是莊姜無子完立州吁殺之之事也由其子見殺故戴嬀於是大歸莊姜養其子與之相善故越禮遠送於野作此詩以見莊姜之志也知歸是戴嬀者經云先君之思則莊公薨矣桓公之時母不當輒歸雖歸非莊姜所當送歸明桓公死後其母見子之殺故歸莊姜養其子同傷桓公之死故泣涕而送之也言大歸者不反之辭

故文十八年夫人姜氏歸于齊左傳曰大歸也以歸寧者有
時而反此卽歸不復來故謂之大歸也衞世家云莊公娶齊
女爲夫人而無子又娶陳女爲夫人生子早死陳女女娣亦
幸於莊公而生子完完母死莊公命夫人齊女子之立爲太
子禮諸侯不再娶且莊姜仍在左傳唯言又娶於陳不言爲
夫人世家云又娶陳女爲夫人非也左傳唯言戴嬀生桓公
莊姜養之以爲己子不言其死云完母死亦非也然傳言又
娶者蓋謂媵也左傳曰同姓媵之異姓則否此陳其得媵莊
姜者春秋之世不能如禮**燕燕于飛差池其羽**燕燕鳦也燕之于飛必差池其羽箋
云差池其羽謂張舒其尾翼興戴嬀將歸顧視其衣服○
差楚佳反又楚宜反池如字鳦音乙本又作乙郭烏拔反**之**
**子于歸遠送于野**之子去者也歸歸宗也遠送過禮于於也郊外曰野箋云婦人之禮送迎
不出門今我送是子乃至于野者舒己憤盡己情○野如**瞻**
字協韻羊汝反沈云協句宜音時預反後放此憤符粉反
**望弗及泣涕如雨**瞻視也○涕他禮反徐又音弟【疏】燕燕至如雨○正義曰燕燕往
飛之時必舒張其尾翼以興戴嬀將歸之時亦顧視其衣服
既視其衣服從此而去是此去之子往歸於國我莊姜遠送

至於郊外之野既至於野與之訣別已留而彼去稍稍更遠瞻望之不復能及故念之泣涕如雨然也上二句謂其將行次二句言已在路下二句言既訣之後○傳燕燕鳦○正義曰釋鳥巂周燕燕鳦孫炎曰別三名舍人曰巂周名燕燕又名鳦郭璞曰一名玄鳥齊人呼鳦此燕卽今之燕也古人重言之漢書童謠云燕燕尾涏涏是也鳦乙字異音義同郭氏一音烏拔反○箋差池至衣服○正義曰差池者往飛之之貌故云舒張其尾翼實翼也而兼言尾者以飛時尾亦舒張故也鳥有羽翼猶人有衣服故知以羽之差池喻顧視衣服既飛而有上下故以頡之頏之喻出入前卻既上下而有音聲故以上下其音喻言語大小取譬連類各以其次○箋婦人送迎不出門○正義曰僖二十二年左傳文○

燕燕于飛頡之頏之飛而上曰頡飛而下曰頏箋云頡頏興戴嬀將歸出入前卻○頡戶結反頏戶郎反上時掌反篇內皆同【疏】傳飛而至曰頏○正義曰此及下傳上音下音皆無文以經言往飛之時頡之頏之明頡頏非一也故知上曰頡下曰頏下經言下上其音音無上下唯飛有上下耳知飛而上爲音曰上音飛而下爲音曰下音也○

之子于歸遠于將之將行也箋云將亦送也瞻望弗

及佇立以泣佇立久立也○佇直呂反燕燕于飛下上其音飛而上曰上音飛而下曰下音箋云下上其音興戴嬀將歸言語感激聲有小大○激經歷反之子于歸遠送于南陳在衛南○南如字沈云協句宜乃林反今謂古人韻緩不煩改字瞻望弗及實勞我心○實是也本亦作寔仲氏任只其心塞淵仲戴嬀字也任大塞瘞淵深也箋云任者以恩相親信也周禮六行孝友睦婣任恤○任入林反沈云鄭而鴆反塞瘞於例反崔集注本作寘行下孟反下篇同終溫且惠淑愼其身惠順也箋云溫謂顏色和也淑善也先君之思以勗寡人勗勉也箋云戴嬀思先君莊公之故故將歸猶勸勉寡人以礼義寡人莊姜自謂也○勗凶玉反徐又況目反

【疏】仲氏至寡人○正義曰莊姜既送戴嬀而思其德行及其言語乃稱其字言仲氏有大德行也其心誠實而深遠也又終當顏色溫和且能恭順善自謹愼其身內外之德既如此又於將歸之時思先君之故勸勉寡人以礼義也○鄭唯任字爲異言仲氏有任之德能以恩相親信也○傳仲戴

至仁大○正義曰婦人不以名行今稱仲氏明是其字禮記男女異長注云各自爲伯季故婦人稱仲仲氏也任大釋詁文也定本任大之下云塞瘞也俗本塞實也○箋任者至任恤正義曰箋以此二句說戴嬀之操行故知爲任恤言其能以恩相親信也故引六行之任以證之周禮注云善於父母爲孝善於兄弟爲友睦親於九族婣親於外親任信於友道恤振於憂貧○箋戴嬀至禮義○正義曰以勸勉之故知是禮義也坊記引此詩注以爲夫人定姜之詩不同者鄭志荅炅模云爲記注時就盧君○先師亦然後乃得毛公傳記○古書義又且○然記注已行不復改之

燕燕四章章六句

日月衛莊姜傷己也遭州吁之難傷己不見荅於先君以至困窮之詩也○難乃旦反以至困窮之詩也舊本皆爾俗本或作以至困窮而作是詩也誤疏日月四章章六句至困窮○正義曰俗本作以致困窮之詩者誤也

日居月諸照臨下土日乎月乎照臨之也箋云日月喻國君與夫人也當同德齊意以治國者常道

也

乃如之人兮逝不古處逝逮古故也箋云之人是人也謂莊公也其所以接及我者不以故處甚違其初時○處昌慮反又昌呂反胡能有定寧不我顧胡何定止也箋云寧猶曾也君之行如是何能有所定乎曾不顧念我之言是其所以不能定完也○顧本又作顧如字徐音古此亦協韻也後放此○

疏

日居至我顧○正義曰言日乎以照晝月乎月以照夜故得同曜齊明而照臨下土以興國君也夫人也國君視外治夫人視內政當亦同德齊意以治理國事如此是其常道今乃如是人莊公其所接及我夫人不以古時恩意處遇之是不與之同德齊意失月配日之義也公於夫婦尚不得所於衆事亦何能有所定乎適曾不顧念我之言而已無能有所定也○傳逝逮○正義曰釋言文也又曰逮及也故箋云其所以接及我者下章傳云不及我以相好皆爲及也顧下章傳亦宜倒讀云不及我以故處也雖倒義與鄭同但鄭順經文故似與傳異耳○箋是其至定完○正義曰此本傷君不荅於己言夫婦之道尚如是於衆事何能有所定乎然則莊公是不能定事之人鄭引不能定事之驗謂莊公不能定完者隱三年左傳曰公子州吁有寵而好兵公不禁石碏諫曰將立州吁乃定之矣若猶

未也陷之為禍是公有欲立州吁之意故杜預云完雖為莊姜子然太子之位未定是完不為太子也左傳唯言莊姜以為己子不言為太子而世家云命夫人齊女子之立為太子非也○**日居月諸下土是冒**冒覆也箋云覆猶照臨也**乃如之人兮逝不相好**不及我以相好箋云其所以接及我者不以相好之恩情甚於己薄也○好呼報反注同王崔申毛如字**胡能有定寧不我報**盡婦道而不得報○**日居月諸出自東方**日始月盛皆出東方箋云自從也言夫人當盛之時與君同位**乃如之人兮德音無良**音聲良善也箋云無善恩意之聲語於我也○語魚據反**胡能有定俾也可忘**箋云俾使也君之行如此何能有所定使是無良可忘也

〔疏〕日居至可忘○正義曰言日乎月乎日之始照月之盛望皆出東方言月盛之時有與日同以興國君也夫人也國君之平常夫人之隆盛皆秉其國事夫人之盛時亦當與君同如此是其常今乃如之人莊公曾無良善之德音以處語夫人是疏遠己不與之同位失月配日之義君之行如是何能有所定使是無良之行可

忘也。傳日始至東方。正義曰：日月雖分照晝夜，而日恒明，月則有盈有闕，不常盛。盛則與日皆出東方，猶君與夫人雖各聽內外，而君恒伸，夫人有屈有伸，伸則與君同居尊位，故箋云夫人當盛之時與君同位。○箋無善至于我。○正義曰：如箋所云，則當倒讀，云無良德音，謂無善恩意之音聲處語我夫人也。日居月諸，東方自出。父兮母兮，畜我不卒。箋云：畜，養。卒，終也。父兮母兮者，言己尊之如父，又親之如母，乃反養遇我不終也。○胡能有定，報我不述。述，循也。箋云：不循，不循禮也。○述本亦作術。

日月四章，章六句。

終風，衛莊姜傷己也。遭州吁之暴，見侮慢而不能正也。正猶止也。〔疏〕終風四章章四句至不能正。○正義曰：暴與難一也。遭困窮是厄難之事，故上篇言難；見侮慢是暴戾之事，故此篇言暴。此經皆是暴戾見侮慢之事。終風且暴，顧我則

**笑**興也終日風爲終風暴疾也笑侮之也箋云既竟日風矣而又暴疾興者喻州吁之爲不善如終風之無休止而其閒又有甚惡其在莊姜之旁視莊姜則反笑之是無敬心之甚○終風韓詩云西風也○**謔浪笑敖**言戲謔不敬○謔許約反浪力葬反韓詩云起也笑本又作咲俗字也悉妙反敖五報反**中心是悼**箋云悼者傷其如是然而已不能得而止之○

【疏】終風至是悼○正義曰言天既終日風且其間有暴疾以興州吁既不善而其間又有甚惡在我莊姜之傍顧視我則反笑之又戲謔調笑而放慢已莊姜無如之何中心以是悼傷傷其不能止之○傳暴疾○正義曰釋天云日出而風爲暴孫炎曰陰雲不興而大風暴起然則爲風之暴疾故云疾也○傳言戲謔不敬○正義曰釋詁云謔浪笑敖戲謔也舍人曰謔戲謔也浪意明也笑心樂也敖意舒也戲笑邪戲也謔笑之貌也郭璞曰謂調戲也此連云笑敖故爲不敬淇奧云善戲謔兮明非不敬也○

**終風且霾**霾雨土也○霾亡皆反徐又莫戒反雨于付反風而雨土爲霾**惠然肯來**言時有順心也箋云肯可也有順心然後可以來至我旁不欲見其戲謔○肯來如字古協思韻多音梨他皆放此**莫往莫來悠悠我**

思人無子道以來事已已亦不得以母道往加之箋云我思其如是心悠悠然○我思如字【疏】終風至我思○毛以爲天既終日風且又有暴甚雨土之時以與州吁常爲不善又有甚惡恚怒之時州吁之暴既如是又不肯數見莊姜時有順心然後肯來雖來復侮慢之與上互也州吁既然則無子道以來事已是莫來也由此已不得以母道往加之是莫往也今既莫往莫來母子恩絕悠悠然我心思之言思其如是則悠悠然也○鄭唯惠然肯來爲異以上云顧我則笑是其來無順心明莊姜不欲其來且州吁之暴非有順心肯來也故以爲若有順心則可來我傍既無順心不欲見其來而戲謔也○傳霾雨土○正義曰釋天云風而雨土爲霾孫炎曰大風揚塵土從上下也○傳人無至加之○正義曰以本由子不事已已乃不得以母道往加之故先解莫來後解莫往經先言莫往者蓋取便文也○

終風且曀不日有曀陰而風曰曀箋云有又也既竟日風且復曀不見日矣而又曀者喻州吁闇亂甚也○曀於計反復扶富反○寤言不寐願言則嚏嚏跲也箋云言我願思也嚏讀當爲不敢嚏咳之嚏我其憂悼而不能寐汝思我心如是我則嚏也今俗人嚏云人道我此古之遺語也○疌本又作嚏又作

疐蒨竹利反又丁四反又豬吏反或竹季反劫也鄭作嚏音都麗反劫也居業反本又作跲音同又渠業反孫毓同崔云毛訓疐爲㰦今俗人云欠欠㰦㰦是也不作劫字人體倦則伸志倦則㰦案音丘據反玉篇云㰦欠張口也咳開㤅反○

【疏】終風至則嚏○毛以爲大既終日風且復陰而曀不見日光矣而又曀以興州吁既常不善且復怒而甚不見喜悅矣而又甚州吁既暴如是矣莊姜言我寤覺而不能寐願以母道往加之我則嚏跲而不行○鄭唯下一句爲異其在箋○傳陰而風曰曀○正義曰釋天文孫炎曰雲風曀日光○箋既竟至亂甚○正義曰此州吁暴益甚故見其漸也言且曀者且陰往曀日其陰尚薄不見日則曰曀也復云曀則陰雲益甚天氣彌闇故云闇州吁之闇亂甚也以且曀己驗其闇又曀彌益其闇故云甚也○傳嚏跲○正義曰王肅云願以母道往加之則嚏劫而不行跲與劫音義同也定本集注並同○箋嚏讀至遺語○正義曰內則云子在父母之所不敢噦噫嚏咳此讀如之也言汝思我心如是解經之願也言我則嚏解經言則嚏也稱俗人云者以俗之所傳有驗於事可以取之左傳每引諺曰詩稱人亦有言是古有用俗之驗

**曀曀其陰**如常陰曀曀然**虺虺其靁**暴若震靁之聲虺虺然○**寤**

**言不寐願言則懷**懷傷也箋云懷安也女思我心如是我則安也。女音汝下同後可以意求之疑者更出虺虛鬼反〔疏〕曀曀至則懷。毛以爲天既曀曀然其常陰又虺虺然其震雷也以興州吁之暴如是故莊姜言我夜覺常不寐願以母道往加之我則傷心。鄭唯下句爲異言汝州吁思我心如是我則安。傳如常陰曀曀然。正義曰上終風且曀且其間有曀時不常陰此重言曀曀連云其陰故云常陰也言曀復曀則陰曀之甚也爾雅云陰而風爲曀則此曀亦有風但前風有不陰故曀連終風此則常陰故直云曀有風可知也。傳暴若至虺然正義曰雨雷則殷殷然此喻州吁之暴故以爲震雷奮擊之聲虺虺然十月之交曰爗爗震電皆此類也

**終風四章章四句**

**擊鼓怨州吁也衞州吁用兵暴亂使公孫文仲將而平陳與宋國人怨其勇而無禮也**將者將兵以伐鄭也平成也將伐鄭先告陳與宋以成其伐事春秋傳曰宋殤公之即位也公子馮出奔鄭鄭人欲納之及衞州吁立將修先

君之怨於鄭而求寵於諸侯以和其民使告於宋曰君若伐鄭以除君害君爲主敝邑以賦與陳蔡從則衛國之願也宋人許之於是陳蔡方睦於衛故宋公陳侯蔡人衛人伐鄭是也伐鄭在魯隱四年○將子亮反汴將者同殤音傷馮本亦作憑同皮氷反蔡從才用反下陳蔡從同【疏】擊鼓五章章四句至無禮○正義曰作擊鼓詩者怨州吁也由衛州吁用兵暴亂乃使其大夫公孫文仲爲將而興兵伐鄭又欲成其伐事先告陳及宋與之俱行故國人怨其勇而無禮怨與刺皆自下怨上之辭怨者情所恚恨刺者責其愆咎大同小異耳故論語注云怨謂刺上政譜云刺怨相尋是也言用兵暴亂者阻兵而安忍暴虐而禍亂也古者謂戰器爲兵左傳曰鄭伯朝於楚楚子賜之金曰無以鑄兵兵者人所執因號人亦曰兵左傳曰敗鄭徒兵此箋云將者將兵是也然則此序云用兵者謂用人兵也經云踊躍用兵謂兵器也國人怨其勇而無禮經五章皆陳兵役之怨辭○箋將者至隱四年○正義曰知將兵伐鄭者州吁以隱四年春弒君至九月被殺其中唯夏秋再有伐鄭之事此言州吁用兵暴亂是伐鄭可知時無伐陳宋之事而經序云平陳與宋傳有告宋使除君害之事陳侯又從之伐鄭故訓平爲成也告陳與宋成其伐事也春秋曰以下皆隱四年左傳文也引之以證州吁

有伐鄭先告陳之事也末言在魯隱四年者以州吁之立不終此年唯有此伐鄭之事上直引傳曰其年不明故又詳之也宋殤公之即位公子馮所以出奔鄭者殤公宋穆公之兄子公子馮則其子也穆公致位於殤公使馮避之出居於鄭也鄭人欲納之欲納於宋以爲君也先君之怨服杜皆云隱二年鄭人伐衛是也譜依世家以桓公爲平王三十七年即位則鄭以先君爲桓公矣服虔云莊公非也言求寵於諸侯者杜預云諸侯篡弒而立既列於會則不得復討欲求此寵也言以除君害者服虔云公子馮將爲君之害言以賦與陳蔡從者服虔云賦兵也以田賦出兵故謂之賦正謂以兵從也傳又說衛州吁欲和其民宋殤公欲除其害故二國伐鄭所以陳蔡亦從從者是時陳蔡方親睦於衛故宋公陳侯蔡人衛人伐鄭春秋之例首兵者爲主今伐鄭之謀則州吁爲首所以衛人敘於陳蔡之下者服虔云衛使宋爲主使大夫將故敘衛於陳蔡下傳唯云告宋使爲主此箋先言告陳與宋者以陳亦從之衛告可知但傳見使宋爲主故不言告陳之事此言平陳與宋故箋兼言告陳也

**擊鼓其鏜踊躍用兵**鏜然擊鼓聲也使衆皆踊躍用兵也箋云此用兵謂治兵時○鏜吐當反

**土國城漕我獨南行**漕衛邑也箋云

此言衆民皆勞苦也或役土功於國或脩理漕城而我獨見使從軍南行伐鄭是尤勞苦之甚○漕音曹【疏】擊鼓至南行○正義曰言州吁初治兵出國命將出衆將行則擊此鼓其聲鏜然使士衆皆踊躍用兵也軍士將行以征伐爲苦言今國人或役土功於國或修理漕城而我獨見使南行不得在國也○傳鏜然至用兵○正義曰司馬法六鼓聲不過閶字雖異音實同也左傳曰夫戰勇氣也一鼓作氣又曰金鼓以聲氣故先擊其鼓而衆皆踊躍用兵也○箋此用兵謂治兵時○正義曰以下始云從孫子仲在路之事故知此謂治兵時穀梁傳曰出曰治兵入曰振旅是也○傳漕衛邑○正義曰定之方中序云野處漕邑載馳序云露於漕邑是也○箋此言至之甚○正義曰州吁虐用其民此言衆民雖勞苦猶得在國已從征役故爲尤苦也礼記曰五十不從力政六十不與服戎注云力政城郭道渠之役則戎事六十始免輕於土功而言尤苦者以州吁用兵暴亂從軍出國恐有死傷故爲尤苦土國城漕雖用力勞苦無死傷之患故優於兵事也若力政之役則二十受之五十免之故韓詩說二十從役王制云五十不從力政是也戎事則韓詩說曰三十受兵六十還兵王制云六十不與服戎是也蓋力政用力故取丁壯之時五十年力始衰故早役之早捨之戎事當須閑習三

十乃始從役未六十年力雖衰戎事希簡猶可以從軍故受之既晚捨之亦晚戎事非輕於力役

**從孫子仲，平陳與宋。**孫子仲謂公孫文仲也。平陳於宋。箋云：子仲，字也。平陳於宋，謂使告宋曰：君爲主，敝邑以賦與陳蔡從。○

**不我以歸，憂心有忡。**憂心忡忡然。箋云：以，猶與也。與我南行，不與我歸期。兵凶事，懼不得歸，豫憂之。○忡，勑忠反。

【疏】從孫至有忡○正義曰：國人從軍之士云：我獨南行，從孫子仲，成伐事於陳與宋。成伐事者，先告陳使從於宋，與之俱行也。當往之時，不於我以告歸期，不知早晚得還，故我憂心忡忡然，豫憂不得歸也。○傳孫子至文仲○正義曰：經敘國人之辭，既言從於文，不得言公孫也。箋云子仲，字。仲，長幼之稱，故知是字，則文是謚也。國人所言，時未死，不言謚，序從後言之，故以謚配字也。○傳憂心忡忡然○正義曰：傳重言忡忡者，以忡爲憂之意，宜重言之。出車云"憂心忡忡"是也。○箋與我至豫憂之○正義曰：采薇云"曰歸曰歸，歲亦莫止"，是與之歸期也。故云兵凶事，懼不得歸，豫憂之。辭言不得歸期之意也。言兵凶事者，戰有必死之志，故云凶也。

**爰居爰處，爰喪其馬。**有不還者，有亡其馬者。箋云：爰，於也。不還，謂死也，傷也，病也。今於何居乎？於何處乎於何喪其馬乎○喪息浪反注同**于以求之于林之下**山木曰林箋云于於也求不還者及亡其馬者當於山林之下軍行必依山林求其故處近得之○處昌慮反近附近之近【疏】爰居至之下○正義曰從軍之士懼不得歸言我等從軍或有死者病者有亡其馬者則於何居乎於何處乎於何喪其馬乎若我家人於後求我往於何處求之當於山林之下以軍行必依山林死傷病亡當在其下故令家人於林下求之也○傳有不至馬者○正義曰此解從軍之人所以言爰居爰處者由恐有不還者也言爰喪其馬者恐有亡其馬者故也○箋不還至馬乎○正義曰古者兵車一乘甲士三人步卒七十二人則死傷及病兼步卒亡其馬唯甲士耳○箋軍行至得之正義曰以軍行為所取給易必依險阻故於山林也是以肆師云祭兵于山川注云蓋軍之所依止也求其故處謂求其所依止之處近於得之○**死生契闊與子成說**契闊勤苦也說數也箋云從軍之士與其伍約死也生也相與處勤苦之中我與子成相說愛之恩志在相存救也○契本亦作挈同苦結反闊苦活反韓詩云約束也說音悅數色主反**執子之手與子偕老**偕俱也箋云執其手與之約誓

示信也言俱老者庶幾俱免於難。偕音皆與之約如字又於妙反下同一本作與之約誓難乃旦反

【疏】死生至偕老。毛以爲從軍之士與其伍約云我今死也生也共處契闊勤苦之中親莫是過當與子危難相救成其軍伍之數勿得相背使非理死亡也於是執子之手殷勤約誓庶幾與子俱得保命以至於老不在軍陳而死王肅云言國人室家之志欲相與從生死契闊勤苦而不相離相與成男女之數相扶持俱老此似述毛非毛旨也卒章傳曰不與我生活言與是軍伍相約之辭則此爲軍伍相約非室家之謂也。鄭唯成說爲異言我與汝共受勤苦之中皆相說愛故當與子成此相悅愛之恩志在相救餘同。傳契闊勤苦。正義曰此敘士衆之辭連云死生明爲從軍勤苦之義則契闊勤苦之狀。箋從軍至伍約。正義曰大司馬云五人爲伍謂與其伍中之人約束也軍法有兩卒師旅其約亦可相及獨言伍者以執手相約必與親近故昭二十一年左傳曰不死伍乘軍之大刑也是同伍相救故舉以言之

于嗟闊兮不我活兮。不與我生活也箋云州吁阻兵安忍阻兵無衆安忍無親衆叛親離軍士棄其約離散相遠故吁嗟歎之闊兮女不與我相救活傷之。遠于萬反

于嗟洵兮不我信兮

洵遠信極也箋云歎其棄約不與我相親信亦傷之○洵呼縣反本或作詢誤也詢音荀韓詩作敻敻亦遠也信毛音申案信卽古伸字也鄭如字【疏】于嗟至信兮○毛以爲旣臨伐鄭軍士棄約而乖散故其在軍之人歎而傷之云于嗟乎此軍伍之人今日與我乖闊兮不與我相存救而生活兮又重言之云于嗟乎此軍伍之人與我相疏遠兮不與我相存救使性命得申極兮乖闊疏遠及性命不得申極與不得生活兮一也下句配成上句耳○鄭唯信兮爲異言從軍之人與我疏遠不復與我相親信由不親信故不與已相救活義相接成也○箋州吁至傷之○正義曰隱四年左傳曰夫州吁阻兵而安忍阻兵無衆安忍無親衆叛親離難以濟矣杜預云恃兵則民殘民殘則衆叛安忍則刑過刑過則親離然則以州吁恃兵安忍故衆叛親離由是軍士棄其約散而相遠是以在軍之人傷其不相救活也時州吁不自行言州吁阻兵安忍者以伐鄭之謀州吁之由州吁暴虐民不得用故衆叛親離棄其約束不必要州吁自行乃致此也案左傳伐鄭圍其東門五日而還則不戰矣而軍士離散者以其民不得用雖未對敵亦有離心故有闊兮洵兮之歎也○傳信極○正義曰信古伸字故易曰引而信之伸卽終極之義故云信極也

擊鼓五章章四句

附釋音毛詩注疏卷第二（二之一）

翰林院編修南昌黃中模栞

# 毛詩注疏挍勘記（二之一）

阮元撰盧宣旬摘錄

## 邶鄘衛譜

在上黨沾縣大黽谷　閩本明監本毛本沾誤沽案盧文弨云在當作出是也

則祿父也外　補　毛本也作已案已字是也

頓丘今爲郡名　閩本明監本毛本同案浦鏜云郡名當縣名引證唐志是也

成王尚幼矣　閩本明監本毛本同案此不誤浦鏜云成原文作今非也考段玉裁謂成王生時之稱乃今文家之說見酒誥釋文然則書傳當本是成字破斧正義引書傳成王幼亦可證

子孝伯立　閩本明監本毛本同案浦鏜云孝誤考是也

則身已歸宋　補　宋當作衛

舜爲國名而施也　閩本明監本同毛本舜作非案所改是也

五十年卒　閩本明監本毛本同案十下浦鏜云脫五字是也鄘柏舟正義所引有

迎桓公子晉於邢　閩本明監本毛本同案浦鏜云弟誤子是也

惠公復入三十三年卒　閩本明監本毛本同案下三字浦鏜云一誤考史記是也

二十一年卒　閩本明監本毛本同案浦鏜云依年表當作二十三年是也

故鄭於左方中　閩本明監本毛本左誤定案山井鼎云譜疏比比有之恐鄭所著書名也其說非是左方者卽譜之篇名君世也以旁行斜上而列於左方故正義謂之爲左方非鄭别有所著書以左方爲名也考正義原書備鄭譜於卷首其篇名君世在左方悉如鄭之舊故得指而言之今左方無之者南宋合併時所去耳

先蒸於夷姜也　閩本同明監本同毛本蒸作烝案所改是

○柏舟

**汎汎流貌**　小字本相臺本同案此當衍一汎字正義云言汎然而流者標起止云汎流是正義本不重汎字釋文云汎流貌本或作汎汎流貌者此從王肅注加各本皆誤當依正義釋文正之

**今不用而與物汎汎然**　閩本明監本毛本與下衍衆字小字本無十行本初刻無後剜添相臺本有衆字無而字案箋上云舟載渡物者下云今不用而與物汎汎然二物字相承不應有衆字正義云亦汎汎然其與衆物俱流水中而已乃正義自爲文不可據添岳氏沿革例云間有難曉解者以疏中字徼足其義謂此類也然其所足要未有當者

**各有威儀耳**　小字本相臺本同案威儀二字當作宜考正義云此言君子望之儼然可畏解經之威也禮容俯仰各有宜耳解經之儀也是正義本作各有宜耳也傳以畏解威以宜解儀所謂詁訓之法不知者改宜字作威儀於是此傳既威儀二字分解者而威字乃互見儀字解中矣毛氏以宜解儀之詁訓遂不復可見失之甚者也當依正義所述毛傳改正之○按舊挍非也左傳威儀有分解處而大意不分毛傳皆有威儀正用左傳北宮文

于言君臣父子兄弟內外大小皆有威儀也之文正義改作各有宜非也上文儼然可畏非專釋威說文義字下曰己之威儀也不專以儀釋義必連威言之凡有似分而合者如規矩亦不可分說文巨下云規巨也可證

慍怒也　小字本相臺本同案釋文慍下云怒也是釋文本此傳作怒也正義云言仁人憂心悄悄然而怨此羣小人在於君側者也正義本怒字當是怨字緜傳云慍恚正義云說文慍怨也恚怒也有怨必怒之所引說文作慍怨也亦其一證

孝經讖曰兄日姊　閩本明監本毛本同案姊下當有月字

日月又喻兄姊　明監本毛本無日字閩本剜去案此六字爲一句删去日字改讀月字屬上誤也

○綠衣

妾上僭者謂公子州吁之母母嬖而州吁驕　小字本相臺本同案此卽

定本也正義云是公子州吁之母嬖也又云是吁州驕也定本妾上僭者謂公子州吁之母也母嬖而州吁驕雖多一也字耳正義本當不重母字以嬖上屬讀爲句與定本不同考文一本有也字采正義

**故內服注以男子之褖衣黑**　閩本明監本毛本同案內下浦鏜云脫司字是也

**不殊衣裳**　小字本相臺本同案此定本集注也正義本無衣字考不殊裳鄭喪服注文此正義引以爲說然喪服注意但說裳此箋意兼說衣裳故其文不同當以定本集注爲長

**先染絲後製衣**　閩本明監本毛本同小字本相臺本製作制案制字是也正義云當先染絲而後製衣以下盡作製字者制製古今字正義易制爲製而說之其例見前非正義本箋作製字也當由不知者以正義改箋耳

**鄭以爲言絺兮綌兮不當暑**　明監本毛本不下衍以字閩本剜入案不當作本形近之譌耳補以字者非

○燕燕

陳女女娣　閩本明監本毛本同案此不誤浦鏜云弟誤娣非也正義所引世家字如此耳

箋云差池其羽　小字本相臺本同案考文古本差池其羽上有于往也三字考正義經三于字上二于爲往下一于爲於傳但在遠送過禮下著于於也一訓因之于于歸于往也桃夭已有傳而于飛所以與于歸其同爲往自可知也箋意亦如此正義上本桃夭傳而訓爲往耳非箋有于往也一訓也考文古本采正義而誤

此燕卽今之燕也　閩本明監本毛本同案此燕下浦鏜云脫一燕字是也爾雅疏卽取此正重燕字

尾涏涏是也　閩本明監本毛本同案涏當作涎形近之譌○按漢書及諸韻書皆作涏以韻言則霆電亦音之轉

往飛之之貌　明監本毛本不重之字閩本剜去案上之字乃時字之誤正義上下文可證輙删者

非也

**聲有小大** 小字本相臺本同閩本明監本毛本小大作大小誤也案上正義云故以上下共音喻言語大小者以自爲文故與經下上箋小大皆倒也不當據改又雄雉箋亦作小大可證

**實勞我心** 相臺本下有實是也乃釋文誤遺。耳餘本皆不誤考文古本有非也

**塞瘞** 小字本相臺本同案正義云定本任大之下云塞瘞也俗本塞實也正義本從俗本故云其心誠實而深遠也不更說瘞字釋文云瘞崔集注本作實考定之方中塞字無傳而箋云塞充實也常武箋云自實滿本此傳也當以集注正義本爲長定本釋文本作瘞者卽說文之瘱字。段玉裁云瘞者幽薶也與充實義正同非有二訓也謂卽心部瘱字非是瘱者靜也義同

**孝友睦姻任恤** 小字本同閩本明監本同相臺本姻作婣毛本同案姻字是也此箋用漢時今字與周禮經古字不同也相臺本毛本所改皆非是

記古書義又且然　閩本明監本毛本同案浦鏜云既誤記考南陔正義是也且當作宜南陔正義引作當

○日月

以至困窮之詩也　唐石經小字本相臺本同案此釋文本也正義云俗本作以致困窮之詩者誤也釋文云以至困窮之詩也舊本皆爾俗本或作以至困窮而作是詩也誤正義釋文所說相反正義本標起止云至困窮與各本不同今無可考考文古本作以至困窮之故作是詩也采釋文或作本而有誤

言日乎以照晝　閩本明監本毛本乎下有日字案所補是也

不循不循禮也　小字本相臺本同考文古本同閩本明監本毛本本上循字作遹案山井鼎云箋申毛傳作循似是考凡鄭箋皆箋傳而非箋經循字是矣

○終風

**在我莊姜之傍** 閩本明監本毛本同案注作旁正義作傍旁傍古今字易而說之也例見前餘同此

**中心是以悄傷** 閩本明監本毛本悄作悼案所改是也

**浪意明也** 閩本明監本毛本明誤萌案爾雅疏即取此正作明○按此當作萌為是舍人意浪讀為蒼筤竹之筤易正義曰竹初生之時色蒼筤取其春生之美也凡意蕊心花初生時似此故舍人曰浪意萌也作明者誤韓詩云起也正是意萌之訓謂如波之起也

**願言則嚏** 唐石經小字本相臺本同案釋文云疐本又作嚏又作疐舊作利反又丁四反又豬吏反或竹季反劫也鄭作嚏音都麗反段玉裁云毛作疐跲也鄭云疐讀為不敢嚏咳之嚏此鄭改字唐石經以下經傳皆從口是用鄭廢毛嚏不得訓跲明矣今考正義本傳是跲也則其經當是疐字釋文疐即嚏之變體狼跋釋文疐本又作疐可證也與說文止部之疐字迥不相涉若經字作止部之疐鄭不得讀為嚏釋文亦不當作竹利等反矣經義雜記云案釋文知崔

靈恩集注作疌陸氏從之正義則從王肅作疐釋文云一作疐者卽王本也其說非是由誤讀釋文爲從止之疌所致也

嚏跲也 小字本相臺本同案嚏當作疐又此正義本也正義云王肅云顧以毋道往加之則嚏劫而不行跲與劫音義同也定本集注竝同釋文云劫也本又作跲孫毓同崔云毛訓疌爲㰦今俗人云欠欠㰦㰦是也不作劫孫毓字人體倦則伸志倦則㰦考此傳本與狼跋同王肅孫毓作劫崔靈恩作㰦皆非是當以正義本爲長

終風至則嚏 閩本明監本毛本同案此標起止及下云我則嚏跲而不行又標起止云傳嚏跲又云云嚏劫而不行凡四嚏字皆當作疐正義舊是疐字不知者以箋嚏字亂之耳

㾭言不寐 小字本相臺本同唐石經初刻寐言不㾭後改同今本案初刻非也

則吁爲首 閩本明監本同毛本則作州案州字是也

兵車十乘 補 案下文甲士三人步卒七十二人此十乘是一乘之譌

故吁嗟歎之 小字本相臺本同閩本明監本毛本亦同案吁當作于騶虞崐兩箋皆作于是其證也 止

附釋音毛詩注疏卷第二（二之二）　七

毛詩國風　鄭氏箋　孔穎達疏

凱風美孝子也衛之淫風流行雖有七子之母猶不能安其室故美七子能盡其孝道以慰其母心而成其志爾不安其室欲去嫁也成其志者成言孝子自責之意○凱開在反

【疏】凱風四章章四句至志爾○正義曰作凱風詩者美孝子也當時衛之淫風流行雖有七子之母猶不能安其夫室而欲去嫁故美七子能自盡其孝順之道以安慰其母之心作此詩而成其孝子自責之志也此與孝子之美以惡母之欲嫁故云雖有七子之母猶不能安其室則無子者不能安室可知也此敘其自責之由經皆自責之辭將欲自責先說母之勞苦故首章二章上二句皆言母氏之養己以下自責耳俗本作以成其志以字誤也定本而成其志○箋不安至之意正義曰以序云不安其室不言已嫁則仍在室但心不安耳故知欲去嫁也此母欲有嫁之志孝子自責已無令人不得

安母之心母遂不嫁故美孝子能慰其母心也以美其能慰母心故知成其志者成言孝子自責之意也。**凱風自南吹彼棘心**興也南風謂之凱風樂夏之長養者箋云興者以凱風喻寬仁之母棘猶七子也。棘居力反俗作棘樂音洛或一音岳長丁丈反下皆同**棘心夭夭母氏劬勞**夭夭盛貌劬勞病苦也箋云夭夭以喻七子少長母養之病苦也。夭於驕反劬其俱反少詩照反【疏】凱風至劬勞。正義曰言凱樂之風從南長養之方而來吹彼棘木之心故棘心夭夭然得盛長以興寬仁之母以己慈愛之情養我七子之身故七子皆得少長然棘木之難長者凱風吹而漸大猶七子亦難養者慈母養之以成長我母氏實亦劬勞病苦也。傳南風至長養。正義曰南風謂之凱風釋天文李巡曰南風長養萬物萬物喜樂故曰凱風凱樂也傳以風性樂養萬物又從南方而來故云樂夏之長養也又言棘難長養者言母性寛仁似凱風己難長養似棘故箋云凱風喻寛仁之母棘猶七子也**凱風自南吹彼棘薪**棘薪其成就者**母氏聖善我無令人**聖叡也箋云叡作聖令善也母乃有叡知之善德我七子無善人能報之者故母不

安我室欲去嫁也○叡悅歲反下同知音智本亦作智

【疏】凱風至令人○正義曰言凱風樂夏之風從南長養之方而來吹彼棘木使得成薪以興寬仁之母能以己慈愛之情養我七子皆得長成然風吹難養之棘以成就猶母長養七子以成人則我之母氏有叡智之善德但我七子無善人之行以報之故母不安而欲嫁也○傳棘薪其成就者○正義曰上章言棘心夭夭是棘之初生風長之也此不言長之狀而言棘薪則棘長已成薪矣月令注云大者可析謂之薪是薪者木成就○傳聖叡○正義曰聖者通智之名故言叡也箋申說所以得爲叡之意故引洪範以證之由叡作聖故得爲叡也洪範云思曰叡注云叡通於政事又曰叡作聖注云君思叡則臣賢智是也然則彼叡謂君也聖謂臣也所以得爲一者以彼五行各以事類相感由君叡而致臣聖則叡聖義同此母氏聖善人之齊聖皆以明智言之非必要如周孔也

**爰有寒泉在浚之下**浚衛邑也在浚之下言有益於浚箋云爰曰也曰有寒泉者在浚之下浸潤之使浚之民逸樂以興**有子七人**七子不能如也○浚音峻浸子鴆反樂音洛

**母氏勞苦**【疏】爰有至勞苦○正義曰此孝子自責無益於母使母不安也言曰有寒泉在浚邑之

下以喻七子在母之前寒泉有益於浚浸潤浚民使得逸樂以興七子無益於母不能事母使母勞苦乃寒泉之不如又自責云母無子者容可勞苦今乃有子七人而使母氏勞苦思欲去嫁是其七子之咎也母欲嫁者本爲淫風流行但七子不可斥言母淫故言母爲勞苦而思嫁也上章言母氏劬勞謂少長七子實劬勞也此言母氏勞苦謂母今日勞苦而思嫁與上不同也○傳浚衛邑○正義曰干旄云在浚之都傳曰下邑曰都是衛邑也○箋爰曰至不能如○正義曰爰曰釋詁文知不以寒泉興母之長養己而云喻七子不能如者以上棘薪爲喻則子已成長矣此及下章皆云有子七人則以寒泉黄鳥喻七子可知也

**睍睆黄鳥，載好其音**。睍睆好貌箋云睍睆以興顏色說也好其音者興其辭令順也以言七子不能如也○睍胡顯反睆華板反說音悅下篇註同

**有子七人，莫慰母心**。慰安也

〔疏〕睍睆至母心○正義曰言黄鳥有睍睆之容貌則又和好其音聲以興孝子當和其顏色順其辭令也今有子七人皆莫能慰母之心使有去嫁之志言母之欲嫁由顏色不悅辭令不順故也自責言黄鳥之不如也○箋睍睆至令順○正義曰興必以類睍睆是好貌故興顏色也音聲猶言語故興辭令也論語曰

色難注云和顏悅色是爲難也又内則云父母之所下氣怡聲是孝子當和顏色順辭令也

## 凱風四章章四句

雄雉刺衛宣公也淫亂不恤國事軍旅數起大夫久役男女怨曠國人患之而作是詩淫亂者荒放於妻妾烝於夷姜之等國人久處軍役之事故男多曠女多怨也男曠而苦其事女怨而望其君子○刺俗作刺同七賜反詩内多此音更不重出恤本亦作䘏數色角反烝之升反

疏雄雉四章章四句至是詩○正義曰男既從役於外女則在家思之故云男女怨曠上二章男曠之辭下二章女怨之辭○箋淫亂至君子○正義曰淫謂色欲過度亂謂犯悖人倫故言荒放於妻妾以解淫也烝於夷姜以解亂也大司馬職曰外内亂鳥獸行則滅之注引王霸記曰悖人倫外内無以異于禽獸然則宣公由上烝父妾悖亂人倫故謂之亂也君子偕老桑中皆云淫亂者謂宣公上烝夷姜下納宣姜公子頑通於君母故皆爲亂也南山刺襄公鳥獸之行淫於其妹不言亂者言鳥獸之行則亂可知文勢不可言亂於其妹

故言淫耳若非其匹配與疏遠私通者直謂之淫故澤陂云靈公君臣淫於其國株林云淫於夏姬不言亂是也言荒放者放恣情欲荒廢政事故雞鳴云荒淫怠慢五子之歌云內作色荒外作禽荒是也言烝者服虔云上淫曰烝則烝進也自進上而與之淫也左傳曰文姜如齊齊侯通焉服虔云傍淫曰通言傍者非其妻妾傍與之淫上下通名也牆有茨云公子頑通於君母左傳曰孔悝之母與其豎渾良夫通皆上淫也齊莊公通於崔杼之妻蔡景侯爲大子般娶於楚通焉皆下淫也以此知通者揔名故服虔又云凡淫曰通是也又宣公三年傳曰文公報鄭子之妃服虔曰鄭子文公叔父子儀也報復也淫親屬之妻曰報漢律淫季父之妻曰報則報與亂爲類亦鳥獸之行也宣公納伋之妻亦是淫亂箋於此不言者是時宣公或未納之也故匏有苦葉譏雉鳴求其牡夫人爲夷姜則此亦爲夷姜明矣由國人久處軍役之事故男多曠女多怨也序直云男女怨曠知男曠女怨者以書傳云外無曠夫內無怨女故謂男爲曠女爲怨曠空也謂空無室家故苦其事書傳曠夫謂未有室家者此男雖有室家久從軍役過時不歸與無不異猶何草不黃云何人不矜也此相對故爲男曠女怨散則通言也故采綠刺怨曠經無男子則揔謂婦人也大司徒云以陰禮教親則民不怨怨者男女

俱乘是其通也此男女怨曠不違於禮故舉以刺宣公采綠婦人不但憂思而已乃欲從君子於外非礼故并刺婦人也

**雄雉于飛泄泄其羽** 興也雄雉見雌雉飛而鼓其翼泄泄然箋云興者喻宣公整其衣服而起奮訊其形貌志在婦人而已不恤國之政事○泄移世反訊音信又音峻字又作迅同 **我之懷矣自詒伊阻** 詒遺伊維阻難也箋云懷安也伊當作繄繄猶是也君之行如是我安其朝而不去今從軍旅久役不得歸此自遺以是患難○貽本亦作詒以之反遺維季反沈羊類反難乃旦反下同繄烏兮反行下孟反下君之行同朝直遙反

【疏】雄雉至伊阻○正義曰毛言雄雉往飛向雌雉之時則泄泄然鼓動其羽翼以興宣公往起就婦人之時則奮訊其衣服言志在婦人而已不恤國之政事也又數起軍旅使大夫久役大夫傷本見君之行如是志在婦人之時即應去之我之安其朝而不去矣今見使從軍久不得歸自遺此患難也既處患難自悔以怨君伊訓爲維毛爲辭助也鄭唯以伊字爲異義勢同也○箋伊當至患難○正義曰箋以宣二年左傳趙宣子曰嗚呼我之懷矣自詒伊慼小明云自詒伊慼爲義既同明伊有義爲繄者故此及蒹葭東山白駒各以伊爲繄小明不易者以伊慼之文與傳正

同爲緊可知此云自詒伊阻小明云心之憂矣宣子所引並與此不同者杜預云逸詩也故文與此異

**雄雉于飛下上其音**箋云下上其音與宣公小大其聲怡悅婦人○上時掌反**展矣君子實勞我心**展誠也箋云誠矣君子愬於君子也君之行如是實使我心勞矣君若不然則我無軍役之事[疏]雄雉至我心○正義曰言雄雉飛之時下上其音聲以怡悅雌雉以興宣公小大其言語心怡悅婦人宣公既志在婦人不恤政事大夫憂之故以君行訴於君子言君之誠如是志在婦人矣君子聞君行如此實所以病勞我心也此大夫身既從役乃追傷君行者以君若不然則無今日之役故也

**瞻彼日月悠悠我思**瞻視也箋云日月之行迭往迭來今君子獨久行役而不來使我心悠悠然思之女怨之辭○女怨如字下女怨同**道之云遠曷云能來**箋云曷何也何時能來望之也[疏]瞻彼至能來○正義曰大夫久役其妻思之言我視彼日月之行迭往迭來今君子獨行役而不來故悠悠然我心思之道路之遙亦云遠矣我之君子何時可云能來使我望之也

**百爾君子不知德行**箋云爾女

也女衆君子我不知人之德行何如者可謂爲德行事。君或有所賢女怨故問此爲。行下孟反下注皆同**不忮不求何用不臧**忮害臧善也箋云我君子之行不疾害不求備於一人其行何用爲不善而君獨遠使之在外不得來歸亦女怨之辭。忮之豉反字書云很也韋昭音洎臧子郎反〖疏〗百爾至不臧。正義曰婦人念夫心不能已見大夫或有在朝者而已君子從征故問之云汝爲衆之君子我不知人何者謂爲德行若言我夫無德而從征也則我之君子不疾害人又不求備於一人其行如是何用爲不善而君獨使之在外乎

**雄雉四章章四句**

**匏有苦葉刺衞宣公也公與夫人並爲淫亂**夫人謂夷姜〖疏〗匏有苦葉四章章四句至淫亂。正義曰並爲淫亂亦應刺夫人獨言宣公者以詩者主爲規諫君故舉君言之其實亦刺夫人也故經首章三章責公不依禮以娶二章卒章責夫人犯禮求公是並刺之。箋夫人謂夷姜。正義曰知非宣姜者以宣姜本適伋子但爲公所要故有魚網離鴻之刺此責夫人云雉鳴求其牡非宣姜之所爲

明是夷姜求宣公，故云並爲淫亂。

**匏有苦葉，濟有深涉。**興也。匏謂之瓠，瓠葉苦不可食也。濟，渡也。由膝以上爲涉。箋云：瓠葉苦而渡處深，謂八月之時，陰陽交會，始可以爲昏禮，納采問名。○匏音薄交反。瓠，戶故反。上時掌反。

**深則厲，淺則揭。**以衣涉水爲厲，謂由帶以上也。揭，褰衣也。遭時制宜，如遇水深則厲，淺則揭矣。男女之際，安可以無禮義？將無以自濟也。箋云：既以深淺記時，因以水深淺喻男女之才性賢與不肖及長幼也。各順其人之宜，爲之求妃耦。○厲，力滯反。韓詩云：至心曰厲。說文作砅，云：履石渡水也。音力智反，又音例。則揭，苦例反，褰衣渡水也。揭揭衣並苦例反，下同。一云下揭字音起列反。一本作揭褰衣。長，張丈反。爲，下皆同。處，昌慮反。之，于僞反。求妃音配，本亦作配，下同。

**疏**　匏有至則揭。○毛以爲匏有苦葉不可食，濟有深涉不可渡，以興禮有禁法不可越。又云若過深水則厲，淺水則褰衣，過水隨宜，期之必渡，以興用禮當隨豐儉之異。若時豐則禮隆，時儉則禮殺，遭時制宜，不可無禮。若其無禮，將無以自濟，故雖貧儉尚不可廢禮，君何爲不以正禮娶夫人，而與夷姜淫亂乎？○鄭以爲匏葉先不苦，今有苦葉；濟處先不深，今有深涉。此匏葉苦，渡處深，謂當八月之中，時陰陽交會之月，可爲昏禮之始行納采問名之禮也行納采之法如過水深則厲淺則揭各隨深淺之宜以與男女相配男賢則娶賢女男愚則娶愚女各順長幼之序以求昏君何不八月行納采之禮取列國之女與之相配而反犯禮而烝於夷姜乎○傳匏謂至可食○正義曰陸機云匏葉少時可爲羹又可淹煑極美故詩曰幡幡瓠葉采之亨之今河南及揚州人恒食之八月中堅強不可食故云苦葉瓠匏一也故云謂之瓠言葉苦不可食似禮禁不可越也傳以二事爲一興詩有此例多矣涉言深不可渡似葉之苦不可食外傳魯語曰諸侯伐秦及涇不濟叔向見叔孫穆子穆子曰豹之業及匏有苦葉矣叔向曰苦葉不材於人供濟而已韋昭注云不材於人言不可食供濟而已佩匏可以渡水也彼云取匏供濟與此傳不同者賦詩斷章也○傳由膝以上爲涉後傳以衣涉水爲厲謂由帶以上揭褰衣○正義曰今定本如此釋水云濟有深涉深則厲淺則揭揭者褰衣也以衣涉水爲厲由膝以上爲涉由帶以上爲厲孫炎曰揭衣褰裳也衣涉濡褌也爾雅既引此詩因揭在下自人體以上釋之故先揭次涉次厲也傳依此經先後故引爾雅不次耳然傳不引爾雅由膝以下爲揭者略耳涉者渡水之名非深淺之限故易曰利涉大川謂乘舟也褰裳涉溱謂膝下也深淺者各有所對谷風云就其淺矣泳之游之言

涉則深於厲矣但對方之舟之則爲淺耳此深涉不可渡則深於厲矣厲言深者對揭之淺耳爾雅以深淺無限故引詩以由帶以上由膝以下釋之明過此不可厲深淺異於餘文也揭者褰衣止得由膝以下若以上則褰衣不得渡當須以衣涉爲厲也見水不没入可以衣渡故言由帶以上其實以由膝以上亦爲厲因文有三等故曰由膝以上爲涉傳因爾雅成文而言之耳非解此經之深涉也鄭注論語及服注左傳皆云由膝以上爲厲厲者以揭衣褰衣止由膝以下明膝以上至由帶以上揔名爲厲也鄭以此深涉謂深於先時則隨先時深淺至八月水長深於本故云深涉涉亦非深淺之名既以深淺記時故又假水深淺以喻下深字亦不與深涉同也○箋匏葉至問名○正義曰二至寒暑極二分温涼中春分則陰往陽來秋分則陰來陽往故言八月之時陰陽交會也以昏禮者令會男女命其事必順其時故昏禮目録云必以昏時者取陽往陰來之義然則二月陰陽交會禮云令會男女則八月亦陰陽交會可以納采問名明矣以此月則匏葉苦渡處深爲記八月之時也故下章雝雝鳴鴈旭日始旦陳納采之禮此記其時下言其用義相接也納采者昏禮之始親迎者昏禮之終故皆用陰陽交會之月昏禮納采用鴈賓既致命降出賓者出請賓執鴈請問名則納采問名同日行

事矣故此納采問名逆言之也其納吉納徵無常時月問名以後請期以前皆可也請期在親迎之前亦無常月當近親迎乃行故下箋云歸妻謂請期氷未散正月中以前也二月可以爲昬禮以二月當成昬則正月中當請期故云迨氷未泮則氷之未散皆可爲之以言及故云正月中非謂唯正月可行此禮女年十五已得受納采至二十始親迎然則女未二十納采之禮雖仲春亦得行之不必要八月也何者仲春亦陰陽交會之月尚得親迎何爲不可納采乎此云八月之時得行納采非謂納采之禮必用八月也○傳遭時至自濟正義曰此以貧賤責尊貴之辭言遭所遇之時而制其所宜隨時而用禮如遇水之必渡也男女之際謂昬姻之始故禮記大傳曰異姓主名治際會注云名謂母與婦之名際會謂昬禮交接之會是也言遭時制宜不可無禮況昬姻人道之始安可以無禮義乎禮者人所以立身行禮乃可度世難無禮將無以自濟言公之無禮必遇禍患也○箋既以至妃耦正義曰箋解上爲記時此爲喻意上既以深涉記時此因以深淺爲喻則上非喻此非記時也男女才性賢與不肖者若大明云天作之合傳曰賢女妃聖人得禮之宜言長幼者禮女年十五得許嫁男年長於女十年則女十五男二十五女二十男三十各以長幼相敵以才性長幼而相求是各順其

人之宜爲之求妃耦**有瀰濟盈有鷕雉鳴**瀰深水也盈滿也深水人之所難也鷕雌雉聲也衛夫人有淫佚之志授人以色假人以辭不顧禮義之難至使宣公有淫昏之行箋云有瀰濟盈謂過於厲喻犯禮深也○瀰彌爾反鷕以小反沈耀皎反雌雉聲或一音戶了反說文以水反字林于水反難乃旦反下同泆音逸行下孟反

**濟盈不濡軌雉鳴求其牡**濡漬也由輈以上爲軌違禮義不由其道猶雉鳴而求其牡矣飛曰雌雄走曰牝牡箋云渡深水者必濡其軌言不濡者喻夫人犯禮而不自知雉鳴反求其牡喻夫人所求非所求○濡而朱反軌舊龜美反謂車轊頭也依傳意直音犯案說文云軌車轍也從車九聲龜美反軓車軾前也從車凡聲音犯車轊頭所謂軌也相亂故具論之牡茂后反輈竹留反車轅也

【疏】有瀰至其牡○正義曰言有瀰然深水者人所畏難今有人濟此盈滿之水不避其難以與有儼然禮義者人所防閑今夫人犯防閑之禮不顧其難又言夫人犯禮猶有鷕雉鳴也有鷕然求其妃耦之聲者雌雉之鳴以與有求爲淫亂之辭者是夫人之聲此以辭色媚悅於公是不顧禮義之難又言夫人犯禮既深而不自知言濟盈者必濡其軌今言不濡軌是濟者不自知以與淫亂者必

違禮義今云不違禮是夫人不自知夫人違禮淫亂不由其道猶雉鳴求其牡也今雌雉鳴也乃鳴求其走獸之牡非其道以興夷姜母也乃媚悅爲子之公非所求也夫人非所當求而求之是犯禮不自知也○傳瀰深至之行○正義曰下言雉求其牡則非雄雉故知鷕雌雉聲也又小弁云雉之朝雊尚求其雌則雄雉之鳴曰雊也言衛夫人有淫佚之志授人以色假人以辭解有鷕雉鳴也不顧禮義之難解有瀰濟盈也致使公有淫昏之行解所以責夫人之意也以經上句喻夫人不顧禮義之難卽下句言其事故傳反而覆之也言授人以色假人以辭謂以顔色言辭怡悅於人令人啓發其心使有淫佚之志雌雉之鳴以假人以辭弁言授人以色者以爲辭必怡悅顔色故連言之○箋有瀰至禮深○正義曰前厲衣可渡非人所難以深不可渡而人濟之故知過於厲以喻犯禮深○傳由輈至牝牡○正義曰說文云軌車轍也軓車軾前也然則軾前謂之軓也非軌也但軌聲九軓聲凡於文易爲誤寫者亂之也少儀云祭左右軌范乃飲注云周禮大馭祭兩軹祭軓乃飲軓與軹於車同謂轛頭也軌與范聲同謂軾前也輈人云軓前十尺而策半之鄭司農云軓謂軾前也書或作軌玄謂軌是軌法也謂輿下三面之材輢軾之所樹持車正者大馭云祭兩軹祭軓乃飲注云古書軹爲

軒軓爲範杜子春云文當如此又云軒當作軹軹謂兩轄範當爲軓軓車軾前鄭不易之是依杜子春軓爲正也然則諸言軾前皆謂軓也小戎傳曰陰揜軓也箋揜軓在軾前垂輈上文亦作軓非軓也軓自車轍耳中庸云車同軌匠人云經途九軌注云軌謂轍廣是也說文又云軹輪小穿也轄車軸端也考工記注鄭司農云軹轄也又云軹小穿也玄謂軹轂末也然則轂末軸端共在一處而有軹轄二名亦非軌也少儀注云軌與軹於車同謂轄頭者以少儀與大馭之文事同而字異以范當大馭之軓軓當大馭之軹故並其文而解其義不復言其字誤耳其實少儀軌字誤當爲軹也此經皆上句責夫人之犯禮下句言犯禮之事故傳釋之言違禮義不由其道猶雌雉鳴求牡也違禮義者卽濟盈也不由其道者猶雉鳴求其牡也釋鳥云鳥之雌雄不可別者以翼右掩左雄左掩右雌是飛曰雌雄也釋獸云麋牡麔牝麎是走曰牝牡也此其定例耳若散則通故書曰牝雞之晨傳曰獲其雄狐是也鄭志荅張逸云雌雉求牡非其耦故喻宣公與夫人言夫人與公非其耦故以飛雌求走牡爲喻傳所以并解之也

**雝雝鳴鴈旭日始旦**

○雝雝鴈聲和也納采用鴈旭日始出謂大昕之時箋云鴈者隨陽而處似婦人從夫故昏禮用焉自納采至請期用昕親

迎用昏。旭許玉反徐又許袁反說文讀若好字林呼老反昕許巾反請音情又七井反下同迎魚敬反

士如歸妻迨冰未泮迨及泮散也箋云歸妻使之來歸於己謂請期也冰未散正月中以前也二月可以昏矣。迨音殆泮普半反

疏雝雝至未泮。毛以爲宣公淫亂不娶夫人故陳正禮以責之言此雝雝然聲和之鳴鴈當於旭然日始旦之時以行納采之禮既行納采之等禮成又須及時迎之言士如使妻來歸於己當及冰之未散正月以前迎之君何故不用正禮及時而娶乃烝父妾乎。鄭唯下二句及冰未散請期爲異。傳雝雝至之時。正義曰鴈生執之以行禮故言鴈聲舜典云二生注云謂羔鴈也言納采者謂始相采擇舉其始其實六禮唯納徵用幣餘皆用鴈也親迎雖用鴈非昕時則此鴈不兼親迎前經謂納采下經謂親迎揔終始其餘可知也旭者明著之名故爲爲日出昕者明也日未出已名爲昕生至日出益明故言大昕也禮記注大昕謂朔日者以言大昕之朝奉種浴於川若非朔日恒日出皆可無爲特言大昕之朝故知朔日與此不同。箋鴈者至用昏。正義曰此皆陰陽並言禹貢注云陽鳥鴻鴈之屬隨陽氣南北不言陰者以其彭蠡之澤近南恒暖鴻鴈之屬避寒隨陽而往居之故經云陽鳥攸居注釋其

名曰陽烏之意故不言陰耳定本木鴈隨陽無陰字又言納采至請期用昕親迎用昏者因此旭日用鴈非徒納采而已唯納徵不用鴈亦用昕此總言其禮耳下歸妻謂請期則鄭於此文不兼親迎日用昕者君子行禮貴其始親迎用昏鄭云取陽往陰來之義然男女之家或有遠近其近者卽夜而至於大家遠者則宜昏受其女明發而行其入蓋亦以昏時也儀禮士昏禮執燭而往婦家其夜卽至夫氏蓋同城郭者也○箋歸妻至昏矣○正義曰以冰未散未二月非親迎之時故爲使之來歸於己謂請期也以正月尚有魚上負冰故知冰未散正月中以前也所以正月以前請期者二月可以爲昏故也正月冰未散而月令孟春云東風解凍出車云雨雪載塗謂陸地也其冰必二月乃散故溱洧箋云仲春之時冰始散其水渙渙然是也

**招招舟子人涉卬否**招招號名之貌舟子舟人主濟渡者卬我也箋云舟人之子號名當渡者猶媒人之會男女無夫家者使之爲妃匹人皆從之而渡我獨否○招照遙反王逸云以手曰招以言曰名韓詩云招招聲也卬五郎反我也本或作仰音同號戶羔反**人涉卬否卬須我友**人皆涉我友未至我獨待之而不涉以言室家之道非得所適貞女不行非得禮義昏姻不成〔疏〕

招招至我友。正義曰言招招然號名當渡者是舟人之子人見號名皆從渡而我獨否所以人皆涉我獨否者由我待我友我友未至故不渡耳以興招招然欲會合當嫁者是爲媒之人女見會合餘皆從嫁而我貞女獨否者由我待我匹我匹未得故不嫁耳此則非得所適貞女不行非得禮義昏姻不成耳夫人何以不由禮而與公淫乎。傳招招號名之貌。正義曰號名必手招之故云之貌是以王逸云以手曰招以口曰召是也

**匏有苦葉四章章四句**

**谷風刺夫婦失道也衛人化其上淫於新昏而棄其舊室夫婦離絶國俗傷敗焉** 新昏者新所與爲昏禮。谷古木反 〔疏〕谷風六章章八句至敗焉。正義曰作谷風詩者刺夫婦失其相與之道以至於離絶言衛人由化效其上故淫於新昏而棄其舊室是夫婦離絶致令國俗傷敗焉此指刺夫接其婦不以禮是夫婦失道非謂夫婦並刺也其婦既與夫絶乃陳夫之棄己見遇非道淫於新昏之事六章皆是

**習習谷風以陰以**

雨興也習習和舒貌東風謂之谷風陰陽和而谷風至夫婦和則室家成室家成而繼嗣生黽勉同心不宜有怒言黽勉者思與君子同心也箋云所以黽勉者以爲見譴怒者非夫婦之宜○黽勉本亦作僶莫尹反黽勉猶勉勉也譴遣戰反采葑采菲無以下體葑須也菲芴也下體根莖也箋云此二菜者蔓菁與葍之類也皆上下可食然而其根有美時有惡時采之者不可以根惡時并棄其葉喻夫婦以禮義合顏色相親亦不可以顏色衰棄其相與之禮○葑孚容反徐音豐字書作蘴孚容反草木疏云蕪菁也郭璞云今菘菜也案江南有菘江北有蔓菁相似而異菘音嵩菲妃鬼反芴音勿爾雅云菲芴又云菲息菜郭以菲芴爲土瓜解息菜云似蕪菁華紫赤色可食莖可耕反蔓音万本又僞蕪音無菁音精又子零反葍音福本又作蕾音富爾雅葍蕾郭云大葉白華根如指色白可食并俾政反又如字德音莫違及爾同死箋云莫無及與也夫婦之言無相違者則可與女長相與處至死顏色斯須之有

〔疏〕習習至同死○正義曰習習然和舒之谷風以陰以雨而潤澤行百物生矣以興夫婦和而室家成室家成卽繼嗣生矣言已黽勉然勉力思與君子同心以爲

夫婦之道不宜有譴怒故也言采葑菲之菜者無以下體根莖之惡并棄其葉以興爲室家之法無以其妻顏色之衰并棄其德何者夫婦之法要道德之音無相違卽可與爾君子俱至於死何必顏色斯須之有乎我之君子何故以顏色衰而棄我乎○傳東風至嗣生○正義曰東風謂之谷風釋天文也孫炎曰谷之言穀穀生也谷風者生長之風陰陽不和卽風雨無節故陰陽和乃谷風至此喻夫婦故取於生物小雅谷風以喻朋友故直云潤澤行恩愛成而已○傳葑須菲芴箋此二菜至之類○正義曰釋草云須葑蓯孫炎曰須一名葑蓯坊記注云葑蔓菁也陳宋之間謂之葑陸機云葑蕪菁幽州人或謂之芥方言云蘴蕘蕪菁也陳楚謂之蘴齊魯謂之蕘關西謂之蕪菁趙魏之部謂之大芥蘴與葑字雖異音實同卽葑也須也蕪菁也蔓菁也葑蓯也蕘也芥也七者一物也釋草又云菲芴也郭璞曰土瓜也孫炎曰葍類也釋草又云菲蒠菜郭璞曰菲草生下溼地似蕪菁華紫赤色可食陸機云菲似葍莖麤葉厚而長有毛三月中烝鬻爲茹滑美可作羹幽州人謂之芴爾雅謂之蒠菜今河內人謂之宿菜爾雅菲芴與蒠菜異釋郭注似是别草如陸機之言又是一物某氏注爾雅二處引此詩卽菲也芴也蒠菜也土瓜也宿菜也五者一物也其狀似葍而非葍故云葍類也箋云此

二菜者蔓菁與葍之類者蔓菁謂葑也葍類謂菲也。箋皆
上下至之祇。正義曰坊記引此詩證君子不盡利於人故
注云無以其根美則并取之與此異也**行道遲遲中心有違**遲遲舒行貌違
離也箋云徘徊也行於道路之人至將於別尚舒行其心
徘徊然喻君子於己不能如也。違如字韓詩云違很也
**不遠伊邇薄送我畿**畿門內也箋云邇近也言君子與己訣別不能遠維近耳
送我裁於門內無恩之甚。畿音祈訣音決本或作決
裁於門內一本作裁至於門又一本作裁至於門內**誰**
**謂荼苦其甘如薺**荼苦菜也箋云荼誠苦矣而君子於己之苦毒又甚於荼比方
之荼則甘如薺。荼音徒薺音齊禮反**宴爾新昏如兄如弟**宴安也。宴本又作
燕徐於顯反又烟見反【疏】行道至如弟。毛以爲婦人旣已被棄追
怨見薄言相與行於道路之人至將離別
尚遲遲舒行心中猶有乖離之志不忍即別況已與君子猶
是夫婦今棄已訣別之時送我不遠維近耳薄送我於門內
而已是恩意不如行路之人也又說遇已之苦言人誰謂荼
苦乎以君子遇我之苦毒比之荼即其甘如薺君子苦已猶

得新昏故又言安愛汝之新昏其恩如兄弟也以夫婦坐圖可否有兄弟之道故以兄弟言之○鄭唯有避爲異以傳訓爲離無眷戀之狀於文不足故以違爲徘徊也○傳畿門內正義曰以言畿者期限之名故周禮九畿及王畿千里皆期限之義故楚茨傳曰畿期也經云不遠言至有限之處故知是門內

**涇以渭濁湜湜其沚**○涇渭相入而清濁異箋云小渚曰沚涇水以有渭故見渭○濁湜湜持正貌喻君子得新昏故謂己惡也己之持正守初如沚然不動搖此絕去所經見因取以自喻焉○涇音經濁○水也渭音謂清水也湜音殖說文云水清見底沚音止故見渭濁舊本如此一本渭作謂後人改耳搖餘招反又餘照反

**宴爾新昏不我屑以**屑絜也箋云以用也言君子不復絜用我當室家○屑素節反復扶富反

**毋逝我梁毋發我笱**逝之也梁魚梁笱所以捕魚也箋云毋者諭○禁新昏也女毋之我家取我爲室家之道○笱古口反捕魚器韓詩云發亂也捕音步

**我躬不閱遑恤我後**閱容也箋云躬身遑暇恤憂也我身尚不能自容何暇憂我後所生子孫也○閱音悅

【疏】涇以至我後○正義曰婦人既言君子苦已又本已見薄之由言涇水以

有渭水淸故見涇水濁以興舊室以有新昏美故見舊室惡本涇水雖濁未有彰見由涇渭水相入而淸濁異言已顏色雖衰未至醜惡由新舊並而善惡別新昏旣駮已爲惡君子益憎惡於已已雖爲君子所惡尚湜湜然持正守初其狀如沚然不動搖可用爲室家矣君子何爲安樂汝之新昏則不復絜飾用我已不被絜用事由新昏故本而禁之言人無之我魚梁無發我魚笱以之人梁發人笱當有盜魚之罪以興禁新昏汝無之我夫家無取我婦事以之我夫家取我婦事必有盜寵之過然雖禁新昏夫卒惡已至於見出心念所生已去必困又追傷遇已之薄即自訣言我身尚不能自容何暇憂我後所生之子孫乎母子至親當相憂念言已無暇所以自怨痛之極也○傳涇渭至濁異○正義曰禹貢云涇屬渭汭注云涇水渭水發源皆幾二千里然而涇小渭大屬於渭而入於河又引地理志云涇水出今安定涇陽西开頭山東南至京兆陵陽行千六百里入渭即涇水入渭也此以涇濁喻舊至以渭淸喻新昏取相入而淸濁異似新舊相並而善惡別故云涇渭相入不言渭水入涇也○箋涇水至喻焉正義曰此婦人以涇比已箋將述婦人之心故先述涇水之意涇水言以有渭故人見謂已濁猶婦人言以有新昏故君子見謂已惡也見渭濁言人見渭已涇之濁由與淸濁相入

故也定本涇水以有渭故見其濁漢書溝洫志云涇水一碩其泥數斗潘岳西征賦云清渭濁涇是也此已絕去所經見涇渭之水因取以自喻也鄭志張逸問何言絕去荅曰衛在東河涇在西河故知絕去不復還意以涇不在衛境作詩宜歌土風故信絕去此婦人既絕至涇而自比已志邶人爲詩得言者蓋從送者言其事故詩人得述其意也禮臣無境外之交此詩所述似是庶人得越國而昏者左傳曰大夫越境逆女非禮即士以下不禁故士昏禮云若異邦則贈丈夫送者以束錦是士得外娶即庶人得越國娶明矣○傳屑絜○正義曰絜者飾也謂不絜飾而用已也○傳梁魚至捕魚○正義曰此與小弁及敝笱在梁皆云笱笱者捕魚之器即梁爲魚梁明矣何人斯云胡逝我梁我者已所自專之辭即亦爲魚梁也有狐云在彼淇梁傳曰石絕水曰梁候人云維鵜在梁傳曰梁水中之梁鴛鴦云鴛鴦在梁箋云石絕水之梁白華亦云有鶖在梁又云鴛鴦在梁皆鳥獸所在非人所往還之處即皆非橋梁矣故以石絕水解之此石絕水之梁亦是魚梁故王制云獺祭魚然後虞人入澤梁注云梁絕水取魚者白華箋云鶖也鶴也皆以魚爲美食者也鶖之性貪惡而今在梁表記注云鵜洿澤善居泥水之中在魚梁是梁皆魚梁明矣其制獻人掌以時獻爲梁鄭司農云梁水堰堰水

而爲闞空以笱承其空然則梁者爲堰以鄣水空中央承之以笱故云笱所以捕魚也然則水不絕云絕水者謂兩邊之堰是絕水堰則以土皆云石者蓋因山石之處亦爲梁以取魚也月令孟冬謹關梁大明云造舟爲梁之類皆謂橋梁非絕水故月令注云梁橫橋是也○箋毋者喻禁新昏○正義曰以毋禁辭禁人無逝我梁是喻禁新昏無乃之我家也故角弓箋云毋禁辭說文云毋從女象有奸之者禁令勿奸故毋爲禁辭○箋我身至子孫○正義曰以此婦人去夫故知憂所生之子孫也時未必有孫言之協句耳小弁云大子身被放逐明恐身死之後憂其父更受讒故文同而義異

**就其深矣方之舟之就其淺矣泳之游之**舟船也箋云方泭也潛行爲泳言深淺者喻君子之家事無難易吾皆爲之○泳音詠泭音孚易夷豉反下同**何有何亡黽勉求之**有謂富也亡謂貧也箋云君子何所有乎何所亡乎吾其黽勉勤力爲求之有求多亡求有○爲于僞反**凡民有喪匍匐救之**箋云匍匐言盡力也凡於民有凶禍之事鄰里尚盡力往救之況我於君子家之事難易乎固當黽勉以疏喻親也○匍音蒲又音扶匐蒲北反一音服

【疏】就其至救之○

毛以爲婦人既怨君子棄已反追說已本勤勞之事如人之渡水若就其深矣則方之舟之若就其淺矣則泳之游之隨水深淺期於必渡以與已於君子之家事若值其難也則勤之勞之若值其易也卽優之游之隨事難易期於必成匪直於君子之家事無難易又於君子之家財業何所富有乎何所貧無乎不問貧富吾皆勉力求之所以君子家事已皆勉力者以其凡民於有喪禍之事其鄰里尚盡力以救之鄰里之疏猶能如是況我於君子家事難易何得避之故已所以盡力也而君子棄已故怨之○鄭唯何有何亡爲小異○傳舟船○正義曰舟者古名也今名船易曰利涉大川乘木舟虛注云舟謂集板如今自空大木爲之曰虛卽古又名曰虛揔名皆曰舟○傳有謂富亡謂貧○正義曰以有謂有財故云富亡謂無財故曰貧言不問貧富皆勉力求之○箋有求多亡求有○正義曰以有無謂於一物之上有此物無此物故言有求多亡求有也以求財業宜於一事爲有亡故易傳○箋匍匐言盡力○正義曰以其救恤凶禍故知宜爲盡力生民云誕實匍匐謂后稷之生爲小兒匍匐與此不同也問喪注云匍匐猶顚蹷然則匍匐者以本小兒未行之狀其盡力顚蹷似之故取名焉凡民有凶禍之事鄰里尚盡力生救之謂營護凶事若有賵贈也

**不我能慉**

反以我爲讎慉養也箋云慉驕也君子不能以恩驕樂我反憎惡我○慉許六反毛興也說文起也樂音洛惡烏路反下皆同既阻我德賈用不售阻難云○箋云既難却我隱蔽我之善我脩婦道而事之覬其察已猶見疏外如賣物之不售○賈音古市也售市救反難乃旦反下難卻同一音如字覬音冀昔育恐育鞫及爾顛覆育長鞫窮也箋云昔育育稚也及與也昔幼稚之時恐至長老窮匱故與女顛覆盡力於衆事難易無所辟○鞫本亦作諊居六反覆芳服反注同長張丈反下皆同稚本亦作穉直吏反匱求位反乏也辟音避本亦作避既生既育比予于毒箋云生謂財業也育謂長老也于於也既有財業矣又既長老矣其視我如毒螫言惡已甚也○螫失石反惡烏洛反

【疏】不我至于毒○毛以爲婦人云君子假不能以善道養我何故反以我爲讎乎既不被恩遇又爲善不報故言既難却我而隱蔽我之善德謂先有善德已被隱蔽矣今我更修婦道以事之覬其察已而猶見疏外似賣物之不售又追說己本勤勞以責之言我昔日幼稚之時恐至長而困窮故我與汝顛覆盡力於家事難易無所避今曰既生有財業矣又既長老矣

汝何爲覦我如蝨之毒螫乎言惡己至甚不我能慉當倒之云不能慉我鄭唯不我能慉爲異○傳慉養箋慉驕至惡我○正義曰偏檢諸本皆云慉養孫毓引傳云慉興非也爾雅不訓慉爲驕由養之以至於驕故箋訓爲驕驕者至惡之辭儺者至怨之稱君子遇己至薄怨切至痛故舉至愛以駮至惡○箋昔育至所辟○正義曰以育得兩說故釋言爲稚釋詁爲長以經有二育故辨之云昔育者育稚也以下云既生謂財業又以黽勉匍匐類之故顚覆爲盡力若黍離云閔周室之顚覆抑云顚覆厥德各隨其義不與此同○箋生謂財業○正義曰以上云昔年稚恐窮以生對窮故爲財業以財由人而生之故大學曰生財有大道生之者衆食之者寡是也

**我有旨蓄亦以御冬**旨美御禦也箋云蓄聚美菜者以禦冬月乏無時也○蓄本亦作畜勑六反御魚據反下同禦也徐魚舉反一本下句卽作禦字

**宴爾新昏以我御窮**箋云君子亦但以我御窮苦之時至於富貴則棄我如旨蓄

**有洸有潰既詒我肄**洸洸武也潰潰怒也肄勞也箋云詒遺也君子洸洸然潰潰然無溫潤之色而盡遺我以勞苦之事欲窮困我○洸音光潰戶對反韓詩云潰潰不善之貌詒音怡肄以世反

徐以自反爾雅作勤以世反遺唯季反下同

不念昔者伊余來塈

塈息也箋云君子忘舊不念往昔年稚我始來之時安息我○塈許器反

【疏】我有至來塈○正義曰婦人怨其惡己得新昏而見棄故稱人言我有美菜蓄之亦以禦冬月乏無之時猶君子安樂汝之新昏本亦但以我禦窮苦之時而已然窮苦取我至於富貴而見棄似冬月蓄菜至於春夏則見遺也君子既欲棄己故有洸洸然威武之容有潰潰然恚怒之色於我又盡遺我以勞苦之事不復念昔者我幼稚始來之時安息我也由無恩如此所以見出故追而怨之亦以禦冬言亦者因亦己之禦窮伊餘也○箋君子至旨蓄○正義曰上經與此互相見以舊至比旨蓄新昏以比新菜此云宴爾新昏則上宜云得爾新菜上言我有旨蓄此宜云爾有舊室得新菜而棄旨蓄猶得新昏而棄己又言己爲之生有財業故云至於富貴也已言爲致富耳言貴者協句也○傳肄勞○正義曰釋詁文爾雅或作勤孫炎曰習事之勞也

谷風六章章八句

式微黎侯寓于衛其臣勸以歸也

寓寄也黎侯爲狄人所逐棄其

國而寄於衛衛處之以二邑因安之可以歸而不歸故其臣勸之。黎力兮反國名杜預云在上黨壺關縣寓于音遇于又作

**疏** 式微二章章四句至勸以歸。正義曰此經二章皆臣勸以歸之辭此及旄丘皆陳黎臣之辭而在邶風者蓋邶人述其意而作亦所以刺衛君也。箋黎侯至勸之。正義曰以旄丘之敘故知為狄人所逐以經云中露泥中知處之以二邑勸之云胡不歸知可以歸而不歸此被狄所逐而云寄者若春秋出奔之君所在亦曰寄故左傳曰齊以郲寄衛侯是也喪服傳曰寄公者何失地之君也謂削地盡者與此別

式微式微胡不歸 式用也箋云式微式微者微乎微者也君微之故何不歸乎禁君留止於此之辭式發聲也

胡爲乎中露 微無也中露衛邑也箋云我若無君何爲處此乎臣又極諫之辭

**疏** 式微至中露。毛以為黎之臣子責君久居於衛言君用在此而益微用此而益微君何不歸乎我等若無君在此之故何為久處於此中露鄭以式為發聲言微乎微者言君今在此皆甚至微君何不歸乎餘同。傳式用。正義曰釋言文左傳曰榮成伯賦式微服虔云言君用中國之道微亦以式為用此勸君歸國以為君用中國之道微未若君用在此微為密

也○箋式微至發聲○正義曰式微式微者微乎微者也釋訓文郭璞曰言至微也以君被逐既微又見卑賤是至微也不取式爲義故云發聲也○傳中露衛邑○正義曰以寄於衛所處之下又責其不來迎我君明非衛都故知中露泥中皆衛邑也○箋我若至之辭○正義曰主憂臣勞主辱臣死固當不憚淹恤今言我若無君何爲處此自言己勞以勸君歸是極諫之辭

式微式微胡不歸微君之躬胡爲乎泥中泥中衛邑也

式微二章章四句

旄丘責衛伯也狄人迫逐黎侯黎侯寓于衛衛不能脩方伯連率之職黎之臣子以責於衛也衛康叔之封爵稱侯今曰伯者時爲州伯也周之制使伯佐牧春秋傳曰五侯九伯侯爲牧也○旄丘音毛丘或作古北字前高後下曰旄丘字林作堥云堥丘也亡周反又音毛山部又有嵍字亦云嵍丘亡付反又音旄率所類反禮記云十

國以爲連連有率佐牧州牧之牧。

疏

旄丘四章章四句至於衛。正義曰作旄丘詩者責衛伯也所以責之者以狄人迫逐黎侯故黎侯出奔來寄於衛以衛爲州伯當脩連率之職以救於己故奔之今衛侯不能脩方伯連率之職不救於己故黎侯之臣子以此言責衛而作此詩也狄者北夷之號此不斥其國宣十五年左傳伯宗數赤狄路氏之罪云奪黎氏地三也服虔曰黎侯之國此詩之作責衛宣公宣公以魯桓二年卒至魯宣十五年百有餘歲卽此時雖爲狄所逐後更復其國至宣公之世乃赤狄奪其地耳與此不同彼奪地是赤狄此唯言狄人迫逐不必是赤狄也言方伯連率者王制云五國以爲屬屬有長十國以爲連連有帥三十國以爲卒卒有正二百一十國以爲州州有伯注云凡長皆因賢侯爲之殷之州長曰伯虞夏及周皆曰牧又曰千里之外設方伯公羊傳曰上無明天子下無賢方伯方伯皆謂州長則此方伯亦州長矣周謂之牧而云方伯者以一州之中爲長故云方伯若牧下二伯不得云方伯也連率者卽十國以爲連連有帥是也不言屬卒者舉其中也王制雖殷法周諸侯之數與殷同明亦十國爲連此詩周事有連率之文左傳曰晉侯享公公請屬鄫是周亦有連屬此宣公爲二伯非方伯又非連率而責不能脩之者以連帥屬方伯若諸侯有被侵伐者使其連屬救之宣公爲州伯佐方伯今黎侯來奔之不使連率救已是不能脩方伯連率之職也此敘其責衞伯之由經皆責衞之辭也經言叔伯則責衞臣矣言責衞伯者以衞爲方伯故責其諸臣之廢事由君之不使亦是責衞伯也○箋衞康至爲牧○正義曰此解言衞伯之意故云衞康叔之封爵稱侯今曰伯者時爲州伯也周之制使伯佐牧牧是州牧伯佐之是州伯也知者以春秋傳曰五侯九伯是侯爲牧伯佐之也宣公爲侯爵見於春秋明矣今而本之康叔者以諸侯之爵皆因始封之君故本康叔也顧命云乃同名太保奭畢公衞侯是爵稱侯也案世家自康叔至貞伯不稱侯頃侯賂夷王始爲侯又平王命武公爲公不恒以康叔言康叔之封者以康叔之後自爲時王所黜頃侯因康叔本侯故賂夷王而復之命武公爲公謂爲三公爵仍侯也此云責衞伯何以知宣公非州牧爲方伯而以爲牧下二伯者以周之州長曰牧以長一方言之得謂之方伯未有謂之州伯者此若是牧當言責衞牧今言責衞伯明非牧也故知爲二伯言周之制使伯佐牧者以左傳所論周世之事前代必不然知指言周也此方伯連率皆是諸侯之身相爲長耳王制云使大夫監於方伯之國國三人注云使佐方伯領諸侯者謂天子命人爲方伯國內大夫監之非此牧伯之類王制雖

是殷法於周亦當然故燕禮注云言諸公者容牧有三監是鄭言周之牧國亦有三監也一解云蓋牧國在先王之墟有舊法者聖王因而不改周之牧國則無三監矣太宰職云建其牧立其監注云監謂公侯伯子男各監一國又非牧下三監也所引春秋傳曰僖四年管仲對楚辭也曰昔召康公命我先君太公五侯九伯汝實征之以夾輔周室服虔云五侯公侯伯子男九伯九州之長太公爲王官之伯掌司馬職以九伐之法征討邦國故得征之鄭不然者以司馬征伐由王命乃行不得云汝實征之且夾輔者左右之辭也故因漢一張逸受春秋異讀鄭云五侯侯爲州牧也九伯伯爲州伯也一州一牧二伯佐之太公爲王官之伯二人共分陝而治自陝以東當四侯半一侯不可分故言五侯九伯則九人若主五等諸侯九州之伯是天子何異乎。云夾輔之有也知侯爲牧伯者周禮上公九命作伯則東西大。伯上公爲之八命作牧非上公也公下唯侯耳且傳當言五牧而云五侯明牧於外曰侯是牧本侯爵故曲禮下云九州之長入天子之國曰牧於外曰侯是牧本侯爵也侯既爲牧其佐自然伯矣此衞侯爵而爲伯者鄭志荅張逸云實當用伯而侯德適任之何嫌不可命人位以德古亦然也以此言則宣公德適任伯故爲伯下泉序云思明王賢伯經云四國有王郇伯勞之傳曰郇伯郇侯箋云文王之子爲州伯則郇侯侯爵而有賢德亦爲伯者蓋其時多賢故郇侯亦爲伯爲伯言其正法耳亦有侯爲伯伯伯爲牧者故周禮八命作牧注云謂侯伯有功德者加命得專征伐謂侯與伯皆得爲牧也是以雜問志云五侯九伯選州中諸侯以爲牧以二伯爲之佐此正法也若一州之中無賢侯選伯之賢者以爲牧是也

**旄丘之葛兮何誕之節兮**興也前高後下曰旄丘諸侯以國相連屬憂患相及如葛之蔓延相連及也誕闊也箋云土氣緩則葛生闊節興者喻此時衛伯不恤其職故其臣於君事亦疏廢也○蔓莚以戰反又音延

**叔兮伯兮何多日也**日月以逝而不我憂箋云叔伯字也呼衛之諸臣叔與伯與女期迎我君而復之可來而不來女日數何其多也先叔後伯臣之命不以◦齒

【疏】旄丘至多日也○毛以爲言旄丘之葛兮何爲闊之節兮以當蔓◦延相及以興方伯之國兮何爲使之連屬兮亦當憂患相及令◦衛伯何爲不使連屬救己而同其憂患乎又責其諸臣久不憂已言叔兮伯兮我處衛邑已久汝當早迎我而復之何故多日而不憂我哉○鄭以爲言旄丘之葛兮何由誕之節兮由旄丘之土其氣和緩故其葛之生長皆闊節以興衛伯之臣兮何由廢其事兮由

衛伯不恤其職故其臣於君事亦疏廢臣既廢事故責之云叔兮伯兮汝所期來迎我君而復之可來而不來何其多日數也○傳前高至誕闊○正義曰釋丘云前高旄丘李巡云謂前高後卑下以前高後必卑下故傳亦言後下傳以序云責衛不脩方伯連率之職故以旄丘之葛闊節延蔓相及猶諸侯之國連屬憂患相及所以爲喻也又解言誕節者誕闊也謂葛節之間長闊故得異葛延蔓而相連也○箋土氣至疏廢○正義曰箋以自此而下皆責諸臣將由疏廢而責之故以此土氣和緩生物能殖故葛生闊節以喻君政解緩不恤其職故臣亦疏廢君不恤職臣廢其事是不能脩方伯連率之職也凡興者取一邊相似耳不須以美地喻惡君爲難也○傳日月至我憂○正義曰傳以黎臣責衛稱己來之久言日月以往矣而衛之諸臣不憂我故責之云何多日而不憂我○箋叔伯至以齒○正義曰鄭以呼爲叔伯是責諸臣之辭以黎侯奔衛必至卽求復矣衛且處之二邑許將迎而復之卒違其言故責衛之諸臣汝期來迎我君而復之可來而不來汝之日數何其多也臣之爵命自有高下不以年齒長幼定尊卑也故先叔後伯

**何其處也**

**必有與也**言與仁義也箋云我君何以處於此乎必以衛有仁義之道故也責衛今不行仁義

**何**

其久也必有以也必以有功德箋云我君何以久留於此乎必以衛有功德故也又責衛今不務功

【疏】何其至有以也○正義曰黎之臣子旣責衛之諸臣故又本己之情而責之言我何其久處於此也必以衛有仁義之道與我何其久留於此也必以衛有功德與我故也汝今何爲不行仁義不務功德而迎我復之乎○傳言與仁義又曰必以有功德○正義曰此言必有與下言必有以二者別設其文故分爲仁義與功德言仁義者謂迎己復國是有仁恩且爲義事己得復國由衛之功是衛之德則仁義功德一也據其心爲仁義據其事爲功德心先發而事後見故先言仁義後言功德也言與言以者互文以者自己於彼之辭與者從彼於我之稱己望彼以事與己唯仁義功德耳故傳此言與仁義不云必由與自彼來下云必以有功德是自己情故云必也

狐裘蒙戎

匪車不東大夫狐蒼裘蒙戎以言亂也不東言不來東也箋云刺衛諸臣形貌蒙戎然但爲昏亂之行女非有戎車乎何不來東迎我君而復之黎國在衛西今所寓在衛東○蒙如字徐武邦反戎如字徐而容反蒙戎亂貌案徐此音是依左傳讀作尨茸侕行下孟反下同

叔兮伯兮靡所與同無救患恤同也

箋云衛之諸臣行如是不與諸伯之臣同言其非之特甚

**疏**狐裘至與同○毛以爲黎之臣子責衛諸臣服此狐裘其形貌蒙戎然但爲昏亂之行而不務行仁義也豈非有戎車乎何爲不來東迎我君而復之乎言實有戎車不肯迎已故又責之言叔兮伯兮爾無救患恤同之心迎我也○鄭唯下二句爲異○傳大夫至來東○正義曰以責衛諸臣不當及士故傳云大夫也玉藻云君子狐青裘豹褎玄綃衣以裼之青蒼色同與此一也大夫息民之服有黃衣狐裘又狐貉之厚以居在家之服傳以此刺其徒服其服明非蜡祭與在家之服知爲狐蒼裘也蒼裘所施禮無明文唯玉藻注云蓋玄衣之裘禮無玄衣之名鄭見玄綃衣以裼之因言蓋玄衣之裘兼無明說蓋大夫士玄端之裘也大夫士玄端裳雖異衣皆玄裘象衣色故皆用狐青是以玉藻注云君子大夫士也此傳亦云大夫當是大夫玄端之裘也以蒙戎者亂之貌故云蒙戎以言亂也左傳曰士蔿賦詩云狐裘蒙戎杜預云蒙戎亂貌以此傳爲說不東者言不來東迎我也故箋申之云黎國在衛西今所寓在衛東者杜預云黎侯國上黨壺關縣有黎亭是在衛之西也

**瑣兮尾兮流離之子**瑣尾少好之貌流離鳥也少好長醜始而愉樂終以微弱箋云衛之諸臣初有小善終無成功

似流離也○璅依字作瑣素果反流音留本又作鶹離如字爾雅云鳥少美而長醜爲鶹鷅草木疏云梟也關西謂之流離大則食其母少詩照反下同長張丈反愉以朱反樂音洛

**叔兮伯兮褎如充耳**

褎盛服也充耳盛飾也大夫褎然有尊盛之服而不能稱也箋云充耳塞耳也言衛之諸臣顏色褎然如見塞耳無聞知也人之耳聾恒多笑而已○褎本亦作裒由救反又在秀反鄭笑貌稱尺證反聾魯工反

【疏】瑣兮至充耳○毛以爲黎之臣子責衛諸臣言瑣兮而少尾兮而好者乃流離之子也此流離之子少而美好長卽醜惡以興衛之諸臣始而愉樂終以微弱言無德自將不能常爲樂也故又責之言叔兮伯兮汝徒衣褎褎然之盛服汝有充耳之盛飾而無德以稱之也○鄭以爲衛之諸臣初許迎黎侯而復之終而不能故責之言流離之子少而美好長卽醜惡以興衛之臣子初有小善終無成功言初許迎我終不能復之故又疾而言之叔兮伯兮汝顏色褎褎然如似塞其耳無所聞知也恨其不納己故深責之○傳瑣尾至微弱○正義曰瑣者小貌尾者好貌故并言小好之貌釋訓云瑣瑣小也釋鳥云鳥少美長醜爲鶹鷅陸機云流離梟也自關西謂梟爲流離其子適長大還食其母故張奐云鶹鷅食母許慎云梟不孝鳥是也流與

鷗蓋古今之字爾雅離或作栗傳以上三章皆責衛不納已之辭故以此章爲黎之臣惡衛之諸臣言汝等今好而苟且爲樂不圖納我爾無德以治國家終必微弱也定本偷樂作愉樂

旄丘四章章四句

附釋音毛詩注疏卷第二（二之二）

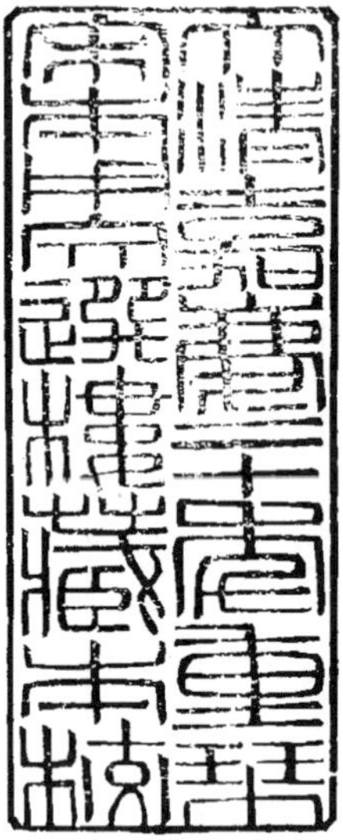

黃中栻栞

# 毛詩注疏校勘記（二之二）

阮元撰盧宣旬摘錄

○凱風

而成其志爾　唐石經小字本相臺本同案正義云俗本作以成其志以字誤也定本而成其志考文古本作以采正義

樂夏之長養者　補長養下當更有棘難長養四字下正義云又言棘難長養者可證又段玉裁云棘下當有心字棘心棘之初生者故難長養下章云棘薪則其成就者矣語勢正相對也

有叡智之善德　閩本明監本毛本同案注作知正義作智知智古今字易而說之也例見前釋文知本亦作智非正義本餘同此

○雄雉

而作是詩　小字本相臺本同唐石經初刻無此四字後改有案有者是也正義標起止云至是詩可證○按據

標起止爲證乃是正義所據本耳他本之有不同者不必皆正義取據也全書以此例之

我之懷矣自詒伊慼 閩本明監本毛本同案伊當作繄正義引此傳之繄及小明之伊以明鄭所以易伊爲繄也作伊則與下小明無別不知者所改耳

箋云日月之行 閩本明監本毛本同小字本相臺本日上有視字案有者是也正義云言我視彼日月之行卽本箋爲說也考文古本有我視二字采正義而有誤

事君或有所留 閩本明監本毛本同小字本相臺本事作而案而字是也

忮之跂反 〔補〕釋文跂作跋通志堂本盧本跋作跂案跂字是也小字本所附是跂字○釋文挍勘記案釋文凡忮字皆云之豉反作跂亦是譌字雖寘韻有跂字去智切而不爲忮之反語

○匏有苦葉

由膝以上爲涉 小字本相臺本同案正義標起止同云今定本如此是舊本不如此今無可考釋文

以上時掌反下皆同謂由帶以上由輈以上也其與定本同異亦無可考

以衣涉水爲厲謂由帶以上也　小字本相臺本同案正義標起止同云今定本如此是舊本不如此今無可考段玉裁云定本出於小顏恐屬肵改當作以衣涉水爲厲由帶以上爲厲爾雅不爲一訓毛並存之

賓者出請　補　毛本賓者作擯者案擯字是也

行禮乃可度世難無禮將無以自濟　閩本脫難無二字明監本毛本誤不行案此讀當於難字斷句無字下屬明監本毛本以意補非也

傳曰賢女妃聖人　閩本明監本毛本同案浦鏜云箋誤傳是也此自正義誤以箋爲傳耳非字誤也

濟盈不濡軌　小字本同相臺本軌作軌閩本明監本毛本同唐石經作軌案釋文云軌舊龜美反謂車轊頭

也依傳意宜音犯案說文云軌車轍也從車九聲龜美反軓車軾前也從車凡聲音犯車轉頭所謂軹也相亂故具論之是釋文本字作軌但以爲宜作音犯字正義云說文云軌車轍也軓車軾前也然則軾前謂之軓也非軌也但軌聲九軓聲凡於文易爲誤寫者亂之也是正義本字亦作軌但以爲寫者亂之故不從軌而從軓以爲說由此考之唐石經以前經字未有直作軓者也戴震毛鄭詩考正依韻定從軓字段玉裁同詳見下相臺本依釋文小字本及此十行本皆然其作軓者卽軌字非軓字乃當時俗體也釋文軹字舊誤今訂正詳後考證

**由輈以上爲軓** 小字本同相臺本作軌見上餘同案段玉裁云古者輿之下兩輪之間方空處謂之軌高誘注呂氏春秋云兩輪閒曰軌此以廣狹言之凡言度餘以軌謂此毛傳曰由輈以下爲軌此以高下言之凡言濡軌滅軌謂此穀梁傳曰車軌塵謂以軌之高廣節塵之高廣中庸車同軌亦謂車制高廣不差軌亦云轍轍者通也其中通也近人專以在地之迹謂之軌轍古經不可解矣不云由輿以下者水深至於輿下軸上之輈則必入輿矣故以輿下之輈爲高下之節喻禮義之不可過也自下譌爲上乃議改軌爲軓釋文舊寵美反則唐以前本不

誤也今考釋文本已誤作上讀時掌反見前由膝句以上字音中

必濡其軓今言不濡軌閩本明監本毛本二軓字作軌案此二字皆當作軓正義從軌字以爲說故自爲文直改云軌也

今雌雉鳴也閩本明監本毛本同案浦鏜云鳴當鳥誤是也

以假人以辭閩本明監本毛本上以字作似案似是也

軓車軾前也閩本明監本毛本軓作軌案所改是也以下軓字同者不更出

祭左右軓范乃飲也閩本明監本毛本軓作軌案所改非也下軓與軹又少儀注云軓與軹又軓當大馭之軹及此凡四字皆當作軓閩本以下一例改爲軌失之又下其實少儀軓字一處閩本明監本作軌是毛本作軌非

書或爲軓元謂軓是軓法也閩本明監本毛本三字皆作軌案此當作書或爲軌

元謂軌是軓法也各本皆誤今周禮注下軓字亦作軌依段玉裁漢讀考訂

謂與下三面之材閩本明監本毛本同案浦鏜云輿誤與以周禮注考之是也

考功記注閩本明監本毛本同案浦鏜云工誤功是也

鴈者隨陽而處小字本相臺本同案此定本也正義云定本云鴈隨陽無陰字是正義本有陰字作鴈者陰隨陽而處考箋下云似婦人之從夫正義云此皆陰陽並言謂下句並言婦人與夫上句宜並言陰隨陽也當以正義本爲長

故爲爲日出閩本同明監本毛本故誤大爲誤昕案此當作故爲日始出

日未出已名爲昕生閩本明監本毛本同案生當作矣形近之譌

定本木鴈隨陽閩本明監本毛本同案木當作云形近之譌

○谷風

趙魏之部　閩本明監本毛本同案浦鏜云郊誤部考方言是也

箋云徘徊也　閩本明監本毛本同小字本相臺本云下有違字考文古本違字亦同案有者是也

言君子與已訣別　小字本同閩本明監本毛本亦同相臺本訣作決案釋文云訣本或作決相臺本依改以爲決正訣俗也考訣字說文在新附而文選注引通俗文已有之可不煩改相臺本非也

送我栽於門內　小字本相臺本同案釋文云栽於門內一本作栽至於門又一本作栽至於門內正義本今無可考山井鼎云古本一本於上補至字不知據何本者即采釋文

宴爾新昏　唐石經小字本相臺本同案釋文云宴爾本又作燕考文一本作燕下同采釋文又作本

湜湜其沚　唐石經小字本相臺本同案釋文云其沚者止正義本未有明文說文水部湜下引詩曰湜湜其止段玉裁云毛作止鄭作沚今考鄭箋但義從沚耳其經字不作沚也釋文唐石經及各本皆誤見下

小渚曰沚　小字本相臺本同案此鄭以經止字爲沚字之假借不云讀爲而於訓釋中直改其字以顯之

也例見關雎怨耦曰仇下此實漢代注經之常例而後來往往有依注改經者此經釋文本已誤矣經義雜記云以止爲沚起於北宋又云此因經誤作沚又於箋首增小渚曰沚四字於釋文加其沚音止四字其說皆非也關雎正義引此箋小渚曰沚安得以爲增乎因不得箋改字之例而誤也今訂正

故見渭濁　小字本相臺本同案釋文云舊本如此一本渭作謂後人改耳考此箋云故見謂濁下云故謂已惡也二謂字義同正義云涇水言以有渭故人見謂已濁猶婦人言以有新昏故君子見謂已惡也見謂濁言人見謂已涇之濁是正義本亦作謂當以一本爲長又云定本涇水以有渭故見其濁此定本之誤正義所不從而毛居正六經正誤反以爲是失之矣考文古本作其采正義一本作見其清濁則更誤正義見謂字凡四下二謂字譌作渭今改而正之見下

毋發我笱　唐石經小字本相臺本同案釋文以無發我笱作音考正義引角弓箋及說文毋字爲說是正義本作毋也考唐石經小弁經作無乃是經中用字不畫一當以正義本爲長○按以儀禮古文作無今文作毋例之毛詩據

古文則作無是也正義本作毋未是

諭禁新昏也　小字本同閩本明監本同相臺本諭作喻毛本同案喻字是也正義云是喻禁新昏無乃之我家也上文又云以與禁新昏汝無之我家喻即與也諭字形近之譌耳考文一本采此而改上文喻皆作諭其餘亦二字不別誤

言人無之我魚梁　閩本明監本毛本同案經作毋注同正義作無毋毋無古今字易而說之也例見前餘同此○按謂無毋古今字可也謂毋無古今字不可

東南至京兆陵陽　閩本明監本毛本同案浦鏜云陽陵字誤倒考漢志是也

此以涇濁喻舊至　閩本明監本同毛本至作室案室字是也六經正誤引作室

見渭濁言人見渭已涇之濁　閩本明監本毛本同案浦鏜云謂並誤渭是也六經正誤引作謂

象有姧之者禁令勿姧　明監本毛本姧誤姦閩本不誤案說文毋下作姧是也五經文字毋下作姦姦非姧也○按段玉裁云依說文厶者姦也姦者厶也毋下云从女有姦之者大禹謨正義引不誤若姧訓犯婬也與姦義有別

況其於君子家之事難易乎　小字本相臺本同閩本同明監本毛本家之作之家案所改是也考文古本作家事之一本亦作家之事

何所貧無乎　閩本明監本毛本同案經傳箋皆作亡正義作無亡無古今字易而說之也例見前

注云舟謂集板如今自　閩本明監本毛本同案自當作船易注本如此故正義引以說今日船也王應麟輯鄭易郎采此其誤亦同

慉養也　小字本相臺本同案正義云徧檢諸本皆云慉養孫毓引傳云慉興非也釋文云毛興也鄭驕也王肅養也說文起也據此則養也是王肅本也段玉裁云說文起卽興正義從養非

**賈用不售** 小字本相臺本同唐石經售字磨改案錢大昕唐石經考異云蓋本作讎段玉裁云讎正字售俗字史記漢書尚多用讎今考釋文售布救反是釋文本作售石經磨改所從也

**昔育恐育鞫** 唐石經小字本相臺本同閩本明監本毛本亦同案詩經小學云顧寧人曰唐石經自采芑節南山蓼莪之外並作鞫今但公劉瞻卬二詩從之餘多俗作鞫段玉裁案采芑節南山蓼莪其字皆當作鞫今考經中用字側不畫一其用蹋鞫字者假借也仍以唐石經爲正又案此經蜀石經無下育字誤也以傳箋正義考之皆當有蜀石經之不可信每類此

又盡道我以勞苦之事也 〔補〕道字上箋文作遺形近之譌

**以舊至比旨蓄** 同 〔補〕至當作室此與上以涇濁喻舊至誤

○式微

**齊以郱寄衞侯** 〔補〕案左傳郱當作郲

○旄丘

或作古北字補案釋文挍勘通志堂本同盧本北作丠案六經正誤云丘或作古北字作北誤是也集韻十八尤載北丠丘𡊣四形可證盧文弨所改者誤

州牧之牧補毛本作州牧之佐案佐字是也

宣公以魯桓二年卒閩本明監本毛本同案二上浦鏜云脫十字是也

是天子何異乎云夾輔之有也閩本明監本毛本同案浦鏜云乎當何字誤是也

則東西大伯補監本毛本大伯作二伯案二字是也

如葛之蔓延相連及也相臺本同閩本明監本毛本亦同小字本延作莚案釋文蔓莚以戰反又音延小字本依釋文也考毛葛覃野有蔓艸葛生傳延字皆不從艸此傳當同鄭葛覃箋及旱麓箋亦然釋文

延字皆無音雅此有是其本此延字誤加艸也此正義有三延字皆不從艸是正義本作延延字是矣考文古本作莚采釋文又考蔓字亦當衍葛覃傳云覃延也葛生傳云葛生延而蒙楚皆單言延野有蔓草傳釋蔓云延也是蔓卽延故不重言也鄭箋有延蔓而蔓在延下芄蘭箋今本有蔓莚依釋文是後人輙加然則此傳亦後人輙加也正義三言延蔓乃自爲文凡單注言延及單言蔓者正義皆得重言延蔓而說之

**以當蔓延相及** 閩本明監本毛本同案此當作延蔓誤倒之耳下文二延蔓可證

**讀作尨若而** 補案尨若而當厖茸字之譌

**狐裘蒙戎杜預云蒙戎亂貌** 閩本明監本毛本同案此不誤浦鏜云傳作厖茸非也凡正義引羣籍有順經注爲文不與本書同者此類是矣當各仍其舊

**上黨壺關縣有黎亭** 明監本毛本壺作壼案壺字是也

**始而愉樂** 小字本相臺本同案此定本也正義云定本偷樂作愉樂上文云言汝等今好而苟且爲樂以

苟且訓偷其正義本作偷也又上文云以與衛之諸臣始而偷樂今作愉者誤釋文愉以朱反與定本同此傳愉樂與微弱對文愉樂主言好不取苟且爲義正義本非是

本亦作裒〔補〕案釋文挍勘裒當作褏六經正誤云亦作裒中从由或作褎从臼从臼誤羣經音辨衣部云褎盛服也集韻四十九宥載褎褏二形云或从由皆可證也

# 附釋音毛詩注疏卷第二（二之三）

八

毛詩國風　　鄭氏箋　　孔穎達疏

簡兮刺不用賢也衛之賢者仕於伶官皆可以承事王者也伶官樂官也伶氏世掌樂官而善焉故後世多號樂官爲伶官。簡居限反字從竹或作蕑是草名非也泠音零字從水亦作伶【疏】簡兮三章章六句至王者。正義曰作簡兮詩者刺不能用賢也衛之賢者仕於伶官之賤職其德皆可以承事王者堪爲王臣故刺之伶官者樂官之揔名經言公庭萬舞即此仕於伶官在舞職者也周禮掌舞之官有舞師籥師旄人韎師也舞師云凡野舞則皆教之不教國子下傳曰教國子弟則非舞師也籥師掌教國子舞羽吹籥則不教萬舞經言公庭万舞則非籥師也旄人韎師皆教夷樂非萬舞又不教國子且夷狄之樂諸侯所無非賢者所得爲也唯大司樂云以樂教國子樂師云以教國子小舞其用人則大司樂中大夫二人樂師下大夫四人上士八人下士十有六人此乃天子之官也諸侯之禮亡其官屬不可得而知燕禮注云樂正于天子爲樂師也則諸侯有樂正之屬乎首章傳曰非但在四方親在宗廟公庭二章傳曰祭有畀煇胞翟閽寺者惠下之道礼記云翟者樂吏之賤者也則此賢者身在舞位在賤吏之列必非樂正也又刺衛不用賢而箋云擇人擇人則君所置用又非府史也若府史則官長所自辟除非君所擇也祭統曰尸飲九以散爵獻士下言祭之末乃賜之一爵又非士也蓋為樂正之屬祭廟教國子皆在舞位則為舞人也若周官旄人舞者衆寡無數鞅師舞者十有六人之類也周官司樂樂師其下無舞人此蓋諸侯官而有之然則此非府史而言樂吏者以賤故以吏言之故鞻胞閽寺悉非府史皆以吏言之也言皆可以者見不用者非一或在其餘賤職故言皆也時周室卑微非能用賢而言可以承事王者見碩人德大堪為王臣而衛不用非要周室所能任也仕於伶官首章是也二章言多才多藝卒章言宜為王臣是可以承事王者之事也○箋伶官至為伶官○正義曰左傳鍾儀對晉侯曰伶人也使與之琴操南音周語曰周景王鍾成伶人告龢魯語云伶蕭詠歌及鹿鳴之三此云仕於伶官以伶氏世掌樂官而善焉故後世多號樂官為伶官呂氏春秋及律歷志云黃帝使伶倫氏自大夏之西崐崘之陰取竹斷兩節間而吹之為黃鍾之宮周語景王鑄無射而問於伶州鳩是伶氏世掌樂官

簡

兮簡兮方將萬舞簡大也方四方也將行也以干羽為萬舞用之宗廟山川故言於四方箋云簡擇將且也擇兮擇兮者為且祭祀當萬舞也萬舞干羽也○為于偽反日之方中在前上處教國子弟以日中為期箋云在前上處者在前列上頭也周礼大胥掌學士之版以待致諸子春入學舍采合舞○胥思徐反版音板舍音釋下篇舍較同采音菜碩人俁俁公庭萬舞碩人大德也俁俁容貌大大也萬舞非但在四方親在宗廟公庭○俁俁疑矩反韓詩在邑邑云美貌

【疏】簡兮至萬舞○毛以為言衛不用賢有大德之人兮大德之人兮祭山川之時乃使之於四方行在萬舞之位又至於日之方中教國子弟習樂之時又使之在舞位之前行而處上頭親為舞事以教之此賢者既有大德復容貌美大俁俁然而君又使之在宗廟公庭親為萬舞是大失其所也○鄭以為衛君擇人兮擇人兮為有方且祭祀之時使之當為萬舞又日之方中仲春之時使之在前列上頭而教國子弟習樂為此賤事不當用賢而使大德之人容貌俁俁然者於祭祀之時親在宗廟公庭而萬舞言擇大德之人使為樂吏是不用賢也○傳以干羽至四方○正義曰萬舞名也謂之万者何休云象

武王以萬人定天下民樂之故名之耳商頌曰萬舞有奕殷亦以武定天下蓋象湯之伐桀也何休指解周舞故以武王言之万舞之名未必始自武王也以萬者舞之揔名干戚與羽籥皆是故云以干羽爲万舞以祭山川宗廟宜干羽並有故云用之宗廟山川由山川在外故云於四方解所以言四方之意也周禮舞師教羽舞帥而舞四方之祭祀教兵舞帥而舞山川之祭祀則山川與四方別此言山川而云四方者以周礼言天子法四方爲四望故注云四方之祭祀謂四望也大司樂注云四望謂五嶽四鎮四瀆然則除此以外乃是山川也故山川與四方別舞諸侯之祭山川其在封內則祭之非其地則不祭無嶽瀆之異唯祭山川而已故以山川對宗廟在內爲四方也此傳干羽爲萬舞宗廟山川同用之而樂師注云宗廟以人山川以干皆非羽舞宗廟山川又不同此得同者天子之禮大故可爲之節文別祀別舞諸侯唯有時王之樂禮數少其舞可以同也○箋簡擇至干舞○正義曰以下云公言錫爵當祭末則公庭萬舞是祭時此方論擇人爲萬舞故爲且祭祀也傳亦以此推之故用之宗廟山川爲祭也知萬舞爲干舞不兼羽籥者以春秋云萬入去籥別文公羊傳曰籥者何籥舞萬者何干舞言干則有戚矣礼記云朱干玉戚冕而舞大武言籥則有羽矣籥師曰教國子舞

羽吹籥羽籥相配之物則羽爲籥舞不得爲万也以干戚武事故以萬言之羽籥文事故指體言籥耳是以文王世子云春夏學干戈秋冬學羽籥注云干戈萬舞象武也羽籥籥舞象文也是干羽之異也且此萬舞并兼羽籥則碩人故能籥舞也下二章論碩人之才藝無爲復言左手執籥右手秉翟也明此言干戚舞下説羽籥舞也以此知萬舞唯干無羽也孫毓亦云萬舞干戚也羽舞翟之舞也傳以干羽爲萬舞失之矣○傳教國至爲期○正義曰知教國子弟者以言在前上處在前列上頭唯教者爲然祭祀之礼且明而行事非至日之方中始在前上處也此既爲樂官明其所教者國子也國子謂諸侯大夫士之適子言弟容諸侯之庶子於適子爲弟故王制云王太子王子羣后之太子卿大夫元士之適子彼雖天子之法推此諸侯亦有庶子在國學故言國子弟也傳言日中爲期則謂一日之中非春秋日夜中也若春秋言不當爲期也故王肅云教國子弟以日中爲期欲其徧至是也○箋在前至合舞○正義曰公羊傳曰諸侯四佾則舞者爲四列使此碩人居前列上頭所以教國子諸子學舞者令法於已也周礼者皆春官大胥職文也彼注云學士謂卿大夫諸子學舞者版籍也大胥主此版籍以待當召聚學舞者[illegible]

以學士入學宮而學之合舞等其進退使應節奏月令仲春之月命樂正習舞入學者必釋菜以礼先師謂蘋藻之屬也此賢者非爲大胥也引此者以證此日之方中即彼春入學是矣謂二月日夜中也尚書云日中星鳥左傳曰馬日中而出皆與此同也○傳碩人至公庭○正義曰碩者美大之稱故諸言碩人者傳皆以爲大德唯白華碩人傳不訓此及考槃傳意類之則亦爲大德也故王肅云碩人謂申后此刺不用賢則箋意亦以碩人爲大德其餘則隨義而釋不與此同故白華碩人爲妖大之人謂褒姒也碩既爲大德故俁俁爲容貌大也上亦教國子此直云非但在四方不並言教國子者以在前上處文無舞故據万舞言也

**有力如虎執轡如組**組織組也武力比於虎可以御亂御衆有文章言能治衆動於近成於遠也箋云碩人有御亂御衆之德可任爲王臣○轡悲位反組音祖任音壬

**左手執籥右手秉翟**籥六孔翟翟羽也箋云碩人多才多藝又能籥舞言文武道備○籥餘若反以竹爲之長三尺執之以舞鄭注礼云三孔郭璞同云形似笛而小廣雅云七孔翟亭歷反

**赫如渥赭公言錫爵**赫赤貌渥厚漬也祭有畀煇胞翟閽寺者惠下之道見惠不過一散箋云碩人

容色赫然如厚傅丹君徒賜其一爵而已不知其賢而進用之散受五升【疏】有力至錫爵○正義曰言碩人既有武力比如虎可以能御亂矣又有文德能治民如御馬之執轡使之有文章如織組矣以御者執轡於此使馬騁於彼織組者總紕於此而成文於彼皆動於近成於遠以與碩人能治衆施化於己而有文章在民亦動於近成於遠矣碩人既有御衆御亂之德又有多才多藝之伎能左手執管籥右手秉翟羽而舞復能爲文舞矣且其顏色赫然而赤如厚漬之丹赭德能容貌若是而君不用至於祭祀之末公唯言賜一爵而已是不用賢人也○傳組織至於遠○正義曰以義取動近成遠故知爲織組非直如組也武力比於虎故可以御亂也御治也謂有侵伐之亂武力可以治之定本作御字又言御衆有文章者御衆似執轡有文章似織組又云言能治衆動於近成於遠者又總解御衆有文章之事也以執轡及於如組與治衆三者皆動於近成於遠也此治民似執轡執轡又似織組織組轉相如故經直云執轡如組以揄御衆有文章也大叔于田云執轡如組謂段之能御車以御車似織組知此不然者以彼說段之田獵之伎故知爲實御此碩大堪爲王臣言有力如虎是武也故知執轡如組比其文德不宜但爲御矣○傳籥六孔翟翟羽○正義曰釋樂云大籥謂之産

郭璞曰籥如笛三孔而短小廣雅云七孔鄭於周禮笙師及少儀明堂位注皆云籥如笛三孔此傳云六孔與鄭不同蓋以無正文故不復改傳翟翟羽謂雉之羽也故異義公羊說樂萬舞以鴻羽取其勁輕一舉千里詩毛說萬以翟羽韓詩說以夷狄大鳥羽謹案詩云右手秉翟爾雅說翟鳥名雉屬也知翟羽舞也○箋碩人至道備○正義曰籥雖吹器舞時與羽並執故得舞名是以賓之初筵云籥舞笙鼓公羊傳曰籥者何籥舞是也首章云公庭萬舞是能武舞今又說其籥舞是又能爲文舞也碩人有多才多藝又能爲此籥舞言文武備也言其能而已非謂碩人實爲之也何者此章主美其文德不論其在職之事○傳渥厚至一散○正義曰渥者浸潤之名故信南山曰益之以霡霂既優既渥是也故此及終南皆云渥厚漬也言漬之久厚則有光澤故以與顏色之潤是以終南箋云如厚漬之丹言赤而澤是也定本渥厚也無漬字祭有畀輝胞翟閽寺者惠下之道皆祭統文彼又云畀之爲言與也能以其餘畀於下也煇者甲吏之賤者胞者肉吏之賤者翟者樂吏之賤者閽者守門之賤者注云煇周禮作韗蓋謂磔皮革之官周禮韗人爲鼓鮑人爲甲禮記是諸侯兼官故韗爲甲吏也胞鄭周禮庖人故注云庖之言苞也裹肉曰苞苴其職供王之膳羞是肉吏是也其官亦於韗人

周禮韗人亡庖人中士四人下士八人閽人王宮每門四人寺人王之正內五人以庖人類之則皆非府史不在獻又非士庖人於天子爲士於諸侯故亦非士引之證此碩人亦樂吏故於祭末乃是賜也知此亦是樂吏者以經云錫爵若士則尸飲九而獻之不得既祭乃賜之故知在惠下之中經云爵傳言散者禮器云禮有以小爲貴者貴者獻以爵賤者獻以散祭統云尸飲九以散爵獻士士猶以散獻爵賤無過散故知不過一散散謂之爵爵揔名也

**山有榛**

**隰有苓**榛木名下濕曰隰苓大苦箋云榛也苓也生各得其所以言碩人處非其位○榛本亦作蓁同側巾反子可食苓音苓本草云甘草

**云誰之思西方美人**箋云我誰思乎思周室之賢者以其宜薦碩人與在王位○與音預或如字

**彼美人兮西方之人兮**乃宜在王室箋云彼美人謂碩人也

【疏】山有至人兮○正義曰山之有榛木隰之有苓草各得其所以興衛之有碩人而在賤職可謂處非其位乃榛苓之不如碩人既不能用故令我云誰思之乎思西方周室之美人若得彼美人當薦此碩人使在王朝也彼美好之碩人兮乃宜在王朝爲西方之人兮但無人薦之耳○傳榛木名苓大苦○正義曰陸機云栗屬其子小似

栜子表皮黑味如栗是也榛字或作蓁蓋一木也釋草云蘦大苦孫炎曰本草云蘦今甘草是也蔓延生葉似荷青黃其莖赤有節節有枝相當或云蘦似地黃。箋彼美人謂碩人正義曰上言西方之美人謂周室之賢人以薦此碩人故知彼美人謂碩人西方之人謂宜爲西方之人故傳曰乃宜在王位言宜在王朝之位爲王臣也

簡兮三章章六句

泉水衛女思歸也嫁於諸侯父母終思歸寧而不得故作是詩以自見也以自見者見已志也國君夫人父母在則歸寧沒則使大夫寧於兄弟衛女之思歸雖非禮思之至也。見賢遍反上同思之至一本思作恩【疏】泉水四章章六句至以自見。正義曰此時宣公之世宣父莊兄桓此言父母已終未知何君之女也言嫁於諸侯必爲夫人亦不知所適何國蓋時簡札不記故序不斥言也四章皆思歸寧之事。箋衛女至之至。正義曰以之衛女思歸雖非禮而思之至極也君子善其思故錄之也定本作思字

毖彼泉水亦流于淇興也泉水始出毖然

流也淇水名也箋云泉水流而入淇猶婦人出嫁於異國○毖悲位反韓詩作秘說文作邲云直視也淇音其

**有懷于衛靡日不思**箋云懷至靡無也以言我有所至念於衛我無日不思也所至念者謂諸姬諸姑伯姊

**孌彼諸姬聊與之謀**孌好貌諸姬同姓之女聊願也箋云聊且略之辭諸姬者未嫁之女我且欲略與之謀婦人之禮觀其志意親親之恩也○孌力轉反下篇同

【疏】毖彼至之謀○毛以爲毖彼然而流者是泉水亦流入於淇水以與行嫁者是我婦人我婦人亦嫁於異國故我有所至念於衛無一日而不思念之也我所思念者念孌然彼諸姬未嫁之女願欲與之謀婦人之禮○鄭唯以聊爲且欲略與之謀爲異餘同○傳泉水始出毖然流○正義曰以此連云泉水知爲始出毖然流也是以衡門傳亦云泌泉水也言亦流于淇者以本敘衛女之情故言亦亦已也○箋懷至至伯姊○正義曰以下云靡日不思此懷不宜復爲思故以爲至念於衛以下文言之知至念者諸姬伯姊○箋聊且至之辭○正義曰言且者意不盡故言略之辭以言諸孌是未嫁之辭又稱衛所見宜據未嫁者傳言同姓之女亦謂未嫁也言諸姬容兄弟之女及五服之親故言同姓以廣之所以先言諸姬後姑姊者便文

互見以諸姬揔餘又卑欲與謀婦人之禮也姑姊尊故云問明亦與謀婦人之禮此衛女思歸但當思見諸姬而已思與謀婦禮觀其志意是親親之恩也

**出宿于泲飲餞于禰**泲地名祖而舍軷飲酒於其側曰餞重始有事於道也禰地名箋云泲禰者所嫁國適衛之道所經故思宿餞○泲子禮反餞音踐徐又才箭反送行飲酒也禰乃禮反地名韓詩作坭音同軷蒲末反道祭也

**女子有行遠父母兄弟**箋云行道也婦人有出嫁之道遠於親親故禮緣人情使得歸寧○遠于萬反注同

**問我諸姑遂及伯姊**父之姊妹稱姑先生曰姊箋云寧則又問姑及姊親其類也先姑後姊尊姑也

【疏】出宿至伯姊○正義曰衛女思歸言我思欲出宿於泲先飲餞於禰而出宿以嚮衛國而以父母既沒不得歸寧故言女子生而有適人之道遠於父母兄弟之親故禮緣人情使得歸寧今何爲不聽我乎我之嚮衛爲覲問諸姑遂及伯姊而已豈爲犯禮也哉而止我也○傳泲地名至禰地名○正義曰言祖而舍軷飲酒於其側者謂爲祖道之祭當釋酒脯於軷舍軷即釋軷也於時送者遂飲酒於祖側曰餞餞送也所以爲祖祭者重已方始有事於道故祭道之神也聘禮記曰出祖

釋軷祭酒脯乃飲酒於其側注云祖始也既受聘享之禮行出國門止陳車騎釋酒脯之奠於軷爲行始詩傳曰軷道祭謂祭道路之神春秋傳曰軷涉山川然則軷山行道○之名也道路以阻險爲難是以委土爲山或伏牲其上使者爲軷祭酒脯祈告卿大夫處者於是餞之飲酒於其側禮畢乘車轢之而遂行舍於近郊矣其牲犬羊可也大馭掌馭玉輅及犯軷遂驅之注云封土爲山象以菩芻棘柏爲神主既祭之以車轢之而去喻無險難也以此言之軷者本山行之名以祭道路之神求無險難故取名焉知出國而爲之者以聘禮烝民韓奕皆言出祖則不在國內以祖爲行道之始則不得至郊故知在國門外也以軷者軷壤之名與中霤行神之位同知委土爲山言或伏牲其上者據天子諸侯有牲卿大夫用酒脯而已大人云伏瘞亦如之明天子以犬伏於軷上羊人無伏祭之事則天子不用羊詩云取羝以軷謂諸侯也故云其有牲則犬羊耳謂天子以犬諸侯以羊尊卑異禮也以大馭云犯軷即云遂驅之故知禮畢乘車轢之也以聘禮上文既受聘享之禮云遂行舍於郊故知轢之而遂行舍於郊也卿大夫之聘出國則釋軷聘禮於家又釋幣於行注云告將行也行者之先其古人之名未聞天子諸侯有常祀在冬大夫三祀曰門曰行曰厲士○喪禮有毀宗躐行出于大門則行

神之位在廟門外西方今時民春秋祭祀有行神古之遺禮是在家釋幣告將行出國門用酒脯以祈告故二處不同也月令冬其祀行注依中霤之禮云行在廟門外之西爲軷壤厚二寸廣五尺輪四尺有主有尸用特牲是天子諸侯常祀在冬與軷異也軷祭則天子諸侯卿大夫皆於國外爲之大馭云犯軷詩云取羝以軷聘禮云釋軷是也又名祖聘禮及詩云出祖是也又名道曾子問云道而出是也以其爲犯軷祭道路之神爲行道之始故一祭而三名也皆先軷而飲餞乃後出宿此先言出宿者見飲餞爲出宿而設故先言以致其意韓奕云韓侯出祖出宿于屠既祖卽當出宿故彼箋云祖於國外畢乃出宿者示行不留於是也欲先明祖必出宿故皆先言出宿後言飲餞也聘禮遂行舍於郊則此出宿當在郊而傳云泲地名不言郊者與下傳互也下干云所適國郊則此泲亦在郊也此泲云地名則干亦地名矣正以聘禮遂行舍於郊則此衞女思宿焉明亦在郊也干泲思宿焉傳以爲在郊則言禰思餞焉差近在國外耳計宿餞當各在一處而已而此云泲禰下云干言別地者下箋云干言猶泲禰未聞遠近同異要是衞女所嫁國適衞之道所經見所思之耳下傳或兼云干言所適國郊者一郊不得二地宿餞不得同處言衍字耳定本集注皆云干所適國郊○箋婦人至歸

寧。正義曰此與蝃蝀竹竿文同而義異者以此篇不得歸寧而自傷故爲由遠親親而望歸寧蝃蝀刺其淫奔故爲禮自得嫁何爲淫奔竹竿以不見荅思而能以禮故爲出嫁爲常不可違礼詩者各本其意故爲義不同。傳父之至曰姊正義曰釋親文孫炎曰姑之言古尊老之名也然則姑姊尊長則當已嫁父母既沒當不得歸所以得問之者諸侯之女有嫁於卿大夫者去歸則見之。箋寧則至尊姑。正義曰以上章思與諸姬謀今復問姑及姊故言又也不問兄弟宗族而問姑及姊由親其類也

**出宿于干飲餞于言**干言所適國郊也箋云干言猶沸禰未聞遠近同異

**載脂載舝還車言邁**脂舝其車以還我行也箋云言還車者嫁時乘來今思乘以歸。舝胡瞎反車軸頭金也還音旋此字例同音更不重出

**遄臻于衛不瑕有害**遄疾臻至瑕遠也箋云瑕猶過也害何也我還車疾至於衛而返於行無過差有何不可而止我。遄市專反瑕音遐害毛如字鄭音曷行下孟反差初懈反又初加反卷末注同

**疏**出宿至有害。毛以爲我思欲出宿於干先飲餞於言而歸衛國耳則爲我脂車則爲我設舝而還廻其車我則乘之以行而欲疾至衛不得爲違礼遠義之

害何故不使我歸寧乎傳以瑕爲遠王肅云言願疾至於衛不遠礼義之害是也。鄭唯不瑕有害爲異。傳脂舝至我行。正義曰古者車不駕則脫其舝故車舝云間關車之舝兮傳曰間關設舝貌是也今將行既脂其車又設其舝故云脂舝其車云還者本乘來今欲乘以還故箋云言還車者嫁時乘來今思乘以歸

**我思肥泉茲之永歎**所出同所歸異爲肥泉箋云茲此也自衛而來所渡水故思此而長歎。肥字或作淝音同

【疏】傳所出同所歸異爲肥泉。正義曰釋水云泉歸異出同流肥。箋自衛至渡水。正義曰以下須漕是衛邑故知此肥泉是衛水也

**思須與漕我心悠悠**須漕衛邑也箋云自衛而來所經邑故又思之。漕音曹

【疏】傳須漕衛。正義曰鄘云以廬於漕漕是衛邑須與漕連明亦衛邑

**駕言出遊以寫我憂**寫除也箋云既不得歸寧凡欲乘車出遊以除我憂

【疏】箋既不至我憂。正義曰以此不得歸寧而出遊不過出國故言且出遊竹竿不見荅故以出遊爲歸是以彼箋云適異國而不見荅其除此憂雖有歸耳

泉水四章章六句

北門刺仕不得志也言衛之忠臣不得其志爾不得其志者君不知已志而遇困苦【疏】北門三章章七句至志爾。○正義曰謂衛君之闇不知士有才能不與厚祿使之困苦不得其志故刺之也經三章皆不得志之事也言士者有德行之稱其仕爲官尊卑不明也

出自北門憂心殷殷興也北門背明鄉陰箋云自從也興者喻已仕於闇君猶行而出北門心爲之憂殷殷然。○殷本又作慇同於巾反沈於文反又音隱爾雅云憂也背蒲對反鄉本又作嚮同許亮反爲于僞反

終窶且貧莫知我艱窶者無禮也貧者困於財箋云艱難也君於已祿薄終不足以爲禮又近困於財無知已以此爲難者言君既然矣諸臣亦如之。○窶其矩反無禮也爾雅云貧也案謂貧無可爲禮

已焉哉天實爲之謂之何哉箋云謂勤也詩人事君無二志故自決歸之於天我勤身以事君何哉忠之至【疏】出自至何出哉。○正義曰衛之忠臣不得其志言人出自北門者背明嚮陰而行猶已仕

於亂世闇於闇君而仕由君之闇已則爲之憂心殷殷然所以憂者以君於已祿薄使已終當窶陋無財爲禮又且貧困無資充用而衆臣又莫知我貧窶之艱難者君於已雖祿薄已又不忍去之止得守此貧困故自決云已焉哉我之困苦天實爲之使我遭此君我止當勤以事之知復奈何哉○傳北門背明鄉陰○正義曰本取人鄉陰行似已仕闇君故以出自北門爲喻傳以鄉陰者必背明耳不取背明爲義何者此人既仕闇君雖困不去非恨本不擇君故知不以背明爲喻也○傳窶者至於財○正義曰釋言云窶貧也則貧窶爲一也傳此經云終窶且貧爲二事之辭故爲窶與貧別窶謂無財可以爲禮故言窶者無禮貧謂無財可以自給故言貧者困於財是以箋云祿薄終不足以爲禮是終窶也又近困於財是且貧也言近者已所資給故言近對以之爲禮者爲遠也無財謂之貧此二者皆無財之事故爾雅貧窶通也終窶且貧言君於已祿薄是君既然矣莫知我艱揔謂人無知已是諸臣亦如之以頒祿由君故怨已貧窶祿薄不由諸臣故但恨其不知已也○箋詩人至之至○正義曰此詩人敘仕者之意故謂之詩人事君不知已而不去是無二志也已困苦應去而不去是終當貧困故言已焉哉是自決也此實由君言天實爲之是歸之於天也君臣義合道不行則去今

君於已薄矣猶云勤身以事之知復何哉無去心是忠之至也

**王事適我政事一埤益我** 適之埤厚也箋云國有王命役使之事則不以之彼必來之我有賦稅之事則減彼一而以益我言君政偏已兼其苦○埤避支反偏音篇

**我入自外室人交徧讁我** 讁責也箋云我從外而入在室之人更迭遍來責我使已去也言室人亦不知已志○徧古遍字注及下同凡徧字從行偏字從人後皆放此讁直革反玉篇知革反更音庚迭待結反

【疏】王事至讁我○正義曰此仕者言君既昏闇非直使已貧窶又若國有王命役使之事則不以之彼必來之我使已勞於行役若有賦稅之事則減彼一而厚益我使已困於資財君既政偏已兼其苦而我入自外而歸則室家之人更迭而偏來責我言君既政偏爾何不去此忠臣不忍去而室人不知以責已外爲君所困內爲家人不知故下又自決歸天○傳埤厚○正義曰謂減彼一以厚益已使已厚出賦稅之事是也○箋國有至其苦○正義曰政事云一埤益我有可減一則爲賦稅之事政事是賦稅則王事是役使可知役使之事不之彼而之我使我勞而彼逸賦稅之事減彼一而益我使彼少而我多此王事不必天子事直以戰伐行役皆王家

之事猶鴇羽云王事靡盬於時甚亂非王命之事也○箋我從至已志○正義曰亂君臣有合離之義今遭困窮而室人責之故知使之去也此士雖困志不去君而家人使之去是不知已志上言諸臣莫知我艱故云室人亦不知已志

**已焉哉天實爲之謂之何哉王事敦我政事一埤遺我**敦厚遺加也箋云敦猶投擲也○敦毛如字韓詩云敦迫鄭都回反投擿也遺唯季反擿呈釋反與擲同本或作摘非【疏】傳敦厚箋敦猶投擲○正義曰箋以役事與之無所爲厚也且上云適我此亦宜爲之已之義故易傳以爲投擲於已也

**我入自外室人交徧摧我**摧沮也箋云摧者刺譏之言○摧徂回反或作催音同韓詩作誰音千隹子隹二反就也沮在呂反何音阻【疏】傳摧沮箋摧者刺譏之言○正義曰毛以爲室人更責則乖沮已志定本集注皆云摧沮也箋以上章類之言謫已者是室人責已故以爲摧爲刺譏已也

**已焉哉天實爲之謂之何哉**

北門三章章七句

北風刺虐也衛國並爲威虐百姓不親莫不相攜持而去焉○攜戶圭反〔疏〕北風三章章六句至去焉○正義曰作北風詩者刺虐也言衛國君臣並爲威虐使國民百姓不親附之莫不相攜持而去之歸於有道也此主刺君虐故首章二章上二句皆獨言君政酷暴卒章上二句乃君臣並言也三章次二句皆言攜持去之下二句言去之意也

北風其涼雨雪其雱興也北風寒涼之風雱盛貌箋云寒涼之風病害萬物興者喻君政教酷暴使民散亂○涼音良雨于付反又如字下同雱普康反酷苦毒反惠而好我攜手同行惠愛行道也箋云性仁愛而又好我者與我相攜持同道而去疾時政也○好呼報反下及注同行音衡其虛其邪既亟只且虛虛也亟急也箋云邪讀如徐言今在位之人其故威儀虛徐寬仁者今皆以爲急刻之行矣所以當去以此也〔疏〕北風至只且○正義曰言天既爲北風其寒涼矣又加之雨雪其雱然而盛由涼風盛雪病害

方物以興君政酷暴病害百姓也百姓既見病害莫不散亂故皆云彼有性仁愛而又好我者我與此人攜手同道而去欲以共歸有德我所以去之者非自爲君之酷虐而在位之臣雖先日其寬虛其舒徐威儀謙退者今莫不盡爲急刻之行故已所以去之既盡也只且語助也○箋寒涼至散亂○正義曰風雪並喻君虐而箋獨言涼風者以風非所害物但北風寒涼故害萬物與常風異是以興君政酷暴也而雪害物不言可知○性仁至而去○正義曰以經攜手之文承惠好之下則與此惠而好我者相攜手也○傳虛虛箋邪讀如徐○正義曰釋訓云其虛其徐威儀容止也孫炎曰虛徐威儀謙退也然則虛徐者謙虛閑徐之義故箋云威儀虛徐寬仁者也但傳質詁訓疊經文耳非訓虛爲徐此作其邪爾雅作其徐字雖異音實同故箋云邪讀如徐

**北風其喈雨雪其霏**喈疾貌霏甚貌○喈音皆霏芳非反**惠而好我攜手同歸**歸有德也**其虛其邪既亟只且**

**莫赤匪狐莫黑匪烏**狐赤烏黑莫能別也箋云赤則狐也黑則烏也猶今君臣相承爲惡如一○別彼竭反

【疏】莫赤至匪烏○正義曰衛之百性疾其時政以狐之類皆赤烏

之類皆黑人莫能分別赤以爲非狐者莫能分別黑以爲非烏者由狐赤烏黑其類相似人莫能別其同異以與今君臣爲惡如一似狐烏相類人以莫能別其同異言君惡之極臣又同之已所以攜持而去之○傳狐赤至能別○正義曰狐色皆赤烏色皆黑以喻衛之君臣皆惡也人於赤狐之羣莫能別其赤而非狐者言皆是狐於黑烏之羣莫能別其黑而非烏者言皆是烏以愉於衛君臣莫能別其非惡者言皆爲惡故箋云猶今之君臣相承爲惡如一也故序云並爲威虐經云莫赤莫黑揔辭故知並刺君臣以上下皆惡故云相承也

惠而好我攜手同車攜手就車其虛其邪既亟只且

北風三章章六句

靜女刺時也衛君無道夫人無德以君及夫人無道德故陳靜女遺我以彤管之法德如是可以易之爲人君之配○遺唯季反下同【疏】靜女三章章四句至無德○正義曰道德一也異其文耳經三章皆是陳靜女之美欲以易今夫人也庶輔贊於君使之有道也此直思得靜女以易夫人非

謂陳古也故經云俟我貽我皆非陳古之辭也**靜女其姝俟我於城隅**靜貞靜也女德貞靜而有法度乃可說也姝美色也俟待也城隅以言高而不可踰箋云女德貞靜然後可畜美色然後可安又能服從待禮而動自防如城隅故可愛之○姝赤朱反說文作㛃云好也說音悅篇末注同**愛而不見搔首踟躕**言志往而行正箋云志往謂踟躕行正謂愛之而不往見○搔蘇刀反踟直知反躕直誅反【疏】靜女至踟躕○正義曰言有貞靜之女其美色姝然又能服從君子待禮而後動自防如城隅然高而不可踰有德如是故我愛之欲爲人君之配心既愛之而不得見故搔其首而踟躕然○傳女德至可踰○正義曰言靜女女德貞靜也俟我於城隅是有法度也女德如是乃可悅愛故下云愛而不見是也姝變皆連靜女靜既爲德故姝爲美色也東方之日傳姝者初昏之貌以彼論初昏之事亦是美色故箋云姝姝然美好之子干旄傳曰姝順貌以賢者告之善道不以色故爲順亦謂色美之順也城隅高於常處以喻女之自防深故周禮王城高七雉隅九雉是高於常處也○女德至可愛○正義曰箋解本舉女靜德與美色之意言女德貞靜然後可保畜也有美色然後可意安以爲匹也故德色俱言之據女爲

說故云服從待禮謂待君子媒妁聘好之禮然後乃動不爲淫佚是其自防如城隅故可愛也**靜女其孌貽我彤管**箋旣有靜德又有美色又能遺我以古人之法可以配人君也古者后夫人必有女史彤管之法史不記過其罪殺之后妃羣妾以禮御於君所女史書其日月授之以環以進退之生子月辰則以金環退之當御者以銀環進之著于左手既御著于右手事無大小記以成法箋云彤管筆赤管也○貽本又作詒音怡遺也下同下句協韻亦音以志反彤徒冬反彤赤也管筆管著知略反又直略反下同**彤管有煒說懌女美**煒赤貌彤管以赤心正人也箋云說懌當作說釋赤管煒煒然女史以之說釋妃妾之德美之○煒于鬼反說本又作悅毛王上音悅下音亦鄭說音始悅反懌作釋始亦反【疏】靜女至女美○毛以爲言有貞靜之女其色孌然而美又遺我以彤管之法不違女史所書之事成其妃妾之美我欲易之以爲人君之妃此女史彤管能成靜女之德故嘉善此彤管之狀有煒煒然而喜樂其能成女德之美因靜女能循彤管之法故又悅美彤管之能成靜女王肅云嘉彤管之煒煒然喜樂其成女美也○鄭唯說釋女美爲異以上句既言遺我彤管之法故說彤管以有法由女史執之以

筆陳說而釋此妃妾之德美有進退之法而靜女不違是遺我彤管之法也○傳既有至人君○正義曰既有靜德謂靜女也又有美色謂其變也遺我以古人之法卽貽我彤管也○傳古者至成法○正義曰傳以經云貽我彤管是女史之事故具言女史之法也周禮女史八人注云女史女奴曉書者其職云掌王后之禮職掌內治之貳以詔后治內政逆內宮書內令凡后之事以禮從夫人女史亦如之故此總云后夫人必有女史彤管之法也女史若有不記妃妾之過其罪則殺之謂殺此女史凡后妃羣妾以禮次序御於君所之時使女史書其日月使知某日某當御某日當次某也授之以環以進退之者卽下句是也生子月辰謂將生子之月故內則妻將生子及月辰居側室是也此以月辰將產爲文實有娠卽宜退之故生民箋云於是遂有身而肅戒不復御是也內則月辰所居側室者爲將產異其處非謂始不御也當御以銀環進之著於左手既御乃著於右手金環不言著略之此妃妾進御煩碎之事而令女史書之者事無大小記以成法也此是女史之法靜女遺我者謂遺我不違○女史之法使妃妾德美也此似有成文未聞所出定本集注云女史皆作女吏○傳彤管以赤心正人○正義曰必以赤者欲使女史以赤心正人謂赤心事夫人而正妃妾之次序也○箋說懌

至美之○正義曰以女史執此赤管而書記妃妾進退日月所次序使不違失宜爲書說而陳釋之成此妃妾之德美故美之也

**自牧歸荑洵美且異**牧田官也荑茅之始生也本之於荑取其有始有終箋云洵信也茅絜白之物也自牧田歸荑其信美而異者可以供祭祀猶貞女在窈窕之處媒氏達之可以配人君○牧州牧之牧徐音目荑徒兮反洵本亦作詢音荀共音恭窈烏了反窕徒了反處昌慮反

**匪女之爲美美人之貽**非爲荑徒說美色而已美其人能遺我法則箋云遺我者遺我以賢妃也○爲于僞反注同或如字

【疏】自牧至之貽○毛以爲詩人既愛靜女而不能見思有人歸之言我欲令有人自牧田之所歸我以茅荑信美好而且又異者我則供之以爲祭祀之用進之於君以與我顯有人自深宮之所歸我以貞信之女信美好而又異者我則進之爲人君之妃又言我所用此女爲人君之妃者由此女之美我非徒悅其美色又美此女人之能遺我彤管之法故欲易之以配人君○鄭唯下二句爲異言若有人能遺我貞靜之女我則非此女之爲美言不美此女乃美此人之之遺於我者愛而不見冀於得之故有人遺之則美其所遺之人也○傳荑茅至有終○正義曰傳以茅則可以供祭祀

之用荑者茅之始生未可供用而本之於荑者欲取興女有始有終故舉茅生之名也言始爲荑終爲茅可以供祭祀以喻始爲女能貞靜終爲婦有法則可以配人君○箋茅絜至人君○正義曰箋解以茅喻之意以茅絜白之物信美而異於衆草故可以供祭祀喻靜女有德異於衆女可以配人君故言洵美且異也言供祭祀之用者祭祀之時以茅縮酒左傳曰爾貢包茅不入王祭不供無以縮酒是也定本集注云信美而異者○箋遺我至賢妃○正義曰箋以上自牧歸荑欲人貽己以美女此言非女之爲美美人之貽則非美其女美貽己之人也故易之以爲遺我以賢妃也

靜女三章章四句

新臺刺衛宣公也納伋之妻作新臺于河上而要之國人惡之而作是詩也伋宣公之世子○新臺脩舊曰新爾雅云四方而高曰臺孔安國云之高曰臺伋音急宣公世子名要於遙反惡烏路反

【疏】新臺三章章四句至是詩○正義曰此詩伋妻蓋自齊始來未至於衛而公聞其美恐不從己故使人於河上爲新臺待其至於河而因臺所以要之耳若已

至國則不須河上要之矣**新臺有泚河水瀰瀰**泚鮮明貌瀰瀰盛貌水所以絜汙穢反于河上而爲淫昬之行。泚音此徐又七禮反鮮明貌說文作玼云新色鮮也瀰莫爾反徐又莫啟反水盛也說文云水滿也汙音烏行下孟反篇註同**燕婉之求籧篨不鮮**燕安婉順也籧篨不能俯者箋云鮮善也伋之妻齊女來嫁於衛其心本求燕婉之人謂伋也反得籧篨不善謂宣公也籧篨口柔常觀人顏色而爲之辭故不能俯也。燕於典反又於見反安也婉迂阮反徐於管反籧音渠篨音儲鮮斯踐反王少也依鄭又音仙。

【疏】新臺至不鮮。毛以爲衛人惡公納伋之妻故言所要之處云公新作高臺有泚然鮮明在於河水瀰瀰之處而要齊女以爲淫昬也水者所以絜汙穢反於河上作臺而爲淫昬之行是失其所也又言齊女來嫁本燕婉之人是求欲以配伋乃今爲所要反得行籧篨佞媚之行不少者之宜公是非所求也。鄭唯不鮮爲異。傳此鮮至之行。正義曰此與下傳互也臺泚言鮮明下言高峻見臺體高峻而其狀鮮明也河瀰言盛貌下言平地見河在平地而波流盛也以公作臺要齊女故須言臺又言河水者表作臺之處也言水流之盛者言水之盛流當以絜汙穢而公反於其上爲淫皆故惡之也○傳籧篨不能俯者○正義曰籧篨戚施本人疾之名故晉語云籧篨不可使俯戚施不可使仰是也但人口柔者必仰面觀人之顔色而爲辭似籧篨不能俯之人因名口柔者爲籧篨面柔者必低首下人媚以容色似戚施之人因名面柔者爲戚施故箋云籧篨口柔常觀人顔色而爲之辭故不能俯戚施面柔下人以色故不能仰也時宣公爲此二者故惡而比之非宣公實有二病故箋申傳意以爲口柔面柔也籧篨口柔戚施面柔釋訓文李巡曰籧篨巧言好辭以口饒人是謂口柔戚施和顔悅色以誘人是謂面柔也

**新臺有洒河水浼浼**洒高峻也浼浼平地也○洒七罪反韓詩作漼音同云鮮貌浼每罪反韓詩作浘浘音尾云盛貌**燕婉之求籧篨不殄**殄絶也箋云殄當作腆腆善也○殄毛徒典反鄭改作腆吐典反

【疏】傳殄絶○正義曰釋詁文言齊女反得籧篨之行而不絶者謂行之不止常然推此則首章鮮爲少傳不言耳故王肅亦爲少也○殄當作腆腆善○正義曰箋云籧篨口柔當不能俯言少與不絶非類也故以上章鮮爲善讀此殄爲腆腆與殄古今字之異故儀禮注云腆古文字作殄是也

**魚網之設鴻則離之**言所得非所求也箋

云設魚網者宜得魚鴻乃鳥也反離焉猶齊女以禮來求世子而得宣公**燕婉之求得此戚施**戚施不能仰者箋云戚施面柔下人以色故不能仰也○戚千歷反下遝嫁反

新臺三章章四句

**二子乘舟思伋壽也衛宣公之二子爭相爲死國人傷而思之作是詩也**○爲于僞反【疏】二子乘舟二章章四句至是詩○正義曰作二子乘舟詩者思伋壽也衛宣公之二子伋與壽爭相爲死故國人哀傷而思念之而作是二子乘舟之詩也二子爭相爲死郎首章二句是也國人傷而思之下二句是也

**二子乘舟汎汎其景**二子伋壽也宣公爲伋取於齊女而美公奪之生壽及朔朔與其母愬伋於公公令伋之齊使賊先待於隘而殺之壽知之以告伋使去之伋曰君命也不可以逃壽竊其節而先往賊殺之伋至曰君命殺我壽有何罪賊又殺之國人傷其涉危遂往如乘舟而無所薄汎汎然迅疾而不礙也○汎芳劒反景如字或音影愬蘇路反令力征反隘於賣反

駛疾所吏反本或無駛字一本作迅疾

願言思子中心養養願每也養養然憂不知所定箋云願念也念我思此二子心爲之憂養養然

疏二子至養養○毛以爲二子伋壽爭相爲死赴死似歸不顧其生如乘舟之無所薄觀之汎汎然見其影之去往而不礙猶二子爭死遂往而亦不礙也故我國人傷之每有所言思此二子則中心爲之憂養養然不知所定○鄭唯以願言思子爲念我思此二子爲異○傳二子至不礙○正義曰以序云思伋壽故知二子伋壽也傳因言二子爭死之由其言與桓十六年左傳小異大同也此言愬伋於公傳言構伋子服虔云構會其過惡亦是愬之也此言先待於隘傳言使盜待諸莘服虔云莘衛東地則莘與隘一處也此言君命不可逃也壽竊其節而先往傳言壽子告之使行不可曰棄父之命惡用子矣有無父之國則可也及行飲以酒壽子載其旌以先此文不足亦當如傳飲以酒也旌節不同蓋載旌旗以爲節信也衛世家所說與左傳略同云壽盜其白旄而先言白旄者或以白旄爲旌節也言國人傷其涉危遂往者解經以乘舟爲喻之意以二子遂往不愛其死如乘舟無所薄汎汎然迅疾而不礙無所薄猶涉危也謂涉渡危難而取死下言其影以其影謂舟影觀其去而見其影義取其遂往

不還故卒章云其逝傳曰逝往謂舟汎汎然其形往影形可見故言往也二子乘舟汎汎其逝逝往也願言思子不瑕有害言二子之不遠害箋云瑕猶過也我思念此二子之事於行無過差有何不可而不去也○害毛如字鄭音曷何也遠于萬反〔疏〕二子至有害○正義曰下二句毛鄭別○箋我念至不去○正義曰此國人思念之至故追言其本何爲不去而取死深閔之之辭也

二子乘舟二章章四句

邶國十九篇七十一章三百六十三句

附釋音毛詩注疏卷第二　二之三

清嘉慶二十年重栞
宋本用文選樓藏本校

翰林院編修南昌黄中模栞

# 毛詩注疏挍勘記（二之三）

阮元撰　盧宣旬摘錄

○簡兮

仕於伶官　小字本同閩本明監本毛本同唐石經伶作泠相臺本同案釋文云泠官音零字從水樂官也字亦作伶正義標起止云箋伶官至伶官其上下文伶字盡同此箋言泠氏世掌樂官正義引伶倫氏伶州鳩以爲說考左昭二十年泠州鳩釋文云泠字亦作伶漢書志泠綸及人表泠淪又呂覽同皆用從水字廣韻泠又姓此序及箋當本作泠其作伶者俗字耳正義亦當本是泠字或後人改之也五經文字云泠樂官或作伶訛亦其證

伶人告縣　閩本明監本毛本同案浦鏜云和誤縣考國語是也

萬舞干羽也　閩本明監本毛本同小字本相臺本羽作舞考文古本同案羽字誤也以干羽爲萬舞是毛義萬舞爲干舞籥舞爲羽舞鄭所易也正義有明文又標起止云箋簡擇至干舞亦可證不知者乃順上傳改此箋耳

可以御亂 小字本相臺本同案正義云御治也謂有侵伐之亂武力可以治之定本作御字如其所言非爲異本當有誤也今無可考意必求之或定本御非禦

渥厚漬也 小字本相臺本同案此正義本也云定本渥厚也無漬字考釋文渥下云厚也亦無漬字故下不爲漬字作音釋文本與定本同也

祭有畀韗胞翟閽寺者 閩本明監本毛本韗誤煇案序下正義兩韗字可證依此正義本傳當作韗字釋文云煇字亦作韗者是也其引祭統乃順彼文作煇耳

其子小似柹子 閩本明監本毛本同案浦鏜云橡誤柹是也○按一本作似杼子杼卽狙公賦芧字之或體非機杼也杼誤而爲柹耳芧卽橡也

○泉水

思之至也 小字本相臺本同案正義云雖非禮而思之至極也君子善其思故錄之也定本作思字如其

所言非爲異本當有誤也釋文云一本思作恩或定本如此但未有明文明監本毛本作定本作恩字用釋文改耳

以之衞女思歸 補 毛本之作此

無日不思也 小字本相臺本同閩本明監本毛本無上衍我字十行本初刻無後剜添考正義云故我有所至念於衞無一日而不思念之也是箋本無我字剜添者非也

然則輙由行道之名也 閩本明監本毛本同案浦鏜云道衍字以聘禮注考之是也

士喪禮有毀宗躐行 閩本明監本毛本同案浦鏜云士衍字以聘禮記注考之是也

我還車疾於衞而返 小字本同相臺本疾下有至字閩本明監本毛本同十行本初刻無後剜添案無者是也此箋而返二字即申傳至字之意若疾下有至字則而返二字無所施矣相臺本非也

○北門

刺仕不得志也 唐石經小字本相臺本同案正義云不知士有才能又云言士者有德行之稱其仕爲官

尊卑不明也是正義本仕當作士字

出自至何出哉補案經文出哉出字衍

摧沮也小字本相臺本同案正義云則乖沮已志定本集注皆云摧沮也標起止云傳摧沮如其所言非爲異本當有誤也今無可考意必求之或定本集注作摧阻也

故以爲摧爲刺譏己也閩本明監本毛本同案浦鏜云爲摧當摧我誤是也

○北風

虛虛也小字本相臺本同案此釋文本也釋文云虛虛也一本作虛徐也正義云但傳質詁訓疊經文耳非訓虛爲徐是正義本當是虛徐也與釋文一本同標起止云傳虛虛或合併經注正義時所改也段玉裁云經文作邪鄭始易爲徐毛意虛邪如管子之志無虛邪耳虛虛也者謂此上虛字卽空虛字也正義本非○按古之訓詁有此一例如易大傳比者比也剝者剝也蒙者蒙也說文亦云巳者巳也經傳不可枚數或疑毛傳內無此因舉要之

襋之傳曰要褸也毛公時安得有褸字褸本作要謂此要非人要領之要乃衣裳之要也正與此虛虛也一例古者虛本訓丘虛因之訓空虛嫌其義之不可定也故釋之曰此丘虛字其義則空虛也如易蒙者蒙也謂此蒙艸名之字其義則訓蒙覆也

○靜女

言志往而行正　小字本同閩本明監本毛本亦同相臺本正作止考文古本同案正字是也終風箋云正猶止也言正足包止義不必與往字對文相臺本非也

定本集注云女吏皆作女史　閩本明監本毛本同案此云字當衍

其信美而異者　小字本相臺本同案正義說箋云信美而異於衆輩又云定本集注云信美而異者是正義本不與定本集注同也但未有明文今無可考考文一本美作善未見所出

非爲荑徒說美色而已　小字本相臺本荑作其閩本明監本毛本亦同案其者其經女字也

唯十行本作黄是誤字

○新臺

之高曰臺〔補〕毛本之作上非也當是土字之譌

○二子乘舟

汎汎然迅疾而不礙也　小字本相臺本同案正義云汎汎然迅疾而不礙釋文云駛疾所吏反本或無駛字一本作迅疾正義本與一本同

見其影之去往而不礙　閩本明監本毛本同案經作景正義作影景影古今字易而說之也例見前餘同此

不瑕有害　小字本相臺本同唐石經初刻遐後改瑕案初刻非也此經瑕字毛遠也以瑕爲遐之假借鄭則如字讀之故易爲過也泉水經同其釋文可證也汝墳天保南山有臺等經用遐字卽不畫一之例　止

# 附釋音毛詩注疏卷第三　三之一　九

## 鄘柏舟詁訓傳第四。陸曰鄘音容鄭云紂都以南曰鄘王云王城以西曰鄘也

毛詩國風　　鄭氏箋　　孔穎達疏

柏舟共姜自誓也衛世子共伯蚤死其妻守義父母欲奪而嫁之誓而弗許故作是詩以絕之

共伯僖侯之世子。共音恭下同姜居羊反共姜共伯之妻也婦人從夫謚姜姓也蚤音早僖許其反史記作釐曹大家音僖

疏「柏舟二章章七句至以絕之。正義曰作柏舟詩者言其共姜自誓也所以自誓者衛世子共伯蚤死其妻共姜守義不嫁其父母欲奪其意而嫁之故與父母誓而不許更嫁故作是柏舟之詩以絕止父母奪已之意此誓云已至死無他心與鄭伯誓母云不及黃泉無相見皆豫爲來事之約卽盟之類也言衛世子者依世家共伯之死時釐侯已葬入釐侯羨自殺則未成君故繫之父在之辭言世子以別於衆子曾子問曰君薨而世子生之類也春秋公羊之說

云存稱世子君薨稱子某既葬稱子左氏之義既葬稱君與此不同此詩便文說事非史策屬辭之例也言共伯者共謚伯字以未成君故不稱爵言早死者謂早死不得爲君不必年幼也世家武公和篡共伯而立五十五年卒楚語曰昔衛武公年九十有五矣猶箴儆于國則未必有死年九十五以後也則武公卽位四十一二以上共伯是其兄則又長矣其妻蓋少猶可以嫁喪服傳曰夫死妻穉子幼子無大功之親妻得與之適人是於禮得嫁但不如不嫁爲善故云守義禮記云一與之齊終身不改故夫死不嫁是夫妻之義也此敘其自誓之由也自誓卽下云至死矢靡他是也但上四句見已所以不嫁之由下二句乃追恨父母奪已之意○箋共伯僖侯之世子○正義曰史記僖字皆作釐列女傳曰曹大家云釐音僖則古今字異而音同也

**汎彼柏舟在彼中河**興也中河河中箋云舟在河中猶婦人之在夫家是其常處○汎芳劍反處昌慮反

**髧彼兩髦實維我儀**髧兩髦之貌髦者髮至眉子事父母之飾儀匹也箋云兩髦之人謂共伯也實是我之匹故我不嫁也禮世子昧爽而朝亦櫛纚笄總拂髦冠緌纓○髧本又作紞徒坎反髦音毛說文作髳音同禮子生三月鬋髮爲鬌長大作髦以象之鬌音丁果反昧

莫背反朝直遥反櫛側乙反纚色蟹反又色綺反總子孔反緌汝誰反**之死矢靡它**矢誓靡無之至也至已之死信無它心○它音他**母也天只不諒人只**諒信也母也天也尚不信我天謂父也○只音紙亮本亦作諒力尚反○

【疏】汎彼至人只○正義曰言汎汎然者彼柏木之舟在彼中河是其常處以與婦人在夫家亦是其常處今我既在夫家矣又髧然著彼兩髦之人共伯實維是我之匹耦言其同德齊意矣其人雖死我終不嫁而父母欲奪已志故與之誓言已至死誓無變嫁之心母也父也何謂尚不信我也而欲嫁我哉○傳髦者至之飾○正義曰既夕禮云既殯主人脫髦注云兒生三月翦髮爲鬌男角女羈否則男左女右長大猶爲之飾存之謂之髦所以順父母幼小之心至此尸柩不見喪無飾可以去之髦之形象未聞內則注云髦者用髮爲之象幼時鬌其制未聞髮至眉亦無文故鄭云其制未聞內則云子事父母總拂髦是子事父母之飾也言兩者以象幼時鬌則知髦以挾囟故兩髦也喪大記云小斂主人脫髦注云士既殯而脫髦此云小斂蓋諸侯禮也士之既殯諸侯之小斂於死者俱三日也則脫髦諸侯小斂而脫之此共伯之死時僖侯已葬去髦久矣仍云兩髦者追本父母在之飾故箋引世

子昧爽而朝明君在時事也髦者事父母之飾也若父母有先死者於死三日脫之服闋又著之若二親並沒則因去之矣玉藻云親沒不髦是也○箋兩髦至緌纓○正義曰以共伯已死死不忍斥言故以兩髦言之也世子昧爽平旦而朝君初亦如是櫛髦乃櫛纚笄內則注云纚所以韜髮者也笄今之簪則著纚乃以簪約之又著總又拂髦而著之故內則注云拂髦振去塵而著之既著髦乃加冠又著緌纓然後朝君也禮世子之記曰朝夕至于寢門外朝即昧爽也又內則云由命士以上父子皆異宮昧爽而朝世子亦是命士以上故知昧爽也文王之為世子雞初鳴而衣服至於寢門外者鄭玄云文王之為世子也非禮之制故不與常世子同也內則云子事父母雞初鳴端韠紳注云端玄端士服也庶人以深衣然則命士以下亦於雞鳴之時朝者命士以下當勉力從事因早起而適父母之所不主為朝也異宮者則敬多故內則注云異宮崇敬是也但文王之為世子加隆焉故雞初鳴而至寢門耳內則云子事父母雞初鳴咸盥漱櫛纚笄總拂髦冠緌纓端韠紳搢笏謂命士以上父子異宮昧爽而朝更不言衣服之異則纚笄以下同故云亦櫛纚笄總拂髦冠緌纓也禮記文王世子云親疾世子親齊玄冠而養蓋亦衣不端矣不并引端韠紳搢笏者以證經之兩髦故盡首服而已

士冠禮曰皮弁笄爵弁笄注云有笄者屈組爲紘無笄者纓而結其條然則此冠言緌纓則無笄矣上言纚笄者爲纚而著笄也問喪曰親始死雞斯注云雞斯當爲笄纚是著纚必須笄也。傳天謂父。正義曰序云父母欲奪而嫁之故知天謂父也先母後天者取其韻句耳**汎彼柏舟在彼河側髧彼兩髦實維我特**特匹也。特如字韓詩作直云相當值也**之死矢靡慝**慝邪也。慝他得反邪似嗟反**母也天只不諒人只**

**柏舟二章章七句**

**牆有茨衛人刺其上也公子頑通乎君母國人疾之而不可道也**宣公卒惠公幼其庶兄頑烝於惠公之母生子五人齊子戴公文公宋桓夫人許穆夫人。牆在良反茨徐資反頑五鰥反宣公庶子昭伯名也烝之承反載馳序注同（疏）牆有茨三章章六句至不可道。正義曰此注刺君故以宣姜繫於君謂之君母鶉之奔奔則主刺宣姜與頑亦所以惡公之不防閑詩

人主意異也○箋宣公至夫人○正義曰左傳閔二年曰初
惠公之卽位也少齊人使昭伯烝於宣姜不可強之生齊子
戴公文公宋桓夫人許穆夫人服虔云昭伯衛宣公
之長庶伋之兄宣姜宣公夫人惠公之母是其事也牆有
茨不可埽也興也牆所以防非常茨蒺藜也欲埽去之反傷牆也箋云國君以禮防制一國今其宮內
有淫昏之行者猶牆之生蒺藜○蒺音蒺藜音梨去丘呂反下同行下孟反中冓之言不可
道也中冓內冓也箋云內冓之言謂宮中所冓成頑與夫人淫昏之語○冓本又作遘古候反韓詩云中冓中
夜謂淫僻之言也所可道也言之醜也於君醜也疏牆有至醜也○正義
曰言人以牆防禁一家之非常今上有蒺藜之草不可埽而
去之欲埽去之反傷牆而毀家以興國君以禮防制一國之
非法今宮中有淫昏之行不可滅而除之欲除而滅之反違
禮而害國夫人旣淫昏矣宮中所冓成此頑與夫人淫昏之
語其惡不可道所可道言之於君醜也君本何以不防閑其
母至令有此淫昏○傳中冓內冓箋內冓至之語○正義曰
媒氏云凡男女之陰訟聽之于勝國之社注云陰訟爭中冓
之事以觸法者勝國亡國也亡國之社掩其上而棧其下使

無所逼就之以聽陰訟之情明不當宣露卽引此詩以證之是其犇合淫昬之事其惡不可道也。牆有茨不可襄也襄除也中冓之言不可詳也詳審也。詳如字韓詩作揚揚猶道也所可詳也言之長也長惡長也牆有茨不可束也束而去之中冓之言不可讀也讀抽也箋云抽猶出也。（疏）傳讀抽箋抽猶出。正義曰上云不可詳則此爲讀誦於義亦通必以爲抽者以讀誦非宣露之義傳訓爲抽箋申抽爲出所可讀也言之辱也辱辱君也

牆有茨三章章六句

君子偕老刺衛夫人也夫人淫亂失事君子之道故陳人君之德服飾之盛宜與君子偕老也夫人宣公夫人惠公之母也人君小君也或者小字誤作人耳。偕音皆（疏）君子偕老三章首章七句二章九句

卒章八句至偕老○正義曰作君子偕老詩者刺衛夫人也以夫人淫亂失事君子之道也毛以爲由夫人失事君子之道故陳別有小君内有貞順之德外有服飾之盛德稱其服宜與君子偕老者刺今夫人有淫佚之行不能與君子偕老偕老者謂能守義貞絜以事君子君子雖死志行不變與君子俱至於老也經陳行步之容髮膚之貌言德美盛飾之事能與君子偕老者乃然故發首言君子偕老以爲一篇之摠目序則反之見内有其德外稱其服然後能與君子偕老各自爲勢所以倒也鄭以爲由夫人失事君子之道故陳此夫人既有舉動之德服飾之盛宜應與君子俱至於老反爲淫佚之行而不能與君子偕老故刺之此人君之德謂宣姜服飾之盛行止有儀不謂内有其德也○箋夫人至誤作人○正義曰以上篇公子頑通乎君母母是宣姜故知此亦爲宣公夫人惠公之母也以言刺夫人故知人君爲小君以夫妻一體婦人從夫之爵故同名曰人君碩人傳曰人君以朱纏鑣亦謂夫人也夫人雖理得稱人君而經傳無謂夫人爲人君者故箋疑之云或者小字誤作人耳俗本亦有無此一句者定本有之

**君子偕老副笄六珈** 能與君子俱老乃宜居尊位服盛服也副者后夫人之首飾編髮爲之笄衡笄也珈笄飾之最盛者所以別尊卑箋

云珈之言加也副既笄而加飾如今步摇上飾古之制所有未聞○副芳富反珈音加編蒲典反或必仙反別彼列反摇餘昭反

**委委佗佗如山如河**委委者行可委曲蹤迹也佗佗者德平易也山無不容河無不潤○委於危反注同佗待何反註同韓詩云德之美貌行下孟反舊如字委曲如字易以豉反

**象服是宜**象服尊者所以爲飾箋云象服者謂揄翟闕翟也人君之象服則舜所云予欲觀古人之象日月星辰之屬○揄音遙字又作褕狄本亦作翟王后第二服曰褕狄觀古亂反又音官○

**子之不淑云如之何**有子若是何謂不善乎箋云子乃服飾如是而爲不善之行於禮當如之何深疾之○行下孟反又下同

【疏】君子至之何○毛以爲言夫人能與君子俱至於老者首服副飾而著衡笄以六珈玉爲之飾既服此服其行委委然行可委曲佗佗然其德平易如山之無不容如河之無不潤德能如是以象骨飾服而著之是爲得宜此子之德與服相稱以此可謂不善云如之何乎言其宜善也今之夫人何以不善而爲淫亂不能與君子偕老乎○鄭以爲言此夫人宜與君子偕老何者今夫人既有首服副笄而著六珈又能委委佗佗如山如河象服褕翟闕翟得其宜服飾如是

宜爲善以配君子今子之反爲不善之行欲云如之何乎深疾之○傳能與至尊卑○正義曰副者祭服之首飾追師掌王后之首服爲副編次註云副之言覆所以覆首爲之飾其遺象若今之步摇矣服之以從王祭祀編編列髮爲之其遺象若今假紒矣服之以告桑也次次第髮長短所謂髲髢服之以見王是也言編若今假紒者編列他髮爲之假作紒形加於首上次者亦鬄他髮與己髮相合爲紒故云所謂髲鬄是編次所以異也以此笄連副則爲副之飾是衡笄也故追師又云追衡笄註云王后之衡笄皆以玉爲之唯祭服有衡笄垂于副之兩傍當耳其下以紞懸瑱是也編次則無衡笄言珈者以玉珈於笄爲飾后夫人首服之尤尊故云珈笄飾之最盛者此副及衡笄與珈飾唯后夫人有之卿大夫以下則無故云所以別尊卑也○箋珈之至未聞○正義曰以珈字從玉則珈爲笄飾謂之珈者珈之言加由副既笄而加此飾故謂之珈如漢之步摇之上飾也步摇副之遺象故可以相類也古今之制不必盡同故言古之制所有未聞以言六珈必飾之有六但所施不可知據此言六珈則侯伯夫人爲六王后則多少無文也○傳委委至不潤○正義曰傳以陳人君之德而駮宜姜則以爲內有德也釋訓云委委佗佗美也李巡曰寬容之美也孫炎曰委委行之美佗佗長之美郭

璞曰皆佳麗美豔之貌傳意陳善以駮宣姜則以爲內實有德其言行可委曲德平易李巡與孫炎略同則委委佗佗皆行步之美以內有其德外形於貌故傳互言之委委者行可委曲佗佗者德平易也由德平易故行可委曲德平易卽如山如河是也鄭以論宣姜之身則或與孫郭同爲宣姜自佳麗美豔行步有儀長大而美其舉動之貌如山如河耳無取於容潤也○傳象服至爲飾○正義曰以下傳云褕翟羽飾衣則象非畫羽也言服則非揥明以象骨飾服唯尊者爲然故云尊者所以爲飾象骨飾服經傳無文但推此傳其理當然○箋象服至之屬○正義曰箋以經言象服則非首服也以象骨飾服則書傳之所未聞下云其之翟也明此爲褕翟闕翟也翟而言象者象鳥羽而畫之故謂之象以人君之服畫日月星辰謂之象故知畫翟羽亦爲象也故引古人之象以證之皋陶謨云帝曰予欲觀古人之象日月星辰山龍華蟲作會宗彝藻火粉米黼黻絺繡是也自日月至黼黻皆爲象獨言日月星辰者取證象服而已故略之也○傳有子至不善○正義曰傳意舉善以刺惡故反其言以激之可謂不善言其善也

**玼兮玼兮其之翟也**玼鮮盛貌褕翟闕翟羽飾衣也箋云侯伯夫人之服自褕翟而下如王后焉○玼音此又且禮反說文云新色鮮也

字林云鮮也音同玉篇且禮反云鮮明貌沈云毛及呂忱並作玼解王肅云顏色衣服鮮明貌本或作瑳此是後文瑳兮王肅注好美衣服絜白之貌若與此同不容重出今檢王肅本後不釋不如沈所言也然舊本皆前作玼後作瑳字鮮音仙

**鬒髮如雲不屑髢也**鬒黑髮也如雲言美長也屑絜也箋云髢髲也不絜者不用髲爲善○鬒眞忍反說文云髮稠也服虔注左傳云髮美爲鬒屑蘇節反髢徒帝反髲皮寄反○**玉之瑱也象之揥也**瑱塞耳也揥所以摘髮也○瑱吐殿反充耳也揥勑帝反摘也摘他狄反本亦作擿音同本又作擿又作讁並非讁音丁革反擿音直戟反○**揚且之皙也**揚眉上廣皙白皙○且七也反徐子餘反下同皙星歷反**胡然而天也胡然而帝也**尊之如天審諦如帝箋云胡何也帝五帝也何由然女見尊敬如天帝乎非由衣服之盛顏色之莊與反爲淫昏之行○諦音帝莊如字本又作壯側亮反與音餘

【疏】玼兮至如帝○毛以爲夫人能與君子偕老者故宜服此玼兮玼兮其鮮盛之翟衣也又其鬒髮如雲言其美長不用髲而自絜美也又以玉爲之瑱也又以象骨爲之揥也又其眉上揚廣且其面之色又

白晳既服飾如此其德又稱之其見尊敬如天帝何由然見尊敬如天乎由其瑱實如天何由然見尊敬如帝乎由其審諦如帝故能與君子偕老今夫人何故淫亂而不瑱實不審諦使不可尊敬乎○鄭以指據宣姜今爲淫亂故責之言夫人何由見尊敬如天乎何由見尊敬如帝乎非由衣服之盛顏色之莊與既由衣服顏色以見尊敬何故反爲淫昏之行乎○傳褕翟至飾衣○正義曰傳以翟雉名也今衣名曰翟故謂以羽飾衣猶右手秉翟即執眞翟羽鄭注周禮三翟皆刻繒爲翟雉之形而彩畫之以爲飾不用眞羽孫毓云自古衣飾山龍華蟲藻火粉米及周禮六服無言以羽飾衣者羽施於旌旗蓋則可施於衣裳則否蓋附人身動則卷舒非可以羽飾故也鄭義爲長○傳鬒黑至美長○正義曰昭二十八年左傳云有仍氏生女鬒黑而甚美光可以鑒名曰玄妻服虔云髮美爲鬒詩云鬒髮如雲其言美長而黑以髮美故名玄妻是鬒爲黑髮也○箋髢髲至爲善○正義曰髢一名髲故云髢髲也說文云髲益髮也言己髮少聚他人髮益之哀十七年左傳曰衞莊公見己氏之妻髮美使髡之以爲呂姜髢是也不絜髢者言婦人髮美不用他髮爲髲而自絜美故云不用髲爲善○傳瑱塞至擿髮○正義曰既夕記云瑱塞耳充耳是也或曰充耳淇奧云充耳琇瑩是也以象骨搔

首因以爲飾名之揥故云所以摘髮蓋屨云佩其象揥是也○傳尊之至如帝○正義曰傳互言之言尊之如天明德如天也言審諦如帝則亦尊之如帝故經再云胡然也運斗樞云帝之言諦夫人審諦似帝德故云如帝則如天亦然元命包云天之言瑱則此蓋亦爲瑱取其瑱實也毛不明說天帝同別不可知也二者皆取名以見德也此章論祭服言其德當神明故尊之以比天帝卒章論事君子見賓客之服故以美女言之是以內司服注引詩國風曰玼兮玼兮其之翟也下云胡然而天也胡然而帝也言其德當神明又曰瑳兮瑳兮其之展也下云展如之人兮邦之媛也言其行配君子二者之義與禮合矣鄭雖非舉善駮惡其以類根配與傳同也○箋帝五帝至之行○正義曰天帝名雖別而一體也以此別設其文爲有帝王之嫌故云帝五帝謂五精之帝也春秋文耀鉤曰蒼帝其名靈威仰赤帝其名赤熛怒黃帝其名含樞紐白帝其名白招拒黑帝其名汁光紀是也此責夫人之辭故言何由然而見尊敬如天帝乎非由衣服之盛顏色之莊與是覆上以責之此云反爲淫昏之行卒章箋云淫昏亂國者以下經云邦之媛也因有邦文故言亂國○瑳

**兮瑳兮其之展也蒙彼縐絺是紲袢也**禮有展衣者以丹縠

爲衣蒙覆也絺之靡者爲縐是當暑袢延之服也箋云后妃六服之次展衣宜白縐絺絺之蹙蹙者展衣夏則裏衣縐絺此以禮見於君及賓客之盛服也展衣字誤禮記作襢衣○瑳七我反說文云玉色鮮白展涉戰反註展衣皆同沈張輦反縐側救反靡也絺紛之反紲息列反袢符袁反縠戶木反延以戰反又如字蹙子六反衣於既反著也下裏衣同裹如字舊音吏見賢遍反於君子一本無子字襢陟戰反**子之清揚揚且之顔也**清視清明也揚廣揚而顔角豐滿○**展如之人兮邦之媛也**展誠也美女爲媛箋云媛者邦人所依倚以爲媛助也疾宣姜有此盛服而以淫昏亂國故云然○媛于眷反韓詩作援援取也倚於綺反○

**疏**瑳兮至媛也○毛以爲言夫人能與君子偕老者故服此瑳兮瑳兮其鮮盛之展衣以覆彼縐絺之上縐絺是當暑紲去袢延烝熱之服也子之夫人非直服飾之盛又目視清明而眉上平廣且顔角豐滿而德以稱之誠如是德服相稱之人宜配君子故爲一國之美女兮今夫人何爲淫亂失事君子之道而不爲美女之行乎○鄭以言宣姜服飾容貌如是故一邦之人依倚以爲媛助何故反爲淫昏之行而亂國乎○傳禮有至之服○正義曰言彼服之內有名展衣者其衣以

丹縠爲之以文與縐絺相連嫌以絺爲之故辨其所用也絺者以葛爲之精曰絺麤曰綌其精尤細靡者縐也言細而縷縐故箋申之云縐絺絺之蹙蹙者言是當暑袢延之服者謂縐絺是紲袢之服展衣則非是也紲袢者去熱之名故言袢延之服袢延是熱之氣也此傳言展用丹縠餘五服傳無其說丹縠亦不知所出而孫毓推之以爲褘衣赤褕翟青闕翟黑鞠衣黃展衣赤褖衣黑鞠名與麴同雖毛亦當色黃褖衣與男子之褖衣名同則亦宜黑然則六服逆依方色義或如毓所言以婦人尚華飾赤爲色之著因而右行以爲次故褘衣赤褕翟青闕翟黑次鞠衣鞠衣宜白以爲疑於凶服故越取黃而展衣同赤因西方闕其色故褖衣越青而同黑也二章傳曰褕翟闕翟羽飾衣則褘衣亦羽飾衣褘衣以翬鳥羽褕翟以搖鳥羽闕翟次褕翟則亦用搖羽矣但飾之有闕少耳。○箋后妃至褘衣。○正義曰箋不同傳故云后妃六服之次展衣宜白言宜者無明文周禮之註差之以爲然也內司服掌王后之六服褘衣褕翟闕翟鞠衣展衣褖衣鄭司農云展衣白鞠衣黃褖衣黑玄謂鞠衣黃桑服也色如麴塵象桑葉始生月令三月薦鞠衣于先帝告桑事也褖者實褖衣也男子之褖衣黑則是亦黑也六服備於此矣以下推次其色則闕翟赤褕翟青褘衣玄是鄭以天地四方之色差次六服之文以士冠礼爵弁服皮弁服之下有玄端無褖衣中。喪礼爵弁服皮弁服之下有褖衣無玄端則褖衣當玄端玄端當黑則褖亦黑矣以男子之褖衣黑知婦人之褖衣亦黑褖衣上有展衣鄭司農云展衣白上又有鞠衣以色如麴塵故取名焉是鞠衣黃也三服之色以見矣是從下依行運逆而爲次唯三翟之色不明故云以下推次其色闕翟亦褕翟青禕衣玄也又解展衣之裏不恒以絺而云蒙彼縐絺者衣展衣者夏則裏之以縐絺作者因舉時事而言之故云是紲袢也定本云展衣夏則裏衣縐絺俗本多云冬衣展衣蓋誤也又解展衣所用云此以禮見於君及賓客之盛服玉藻云一命襢衣喪大記曰世婦以襢衣是礼記作襢衣也定本云礼記作襢無衣字司服注以展爲聲誤從襢爲正以衣服之字宜從衣故也。傳清視至廣揚。正義曰以目視清明因名爲清故此云清視清明也揚者眉上之美名因名眉曰揚故猗嗟云美目揚兮傳曰好目揚眉是也既名眉爲揚目爲清明。因謂眉之上眉之下皆曰揚目之上目之下皆曰清故上傳曰揚眉上廣此及猗嗟傳云揚廣。是眉上爲揚野有蔓草傳曰清揚眉目之間是眉之下爲揚目之上爲清猗嗟傳又曰目下爲清是目之下亦爲清也釋訓云猗嗟名兮目上爲名郭云眉眼之間是目上又爲之名也猗嗟名兮既爲目上故知美目清兮清爲目下○傳美女爲媛○正義曰釋訓文孫炎曰君子之援助然然則由有美可以援助君子故云美女爲媛箋以爲貴非夫人之辭當取援助爲義故云邦人所依倚以爲援助因顔色依爲美女故知邦人依之爲援助是舉其外貴其爲內之不稱故說各殊也

君子偕老三章一章七句一章九句一章八句

桑中刺奔也衛之公室淫亂男女相奔至于世族在位相竊妻妾期於幽遠政散民流而不可止衛之公室淫亂謂宣惠之世男女相奔不待媒氏以禮會之也世族在位取姜氏弋氏庸氏者也竊盜也幽遠謂桑中之野○竊千節反弋羊職反

【疏】作桑中三章章七句至不可止○正義曰衛之公室淫亂之所化是故又使國中男女淫怨而相奔也由而行之雖至於世族在位爲官者相竊其妻妾而期於幽遠

之處而與之行淫時既如此即政教荒散世俗流移淫亂成風而不可止故刺之也定本云而不可止止下有然字此男女相奔謂民庶男女世族在位者謂今卿大夫世其官族而在職位者相竊妻妾謂私竊而與之淫故云期於幽遠非爲夫婦也此經三章上二句惡衛之淫亂之主下五句言相竊妻妾期我於桑中是期於幽遠此叙其淫亂之由經陳其淫亂之辝言公室淫亂國中男女相奔者見衛之淫風公室所化故經先言衛都淫亂國中男女相奔及世族相竊妻妾俱是相奔之事故序揔云刺奔經陳世族相奔明民庶相奔明矣經言孟姜之等爲世族之妻而兼言妾者以妻尚竊之況於妾乎故連言以協句耳謂之竊者蔽其夫而私相奸若竊盜人物不使其主知之然既上下淫亂有同亡國故序云政散民流而不可止是以樂記曰桑間濮上之音亡國之音也其政散其民流誣上行私而不可止是也○箋衛之至之野○正義曰此惠公之時兼云宣公者以其言由公惑淫亂至於政散民流則由化者遠矣此直言公室淫亂不指其人而宣公亦淫亂故并言之也序言相竊妻妾經陳相思之辝則孟姜之輩與世族爲妻也故知世族在位取姜氏弋氏庸氏矣

爰采唐矣沫之鄉矣爰於也唐蒙菜名沫衛邑箋云於何采唐必沫之鄉猶言欲爲

淫亂者必之衛之都惡衛爲淫亂之主。沬音妹惡烏路反。**云誰之思美孟姜矣**姜姓也言世族在位有是惡行箋云淫亂之人誰思乎乃思美孟姜孟姜列國之長女而思與淫亂疾世族在位有是惡行也。行下孟反箋同列國之女一本作列國之長女長音丁丈反**期我乎桑中要我乎上宮送我乎淇之上矣**桑中上宮所期之地淇水名也箋云此思孟姜之愛厚已也與我期於桑中而要見我於上宮其送我則於淇水之上。要於遙反注下同淇音其衛水也。〔疏〕爰采至上矣。正義曰人欲采唐者於何采唐菜乎必之沬之鄉矣以興人欲淫亂者於何處淫亂乎必之衛之都言沬鄉唐所生衛都淫所主故也又言衛之淫亂甚矣故雖世族在位之人相竊妻妾與之期於幽遠而行淫乃云我誰思乎乃思美好之孟姜與之爲淫亂所以思孟姜者以孟姜愛厚於我與我期往於桑中之野要見我於上宮之地又送我於淇水之上愛厚於我如此故思之也世族在位猶尚如此致使淫風大行民流政散故陳其辭以刺之。傳唐蒙菜名。正義曰釋草云唐蒙女蘿女蘿菟絲舍人曰唐蒙名女蘿女蘿又名菟絲孫炎曰別三名郭璞曰別四名則唐與蒙或并或別故三四異也以經直言唐而傳言唐蒙也頍弁傳曰女蘿菟絲松蘿也則又名松蘿矣釋草又云蒙王女孫炎曰蒙唐也一名菟絲一名王女則通松蘿王女爲六名○傳沬衛邑○正義曰酒誥註云沬邦紂之都所處也於詩國屬鄘故其風有沬之鄉則沬之北沬之東朝歌也然則沬爲紂都故言沬邦後三分殷畿則紂都屬鄘譜云自紂城而南據其大率故猶云之北之東明紂城北與東猶有屬鄘者今鄘并於衛故言衛邑紂都朝歌明朝歌即沬也○箋於何至之主○正義曰殷武傳曰鄉所也則此沬之鄉以爲沬之所矣沬邑名則采唐不於邑中但總言於其所耳不斥其方下云之北之東則指其所在采之處矣言衛之都謂國所在也時衛之淫風流行偏於境內獨言都者淫風所行相習成俗公室所在都尤甚爲故舉都爲主國外承化淫亦可知言淫亂主者猶左傳云武王數紂之罪以告諸侯曰紂爲天下逋逃主然言淫在其都而君不禁似若爲之主然故言惡衛爲淫亂之主○箋淫亂至惡行○正義曰知孟姜列國之長女者以衛朝貴族無姓姜者故爲列國列國姜姓齊許申呂之屬不斥其國未知誰國之女也臣無境外之交得取列國女者春秋之世因聘逆妻故得取焉言孟故知長女下孟弋孟庸以孟類之蓋亦列國之長女但當時列國姓庸弋者無文以言之

○傳桑中至之地。○正義曰：經桑中言期，上宫言要，傳并言所期者，見設期而相要一也。

爰采麥矣，沬之北矣。云誰之思？美孟弋矣。弋，姓也。○期我乎桑中，要我乎上宫，送我乎淇之上矣。爰采葑矣，沬之東矣。箋云：葑，蔓菁。○葑，孚容反。菁音精，又子形反。○云誰之思？美孟庸矣。庸，姓也。○期我乎桑中，要我乎上宫，送我乎淇之上矣。

桑中三章，章七句。

鶉之奔奔，刺衛宣姜也。衛人以爲宣姜鶉鵲之不若也。刺宣姜者，刺其與公子頑爲淫亂，行不如禽鳥。○鶉音純，鵪鶉鳥。鵪，烏南反。行，下孟反，下皆同。

【疏】鶉之奔奔二章章四句至不若。○正義曰：二章皆上二句刺宣姜，下二句責公不防閑也。頑與宣姜共爲此惡，而獨爲刺宣姜者，以宣姜衛之小君，當母儀一國，而與子淫，尤爲不可，故作者意有所主，非謂頑不當刺也。今人之無良，我以爲兄，亦是惡頑之亂。

**鶉之奔奔，鵲之彊彊。**鶉則奔奔，鵲則彊彊然。箋云：奔奔、彊彊，言其居有常匹，飛則相隨之貌。刺宣姜與頑非匹偶。○彊音姜。韓詩云：奔奔、彊彊，乘匹之貌。**人之無良，我以爲兄。**良，善也。兄謂君之兄。箋云：人之行無一善者，我君反以爲兄。君謂惠公。○

【疏】「鶉之」至「爲兄」。○正義曰：言鶉則鶉自相隨奔奔然，鵲則鵲自相隨彊彊然，各有常匹，不亂其類。今宣姜爲母，頑則爲子，而與之淫亂，失其常匹，曾鶉鵲之不如矣。又惡頑，言人行無一善者，我君反以爲兄而不禁之也。惡頑而責惠公之辭。○箋「奔奔」至「匹耦」。○正義曰：序云「鶉鵲之不若」，則以奔奔、彊彊爲相匹之善，故爲居有常匹。定本、集注皆云「居有常匹」，則爲「俱」者誤也。表記引此，證君命逆則臣有逆命，故註云「彊彊、奔奔，爭鬭惡貌也」。

**鵲之彊彊，鶉之奔奔。人之無良，我以爲君。**君，國小君。箋云：小君謂宣姜。○

【疏】傳「君，國小君」。○正義曰：夫人對君稱小君，以夫妻一體言之，亦得曰君。襄九年左傳筮穆姜曰「君其出乎」是也。

鶉之奔奔二章章四句

定之方中美衛文公也衛爲狄所滅東徙渡河野處漕邑齊桓公攘戎狄而封之文公徙居楚丘始建城市而營宮室得其時制百姓說之國家殷富焉春秋閔公二年冬狄人入衛衛懿公及狄人戰于熒澤而敗宋桓公迎衛之遺民渡河立戴公以廬於漕戴公立一年而卒魯僖公二年齊桓公城楚丘而封衛於是文公立而建國焉○定丁佞反下同定星名爾雅云營室謂之定孫炎云定正也衛爲狄所滅一本作狄人本或作衛懿公爲狄所滅非也漕音曹攘如羊反說音悅熒迥丁反廬力居反【疏】定之方中三章章七句至富焉○正義曰作定之方中詩者美衛文公也衛國爲狄人所滅君爲狄人所殺城爲狄人所入其有遺餘之民東徙渡河暴露野次處於漕邑齊桓公攘去戎狄而更封之立文公焉文公乃徙居楚丘之邑始建城使民得安處始建市而使民得交易而營造宮室既得其時節又得其制度百姓喜而悅之

民既富饒官亦充足致使國家殷實而富盛焉故百姓所以美之言封者衛國已滅非謂其有若新造之然故云封也言徙居楚丘卽二章升墟望楚卜吉終臧是也而營宮室者而首章作于楚宮作于楚室是營宮室也建成市經無其事因徙居而始築城立市故連言之毛則定之方中揆之以日皆爲得其制既得其制則得時可知鄭則定之方中得其時揆之以日爲得其制既營室得其時樹木爲豫備雨止而命駕辭說于桑田故百姓說之匪直也人秉心塞淵是悅之辭也國家殷富則騋牝三千是也序先言徙居楚丘者先言所徙之處乃於其處而營宮室爲事之次而經主美宮室得其時制乃追本將徙觀望之事故與序倒也國家殷富在文公末年故左傳曰元年革車三十乘季年乃三百乘明其騋牝三千亦末年之事也此詩蓋末年始作或卒後爲之○箋春秋至國焉○正義曰此序揔說衛事故直云城衛不必斥懿公載馳見懿公死而戴公立夫人之唁戴公時故言懿公爲狄人所滅實滅也而木瓜序云衛國有狄人之敗者敗滅一也但此見文公滅而復興載馳見國滅而唁兄故言滅木瓜見國敗而救之故言敗是文勢之便也閔二年左傳曰狄人侵衛衛懿公好鶴鶴有乘軒者將戰國人受甲者皆曰使鶴鶴實有祿位余焉能戰公與石祁子玦與甯莊子矢使守曰以

此贊國擇利而爲之與夫人繡衣曰聽於二子渠孔御戎子伯爲右黄夷前驅孔嬰齊殿及狄人戰于熒澤衛師敗績遂滅衛是爲狄所滅之事傳言滅經書入者賈逵云不與夷狄之得志於中國杜預云君死國散經不書滅者狄不能赴衛之君臣皆盡無復文告齊桓爲之告諸侯言狄已去言衛之存故但以入爲文是春秋書入之意也詩則據實而言以時君死民散故云滅耳言東徙渡河則戰在河北也禹貢豫州熒波既豬注云沇水溢出河爲澤今塞爲平地熒陽民猶謂其處爲熒澤其在縣東春秋魯閔公二年衛侯及狄人戰于熒澤此其地也如禹貢之注則當在河南時衛都河北狄來伐而樂之既敗而渡河在河北明矣故杜預云此熒澤當在河北但沇水發源河北入于河乃溢爲熒則沇水所溢被河南北故河北亦有熒澤但在河南多耳故指其豬水大處則在豫州此戰於熒則在其北畔相連猶一物故云此其地也左傳又曰及敗宋桓公逆諸河宵濟衛之遺民男女七百有三十人益之以共滕之民爲五千人立戴公以廬於漕是宋桓迎衛之遺民渡河立戴公廬於漕之事杜預云廬舍也言國都亡滅且舍於此也此渡河處漕戴公時也傳雖言戴公之立不言其卒而世家云戴公申元年卒復立其弟文公二十五年文公卒案經僖二十五年衛侯燬卒則戴公之立其年

卽卒故云一年然則狄以十二月入衛懿公死其月戴公立而卒又文公立故閔二年傳說衛文公衣大布之衣大帛之冠服虔云戴公卒在於此年杜預云衛文公以此年冬立是也戴公立未踰年而成君稱謚者以衛旣滅而立不繫於先君故臣子成其喪而爲之謚而爲之謚者與繫世者異也又言僖二年齊桓城楚丘而封衛者春秋僖二年春王正月城楚丘左傳曰諸侯城楚丘而封衛是也引證齊桓公攘戎狄而封之木瓜序云救而封之與此一也左傳無攘戎狄救衛之事此言攘戎狄者以衛爲狄所滅民尚畏狄閔二年傳曰齊侯使公子無虧帥車三百乘以戍漕至僖二年又帥諸侯城楚丘於是戎狄避之不復侵衛是亦攘救之事不必要與狄戰故樂緯稽耀嘉云狄人與衛戰桓公不救於其敗也然後救之宋均註云救謂使公子無虧戍之公羊傳曰以城楚丘爲力能救之則救之可也是戍漕城楚丘並是救之之事也滅衛者狄也兼言戎者戎狄同類協句而言之序自攘戎狄而封之以上揔說衛事不指其君故爲狄所滅懿公時也野處漕邑戴公時也攘戎狄而封之文公時也自文公徙居楚丘以下指說文公建國營宮得其制所以美之故箋云於是文公立而建國焉

**定之方中作于楚宮**定營室也方中昏正四方楚宮楚丘之宮

也仲梁子曰初立楚宮也箋云楚宮謂宗廟也定星昏中而正於是可以營制宮室故謂之營室定昏中而正謂小雪時其體與東壁連正四方。**揆之以日作于楚室**揆度也度日出日入以知東西南視定北準極以正南北室猶宮也箋云楚室居室也君子將營宮室宗廟爲先廄庫爲次居室爲後。揆葵癸反度待洛反下同視字又作眡音同廄居又反。**樹之榛栗椅桐梓漆爰伐琴瑟**椅梓屬箋云爰曰也樹此六木於宮者曰其長大可伐以爲琴瑟言豫備也。榛側巾反椅於宜反草木疏云梓實桐皮曰椅也梓音子漆音七長丁丈反。

【疏】定之至琴瑟。毛以爲言定星之昏正四方而中取則視之以正其南因準極以正其北作爲楚丘之宮也度之以日影度日出之影與日入之影以知東西以參爲楚丘之室也東西南北皆既正方乃爲宮室別言宮室異其文耳既爲宮室乃樹之以榛栗椅桐梓漆六木於其宮中曰此木長大可伐之以爲琴瑟言公非直營室得其制又能樹木爲豫備故美之。鄭以爲文公於定星之昏正四方而中之時謂夏之十月以此時而作爲楚丘之宮廟又度之以日影而營表其位正其東西南北而作。楚丘之居室室與宮俱於定星中而爲之同度日影

而正之各於其文互舉一事耳餘同○傳楚宮至立楚宮○
正義曰鄭志張逸問楚宮今何地仲梁子何時人荅曰楚上
在濟河間疑在今東郡界今仲梁子先師魯人當六國時在
毛公前然衛本河北至懿公滅乃東徙渡河野處漕邑則在
河南矣又此二章升漕墟望楚丘楚丘與漕不甚相遠亦河
南明矣故疑在東郡界中杜預云楚丘濟陰成武縣西南屬
濟陰郡猶在濟北故云濟河間也但漢之郡境已不同鄭疑
在東郡杜云濟陰也毛公魯人而春秋時魯有仲梁懷爲毛
所引故言魯人當六國時蓋承師說而然○箋定星至四方
正義曰傳雖不以方中爲記時亦以定爲營室方中爲昏正
四方而箋以爲記時故因解其名定爲營室及其方中之意
釋天云營室謂之定孫炎曰定正也天下作宮室者皆以營
室中爲正北言定星昏中而正四方於是可以營制宮室故
謂之營室是取爾雅爲說也然則毛不取記時而名營室者
爲觀其星而正南北以營宮室故謂之營室又云定星昏而
正中謂小雪時小雪者十月之中氣十二月皆有節氣有中
氣十月立冬節小雪中於此時定星昏而正中也又解中得
方者由其體與東壁相成故得正四方以於列宿室與壁别
星故指室云其體又壁居南則在室東故因名東壁釋天云
娵觜之口營室東壁也孫炎曰娵觜之口鄭則曰開方營室

東壁四方似口故因名云是也此定之方中小雪時則在周十二月矣春秋正月城楚丘穀梁傳曰不言城衛衛未遷則諸侯先爲之城其城文公乃於其中營宮室也建城在正月則作室亦正月矣而云得時者左傳曰凡土功水昏正而裁日至而畢則冬至以前皆爲土功之時以歷校之僖二年閏餘十七則閏在正月之後正月之初未冬至故爲得時也箋言定星中小雪時舉其常期耳非謂作其楚宮郎當十月也如此則小雪以後方興土功而禮記云君子既蜡不興功者謂不復興農功而非土功也月令仲秋云是月也可以築城郭建都邑者秦法與周異仲冬云命有司曰土事無作亦與左傳同然則左傳所云乃是正禮而召誥於三月之下營洛邑之事於周之二月起土功不依禮之常時者鄭志荅趙商云傳所言者謂庸時也周召之作洛邑因欲觀衆殷樂之與否則由欲觀民之意故不依常時也○傳度日至南北○正義曰此度日出日入謂度其影也故公劉傳曰考於日影是也其術則匠人云水地以縣置槷以縣視以影爲規識日出之影與日入之影晝參諸日中之影夜考之極星以正朝夕注云於四角立植而縣以水望其高下高下既定乃爲位而平地於所平之地中央樹八尺之臬以縣正之視之以其影將以正四方也日出日入之影其端則東西正也又爲規以

識之者爲其難審也自日出而畫其影端以至日入既則爲規測影兩端之內規之規之交乃其審也度兩交之間中屈之以指臬則南北正也日中之影最短者也極星謂北辰也是揆日瞻星以正東西南北之事也如匠人注度日出日入之影不假於視定視極而東西南北皆知之此傳度日出入以知東西視定極以正南北者考工之文止言以正朝夕無正南北之語故規影之下別言考之極星是視極乃南北正矣但鄭因屈橫度之繩卽可以知南北故細言之與此不爲乖也唯傳言南視定者鄭意不然何者以匠人云晝參諸日中之影不言以定星參之經傳未有以定星正南北者故上箋以定爲記時異於傳也傳以視定爲正南北則四句同言得制非記時也○傳室猶宮也○正義曰釋宮云宮謂之室室謂之宮郭璞曰皆所以通古今之異語明同實而兩名故云室猶宮也○箋楚室至爲後○正義曰釋宮以宮室爲一謂通而言之其對文則異故上箋楚宮謂廟此楚室謂居室別其文以明二者不同也故引曲禮曰君子將營宮室宗廟爲先廄庫爲次居室爲後明制有先有後別設其文也緜與斯干皆述先作宗廟後營居室也○傳椅梓屬○正義曰釋木云椅梓也舍人曰梓一名椅郭璞曰卽楸也湛露曰其桐其椅桐椅既爲類而梓一名椅故以椅桐爲梓屬言梓屬則椅

梓別而釋木椅梓爲一者陸機云梓者楸之䟽理白色而生子者爲梓梓實桐皮曰椅則大類同而小別也箋云樹此六木於宫中明其別也定本椅梓屬無桐字於理是也

升彼虛矣以望楚矣望楚與堂景山與京虛漕虛也楚丘有堂邑者景山大山京高丘也箋云自河以東夾於濟水文公將徙登漕之虛以望楚丘觀其旁邑及其丘山審其高下所依倚乃後建國焉慎之至也○虛起居反本或作墟夾古洽反濟節亂反倚於綺反

降觀于桑地勢宜蠶可以居民

卜云其吉

終然允臧龜曰卜允信臧善也建國必卜之故建邦能命龜田能施命作器能銘使能造命升高能賦師旅能誓山川能說喪紀能誄祭祀能語君子能此九者可謂有德音可以爲大夫○使所吏反能說如字鄭志問曰山川能說何謂也荅曰兩讀或言說說者說其形勢也或曰述述者述其故事也述讀如遂事不諫之遂倡本又作謂又作誄皆力水反說文云讄禱也累功德以求福也誄謚也爲卿大夫一本無卿字○

【疏】升彼至允臧○正義曰此追本欲遷之由言文公將徙先升彼漕邑之墟矣以望楚丘之地矣又望其傍堂邑及景山與京丘言其有山林之饒高丘

之阻可以居處又下漕墟而往觀於其處之桑既形勢得宜
蠶桑又茂美可以居民矣人事既從乃命龜卜之云從其吉
矣終然信善非直當今而已乃由地勢美而卜又吉故文公
徙居楚丘而建國焉。傳虛漕至高丘。正義曰知墟漕墟
者以文公自漕而徙楚丘故知升漕墟蓋地有故墟高可登
之以望猶僖二十八年左傳稱晉侯登有莘之墟也升墟而
并望楚堂明其相近故言楚丘有堂邑楚丘本亦邑也但今
以爲都故以堂繫楚丘而言之釋詁云景大也故知景山爲
大山京與山相對故爲高丘釋丘云絶高爲之京郭璞曰人
力所作也又云非人爲之丘郭璞曰地自然生則丘者自然
而有京者人力所爲形則相類故云京高丘也公劉箋云絶
高爲之京與此一也皇矣傳曰京大阜也以與我陵我阿相
接類之故爲大阜。箋自河至濟水。正義曰箋解楚丘所
在故云自河以東夾於濟水言楚丘在其間禹貢云道沇水
東流爲濟入于河溢爲滎又出于陶丘北又東至于菏又東
北會于汶是濟自河北而南入於河又出而東楚丘在於其
間而有河東有濟故云夾於濟水也。傳龜曰卜至大夫。
正義曰大卜曰國大遷大師則貞龜是建國必卜之繇云爰
契我龜是也大遷必卜而筮人掌九筮一曰筮更注云更謂
筮遷都邑也鄭志荅趙商云此都邑比於國爲小故筮之然

則都邑則用筮國都則卜也此卜云終吉而僖三十一年又遷于帝丘而言終善者卜所以決疑衛爲狄人所滅國人分散文公徙居楚丘興復祖業國家殷富吉莫如之後自更以時事不便而遷何害終然允臧也傳因引建邦能命龜證建國必卜之遂言田能施命以下本有成文連引之耳建邦能命龜者命龜以遷取吉之意若少牢史述曰假爾大筮有常孝孫某來日丁亥用薦歲事于皇祖伯某以某妃配某氏尚饗士喪卜曰哀子某卜葬其父某甫考降無有近悔如此之類也建邦亦言某事以命龜但辭亡也田能施命者謂於田獵而能施教命以設誓若士師職云三曰禁用諸田役注云禁則軍禮曰無干車無自後射其類也大司馬職云斬牲以左右徇陳曰不用命者斬之是也田所以習戰故施命以戒衆也作器能銘者謂既作器能爲其銘若栗氏爲量其銘曰時文思索允臻其極嘉量既成以觀四國永啓厥後茲器維則是也大戴禮說武王盤盂几杖皆有銘此其存者也銘者名也所以因其器名而書以爲戒也使能造命者謂隨前事應機造其辭命以對若屈完之對齊侯國佐之對晉師君無常辭也升高能賦者謂升高有所見能爲詩賦其形狀鋪陳其事勢也師旅能誓者謂將帥能誓戒之若鐵之戰趙鞅誓軍之類山川能說者謂行過山川能說其形勢而陳述其狀

也鄭志張逸問傳曰山川能說何謂荅曰兩讀或云說者說其形勢或云述者述其古事則鄭爲兩讀以義俱通故也喪紀能誄者謂於喪紀之事能累列其行爲文辭以作諡若子囊之誄楚恭之類故曾子問注云誄累也累列生時行迹以作諡是也祭祀能語者謂於祭祀能祝告鬼神而爲言語若荀偃禱河蒯聵禱祖之類是也君子由能此上九者故可爲九德乃可以列爲大夫定本集注皆云可謂有德音與俗本不同獨言可以爲大夫者以大夫事人者當賢著德盛乃得位極人臣大夫臣之最尊故責其九能天子諸侯嗣世爲君不可盡責其能此九者

**靈雨既零命彼倌人星言夙駕說于桑田**零落也倌人主駕者箋云靈善也星雨止星見夙早也文公於雨下命主駕者雨止爲我晨早駕欲往爲辭說于桑田教民稼穡務農急也○倌音官徐古患反說文云小臣也星言韓詩云星精也說毛始銳反舍也鄭如字辭說見賢遍反爲于僞反○**匪直也人**非徒庸君**秉心塞淵**秉操也箋云塞充實也淵深也○操七刀反**騋牝三千**馬七尺以上曰騋騋馬與牝馬也箋云國馬之制天子十有二閑馬六種三千四百五十六匹邦國六閑馬四種千二百九十六匹衞之

先君兼邶鄘而有之而馬數過禮制今文公滅而復興徙而能富馬有三千雖非禮制國人美之○騋牝上音來馬六尺已上也下頻忍反徐扶死反上時掌反種章勇反下同過禮一本作過禮制復符富反○

【疏】靈雨至三千○正義曰此章說政治之美言文公於善雨既落之時命彼倌人云汝於雨止星見當爲我早駕當乘之往辭說於桑田之野以教民之稼穡言文公既愛民務農如此則非直庸庸之人故秉操其心能誠實且復深遠是善人也既政行德實故能興國以致殷富騋馬與牝馬乃有三千可美之極也○傳倌人與主駕者○正義曰以命之使駕故知主駕者諸侯之禮亡未聞倌人爲何官也○傳馬七尺至牝馬○正義曰七尺曰騋庾人文也定本云六尺恐誤也此三千言其摠數國馬供用牝牡俱有或七尺六尺舉騋牝以互見故言騋馬與牝馬也知非直牝而七尺有三千者以諸侯之牝○三千已多明不得獨牝有三千輈人職注云國馬謂種馬戎馬齊馬道馬高八尺田馬七尺駑馬六尺此天子國馬有三等則諸侯國馬之制不一等明不獨七尺也乘車兵車及田車高下各有度則諸侯亦齊道高八尺田馬高七尺駑馬高六尺獨言騋馬者舉中言之○箋國馬至美之○正義曰言國馬謂君之家屬也其兵賦則左傳曰元年革車三十乘季年乃三百乘是也

天子十有二閑馬六種邦國六閑馬四種皆校人文也其天子三千四百五十六匹諸侯千二百九十六匹皆推校人而計之校人又曰凡頒良馬而養乘之乘馬一師四圉三乘爲皁皁一趣馬三皁爲繫繫一馭夫六繫爲廏廏一僕夫六廏成校校有左右駑馬三良馬之數註云二耦爲乘自乘至廏其數二百一十六匹易乾爲馬此應乾之策也至校變言成者明六馬各一廏而王馬小備也校有左右則良馬一種者四百三十二匹五種合二千一百六十匹駑馬三之則爲千二百九十六匹五良一駑凡三千四百五十六匹然後王馬大備由此言之六廏成校校有左右則爲十二廏卽是十二閑故鄭又云每廏爲一閑明廏別一處各有閑衛故又變廏言閑也以一乘四匹三乘爲皁則十二匹三皁爲繫則三十六匹六繫成廏以六乘三十六則二百一十六匹故云自乘至廏其數二百一十六匹應乾之策謂變者爲揲著用四四九三十六謂一爻之數純乾六爻故二百一十六也以校有左右故倍二百一十六爲四百三十二駑馬三之又三乘此四百三十二爲千二百九十六匹此天子之制雖駑馬數言三良亦以三駑之數其廏爲一閑諸侯言六閑馬四種則不種爲二閑明因駑三良之數而分爲三閑與上三種各一閑而六閑皆二百一十六匹以六乘之故諸侯千二百九十六

匹也是以校人又云大夫四閑馬二種鄭因諸侯不種爲二閑亦分駑馬爲三故注云諸侯有齊馬道馬田馬大夫有田馬各一閑其駑皆分爲三是也故鄭志趙商問曰校人職天子十有二閑馬六種爲三千四百五十六匹邦國六閑馬四種爲二千五百九十二匹家四閑馬二種爲千七百二十八匹商案大夫食縣何由能供此馬司馬法論之一甸之田方八里有戎馬四匹長轂一乘今大夫采四甸一甸之稅以給王其餘三甸裁有十二匹今就校人職相覺甚矣。荅曰邦國六閑馬四種其數適當千二百九十六匹家四閑馬二種又當八百六十四今子何術計之乎此馬皆國君之制非民之賦司馬法甸有戎馬四匹長轂一乘此謂民出軍賦無與於天子國馬之數是鄭計諸侯大夫之明數也趙商因校有左右謂二廄爲一閑故其數皆倍而誤鄭以十二廄即十二閑數諸侯大夫閑數駑與良同故云子以何術計之鄭以諸侯之馬千二百九十六匹而此亦諸侯之國馬有三千過制明非始文公所從遠矣故本之先君言由衛之先君兼邶鄘而有之謂有此邶鄘之富而馬數過禮制故今文公過制也然則三千之數違禮者也而校人注引詩云騋牝三千王馬之大數者以三千與王馬數近相當故因言之其實此數非王馬之數也

定之方中三章章七句

附釋音毛詩注疏卷第三　三之一

黃中槭栞

阮元撰盧宣旬摘錄

○柏舟

故作是詩以絕之　小字本相臺本同唐石經初刻之下有也字後磨去考文古本有案古本非據唐石經但其本每多也字而偶合

即下云至死矢靡他是也　閩本明監本毛本同案經傳作它正義作他它他古今字易而說之也例見前此不誤浦鏜云之誤至非也傳之至也至己之死信無它心正義取此

蓋亦衣不端矣　閩本明監本毛本同案浦鏜云不當元誤是也

之死矢靡慝　小字本相臺本同案盧文弨云唐石經初刻慝作匿誤後改從今本考傳慝邪也釋文慝他得反皆可證也

○牆有茨

此注刺君　閩本明監本毛本注作註案皆誤也浦鏜云註當主字誤是也

茨蒺藜也　小字本同閩本明監本毛本同相臺本藜作蔾案蔾字是也釋文蔾音棃正義今上有蒺蔾之草皆可證

君本何以不防閑其母　閩本明監本毛本本誤奈

○君子偕老

行可委曲蹤迹也　小字本相臺本同考文古本同閩本明監本毛本蹤誤縱案此傳當作從與羔羊傳字同釋文委委下云行可委曲蹤迹也乃易爲今字耳非釋文本此傳作蹤也羔羊傳釋文云從字亦作蹤可證

何謂不善乎　閩本明監本毛本同小字本相臺本何作可案可字是也正義云可謂不善云如之何乎又云可謂不善言其善也是其證

**唯祭服有衡笄** 閩本明監本毛本同案此不誤浦鏜云衡笄字非也陳啟源毛詩稽古編云衡笄本周禮天官追師文傳引其成語耳非合衡笄爲一物也衡垂於當耳笄橫於頭上彼注云王后之衡笄皆以玉爲之唯祭服有衡垂於副之兩旁當耳其下以紞懸瑱笄卷髮者是衡笄本二物也孔疏引之乃云唯祭服有衡笄垂於副之兩旁云云於衡下增一笄字而不引笄卷髮者是以釋衡者釋笄矣今考陳此說是也陳又云案大雅追琢其章疏引追師注衡下無笄字安知此疏非傳寫之誤其說非也此笄字是正義增之故不備引笄卷髮者所以傳合傳文也下云編次則無衡笄亦可證不得以大雅正義例之

**以玉珈於笄爲飾** 閩本明監本毛本同案珈當作加下云珈之以言加者是也

**李巡曰寬容之美也** 閩本明監本毛本同案浦鏜云皆誤寬是也爾雅疏即取此正作皆

**玼兮玼兮** 唐石經小字本相臺本同案釋文云玼音此引沈云毛及呂忱並作玼解王肅云顏色衣服鮮明貌本或作瑳此是後文瑳兮王肅注好美衣服潔白之貌若與此同不容重出今檢王肅本後不釋不如沈所言也然舊本

皆前作玼後作瑳字段玉裁云玼一作瑳後人乃分别二章三章今考陸氏之意不以沈爲然但舊本皆爾故不定爲一字正義本標起止引兮至如帝後章瑳兮至媛也與釋文本同周禮內司服釋文云玼音此劉倉我反本亦作瑳與下瑳字同倉我反此玼瑳一字之證

其之翟也　唐石經小字本相臺本同案釋文揄字又作褕狄本亦作翟狄在揄下明是傳字非經字也經字無作狄者考文古本經傳皆作狄采釋文而有誤

揚且之皙也　小字本同閩本同明監本毛本皙誤晳唐石經相臺本作晳案晳字是也五經文字云晳相承多從日非說文晳人色白也从白析聲皆在白部可證釋文當亦本作晳今誤

由其塡實如天　閩本明監本毛本塡誤瑱案塡字是也下瑱實及言瑱爲塡凡四字並同

其以類根配　閩本明監本毛本根作相案所改是也

此以禮見於君　小字本相臺本同案釋文云於君子一本無子字正義云又解展衣所用云此以禮

見於君及賓客之盛服是正義本無子字也考鄭內司服注云展衣以禮見王及賓客之服此諸侯夫人故變文言君與葛覃傳進見於君子對朝事舅姑者不同或因經首君子字而誤衍當以一本爲長考文古本有子字采釋文

**揚廣揚而顏角豐滿** 小字本相臺本同案段玉裁云傳當本作揚且之顏者廣揚而顏角豐滿自引經附傳而傳之複舉經文者往往刪去故此傳割裂而不可通今考正義標起止云傳清視至廣揚是其本已如此讀以揚字逗廣揚何絕也卷首鄭氏箋下正義云本審此詩引經附傳是誰爲之可知毛爲詁訓與經別行者正義所不見也

**以爲媛助也** 小字本同閩本明監本毛本同相臺本媛作援考文古本同案援字是也正義引爾雅孫炎注云君子之援助然是其證也以援解媛所謂詁訓之法亦見說文媛字下

**褖者實褖衣也** 閩本明監本毛本同案褖者當作綠衣者見綠衣序下正義今周禮注作褖亦誤也

中喪禮爵弁服皮弁服之下閩本明監本毛本同案浦鏜云士誤中是也

因名眉目曰揚閩本明監本毛本同案浦鏜云目疑衍字是也

旣名眉爲揚目爲清明閩本明監本毛本同案浦鏜云明疑衍字是也

此及猗嗟傳云揚廣閩本明監本毛本同案廣下浦鏜云脫揚字是也

因顏色依爲美女閩本明監本毛本同案依當作已此說箋意謂卽使不言媛而顏色已爲美女故媛當爲援助也

○桑中

刺男女淫怨而相奔也閩本明監本毛本同案浦鏜云亂誤怨是也

期我於桑中閩本明監本毛本同案十行本期我於剜添者一字是我字衍也此但說期不取我字

以其言由公惑淫亂　閩本明監本毛本同案浦鏜云室誤惑是也

釋草又云蒙王女　閩本明監本毛本又誤文王誤玉下二王女同案今爾雅作玉者亦誤

下孟囗囗孟弋孟庸　閩本明監本毛本作下孟弋孟庸案此十行闕二字閩本以下輒改者非

○鶉之奔奔

言其居有常匹　小字本同閩本明監本毛本同相臺本脫其字案正義云定本集注皆云居有常匹則爲俱者誤也此與定本集注同

刺宣姜與頑非匹偶　小字本相臺本同閩本明監本毛本偶作耦案所改是也正義標起止云至匹耦凡箋匹耦字皆從耒正義亦然偶字誤餘同此

○定之方中

衛爲狄所滅　唐石經小字本相臺本同案釋文云衛爲狄所滅本或作狄人一本作衛懿公爲狄所滅非也正義云是爲狄所滅之事又云故爲狄所滅懿公時也皆指序而言是正義本與釋文同其自爲文則多言狄人非其本有人字也考序於此及載馳木瓜凡三言狄人文例宜同當以有者爲長考文古本作衛懿公爲狄人所滅采釋文而合兩本爲一

戰于熒澤而敗　小字本相臺本同閩本同明監本毛本熒作滎案釋文熒迴丁反考周禮左傳與此同字皆作熒雅尚書釋文作滎滎字誤也此正義當本亦是熒字今作滎者或合併以後改之耳餘同此

建成市　〔補〕案成當作城

故直云城衛　〔補〕案城當作滅郎序衛爲狄所滅也形近之譌

其在縣東也　閩本明監本毛本同案浦鏜云在其誤倒是

宋桓公逆諸河霄濟　閩本明監本毛本同案浦鏜云宵誤霄是也考沿革例載杜昭二十

年注胥從公故字與此同皆形近之譌

**作于楚宮** 唐石經小字本相臺本同案正義云作爲楚丘之宮也下句同考此乃正義說經之義耳非其本經字作爲也序下正義云而首章作于楚宮作于楚室可證詩經小學云案喪大記注云爲或作于聲之誤也李善文選注引作爲楚宮作爲楚室所謂以破引之考文古本作爲采正義

**其體與東壁連** 相臺本同小字本壁作辟閩本明監本毛本壁誤璧案辟字是也釋文辟音壁正義云由其體與東壁相成辟壁古今字易而說之也例如此耳非正義本作壁也考壁字古作辟左傳辟司徒是其證爾雅釋文云辟本又作壁此星有人居之角象宜爲壁其說非也考文古本作璧采正義而誤閩本以下正義中壁皆誤璧○按周禮注辟宿字亦作辟古多用辟

**而作楚丘之居室** 閩本明監本毛本同案作下脫爲字上文可證

**疑在今東郡界今** 閩本明監本毛本下今字作中案所改是也

北言定星〔補〕案北當作此形近之譌

娵觜之口鄭則口開方閩本明監本毛本同案鄭當作歎因別體俗字鄭作鄹歎作㰦而譌左襄卅年正義引作娵觜之歎脫口字非也孫炎娵觜之口四字複舉經文也下云人歎則口開方營室東辟四方似人之開口故名娵觜之口

水昏正而裁閩本明監本毛本同案裁當作栽形近之譌

終然允臧唐石經小字本相臺本同考文古本同閩本同明監本毛本然誤焉案正義云終然信善又云何害終然允臧也皆可證明監本毛本正義中下然字亦誤焉

可謂有德音小字本相臺本同案此定本集注也正義云君子由能此上九者故可爲九德乃可以列爲大夫定本集注皆云可謂有德音與俗本不同依此則正義本不如此也但未有明文今無可考意必求之或當是可爲九德

**先升彼漕邑之墟矣** 閩本明監本毛本同案經注皆作虛正義作墟虛墟古今字易而說之也例見前標起止云傳虛漕可證釋文虛本或作墟非正義本

**又出於陶丘北** 閩本明監本毛本又作東案所改是也曹譜正義引作東

**可謂有德音** 閩本明監本毛本音作音案所改是也

**馬七尺以上曰騋** 小字本相臺本同閩本明監本毛本亦同案釋文以上時掌反沿革例云諸本皆是馬七尺曰騋惟余仁仲本有以上二字以釋文考之舊有是也考正義云七尺曰騋廋人文也定本云六尺恐誤也此檃栝傳及周禮耳諸本乃誤從之刪

**今就校人職相覺甚矣** 閩本明監本毛本今誤令案矣當作異見周禮校人疏山井鼎云覺恐較誤非也盧文弨云覺卽較字是也詳見其鍾山札記

# 附釋音毛詩注疏卷第三（三之二）

毛詩國風　鄭氏箋　孔穎達疏

蝃蝀止奔也衛文公能以道化其民淫奔之恥國人不齒也不齒者不與相長稚。蝃蝀上丁計反下都動反爾雅作螮蝀音同長丁丈反〔疏〕蝃蝀三章章四句至不齒。正義曰作蝃蝀詩者言能止當時之淫奔衛文公以道化其民使皆知禮法以淫奔者爲恥其有淫之恥者國人皆能惡之不與之爲齒列相長稚故人皆恥之而自止也

蝃蝀在東莫之敢指蝃蝀虹也夫婦過禮則虹氣盛君子見戒而懼諱之莫之敢指箋云虹天氣之戒尚無敢指者況淫奔之女誰敢視之。虹音洪一音絳。女子有行遠父母兄弟箋云行道也婦人生而有適人之道何憂於不嫁而爲淫奔之過乎惡之甚。遠于萬反下同惡烏路反下惡之皆同。〔疏〕蝃蝀至兄弟。正義曰此惡淫奔之辭也言虹氣見於東方爲夫婦過禮之戒君子之人尚莫之敢指而視之況今淫奔之女見爲過惡

我誰敢視之也既惡淫奔之女因即就而責之言女子有適人之道當自遠其父母兄弟於理當嫁何憂於不嫁而爲淫奔之過惡乎○傳蝃蝀至敢指○正義曰釋天云螮蝀謂之雩螮蝀虹也郭璞曰俗名爲美人音義云虹雙出色鮮盛者爲雄雄曰虹闇者爲雌雌曰蜺此與爾雅字小異音實同是爲虹也序云止奔而經云莫之敢指是虹爲淫戒故言夫婦過禮則虹氣盛也夫婦過禮謂不以道妄淫行夫婦之事也月令孟冬虹藏不見則十月以前當自有虹言由夫婦過禮者天垂象因事以見戒且由過禮而氣更盛不謂凡平無虹也以天見戒故君子見而懼諱自戒懼諱惡此由淫過所致不敢指而視之若指而視之則似慢天之戒不以淫爲懼諱然故莫之敢指也

**朝隮于西崇朝其雨**隮升崇終也從旦至食時爲終朝箋云朝有升氣於西方終其朝則雨氣應自然以言婦人生而有適人之道亦性自然○隮子西反徐又子細反鄭注周禮云隮虹應應對之應

**女子有行遠兄弟父母**

【疏】朝隮至父母○正義曰言朝有升氣於西方終朝其必有雨有隮氣必有雨者是氣應自然以與女子生則必當嫁亦性自然矣故又責之言女子生有適人之道遠其兄弟父母何患於不嫁而爲淫奔乎○傳從旦至終

朝。正義曰以朝者早旦之名故爾雅山東曰朝陽今言終朝故至食時矣左傳曰子文治兵終朝而畢子玉終日而畢是終朝非竟日也。箋朝有至自然。正義曰視祲注云隮虹也詩云朝隮于西則隮亦虹也言升氣者以隮升也由升氣所爲故號虹爲隮鄭司農亦云隮者升氣是也上蝃蝀虹也色青赤因雲而見此言雨徵則與彼同也視祲掌十煇之法以觀妖祥注云煇謂日光氣也則隮亦日之光氣矣蝃蝀亦日光氣但日在東則虹見西方日在西方虹見東方無在日傍之時鄭注周禮見隮與此同故引以證非謂此爲妖祥也

**乃如之人也懷昏姻也**乃如是淫奔之人也箋云懷思也乃如是之人思昏姻之事乎言其淫奔之過惡之大**大無信也不知命也**不待命也箋云淫奔之女大無貞絜之信又不知昏姻當待父母之命惡之也。大音泰註同

**蝃蝀三章章四句**

**相鼠刺無禮也衛文公能正其羣臣而刺在位承先君之化無禮儀也**。相息亮反篇內同【疏】相鼠三章章四句至禮儀

正義曰：作相鼠詩者，刺無禮也。由衛文公能正其羣臣，使有禮儀，故刺其在位有承先君之化無禮儀者。由文公能化之，使有禮而刺其無禮者，所以美文公也。凱風美孝子而反以刺君，此此刺無禮而反以美君，作者之本意然也。在位無禮儀，文公不黜之者，以其承先君之化，弊風未革，身無大罪，不可廢之故也。

**相鼠有皮，人而無儀。**相，視也。無禮儀者，雖居尊位，猶爲闇昧之行。箋云：儀，威儀也。視鼠有皮，雖處高顯之處，偷食苟得，不知廉恥，亦與人無威儀者同。○行，下孟反。之處，昌慮反。

**人而無儀，不死何爲。**箋云：人以有威儀爲貴，今反無之，傷化敗俗，不如其死，無所害也。

疏相鼠至何爲。○正義曰：文公能正其羣臣，而在位猶有無禮者，故刺之。視鼠有皮，猶人之無儀。何則？人有皮，鼠亦有皮，鼠猶無儀，故可恥也。人無禮儀，何異於鼠乎？人以有威儀爲貴，人而無儀，則傷化敗俗，此人不死何爲？若死則無害也。○箋視鼠至者同。○正義曰：大夫雖居尊位，爲闇昧之行，無禮儀而可惡，猶鼠處高顯之居，偷食苟得，不知廉恥。鼠無廉恥，與人無禮儀者同，故喻焉。以傳曰雖居尊位，故箋言雖處高顯之居以對之。

**相鼠有齒，人而無止。**止，所止息也。箋云：止，容止。孝經曰：容止可觀。無止韓詩。止節。無禮節也人而無止不死何俟俟待也相鼠有體體支體也【疏】傳體支體。正義曰上云有皮有齒已指體言之明此言體非偏體也故爲支體。人而無禮人而無禮胡不遄死遄速也遄市專反

相鼠三章章四句

干旄美好善也衛文公臣子多好善賢者樂告以善道也賢者時處士也。旄音毛好呼報反篇內同【疏】干旄三章章六句至善道。正義曰作干旄詩者美好善也衛文公臣子多好善故處士賢者樂告之以善道也毛以爲此敘其由臣子多好善故賢者樂告以善道經三章皆陳賢者樂告以善道之事鄭以三章皆上四句言文公臣子建旌乘馬數往見賢者於浚邑是好善見其好善下二句言賢者樂告以善道也。箋賢者時處士。正義曰以臣子好善賢者告之則賢者非臣子故云處士也士者男子之大稱言處者處家未仕爲官鄉飲酒註云賓介處士賢者鄉大夫賓之以獻於君是未仕也孑孑

**孑孑干旄，在浚之郊。**孑孑，干旄之貌。注旄於干首，大夫之旃也。浚，衛邑。古者臣有大功，世其官邑。郊外曰野。箋云：周禮「孤卿建旃，大夫建物」，首皆注旄焉。時有建此旄來至浚之郊，卿大夫好善也。○孑，居熱反，又居列反。浚，蘇俊反。旃，之然反，通帛為旃。○**素絲紕之，良馬四之。**紕所以織組也。總紕於此，成文於彼，願以素絲紕組之法御四馬也。箋云：素絲者以為縷，以縫紕旌旗之旒縿，或以維持之。浚郊之賢者既識卿大夫建旄而來，又識其乘善馬。四之者，見之數也。○紕，毛符至反，鄭毗移反。組音祖。旒音留。縿，所銜反，何沈相沾反。**彼姝者子，何以畀之？**姝，順貌。畀，予也。箋云：時賢者既說此卿大夫有忠順之德，又欲以善道與之，心誠愛厚之至。○姝，赤朱反。畀，必寐反，與也，注予同。說音悅。

【疏】「孑孑」至「畀之」。○毛以為衛之臣子好善，故賢者樂告之以善道。言建孑孑然之干旄而食邑在於浚之郊，此好善者，我願告之以素絲紕組之法而御善馬四轡之數，以此法而治民也。織組者總紕於此，成文於彼，猶如御者執轡於此，馬騁於彼，以喻治民立化於己，而德加於民，使之得所，有文章也。賢者願以此道告之。賢者既願告以御眾之德，又美此臣之好善，言彼姝然忠順者之子，知復更何以予之言雖有所告意猶未盡也。鄭以爲浚郊處士言衛之卿大夫建此子子然之干旄來在浚之郊以素絲爲縷縫紕此旌旗之旒縿又以維持之而乘善馬乃四見於己也故賢者有善道樂以告之云彼姝然忠順之子好善如是我有何善道以予之言心誠愛之情無所悋。傳子子至日野。正義曰謂之干旄者以注旄於干首故釋天云注旄首曰旌李巡曰旄牛尾著干首孫炎曰析五采羽注旄上也其下亦有旒縿郭璞曰載旄於竿頭如今之幢亦有旒也如是則干之首有旄有羽也故周禮序官夏采註云夏采夏翟羽色禹貢徐州貢夏翟之羽有虞氏以爲綏後世或無故染鳥羽象而用之謂之夏采其職注云綏以旄牛尾爲之綴於幢上所謂注旄於干首者也言大夫之旃者以經言干旄唯言干首有旄不言旒縿明此言干旄者乃是大夫之旃也周禮孤卿建旃衛侯無孤當是卿也大夫者摠各故春秋書諸侯之卿皆曰大夫是也天子以下建旃之者干首皆注旄獨以爲卿之建旃者以臣多好善當據貴者爲言故知是卿旃也大夫得言在浚之郊則此臣子食邑於浚也所以得食邑者由古者臣有大功世其官邑故左傳曰官有世功則有官族邑亦如之是有功之臣得世官邑也有功世邑則宜爲卿故舉旃言之三章皆言在浚則所論是一人皆卿也二章言干旟傳曰鳥隼曰旟於周禮則州里之所建若卿而得建旟者大司馬職曰百官載旟注云百官卿大夫也載旟者以其屬衛王也凡旌旗有軍衆者畫異物然則平常建旃出軍則建旟是卿有建旟之時旟亦有旄二章互文也言旄則有旄縿言旟則亦有旄矣卒章言干旌傳曰析羽爲旌於周禮則遊車之所載卿而得建旌者鄉射記注云旌摠名也爾雅云注旄首曰旌則干旄干旌一也既設旒縿有旃旟之稱未設旒縿空有析羽謂之旌卿建旌者設旒縿而載之遊車則空載析羽無旒縿也釋地云郊外謂之牧牧外謂之野此言郊外曰野略爾雅之文以言在浚之郊明所食邑在郊外也下言在浚之都在浚之城言於郊爲都邑相兼一也○箋周禮至好善○正義曰孤卿建旃大夫建物司常文也又曰通帛爲旃雜帛爲物注云凡九旗之帛皆用絳則通帛大赤也雜帛以白爲飾絳之側也知首皆注旄者以夏采王崩以綏復魄綏有旄牛尾也注云王祀四郊乘玉輅建太常今以之後去其旒異於此○亦因先王有徒綏是太常之干有旄也又出車云設此旒矣建彼旄矣此亦云干旄是九旗之干皆有旄矣故知旃物首皆注旄焉以序言多好善故卿大夫兼言之○傳紕所至四馬○正義曰以二章言組卒章言織故於此摠解之言紕所以織組也以織組總紕於此成文於彼似御執轡於此馬騁於彼故願以素絲紕組之

法御四馬也言願以者稱賢者之意欲告文公臣子以此道故言願以也言總紕於此成文於彼者家語文也○箋素絲至之數○正義曰以前云干旄說旄旗而此云素絲紕之故知以素絲爲線縷所以縫紕旌旗之旒縿也縿謂繫於旌旗之體旒謂縿末之垂者須以縷縫之使相連釋天云纁帛縿郭璞曰衆旒所著孫炎曰爲旒于縿是也或以維持者謂旒之垂數非一故以縷相綴連之服氏云六八維王之太常注云維之以縷王旌十二旒兩兩以縷綴連之傍三人持之禮天子旌曳地諸侯旂九旒釋天又曰練旒九維以縷孫炎曰維持以縷不欲其曳地然則諸侯以下旒數少而且短維之以否未可知也經直言紕之不言其所用故言或爲疑辭前經言干旄是浚郊之賢者識卿大夫建旄而來此又云良馬是又識其乘善馬也四之者四見之數也

**子子干旟在浚之都**鳥隼曰旟下邑曰都箋云周禮州里建旟謂州長之屬○旟音餘隼荀尹反長張丈反○

**疏**箋周禮至之屬○正義曰箋以爲賢者見時臣子實建旟而來此爲州長非卿大夫若卿大夫則將兵乃建旟非賢者所當見也周禮州長中大夫天子之州長也鄉射目錄云州長射於州序之禮經曰釋獲者執鹿中記云士則鹿中是諸侯之州長士也言之屬者見鄉遂官非一司

常云師都建旗州里建旟縣鄙建旐注云師都六鄉六遂大夫也州里縣鄙鄉遂之官互約言之如鄭之意則以鄉遂同建旗鄉之下有州州爲第二黨爲第三族爲第四閭爲第五比爲第六其遂之下有縣縣爲第二鄙爲第三酇爲第四里爲第五鄰爲第六今云州里建旟則六鄉內州長黨正及六遂內酇長里宰鄰長等五人同建旟也又云縣鄙建旐謂六遂內縣正鄙師及六鄉內族師閭胥比長等五人同建旐故鄭云互約言也諸侯之鄉亦大夫故鄉飲酒目錄云諸侯之鄉大夫三年賓賢能之禮是鄉爲大夫則遂亦大夫也其縣與州長班同則亦士也黨鄙在州縣之下或亦爲士鄰族以下卑則皆非士矣上章朝臣言卿大夫則此名亦有大夫兼鄉遂與州縣也卿大夫以下及不命之士等職位雖卑皆問善道其可互約別圖於後

鄉旗　州旟　黨旟　族旐　閭旐　比旐

遂旗　縣旐　鄙旐　酇旟　里旟　鄰旟

**素絲組之良馬五之**　總以素絲而成組也驂馬五轡箋云以素絲縷縫組於旌旗以爲之飾五之者亦爲五見之也○總子孔反驂七南反

疏　傳驂馬五轡○正義曰凡馬士駕二既夕禮云公賵以兩馬是也大夫以上駕四四馬則八轡矣驂馬五轡者御車之法驂馬內轡納於觖唯執其外轡耳驂馬馬執一轡服

馬則二轡俱執之所謂六轡在手也此經有四之五之六之
以御馬喻治民馬多益難御故先少而後多傳稱漸多之由
爲說從内而出外上章四之謂服馬之四轡也此章加一驂
馬益一轡故言五之也下章又加一驂更益一轡故六之也
據上四之爲服馬此加一驂乃有五故言五轡也王肅云古
者一轅之車駕三馬則五轡其大夫皆一轅車夏后氏駕兩
謂之麗殷益以一騑謂之驂周人又益一騑謂之駟本從一
驂而來亦謂之驂經言驂則三馬之名又孔晁云作者歷言
三王之法此似述傳非毛旨也何則馬以引重左右當均一
轅車以兩馬爲服傍以一馬驂之則偏而不調非人情也株
林曰乘我乘駒傳曰大夫乘駒則毛以大夫亦駕四也且殷
之制亦駕四故王基云商頌曰約軝錯衡八鸞鏘鏘是則殷
駕四不駕三也又異義天子駕數易孟京春秋公羊說天子
駕六毛詩說天子至大夫同駕四士駕二詩云四牡彭彭武
王所乘龍旂承祀六轡耳耳魯僖所乘四牡騑騑周道委遲
大夫所乘謹案禮王度記曰天子駕六諸侯與卿同駕四大
夫駕三士駕二庶人駕一說與易春秋同玄之聞也周禮校
人掌王馬之政凡頒良馬而養乘之乘馬一師四圉四馬爲
乘此一圉者養一馬而一師監之也尚書顧命諸侯入應門
皆布乘黄朱言獻四黄馬朱鬣也既實周天子駕六校人則

何不以馬與圉以六爲數顧命諸侯何以不獻六馬王度記曰大夫駕三經傳無所言是自古無駕三之制也○箋以素至之飾○正義曰前云孑孑干旟言旌旗之狀此云素絲組之爲旌旗之飾可知周禮九旂皆不言組飾釋天說龍旂云飾以組而此鄉大夫鄉遂之官亦有組則九旂皆以組爲飾故郭璞曰用綦組飾旒之邊是也 彼姝者子何以予之 孑孑干旌在浚之城 析羽爲旌城都城也○析星歷反 素絲祝之良馬六之 祝織也四馬六轡○箋云祝當作屬屬著也六之者亦謂六見之也○祝毛之六反鄭之蜀反著直略反沈知略反○ 彼姝者子何以告之

干旌三章章六句

載馳許穆夫人作也閔其宗國顛覆自傷不能救也衛懿公爲狄人所滅國人分散露於漕邑許穆夫人閔衛之亡傷許之小力不能救思歸

唁其兄又義不得故賦是詩也滅者懿公死也君死於位曰滅露於漕邑者謂戴公也懿公死國人分散宋桓公迎衞之遺民渡河處之於漕邑而立戴公焉戴公與許穆夫人俱公子頑烝於宣姜所生也男子先生曰兄○閔一本作愍密謹反唁音彥弔失國曰唁○疏許穆夫人載馳五章首章六句二章三章四句四章六句卒章八句至是詩○正義曰此載馳詩者許穆夫人所作也閔念其宗族之國見滅自傷不能救之言由衞懿公爲狄人所滅國人分散故立戴公暴露而舍於漕邑宗國敗滅君民播遷是以許穆夫人閔念衞國之亡傷己許國之小而力弱不能救故且欲歸國而唁其兄但在禮諸侯夫人父母終唯得使大夫問於兄弟有義不得歸是以許人尤之故賦是載馳之詩而見己志也定本集注皆云又義不得則爲有宁者非也上云許穆夫人作又云故賦是詩作賦一也以作詩所以鋪陳其志故作詩名曰賦左傳曰許穆夫人賦載馳是也此思歸唁其兄首章是也又義不得二章以下是也此實五章故左傳叔孫豹鄭子家賦載馳之四章四猶未卒明其五也然彼賦載馳義取控引大國今控于大邦乃在卒章言賦四章者杜預云并賦四章以下賦詩雖意有所主欲爲首引之勢并上章而賦之也左傳服虔注載馳五

章屬鄘風許穆夫人閔衞滅戴公失國欲馳驅而唁之故作是以自痛國小力不能救在禮婦人父母既没不得寧兄弟於是以許人不嘉故賦二章以諭思不遠也許人尤之遂賦三章以卒章非許人不聽遂賦四章言我遂往無我有尤也服氏既云載馳五章下歷說唯有四章者服虔意以傳稱四章義取控於大國此卒章乃是傳之所謂四章也因以差次章數以當之首章論歸唁之事揔其所思之意下四章爲許人所尤而作之置首章於外以下别數爲四章也言許大夫不嘉故賦二章謂除首章而更有二章此二章三章是也凡詩之所作首尾接連未有除去首章更爲次弟者也服氏此言無所案據正以傳有四章之言故爲此釋不如杜氏并賦之說也○滅者至曰滅○正義曰君死於位曰滅公羊傳文也春秋之例滅有二義若國被兵寇敵人入而有之其君雖存而出奔國家多喪滅則謂之滅故左傳曰凡勝國曰滅齊滅譚譚子奔莒狄滅温温子奔衞之類是也若本國雖存君與敵戰而死亦謂之滅故云君死於位曰滅即昭二十三年胡子髡沈子逞滅之類是也

**載馳載驅歸唁衞侯**載辭也弔失國曰唁箋云載之言則也衞侯戴公也○駈字亦作驅如字協韻亦音丘○

**驅馬悠悠言至于漕**悠悠遠皃漕衞

東邑箋云夫人願御者驅馬悠悠乎我欲至于漕。**大夫跋涉我心則憂**草行曰跋水行曰涉箋云跋涉者衛大夫來告難於許時。跋涉蒲末反韓詩云不由蹊遂而涉曰跋涉難乃旦反〔疏〕載馳至則憂。正義曰夫人言己欲驅馳而往歸於宗國以弔唁衛侯故願御者馳馬悠悠然而遠行我欲疾至於漕邑我所以思願如是者以衛大夫跋涉而告難於我我心則憂悶其亡傷不能救故且驅馳而唁之鄭唯載之言則爲異餘同。傳弔失國曰唁。正義曰昭二十五年公孫於齊次於陽州齊侯唁公於野井穀梁傳曰弔失國曰唁唁公不得入于魯是也此據失國言之若對弔死曰弔則弔生曰唁何人斯云不入唁我左傳曰齊人獲臧堅齊侯使夙沙衛唁之服虔云弔生曰唁以生見獲故唁之也。傳草行曰跋。正義曰左傳云跋涉山川則跋者山行之名也言草行者跋本行草之名故傳曰反首茇舍以行山必有草故山行亦曰跋**既不我嘉不能旋反**不能旋反我思也箋云既盡嘉善也言許人盡不善我欲歸唁兄。**視爾不臧我思不遠**不能遠衛也箋云爾女女許人也臧善也視女不施善道救衛。臧子郎反遠于萬反注同協何如字〔疏〕既不至不遠。正義曰夫人既欲歸唁而許大夫不聽故責之云汝許人盡不善我欲歸唁其兄然不能旋反我心中之思使不思歸也既不得去而又責之言我視汝許大夫不施善道以救衞由此故我思不遠於衞恒欲歸唁之爾既不能救何以止我也**既不我嘉不能旋濟**濟止也。**視爾不臧我思不閟**閟閉也。閟悲位反徐又方冀反。**陟彼阿丘言采其蝱**偏高曰阿丘蝱貝母也升至偏高之丘采其蝱者將以療疾箋云升丘采貝母猶婦人之適異國欲得力助安宗國也。蝱音盲藥名也療力照反**女子善懷亦各有行**行道也箋云善猶多也懷思也女子之多思者有道猶升丘采其蝱也**許人尤之衆穉且狂**尤過也是乃衆幼穉且狂進取一槩之義箋云許人許大夫也過之者過夫人之欲歸唁其兄。尤本亦作訧音同穉本又作稚直吏反槩古愛反〔疏〕陟彼至且狂。正義曰夫人既爲許人所止而不得歸故說已歸意以非之言有人升彼阿丘之上言欲采其蝱者欲得其蝱以療疾猶婦人適於異國亦欲得力助以安宗國然我言力助宗國似采蝱療疾是我女子之多思亦各有道理也既不能救思得暫歸許人守禮尤我言此許人之尤過者是乃衆童穉無知且狂猶之人也唯守一槩之義不知我宗國今人敗滅不與常同何爲以常禮止我也○傳偏高至貝母○正義曰偏高阿上釋丘文李巡曰謂丘邊高莔貝母釋草文陸機疏云蝱今藥草貝母也其葉如栝樓而細小其子在根下如芋子正白四方連累相著有分解是也○箋善猶至采蝱○正義曰夫人思衛爲許所尤方宜開釋許人不宜自稱善思故許人尤之明嫌其多思故云善猶多也此多思有道自夫人之意言猶升丘采蝱者以經云亦各有行亦各不一之辭明采蝱與已俱有道理故云亦各也然則此與上互相明上言采蝱療疾猶已欲力助宗國此言已思有理則采蝱亦有理矣○傳是乃至之義○正義曰論語云狂者進取注云狂者進取仰法古例不顧時俗是進取一槩之義一槩者一端不曉變通以常礼爲防不聽帰唁是童蒙而狂也○箋許人許大夫○正義曰下云大夫君子故許人爲許大夫上章視爾不臧箋云爾汝汝許人大夫亦由此此也大夫而曰人者衆辭下箋云君子國中賢者此獨云大夫者以言衆穉且狂是責大夫之辭故不及國中賢者下以已情怨而告之不必雅對國中大夫故兼言賢者焉

我行其野芃芃其麥願行衛之野麥芃芃然方盛長箋云麥芃芃者

言未收刈民將困也○芃薄紅反徐又符雄反長張丈反控于大邦誰因誰極控引極至也箋云今衛侯之欲求援引之力助於大國之諸侯亦誰因乎由誰至乎閔之故欲歸問之○控苦貢反引夷忍反又夷刈反援于眷反又音袁沈于萬反大夫君子無我有尤箋云君子國中賢者無我有尤無過我也百爾所思不如我所之不如我所思之篤厚也箋云爾女女衆大夫君子也

疏

我行至所之○正義曰大人冀得歸唁說已往意我所以歸唁於衛者我比欲行衛之野觀其芃芃然方盛之麥時未收刈明民困苦閔其國民故欲往行之又欲問衛求援引之力助於大國之諸侯亦由誰因乎由誰至乎我之歸唁爲此而已爾許之大夫及國中君子無以我爲有過而不聽問爾之過我由不思念於衛汝百衆大夫君子縱有所思念於衛不如我所思之篤厚也由情不及已故不聽我去耳○箋欲求至誰至乎○正義曰此時宋桓公迎衛之遺民立戴公是夫人所知不須問矣又於時十二月也草木已枯野無生麥而云問所控引言欲觀麥者夫八志在唁兄思歸訪問非是全不知也又思欲鄉衛得於三月四月民飢麥盛之時出行其野不謂當今十二月也故鄭志荅

趙商云狄人入衛其時明然戴公廬漕及城楚丘二者是還復其國也許夫人傷宗國之滅又閔其民欲歸行其野視其麥是時之憂思乃引日月而不得歸責以冬夏與誰因誰極未通於許夫人之意是也○

載馳五章一章六句二章四句一章六句一章八句

鄘國十篇三十章百七十六句

衛淇奧詁訓傳第五○鄭王俱云紂都之東也

毛詩國風　鄭氏箋　孔穎達疏

淇奧美武公之德也有文章又能聽其規諫以禮自防故能入相于周美而作是詩也○淇奧上音其下音於六反一音烏報反淇水名奧隈也草木疏云奧亦水名相息亮反【疏】淇奧三章章九句至是詩○正義曰作淇

奧詩者，美武公之德也。既有文章，又能聽臣友之規諫，以禮法自防閑，故能入相於周，爲卿士。由此故美之而作是詩也。沔水箋云規者正圓之器也，司諫注云以義正君曰規，然則方圓者度之準，禮義者德之則，正圓以規，使依度，猶正君以禮，使入德，故謂之規諫。諫，干也，干君之意而告之。卒章傳曰重較，卿士之車，則入相爲卿士也。賓之初筵云武公既入而作是詩也，則武公當幽王之時已爲卿士矣。又世家云武公將兵佐周平戎，甚有功，平王命爲公，則平王之初未命爲公，亦爲卿士矣。此云入相于周，不斥其時之王，或幽或平，未可知也。若平王則爲公，而云卿士而卿爲典事，公其兼官，故顧命注公兼官，以六卿爲正次是也。言美武公之德，總敘三章之義也。有文章，即有斐君子是也。聽其規諫，以禮自防，即切磋琢磨、金錫圭璧是也。入相於周，即充耳、會弁、猗重較兮是也。其餘皆是武公之德，從可知也。序先言聽諫自防，乃言入相於周者，以先說在國之德，乃言入相。經亦先言其德盛聽諫，後陳卿士之車服，爲事次也。諸言美者，美所施之政教，此則論質美德盛學問自修，乃言美其身之德，故敘者異其文也。案世家云武公以其賂賂士，以襲攻共伯而殺兄簒國，得爲美者，美其逆取順守，德流於民，故美之。齊桓、晉文皆簒弑而立，終建大功，亦皆類也。○瞻彼淇奧綠竹猗猗興也奥隈也綠王芻也竹篇竹也猗猗美盛貌武公質美德盛有康叔之餘烈○綠竹並如字爾雅作菉音同韓詩竹作藩音徒沃反云藩篇筑也石經同猗於宜反隈烏迴反孫炎云水曲中也芻初俱反郭璞云今呼白脚莎莎音蘇禾反一云即菉蓐草也蓐音辱藩竹本亦作扁四善反又音篇郭四殄反一音布典反竹音如字又勑六反韓詩作筑音同郭云似小藜赤莖節好生道旁可食又殺蟲草木疏云有草似竹高五六尺淇水側人謂之菉竹也之烈一本作之餘烈有匪君子如切如磋如琢如磨匪文章貌治骨曰切象曰磋玉曰琢石曰磨道其學而成也聽其規諫以自脩如玉石之見琢磨也○匪本又作斐同芳尾反下同韓詩作邲美貌也磋七何反琢陟角反磨本又作摩莫何反瑟兮僩兮赫兮咺兮瑟矜莊貌僩寬大也赫有明德赫赫然咺威儀容止宣著也○僩遐板反韓詩云美貌說文云武貌赫呼白反咺況晚反韓詩作宣宣顯也有匪君子終不可諼兮諼忘也○諼音況元反又音況遠反

疏瞻彼至諼兮○正義曰視彼淇水隈曲之内則有王芻與萹竹猗猗然美盛以興視彼衛朝之上則有武公質

美德盛然則王芻萹竹所以美盛者由得淇水浸潤之故武公所以德盛者由得康叔之餘烈故又言此有斐然文章之君子謂武公能學問聽諫以禮自脩而成其德美如骨之見切如象之見瑳如玉之見琢如石之見磨以成其寶器而又能瑟兮顏色矜莊僩兮容裕寬大赫兮明德外見咺兮威儀宣著有斐然文章之君子盛德之至如此故民稱之終不可以忘兮○傳奧隈至餘烈○正義曰隩隈釋丘文孫炎曰隈水曲中也又云厓内爲隩李巡曰厓内近水爲隩是也陸機云淇奧二水名以毛云隩隈爲誤此非也爾雅所以訓此而云隩隈明非毛誤釋草云菉王芻舍人曰菉一爲王芻某氏曰菉鹿蓐也又曰竹萹蓄李巡曰一物二名郭璞曰似小藜赤莖節好生道傍可食此竹竹篇竹字異音同故孫炎某氏皆引此詩明其同也陸機云綠竹一草名其莖葉似竹青綠色高數尺今淇隩傍生此人謂此爲綠竹此說亦非也詩有終朝采綠則綠與竹別草故傳依爾雅以爲王芻與萹竹異也二章綠竹青青傳云茂盛卒章綠竹如簀傳云積也言茂盛似如積聚亦爲美盛也又云有康叔之餘烈者烈業也美武公之質美德盛有康叔之餘業卽謂以淇水比康叔以隩内比衞朝以綠竹美盛比武公質美德盛也○傳匪文章至琢磨○正義曰論語云斐然成章序曰有文章故斐爲文章

貌也。釋器云骨謂之切象謂之磋玉謂之琢石謂之磨孫炎曰治器之名則此謂治器加功而成之名也故論語注云切磋琢磨以成寶器是也此其對例耳白圭之玷尚可磨則玉亦得稱磨也故下箋云圭璧亦琢磨傳既云切磋琢磨之用乃云道其學而成也指解切磋之喻也又言而能聽其規諫以禮自脩飾如玉石之見琢磨則唯解琢磨無切磋矣此經文相似傳必知分爲別喻者以釋訓云如切如磋道學也郭璞曰骨象須切磋而爲器人須學問以成德又云如琢如磨自脩也郭璞曰玉石之被琢磨猶人自脩飾也禮記大學文同爾雅是其别喻可知○傳瑟矜莊至宣著○正義曰此四者皆言内有其德外見於貌大同而小異也瑟矜莊是外貌莊嚴也僩寬大是内心寬裕赫有明德赫然是内有其德故發見於外也咺威儀宣著皆言外有其儀明内有其德故釋訓與大學皆云瑟兮僩兮恂慄也赫兮咺兮威儀也以瑟僩者自矜持之事故云恂慄也言其嚴峻戰慄也赫咺者容儀發揚之言故言威儀也其實皆是威儀之事但其文互見故分之

**瞻彼淇奧，綠竹青青。**青青，茂盛貌。○青，子丁反，本或作菁，音同。**有匪君子，充耳琇瑩，會弁如星。**充耳謂之瑱。琇瑩，美石也。天子玉瑱，諸侯以石

弁皮弁所以會髮箋云會謂弁之縫中飾之以玉皪皪而處狀似星也天子之朝服皮弁以日視朝○琇音秀沈又音誘說文作琇云石之次玉者弋久反瑩音榮徐又音營又音瑩磨之瑩會古外反注同鄭注周禮則如字說文作膾弁皮變反瑱天見反縫符用反皪本又作礫有匪至如星○毛音歷又音洛朝直遙反下及下篇同

疏以爲有斐然文章之君子謂武公其充耳以琇瑩之石爲之會髮之弁文駮如星言有其德而稱其服故宜入王朝而爲卿相也○鄭說在箋○傳天子至會髮○正義曰案冬官玉人職云天子用全上公用龍侯用瓚伯用將鄭注云公侯四玉一石伯子男三玉二石由此言之此傳云諸侯以石謂玉石雜也禮記云周弁殷冔夏收言收者所以收髮則此言會者所以會髮可知○箋會謂至視朝○正義曰弁師云王之皮弁會五采玉璂注云會縫中也皮弁之縫中每貫結五采玉十二以爲飾謂之綦詩云會弁如星又曰其弁伊綦是也此云武公所服非爵弁是皮弁也皮弁而言會與弁師皮弁之會同故云謂弁之縫中也弁師上云王之皮弁會五采玉璂又曰諸侯及孤卿大夫之皮弁各以其等爲之注云皮弁則侯伯璂飾七子男璂飾五玉亦三采武公本畿外諸侯入相於周自以本爵爲等則玉用三采而璂飾七故云飾之以玉皪皪而處狀似

星若非外士諸侯事王朝者則卿璂飾六大夫琪飾四及諸侯孤卿大夫各依命數並玉用二采其韋弁飾與皮弁同此皮弁天子視朝之服玉藻云天子皮弁以日視朝是也在朝君臣同服故言天子之朝也諸侯亦皮弁以視朝以序云又○相於周故爲在王朝之服**瑟兮僩兮赫兮咺兮有匪君子終不可諼兮**

**瞻彼淇奧綠竹如簀**簀積也簀音責○**有匪君子如金如錫如圭如璧**金錫練而精圭璧性有質箋云圭璧亦琢磨四者亦道其學而成也**寬兮綽兮**○**倚重較兮**寬能容衆綽緩也重較卿士之車箋云綽兮謂仁於施舍○綽昌若反猗於綺反依也重直恭反注同較古岳反車兩傍上出軾也施如字又詩豉反又式氏反**善戲謔兮不爲虐兮**寬緩弘大雖則戲謔不爲虐矣箋云君子之德有張有弛故不常矜莊而時戲謔○謔香略反弛本亦作施同式氏反

【疏】有匪至虐兮○正義曰言有匪然文章之君子謂武公器德已成練精如金錫道業既就琢磨如圭璧又性寬容兮而情綽緩兮既外脩飾而内寬弘入相爲卿士倚此重較之車

兮寬稱其德也又能善戲謔兮而不爲虐兮言其張弛得中也。傳金錫至有質。正義曰此與首章互文首章論其學問聽諫之時言如器未成之初須琢磨此論道德既成之時故言如圭璧已成之器傳以金錫言其質故釋之言此已練而精圭璧已成之器故本之言性有質亦互文也言金錫有其質練之故益精圭璧有其實琢磨乃成器故箋云圭璧亦琢磨四者亦道其學而成之。傳重較卿士之車。正義曰序云入相於周而此云猗重較兮故云卿士之車輿人注云較兩輢上出軾者則較謂車兩傍今謂之平較案大車以子男入爲大夫得乘子男車服則此重較謂侯伯之車也但周禮無重較畢較之文。箋綽兮謂仁於施舍。正義曰謂有仁心於施恩惠舍勞役左傳曰喜有施舍是也俗本作人字者誤定本作仁

淇奧三章章九句

考槃刺莊公也不能繼先公之業使賢者退而窮處窮猶終也。槃薄寒反【疏】考槃三章章四句至窮處。正義曰作考槃詩者刺莊公也刺其不

能繼其先君武公之業脩德任賢乃使賢者退而終處於澗阿故刺之言先君者雖今君之先以通於遠要則不承繼者皆指其父故晨風云忘穆公之業又曰棄先君之舊臣先君謂穆公也此刺不能繼先君之業謂武公也經三章皆是也○箋窮猶終。○正義曰不以澗阿爲窮處者以經皆賢者怨君之辭而言成樂在澗成其樂之所在是終處之義故以窮爲終也

考槃在澗，碩人之寬。考，成。槃，樂也。山夾水曰澗。箋云：碩，大也。有窮處，成樂在於此澗者，形貌大人而寬然有虛乏之色。○澗，古晏反，韓詩作干，云墝埆之處也。樂音洛，下同。夾，古洽反。

獨寐寤言，永矢弗諼。箋云：寤，覺。永，長。矢，誓。諼，忘也。在澗獨寐，覺而獨言，長自誓以不忘君之惡，志在窮處，故云然。○覺，交孝反，又如字。

【疏】考槃至弗諼。○正義曰：此篇毛傳所說不明，但諸言碩人者，傳皆以爲大德之人，卒章碩人之軸，傳訓軸爲進，則是大德之人進於道義也。推此而言，則寬薖之義，皆不得與箋同矣。王肅之說，皆述毛傳，其注云：窮處山澗之間，而能成其樂者，以大人寬博之德，故雖在山澗，獨寐而覺，獨言先王之道，長自誓不敢忘也。美君子執德弘，信道篤也。歌所以詠志，長以道自誓，不敢過差，其言或得傳旨，今依之以爲毛說。鄭以爲成

樂在於澗中而不仕者是形貌大人寬然而有虛乏之色既不爲君用飢乏之退處故獨寐而覺則言長自誓不忘君之惡莊公不用賢者反使至飢困故刺之○傳山夾水曰澗○正義曰釋山文也傳以澗爲窮處下文阿陸亦爲窮處矣故釋地云大陸曰阿而下傳曰曲陵曰阿以大雅云有卷者阿則阿有曲者於隱遯爲宜釋地又云高平曰陸大陸曰阜則陸與阜類亦可以隱居也○箋成樂至之色○正義曰此經言考槃文連在澗明碩人成樂在於此澗謂成此樂而不去所謂終處也以寬邁及軸言碩人之飢狀則碩人是其形也故云形貌大人不以寬爲寬德者以卒章言軸爲病反以類此故知爲虛乏之色也不論其有德之事者以怨君不用賢有德可知故不言也○箋在澗至云然○正義曰賢者志欲終處於此澗而不仕君朝故云然若其更有仕心則不復自誓矣

**考槃在阿碩人之邁**曲陵曰阿邁寬大貌箋云邁飢意○邁苦禾反韓詩作過過美貌**獨寐寤歌永矢弗過**箋云弗過者不復入君之朝也○過古禾反注同崔古臥反復符又反下同**考槃在陸碩人之軸**軸進也箋云軸病也○軸毛音迪鄭直六反

【疏】傳軸進箋軸病○正義曰傳軸爲

迪釋詁云迪進也箋以與陸爲韻宜讀爲逐釋詁云逐病逐與軸蓋古今字異獨寐寤宿永矢

弗告無所告語也箋云不復告君以善道○語魚據反

考槃三章章四句

碩人閔莊姜也莊公惑於嬖妾使驕上僭莊姜賢而不荅終以無子國人閔而憂之○嬖補惠反上時掌反僭作念反○【疏】碩人四章章七句至憂之○正義曰嬖妾謂州吁之母惑者謂心所嬖愛使情迷惑故夫人雖賢不被荅偶經四章皆陳莊姜宜荅而君不親幸是爲國人閔而憂之

碩人其頎衣錦褧衣頎長皃錦文衣也夫人德盛而尊嫁則錦衣加褧襜箋云頎大也言莊姜儀表長麗俊○好頎頎然褧禪也國君夫人翟○衣而嫁今衣錦者在塗之所服也尚之以禪衣爲其文之大著○頎其機反衣錦於既反注夫人衣翟今衣錦同褧苦迥反徐又孔穎反說文作檾枲屬也襜昌占反佼本又作姣古卯反下同禪音丹爲于僞反大音泰下大子同舊音

勑賀反○齊侯之子衛侯之妻東宮之妹邢侯之姨譚公維私東宮齊大子也女子後生曰妹妻之姊妹曰姨姊妹之夫曰私箋云陳此者言莊姜容貌既美兄弟皆正大○邢音形姬姓國譚徒南反國名【疏】頎人至維私○毛以爲有大德之人其貌頎頎然長美衣此文錦之服而上加以褧襜之襌衣在塗服之以來嫁者乃是齊侯之子嫁爲衛侯之妻又是東宮太子之妹嫡夫人所生爲邢侯之姨而譚公又是其私容貌既美父母兄弟正大如此君何爲不荅之也○鄭以碩人爲形貌碩大爲異○傳頎長至褧襜○正義曰猗嗟云頎而長兮孔○世家云頎然而長故爲長貌下箋云敖敖猶頎頎也與此相類故亦爲長貌以類宜重言故箋云頎頎然也王制云錦文珠玉書傳云衣文錦故知錦文衣也以碩爲大德錦衣爲在塗之服故云夫人德盛而尊嫁則錦衣經言衣錦褧衣上衣謂衣著下衣爲衣服丰云衣錦褧衣對裳錦褧裳裳非著名故箋云裳用錦與此異也襜亦襌而在上故云加之以褧襜○箋莊姜至大著○正義曰言莊姜儀容表狀乃長大而佳麗又佼壯美好頎頎然也玉藻云襌爲絅故知褧襌衣也又解國君夫人當翟衣而嫁今言錦衣非翟衣則是在塗之所服也錦衣所以加褧

者爲其文之大著也故中庸云衣錦尚絅惡其文之大著是也此夫人錦衣爲在塗之服丰云錦衣錦裳庶人之妻嫁時之服非爲在塗與夫人異也士昏禮云女次純衣纁袡士禮故不用錦衣庶人之妻得與夫人同者賤不嫌也○傳東宮至曰私○正義曰太子居東宮因以東宮表太子故左傳曰娶於東宮得臣之妹服虔云得臣齊太子名居東宮是也繫太子言之明與同母見夫人所生之貴故箋云兄弟皆正大經無弟而言弟者協句也釋親云男子謂女子先生爲姊後生爲妹妻之姊妹同出爲姨女子謂姊妹之夫爲私孫炎曰同出俱已嫁也私無正親之言然則謂吾姨者我謂之私邢侯譚公皆莊姜姊妹之夫互言之耳春秋譚子奔莒則譚子爵言公者蓋依臣子之稱便文耳

**手如柔荑**如荑之新生○荑徒奚反【疏】傳如荑之新生○正義曰以荑所以柔新生故也若久則不柔故知新生也

**膚如凝脂**如脂之凝【疏】傳如脂之凝○正義曰以脂有凝有釋散文則膏脂皆揔名對例卽內則注所云脂肥凝者釋者曰膏釋器云氷脂也孫炎曰膏凝曰脂是也

**領如蝤蠐**領頸也蝤蠐蝎蟲也○蝤似脩反徐音曹齊本亦作蠀又作齊同音齊洗又音茨爾雅云蟦蠐螬蝤蠐蝎郭云蠐螬在糞土中蝎在木中蝎桑蠹是

也蟦音肥分反蠹音妬蝎也音曷或音葛〔疏〕傳領頸蝤蠐蝎蟲。○正義曰領一名頸故禮記曰其頸五寸又名項士冠禮云緇布冠頍項是也釋蟲云蟦蠐螬蝤蠐蝎孫炎曰蠐螬謂之蟦蠐關東謂之蝤蠐梁益之間謂之蝎又曰蝎蛣蝠孫炎曰蝎木蟲也又曰蝎桑蠹孫炎曰即蛣蝠也然則蟦蠐也蝤蠐也蠐螬也蛣蝠也桑蠹也蝎也一蟲而六名也以在木中白而長故以比頸今定本云蝤蠐蝎也無蟲字與爾雅合。

**齒如瓠犀**瓠犀瓠瓣。○瓠戶故反犀音西瓣補遍反又蒲莧反沈又蒲閑反。〔疏〕傳瓠犀瓠瓣。○正義曰釋草云瓠棲瓣也今定本亦然孫炎曰棲瓠中瓣也棲與犀字異音同

**螓首蛾眉**螓首顙廣而方箋云螓謂蜻蜻也。螓音秦蛾我波反顙蘇黨反蜻郭徐子盈反沈又慈性反方頭有文王肅云如蟬而小。〔疏〕箋螓謂蜻蜻。○正義曰釋蟲云蚻蜻蜻舍人曰小蟬也青青者某氏曰鳴蚻蚻者孫炎曰方言云有文者謂之螓郭氏曰如蟬而小有文是也此蟲額廣而且方此經手膚領齒舉全物以比之故言如螓首蛾眉則指其體之所似故不言如也

**巧笑倩兮**倩好口輔。○倩本亦作蒨七薦反韓詩云蒼白色〔疏〕傳倩好口輔。○正義曰以言巧笑之狀故知好口輔也左傳曰輔車

相依服虔云輔上頷車也與牙相依則是牙外之皮膚頰下之別名也故易云咸其輔頰舌明輔近頰也而非頰也笑之貌美在於口輔故連言之也○**美目盼兮**盼白黑分箋云此章說莊姜容貌之美所宜親幸○盼敷莧反徐又膚諫反韓詩云黑色也字林云美目也匹間反又匹莧反**碩人敖敖說于農郊**敖敖長貌農郊近郊箋云敖敖猶頎頎也說當作襚禮春秋之襚讀皆宜同衣服曰襚今俗語然此言莊姜始來更正衣服于衛近郊○敖五刀反說本或作稅毛始銳反舍也鄭作襚音遂**四牡有驕朱幩鑣鑣翟茀以朝**驕壯貌幩飾也人君以朱纏鑣扇汗且以爲飾鑣鑣盛貌翟翟車也夫人以翟羽飾車茀蔽也箋云此又言莊姜自近郊既正衣服乘是車馬以入君之朝皆用嫡夫人之正禮今而不答○驕起橋反幩孚云反又符云反說文云馬纏鑣扇汗也鑣表驕反馬銜外鐵也一名扇汗又曰排沫爾雅云鑣謂之钀钀音魚列反沫音末茀音弗朝直遥反注皆同適丁歷反本亦作嫡○**大夫夙退無使君勞**大夫未退君聽朝於路寢夫人聽內事於正寢大夫退然後罷箋云莊姜始來時衛諸大夫朝夕者皆早退無使君之勞倦者

以君夫人新爲妃耦宜親親之故也○夙退韓詩退罷也案禮記云朝廷曰退妃曰配

疏

碩人至君勞○毛以爲言有大德之人敖敖然其形貌長美其初來嫁則說舍於衛之近郊而整其車飾則乘四牡之馬驕驕然壯健以朱飾其鑣則鑣鑣然而盛美又以翟羽爲車之蔽其車馬之飾如此乃乘之以入君之朝既入朝而諸大夫聽朝者皆爲早退以君與夫人新爲妃耦宜相親幸無使君之勞倦○此言莊姜容貌之美皆用嫡夫人之正禮君何爲不荅之乎○鄭以爲形貌大人而佼好長麗敖敖然欲至於國舍其在塗之服而更正衣服於近郊乃馳車馬以入國餘同○傳農郊近郊○正義曰以下云翟茀以朝明此在國近郊毛於詩皆不破字明此說爲舍孫毓述毛云說之爲舍常訓也○箋說當至近郊○正義曰類前章衣錦褧衣謂在塗之服明至近郊更正翟衣而入國故爲襚不言聲之誤從可知士喪禮云兄弟不以襚進雜記云襚者曰寡君使某襚此禮之襚春秋文九年秦人來歸僖公成風之襚隱元年公羊傳曰衣被曰襚穀梁傳曰衣衾曰襚此春秋之遂也襚於農郊之襚與禮及春秋之襚讀皆同也禮與春秋之襚謂之衣服曰襚贈死者故何休云襚猶遺也以衣服可以遺人因謂衣服爲襚雖遺吉之衣服亦謂爲襚今俗語猶然以禮文施於死者故引俗語以

證之傳云衣被衣衾此云衣服者以夫人所更正而服之不必爲衾也故云服服總名也前衣錦褧衣在塗之服則此爲夫人所嫁之服所嫁之服褕翟之等也以近郊服之而入國故爲更正衣服於衛近郊又下言夫人車馬之飾明此爲正其所著之正服也○傳幩飾至茀蔽○正義曰以言朱幩朱爲飾之物故幩爲飾又解朱所飾之狀故言人君以朱纏鑣扇汗且因以爲馬之飾此經鑣之鑣自解飾之所施非經中之鑣也故又云鑣鑣盛貌言既以朱飾其鑣而四壯之馬鑣鑣而盛非謂唯鑣之盛淸人云駟介麃麃傳曰盛貌與此同也車之所以有翟者夫人以翟羽飾車茀車蔽也婦人乘車不露見車之前後設障以自隱蔽謂之茀因以翟羽爲之飾巾車注引詩乃云此翟茀蓋厭翟也厭翟次其羽使相迫也重翟厭翟翟謂蔽是也○傳大夫至然後罷○正義曰釋大夫所以早退之意而兼言夫人者以君聽外治夫人聽內職事與君皆同大夫退然後罷故連言之玉藻云君日出而視朝退適路寢聽政使人視大夫大夫退然後適小寢釋服適小寢卽是罷也又昏義曰天子聽外治后聽內職夫人之於國與后同故知聽內事於正寢雞鳴箋云蟲飛薨薨所以當起者卿大夫朝者且○罷歸則似早退由君者以國之政事君與大夫之所謀若君早朝事早畢若晚朝事晚畢故云卿大夫

曰。罷歸是早晚由君也君出視朝事畢乃之路寢以待大夫之所諮決事之多少大夫所主故使人視大夫大夫退然後罷明非由於大夫要事畢否。大夫。○**河水洋洋，北流活活。施罛濊濊，**洋洋盛大**鱣鮪發發。葭菼揭揭，庶姜孼孼，庶士有朅。**也活活流也罛魚罟濊施之水中鱣鯉也鮪鮥也發發盛貌葭蘆菼薍也揭揭長也孼孼盛飾庶士齊大夫送女者朅武壯貌箋云庶姜謂姪娣此章言齊地廣饒士女佼好禮儀之備而君何為不答夫人○洋音羊徐又音祥活古闊反又如字罛音孤濊呼活反馬云大魚網目大豁豁也韓詩云流貌說文云凝流也鱣陟連反大魚口在頷下長二三丈江南呼黃魚與鯉全異鮪于軌反似鱣大者名王鮪小者曰叔鮪沈云江淮閒曰叔伊洛曰鮪海濱曰鮥發補末反馬云魚著罔尾發發然韓詩作鱍葭音加菼他覽反玉篇通敢反揭其謁反徐居謁反孼魚竭反徐五謁反韓詩作钀牛過反長貌朅欺列反徐起謁反韓詩作桀云健也罛音孤罟音古鮥音洛蘆音盧薍五患反江東呼之烏蓲蓲音丘○【疏】傳罛魚罟至送女者○正義曰釋器云魚罟謂之罛李巡曰魚罟捕魚具也鱣鯉鮪鮥謂魚有二名釋魚有鯉鱣舍人曰鯉一名鱣郭璞曰鯉今赤鯉魚也鱣大魚似鱏而短鼻口在頷下體有邪行甲無鱗肉黄大者長二三丈今江東呼爲黄魚卽是也釋魚又有鰋鮎孫炎曰鰋一名鮎郭璞曰鰋今鰋額白魚鮎别名鯷江東通呼鮎爲鮧舍人以鱣鯉爲一魚孫以鰋鮎爲一魚郭璞以四者各爲一魚陸機云鱣鮪出江海三月中從河下頭來上鱣身形似龍鋭頭口在頷下背上腹下皆有甲縱廣四五尺今於盟津東石磧上釣取之大者千餘斤可烝爲臛又可爲鮓魚子可爲醬鮪魚形似鱣而青黑頭小而尖似鐵兜鍪口亦在頷下其甲可以摩薑大者不過七八尺益州人謂之鱣鮪大者爲王鮪小者爲鮛鮪一名鮥肉色白味不如鱣也今東萊遼東人謂之尉魚或謂之仲明仲明者樂浪尉也溺死海中化爲此魚如陸之言又以今語驗之則鯉鮪鱣鮥皆異魚也故郭璞曰先儒及毛詩訓傳皆謂此魚有兩名今此魚種類形狀有殊無縁强合之爲一物是郭謂毛傳爲誤也葭蘆菼薍釋草文李巡曰分别葦類之異名郭璞曰蘆葦也薍似葦而小如李巡云蘆薍共爲一草如郭云則蘆薍别草大車傳曰菼騅也蘆之初生則毛意以葭菼爲一草也陸機云薍或謂之荻至秋堅成則謂之萑其初生三月中其心挺出其下本大如箸上鋭而細揚州人謂之馬尾以今語驗之則蘆薍别草也桓三年左傳曰凡公女嫁於敵

國公子則下卿送之於時齊衛敵國莊姜齊侯之子則送者下卿也大夫卿之揔名士者男子之大稱故云庶士齊大夫送女者○箋庶姜至廣饒○正義曰此爲莊姜不見答而言則非曰國中之女故爲姪娣二者非一故稱衆也齊所以得有河者左傳曰賜我先君之履西至於河是河在齊西北流也衛境亦有河知此是齊地者以庶姜庶士類之知不據衛之河

也

碩人四章章七句

附釋音毛詩注疏卷第三（三之二）

奉新盧氏宣旬校定

清嘉慶二十年重刊
用文選樓藏本校

黃中模栞

# 毛詩注疏挍勘記（三之二）

阮元撰盧宣旬摘録

○相鼠

而刺在位承先君之化 小字本相臺本同唐石經承上有不字案唐石經誤也正義云故刺其在位有承先君之化無禮儀又云以其承先君之化弊風未革不當有不字

孝經曰容止可觀 閩本明監本毛本此下有注小字本相臺本無考文古本同案山井鼎云此亦釋文混入於注者也考十行本下脫圓圍山井鼎所云宋版上下相連者卽此故閩本以下致誤也

韓詩止節 〔補〕毛本作則雖居尊

○干旄

有虞氏以爲綏 閩本明監本毛本同案綏當作緌又緌以旄牛尾爲之同下文皆不誤可證

天子以下建旃之者 閩本同明監本毛本之誤旄案此之字當在建字上誤錯於此下又

獨以爲卿之建旃者可證

去其旃異於此　閩本明監本毛本此作生案所改是也

服氏云六人維王之大常　閩本明監本毛本同案服上浦鏜云脫節字是也

則此名亦有大夫　閩本明監本毛本同案名當作各形近之譌

亦爲五見之也　小字本同相臺本爲作謂閩本明監本毛本同案謂字是也考文一本爲謂複出者誤

互之間也　閩本明監本毛本同案浦鏜云元誤互是也

〇載馳

又義不得　唐石經小字本相臺本同案正義云定本集注皆云又義不得則爲有字者非也上文云有義不得歸正義本當是有字也下文云又義不得二章以下者既從定本集注即改而說之也

**爾女女許人也** 小字本相臺本同案考文古本作爾汝也汝汝許人也考此與草蟲雄雉等箋同例不當增加其字詳見上又注女字正義作汝乃易古字爲今字之例不當并注而改爲汝是其采正義之誤也以後盡同

**猶升丘采其蝱也** 閩本明監本毛本同小字本相臺本無其字案無者是也

**今人敗滅** 閩本明監本毛本同案人當作之形近之譌

**二章四句** 唐石經小字本相臺本作二章章四句案重者是也閩本明監本毛本亦誤不重

**鄘國十篇三十章百七十六句** 閩本明監本毛本此下別起爲卷題毛詩注疏卷第三云云誤也案山井鼎云宋板不分卷是也

○淇奧

**司諫注云以義正君曰規** 閩本明監本毛本同案規當作諫上引沔水箋已說規引

此說諫也

而云卿士而也　閩本明監本毛本下而字作者案所改是

竹篇竹也　閩本明監本毛本同小字本相臺本篇作萹案萹字是也正義不誤釋文綠竹下云竹萹竹也又萹竹本又作萹考爾雅說文及其餘字書無作篇者閩本以下正義中盡誤篇釋文亦有誤者今訂正

如切如磋　唐石經同小字本相臺本磋作瑳案此正義中字皆作磋釋文磋七何反爾雅釋文同考五經文字磋治也在石部瑳玉色鮮在玉部是唐人有以此字從石與瑳兮瑳兮字別者說文有瑳無磋磋本瑳之俗字耳此經及傳并小雅谷風大雅卷阿桑柔箋皆當本是瑳字周禮禮記二釋文亦作瑳

又言此有斐然文章之君子　閩本明監本毛本同案經傳作匪正義作斐匪斐古今字易而說之也例見前釋文匪本又作斐同非正義本也標起止云傳匪文章可證

陸機云淇奧二水名　閩本明監本毛本奥作隩案隩字非也陸機不與傳意同無取爾雅

隩字釋文云草木疏云奧亦水名可證也正義又引今淇奧傍生此亦當作奧奧誤作隩耳

**會弁如星** 唐石經小字本相臺本同案釋文云會古外反注同鄭注周禮則如字說文作䯤案說文䯤下引詩䯤弁如星許君稱詩當是毛氏而今毛詩不作䯤者鄭箋之本不與許同也凡說文與鄭箋本異者多矣見於釋文者如迺說文作瀼我姑說文作乃所芟說文作废妹說文作㚖之屬皆與此同例悉不更出

**弁皮弁所以會髮** 小字本相臺本同段玉裁周禮漢讀考云疑有錯誤釋弁不當先於會一疑也據正義鄭箋乃有皮弁字毛不言皮弁二疑也云皮弁可以會髮以經釋文會弁似涉皮傳三疑也當云䯤所以會髮無弁皮弁三字爲許叔重所本今考段說是也但釋文正義皆不作䯤鄭箋本毛詩或亦用會字傳云所以會髮是毛以爲骨擿之可會髮者與說文所解合而會爲䯤之假借鄭則仍如字讀之而以弁之縫中易傳也然則此傳作會所以會髮義可通

**若非外土諸侯事王朝者** 閩本明監本毛本同案浦鏜云事當仕字誤也

又相於周 補 又當作入形近之譌

金錫練而精 小字本相臺本同閩本明監本毛本同案練字是也此借練爲鍊正義亦皆作練可證其不易爲鍊而說之者即以練爲正字不以練鍊爲古今字也考文古本作練采正義閩本以下正義中練字盡改爲鍊誤也

倚重較兮 唐石經小字本相臺本倚作猗閩本明監本毛本同案猗字是也釋文猗於綺反正義云而此云猗重較兮序下正義云猗重較兮是也皆其證此經猗倚假借在作傳箋時人共通曉故不更說車攻兩驂不猗同節南山有實其猗傳猗滿也箋猗倚也因易傳故說之亦是謂猗倚假借也其此正義云倚此重較之車兮者易猗字爲倚字而說之之正義於古今字例如此與上下文直引經文者不同例也考文古本作倚采正義而誤經義雜記引曲禮正義荀子楊注文選李注皆作倚倚疑從犬者譌其記非也又據釋文正義石經說文繫傳羣經音辨以爲唐人雖多引作人旁未若從犬者尤爲信而可徵得之矣凡昔人引書或改或不改非有成例用之資證則可若以爲典要則其失多矣

○考槃

使賢者退而窮處　小字本相臺本同唐石經處下有也字考文古本有亦偶合

過飢意　小字本相臺本同閩本同明監本毛本飢誤饑案五經文字云饑飢上穀不熟下餓也經典或借用下字依此則飢餓字從米有借為饑者明監本毛本誤甚餘同此

○碩人

國人閔而憂之　小字本相臺本同案盧文弨云唐石經下有故作是詩也五字刓缺猶可辨今考正義標起止云至憂之是正義本當無此五字

不被荅偶　閩本明監本毛本偶誤遇案此荅偶二字出白華箋彼文偶作耦耦偶字同偶者人意相存偶也見儀禮禮記注即匪風箋之人偶還箋之揖耦不知者改為遇誤甚

碩人其頎　唐石經小字本相臺本同案經義雜記云玉篇頁部引作碩人頎頎據鄭箋知詩頎字本重文六朝

時猶未誤其說非也考經文一字傳箋疊字者多矣如明星有爛箋云明星尚爛爛然等是也玉篇乃依箋疊字耳非六朝時經有作碩人頎頎之本也釋文云其頎其機反正義云有大德之人其貌頎頎然長美皆經文作其字之證

國君夫人翟衣而嫁今衣錦者 小字本相臺本同閩本明監本毛本同案翟衣當作衣翟釋文經衣錦下云注夫人衣翟今衣錦同是釋文本作衣翟也正義云當翟衣而嫁今言錦衣非翟衣乃正義自爲文但說注意耳不取與注相應也其箋當亦是衣翟不知者用正義文改注文考文古本夫人下衣錦下共有衣字采正義釋文又誤合之也

孔世家云 閩本明監本毛本同案孔下浦鏜云脫子字是也

女次紂衣纁袡 閩本明監本毛本同案紂當作純因改純帛字遂并此而誤

蝤蠐蝎蟲也 小字本相臺本同案此正義本也標起止云蝤蠐蝎蟲又云今定本云蝤蠐蝎也無蟲字與爾雅合釋文蝎也音曷當以定本釋文本爲長

故禮記云其頸五寸　閩本明監本毛本同案浦鏜云依投壺文當七寸誤是也

瓠犀瓠瓣　小字本相臺本同案正義云釋草云瓠棲瓣也今定本亦然謂無下瓠字也釋文瓠瓣補遍反亦有當以定本爲長

舍人曰小蟬也青青者　閩本明監本毛本同案此不誤浦鏜云蜻蜻誤青青非也以青青釋蜻蜻所謂詁訓之法

美目盼兮　小字本相臺本同閩本明監本同唐石經盼作盻毛本同案盼字是也

朱幩鑣鑣　唐石經小字本相臺本同案釋文鑣鑣表驕反馬銜外鐵也一名扇汗又曰排沫爾雅云鑣謂之钀考傳云幩飾也人君以朱纏鑣扇汗且以爲飾鑣鑣盛貌正義云此纏鑣之鑣自解飾之所施非經中之鑣也故又云鑣鑣盛貌釋文誤以傳鑣解係鑣鑣下段玉裁云玉篇引詩朱幩儦儦載驅作儦儦考廣雅云鑣鑣盛也說文引詩朱幩鑣鑣然則此經假借鑣爲儦也

麃麃傳曰盛貌與此同也 閩本明監本毛本同案浦鏜云盛傳作武是也與此同者謂清人之麃麃與此鑣鑣字同非謂傳同訓盛也不知者改之耳

旦罷歸也 閩本明監本毛本同案浦鏜云且誤旦下同是也

要事畢否大夫 閩本明監本毛本大夫上有在字案所補是也

鱣鮪發發 小字本相臺本同唐石經初刻撥後改發案初刻非也考釋文云發發補末反盛貌馬云魚著罔尾發發然是初刻依馬義而改用撥字也舊唐書譏石經字體乖師法此類是也

則非曰國中之女 閩本明監本毛本同案浦鏜云曰當目字誤是也

傳古樓景印

## “四部要籍選刊”已出書目

| 序號 | 書名 | 底本 | 定價 / 元 |
|---|---|---|---|
| 1 | 四書章句集注（3 册） | 清嘉慶吴氏刻本 | 150 |
| 2 | 阮刻周易兼義（3 册） | 清嘉慶阮元刻本 | 150 |
| 3 | 阮刻尚書注疏（4 册） | 清嘉慶阮元刻本 | 200 |
| 4 | 阮刻毛詩注疏（10 册） | 清嘉慶阮元刻本 | 500 |
| 5 | 阮刻禮記注疏（14 册） | 清嘉慶阮元刻本 | 700 |
| 6 | 阮刻春秋左傳注疏（14 册） | 清嘉慶阮元刻本 | 700 |
| 7 | 楚辭（2 册） | 清初毛氏汲古閣刻本 | 100 |
| 8 | 杜詩詳注（9 册） | 清康熙四十二年初刻本 | 450 |
| 9 | 文選（12 册） | 清嘉慶十四年胡克家影宋刻本 | 600 |
| 10 | 管子（3 册） | 明萬曆十年趙用賢刻本 | 150 |
| 11 | 墨子閒詁（3 册） | 清光緒毛上珍活字印本 | 150 |
| 12 | 李太白文集（8 册） | 清乾隆寶笏樓刻本 | 400 |
| 13 | 韓非子（2 册） | 清嘉慶二十三年吴鼒影宋刻本 | 98 |
| 14 | 荀子（3 册） | 清乾隆五十一年謝墉刻本 | 148 |
| 15 | 文心雕龍（1 册） | 清乾隆六年黄氏養素堂刻本 | 148 |
| 16 | 施注蘇詩（8 册） | 清康熙三十九年宋犖刻本 | 398 |
| 17 | 李長吉歌詩（典藏版）（1 册） | 顧起潛先生過録何義門批校清乾隆王氏寶笏樓刻本 | 198 |
| 18 | 阮刻毛詩注疏（典藏版）（6 册） | 清嘉慶阮元刻本 | 598 |